Jürgen Ehlers
Mitgegangen

Originalausgabe

www.kbv-verlag.de
E-Mail: info@kbv-verlag.de
Telefon: 0 65 93 - 99 86 68
Fax: 0 65 93 - 99 87 01
Umschlagillustration: Ralf Kramp
Redaktion: Dorothee Steuer, Sankt Augustin
Satz: Volker Maria Neumann, Köln
Druck: Grenz-Echo AG, Eupen
www.grenzecho.be
Printed in Belgium
ISBN 3-937001-41-7

Jürgen Ehlers

Mitgegangen

KBV
KRIMI

Jürgen Ehlers, geboren 1948, arbeitet im Geologischen Landesamt in Hamburg. Seit 1992 schreibt er Kurzkrimis, die in verschiedenen Verlagen im In- und Ausland veröffentlicht wurden, und ist Herausgeber von Krimianthologien. Er ist Mitglied im »Syndikat« und in der »Crime Writers' Association«. Er lebt in einem kleinen Dorf unweit von Hamburg. »Mitgegangen« ist sein erster Kriminalroman bei KBV.

Mord

9.2. - 11.2.1929

1.

»Da hinten!« Der Polizist an der Absperrung weist Wilhelm Berger den Weg.

Es ist kalt. Berger fröstelt. Unausgeschlafen ist er auch. Es ist Samstagvormittag; sie haben ihn aus dem Bett geholt. Sein erster eigener Fall. Die Tote liegt zwischen allerlei Müll in einem Winkel des Bauzaunes direkt neben der Vinzenzkirche. Berger registriert leere Dosen und die Überreste eines Weihnachtsbaumes. Fuhrmann und Kosinski sind schon da. Sie machen einen betretenen Eindruck.

»Weiß Mombach Bescheid?«

»Ich habe alles Nötige veranlasst.« Fuhrmann bückt sich umständlich und zieht die Plane zur Seite.

»Mein Gott!«, entfährt es Berger. Vor ihm liegt die halb verkohlte Leiche eines Kindes. Ein kleines Mädchen. Berger beugt sich über den Leichnam. Es stinkt nach Petroleum und verbranntem Fleisch.

»Höchstens zehn Jahre, das Mädchen«, sagt Fuhrmann.

Eher sieben oder acht, denkt Berger. Die Kleidung ist fast vollständig verbrannt. Ein mageres, kleines Kind. Die Haare versengt. Berger hebt den Kopf an. Die Unterseite hat das Feuer nicht erreicht. Blond ist sie gewesen, die Kleine. »Sie war vermutlich auf dem Schulweg. Irgendjemand hat ihr aufgelauert, sie erstochen und dann hier in dieser dunklen Ecke abgelegt.«

Kosinski schüttelt den Kopf. »Wenn sie auf dem Schulweg war – wo sind dann ihre Schulsachen?«

»Weggeworfen, über den Bauzaun vielleicht.«

»Die Baustelle wird gerade abgesucht. Aber hier hinter dem Zaun, da liegt jedenfalls nichts. Das wissen wir schon.«

»Weiß man schon, wer das Mädchen ist?«

Fuhrmann schüttelt den Kopf. »Keine Ahnung. – Ein Bauarbeiter hat die Kleine gefunden, gegen halb zehn heute früh. Da hat die Kleidung noch geglimmt, sagt er.«

»Noch geglimmt? Dann muss die Tat ja gerade erst geschehen sein! – Hat der Mann irgendetwas gesehen?«

»Nein. – Er ist völlig fertig.«

Kein Wunder, denkt Berger.

»Kaputtgemacht und weggeworfen wie ein Stück Müll. So ein kleines Kind! – Wer tut so etwas?«, überlegt Fuhrmann.

»Der Vater«, sagt Kosinski. »Oder der Onkel. Aber meistens ist es der Vater.«

»Den werden wir uns vornehmen«, seufzt Berger. »Wenn wir erst wissen, wer das ist. Wenn wir ihn haben. Aber erst einmal kommt jetzt der Bauarbeiter.«

Im Bauwagen ist es wenigstens warm.

»Museleck. Wilhelm Museleck.« Der Arbeiter erhebt sich von seinem Sitz, zögert, streckt schließlich Berger die Hand entgegen. Besonders sauber sieht sie nicht aus.

Berger gibt ihm die Hand. »Bleiben Sie doch sitzen! – Herr Museleck, ich hätte da noch ein paar Fragen an Sie.«

»Aber alles was ich weiß, das hab ich doch Ihrem Kollegen schon gesagt.«

»Ich möchte es gern noch einmal hören«, beharrt Berger.

»Bitte.« Es klingt trotzig.

»Sie arbeiten hier auf der Baustelle?«

»Ja. Aber im Augenblick nicht. Jetzt liegt der Bau ja still. Wegen dem Frost.«

»Schon lange?«

»Seit dem 5. Januar.«

Berger nickt. »Aber heute waren Sie trotzdem hier.«

»Ja. Wir haben doch die Moniereisen geholt, von unserem Lagerplatz in Oberkassel. In der Löricker Straße ist das. Mit dem Lastwagen. Lastwagen mit Anhänger.«

»Wir?«, fragt Berger.

»Ja. Der Eccarius, der hat gefahren. Ich war der Beifahrer, und dann war da noch der Plassmann und der Wahl. Der Alois Wahl, der ist Schmied.«

»Aha. Und als Sie hier ankamen …«

»Als wir ankamen, da war das Tor zu. Und da ist der Eccarius los und hat den Schlüssel geholt.«

»Und Sie – anstatt im warmen Wagen sitzen zu bleiben, sind Sie draußen in der Gegend herumspaziert. Bei 16 Grad Kälte!«

»Ich war – ich musste pinkeln.«

Berger überlegt. Der Eingang, der ist doch auf der anderen Seite, zur Kettwiger Straße hin. »Und um Ihre Notdurft zu verrichten, da sind Sie ganz um den Bauzaun herum und hier in diese Ecke?«

»Ich wollte doch nicht, dass die anderen alle – ich meine …« Der Mann wird rot.

Berger sieht ihn mahnend an: »Herr Museleck, das wollen Sie mir doch nicht erzählen, das glaubt doch kein Mensch, dass Sie als Maurer sich so genierlich anstellen!«

»Nein.«

»Also?«

»Ich sollte doch Bier holen«, gibt Museleck resignierend zu.

Mein Gott, denkt Berger. »Bier! Bei dieser Kälte! Das werden wir überprüfen müssen. – Gut. Also, Sie wollten Bier holen, und dann mussten Sie austreten, und da haben Sie die Leiche entdeckt.«

Der Mann nickt. »Sie lag genau da, wo ich hinpinkeln wollte. Genau da!«

»Und dann?«, fragt Berger.

»Und dann hab ich gepinkelt. Ich musste doch so dringend. Und danach hab ich den anderen Bescheid gesagt, und die sind alle gekommen und haben sich die Geschichte angeguckt. Ja, und dann, dann hat der Eccarius die Polizei geholt.«

»Ah, ein neues Gesicht! Sie müssen Berger sein.« Professor Stolley streift die Handschuhe ab.

»Können Sie schon ...?« Berger fühlt sich beklommen.

»Etwas sagen? Nicht viel, fürchte ich. Ein Mädchen, vermutlich acht Jahre alt, etwas Untergewicht, schlechte Zähne, einen Armbruch, der schlecht verheilt ist. Wer immer das behandelt hat, der hat gepfuscht.«

»Ein Sexualverbrechen?«, fragt Berger.

»Was glauben Sie denn? Ein Raubmord vielleicht?« Der Professor lacht. »Sie sehen doch, wie das hier aussieht.«

»Sie ist erstochen und verbrannt worden«, verteidigt sich Berger ärgerlich.

»Das ist nicht alles. Selbst als Laie können Sie mehr sehen. Der Körper weist zwar Stichverletzungen auf, aber das Kind ist zunächst einmal gewürgt worden. Mit einer Hand. Mit der rechten Hand. Da sind die Abdrücke. Der Täter ist Rechtshänder. Als die Kleine bewusstlos war, hat er dann wohl zugestochen. Es gibt einen Stich in die Schläfe – hier – und dreizehn Einstiche in der Brust des Kindes. Mit einem sehr langen, schmalen, scharfen Messer offenbar. So wie es aussieht, gehen einige der Stiche direkt durchs Herz. Daran ist sie dann verblutet. Und die Stiche, die sind beinahe gleichmäßig verteilt. Es sieht aus wie ein Muster.«

»Ja«, sagt Berger.

»Und dann hat er sich an dem sterbenden Kind vergangen. Das können Sie auch sehen, wenn Sie genau hingucken. Da!«

»Mein Gott – und das mitten in Düsseldorf, in aller Öffentlichkeit!«

»Bei der Kälte? Nein, das glaube ich nicht. Er wird irgendein Zimmer irgendwo in der Nähe gehabt haben.«

»Aber das Blut auf dem Boden ...«

»Das haben Sie richtig erkannt, ja. Das sind Blutspuren hier auf dem Boden. Aber es ist zu wenig. Wissen Sie, wie viel Blut so ein Mensch hat? Nein? Sechs Liter hat ein Erwachsener! Ein Kind natürlich weniger. Aber mehr jedenfalls als das, was Sie da am Boden sehen. Nein, ich schätze mal, der Bursche hat die Leiche erst hinterher an den Bauzaun verbracht und sie dann mit Petroleum übergossen und angezündet.«

Berger schüttelt den Kopf. »Das kann ich nicht glauben!«

»Glauben Sie, was Sie wollen. – Das Kind ist übrigens seit gestern Abend tot. Das ist jetzt nur eine erste Schätzung, aber ich würde sagen, der Tod ist so gegen achtzehn oder neunzehn Uhr abends eingetreten.«

»Aber das Feuer – die Kleidungsreste haben noch geglimmt, als der Museleck sie gefunden hat. Der Bauarbeiter.«

»Dann ist das Feuer eben erst später gelegt worden. Heute früh. Aber da war die Kleine jedenfalls schon lange tot.«

»Hier geht's zu wie im Tollhaus!« Kosinski sieht noch finsterer aus als sonst. Auf der Straße, außerhalb der Absperrung, haben sich inzwischen zahlreiche Schaulustige angesammelt.

Berger sieht sich um. Jetzt, im Licht des späten Vormittags liegt der Fundort der Leiche wie auf dem Präsentierteller, von den umgebenden drei- und viergeschossigen Häusern mühelos einsehbar. Auf einem der Balkone entdeckt Berger eine vielköpfige Familie. Ein Fernglas wird herumgereicht.

»Das ist unmöglich.«

Kosinski zuckt mit den Schultern. »Wir kriegen keinen Sichtschutz aufgebaut.«

»Warum ist die Leiche dann immer noch nicht abtransportiert?«

»Geht nicht. Die Staatsanwaltschaft war noch nicht hier. Es ist ja Samstag, da schlafen die Herrschaften lange.«

»Sind wir denn mit der Spurensicherung fertig?«

»Längst fertig. Bei dem Frost gibt's nicht viel Spuren. Und was immer da gewesen sein mag, das hat unser verehrter Herr Polizeipräsident längst zertrampelt. Der war nämlich zuerst hier. Mit großem Gefolge!«

»Da kommt er«, ruft jemand. In der Tat, da kommt Langels, der Polizeipräsident, und mit ihm Mombach und all die anderen hohen Tiere. Das Gemurmel aus der Menge schwillt an.

Langels geht auf die Leute zu. »Bitte, gehen Sie doch weiter! Behindern Sie nicht die Arbeit der Polizei. Hier gibt es nichts zu sehen.«

Aber niemand geht.

»So muss es erst kommen, dass einer umgebracht wird!«, ruft jemand aus der Menge. »Wo bleibt unser Polizeischutz?«

»Ich versichere Ihnen, wir tun alles, was in unseren Kräften steht …«

»Wo bleibt der Polizeischutz hier in Flingern?« Das Gemurmel wird lauter. Die paar Mann von der Schutzpolizei haben Mühe, die Leute zurückzudrängen.

»Bitte gehen Sie nach Hause! Behindern Sie nicht die Arbeit der Polizei!«

»Schluss damit«, sagt Berger zu Kosinski. »Das muss aufhören. Zum Teufel mit der Staatsanwaltschaft. Die Leiche wird jetzt abtransportiert.«

2.

Als Berger wieder im Präsidium eintrifft, ist nur Mombach im Zimmer. »Böse Geschichte. Ich hätte mir für Sie einen netteren Einstand gewünscht.«

Ich auch, denkt Berger. »Wo sind die anderen?«

»Alle noch draußen. Befragen die Anwohner, suchen nach Zeugen. Das Mädchen ist übrigens inzwischen identifiziert. Eine Rosa Olbricht, neun Jahre alt. Die Tochter eines Bäckers aus der Langerstraße. Sie war zum Spielen bei einer Schulfreundin gewesen, in der Rosmarinstraße.«

»Wo ist das?«

Mombach zeigt es ihm auf dem Stadtplan. »Als sie bei Dunkelwerden nicht zurück war, haben die Eltern sich Sorgen gemacht und die Kleine dann schließlich als vermisst gemeldet.«

»Und das erfahren wir erst jetzt?«

»Das war natürlich bei der nächsten Polizeiwache, nicht bei uns. Polizeirevier 17. Der Vater war betrunken, sagen sie. Da haben die Kollegen den Fall nicht so ernst genommen.«

Berger seufzt. »War schon jemand bei den Eltern?«

»Noch keiner. Ich denke, das müssen Sie machen. Mit Fuhrmann zusammen am besten.«

Berger nickt. »Ich denke, ich brauche erst einmal einen Kaffee.«

»Kann ich mir denken nach dem Schock!«

Der Kaffee ist stark, aber nur noch lauwarm. Besser als nichts.

3.

Es ist schrecklicher, als er gedacht hat. Gut nur, dass er wenigstens Fuhrmann mit dabei hat.

»Den bringe ich um, den Kerl! Den bringe ich um!« Albert Olbricht baut sich vor den Polizisten auf, als seien sie die Mörder.

»Bitte beruhigen Sie sich, Herr Olbricht«, sagt Berger.

»Ich soll mich beruhigen? – Mein Kind wird ermordet, bestialisch ermordet, und dieser Mensch sagt, ich soll mich beruhigen?« Der Mann kommt Berger gefährlich nahe. Sein Atem riecht nach Alkohol.

»Vater, lass doch!«, ruft die Frau.

»Hier, trinken Sie das, das beruhigt«, sagt Fuhrmann. Er hält dem Mann die Branntweinflasche hin.

Olbricht fährt herum. »Das beruhigt nicht!«, brüllt er, aber dann gießt er sich doch mit zitternden Fingern ein Glas ein.

Die große Tochter sitzt im Sessel und weint.

»Sie kann nicht gehen«, erklärt die Mutter. »Kinderlähmung. Fünfzehn ist sie jetzt. Unsere Rosa hat sie immer ausgefahren im Rollstuhl, wenn sie aus der Schule kam. Sie war so ein liebes Mädchen. – Was soll jetzt nur werden!«

»Ich weiß, wie furchtbar das jetzt ist für Sie«, versucht Berger. Hohles Gerede! »Aber ich muss Sie ein paar Dinge fragen.«

»Hat das nicht Zeit bis morgen?«

Berger schüttelt den Kopf. »Frau Olbricht, wer immer das getan haben mag, er muss gefunden werden. So schnell wie möglich. – Sie haben nicht zufällig eine Ahnung, wer für diese Tat in Frage kommt, oder?«

Frau Olbricht schüttelt den Kopf.

Berger stellt seine Fragen. War die Kleine oft zum Spielen bei ihrer Freundin in der Rosmarinstraße? Mit wem hatte das Kind Kontakt? Haben sich irgendwelche Männer in auffälliger Weise für das Mädchen interessiert? Was ist mit Onkeln, Schwägern, sonstigen Verwandten?

Frau Olbricht schüttelt immer nur den Kopf. Keine verdächtigen Männer. Ein Onkel ist tot, der andere nach Amerika ausgewandert. Der Schwager lebt im Sauerland; den haben sie seit Jahren nicht mehr gesehen.

»Wieso fragen Sie denn dauernd nach unseren Verwandten?«, fragt Olbricht lauernd.

»Herr Olbricht, wir müssen alle denkbaren Kontakte überprüfen.«

»So?« Olbricht erhebt sich.

Nicht provozieren lassen! Berger bleibt sitzen. Das fehlte noch, hier im Hause des Opfers eine Schlägerei anzufangen.

»Und als Nächstes wollen Sie dann noch wissen, wo ich gestern gewesen bin, was? Ich, der Vater!«

»Ja.«, sagt Berger. »Wo sind Sie gestern gewesen?«

Fuhrmann hat ihm erzählt, der Armbruch des Mädchens gehe möglicherweise auf Olbrichts Konto. Der Vater sei schon ein bisschen grob.

Olbricht baut sich drohend vor Berger auf.

»Vater ist zu Hause gewesen, die ganze Zeit über«, sagt Frau Olbricht.

»Ja«, bestätigt ihr Mann. »Ich bin die ganze Zeit hier gewesen.«

»Aber die Anzeige, die Vermisstenanzeige, die haben Sie doch aufgegeben?«

»Ja.«

»Also waren Sie nicht den ganzen Abend zu Hause!«, stellt Berger fest. Fuhrmann fasst ihn am Arm.

»Wir sind zusammen zur Polizei gegangen«, sagt Frau Olbricht. »Wir waren den ganzen Abend zusammen.«

Fuhrmann seufzt leise. Berger schließt die Befragung ab. Mehr ist aus der Familie nicht herauszubekommen.

»Die beiden lügen«, sagt Fuhrmann, als sie wieder auf dem Rückweg sind. »Ich habe mich umgehört. Olbricht ist die meiste Zeit des Abends in der Kneipe gewesen, heißt es. – Aber der Mörder ist er trotzdem nicht.«

»Nein«, antwortet Berger. »Ich habe es auch gesehen. Er ist Linkshänder.«

Auf der Straße kommt ihnen Kosinski entgegen. »Da seid ihr ja. Kommt mit, es sieht so aus, als hätten wir doch noch einen Zeugen gefunden.«

4.

»Sie haben also einen Hilferuf gehört letzte Nacht?« Hinter der Baustelle des Schwimmbades, auf der anderen Seite der Kettwiger Straße, liegt eine weitere Baustelle, die gehört zu den Opel-Werken, und da gibt es einen Nachtwächter. Johann Horst heißt der, er ist fünfundsechzig Jahre alt.

»Ja.« Der Mann sieht aus, als ob es ihm inzwischen Leid tut, irgendetwas gesehen oder gehört zu haben.

»Und wann war das?«

»Kurz nach Mitternacht. Eine Frauenstimme. Da bin ich mit dem Hund raus, auf die Straße, hab aber niemand gesehen.«

»Nein.« Logisch, auf der Kettwiger Straße kann ja auch nichts zu sehen gewesen sein. Das tote Mädchen lag ja auf der anderen Seite, bei der Vinzenzkirche.

»Eine Frauenstimme?«, fragt Kosinski. »Kann es auch ein kleines Mädchen gewesen sein?«

»Weiß ich nicht.«

»Sie haben jedenfalls gedacht, es war eine Frau?«

»Ja. – Ja, und dann hab ich das Gelände abgesucht, vorsichtshalber. Aber da war niemand. – Ja, und dabei hab ich dann diesen Beutel gefunden …«

»Was für einen Beutel?«

Der Nachtwächter legt seinen Fund auf den Tisch. Eine Art Damastsäckchen. Berger und Kosinski greifen gleichzeitig zu. Sie sehen sich an; Kosinski zuckt mit den Achseln. Berger öffnet das Täschchen, schüttet den Inhalt auf den Tisch. Ein Taschentuch und ein Haustürschlüssel.

»Vielleicht hat der Kerl das ja verloren!«

Erneut sehen die beiden Polizisten sich an. Beide denken dasselbe. Dieser Beutel gehört nicht dem Täter, der gehört allenfalls dem Opfer! Einen Augenblick lang sagt niemand etwas. Schließlich räuspert sich Kosinski: »Ich bin das vorhin abgegangen. Von der Vinzenzkirche bis hier, das sind fast zweihundert Meter. Zwei hohe Bauzäune dazwischen. Solide Bretterzäune. Da müsste einer schon ziemlich laut schreien, dass man das hier hört!«

»Noch dazu im Bauwagen«, setzt Berger nach.

Der Nachtwächter zuckt mit den Schultern. »Wenn ich es nicht gehört hätt, wär ich ja nicht rausgegangen!«

Kosinski sieht Berger an. »Draußen ist es ganz schön kalt. Da muss man als Lustmörder ja schon aufpassen, dass man nicht festfriert an seinem Opfer! – So ein Bauwagen, der wäre da natürlich etwas gemütlicher!«

Berger sagt: »Herr Horst, diese Lampe, die Sie da haben, das ist doch eine Petroleumlampe, nicht wahr?«

»Petroleum, ja.«

»Sie haben doch sicher nichts dagegen, wenn wir uns hier in Ihrem Wagen einmal ein bisschen umsehen?«

»Wieso denn? – Nee, natürlich nicht!«

So gut kann sich keiner verstellen, denkt Berger. Der Kerl weiß noch immer nicht, worum es hier geht. Es wäre so einfach, so logisch. Er trifft bei einem seiner Rundgänge auf das Mädchen, nimmt es mit in den Wagen. Und dann – er mag zwar alt und klapprig sein, aber mit einem neunjährigen Kind wird er immer noch fertig. Und dann hat er ja auch noch den furchterregenden Hund. Er vergeht sich an dem Kind, und als ihm bewusst wird, was er getan hat, bringt er es um, schleppt die Leiche so weit wie möglich weg und versucht schließlich, sie mit Petroleum zu verbrennen. Doch er hat nicht genug Petroleum …

Kosinski hebt die Flasche hoch. »Das müssten Sie aber auch mal wieder nachfüllen«, sagt er.

Der Nachtwächter nickt.

Doch die Überprüfung des Wagens ergibt keine Auffälligkeiten. Keine Blutspuren, weder im Raum noch an der Kleidung des Nachtwächters. Kosinski geht schließlich zu Olbrichts. Eine halbe Stunde später ist er wieder zurück. Fehlanzeige. Tasche und Schlüssel sind dort unbekannt. Die beiden Polizisten verabschieden sich mit Handschlag von dem Nachtwächter. »Vielen Dank für Ihre Hilfe«, sagt Kosinski. Johann Horst wird nie erfahren, dass er eine gute halbe Stunde lang unter Mordverdacht gestanden hat.

5.

Berger und Kosinski sind auf dem Weg zurück zum Präsidium. Als sie an der Vinzenzkirche vorbeikommen, bleibt Berger stehen.

»Was ist?«, fragt Kosinski.

»Sehen Sie, wie dunkel der Platz jetzt ist? Die Nische im Bauzaun, die ist von hier aus gar nicht zu erkennen. Es stimmt schon, an dieser Stelle war der Täter völlig ungestört. Er hat sich den Platz gut ausgesucht, an dem er das Kind abgelegt hat.«

»Ja, das könnte man meinen. – Aber andererseits hat er die Aufmerksamkeit geradezu gesucht. Immerhin hat er die Leiche angezündet. Ein hübsches kleines Feuerchen. Das muss man überall gesehen haben, über den ganzen Platz hinweg!«

»Warum nur?«

»Was weiß ich. Weil es ihn aufgeilt, vielleicht. – Gut möglich, dass er auch jetzt hier irgendwo herumsteht und uns zusieht.«

Berger sieht sich um. Der Täter jetzt hier? Denkbar wäre es natürlich. Wenn es doch so wäre! – Aber der Platz ist leer.

»Jedenfalls sind wir im Arsch«, sagt Kosinski.

»Wie?«

»Im Arsch. – Wenn es keiner der Angehörigen ist und keiner aus der Umgebung des Tatorts, der die einmalige Scheißgelegenheit genutzt hat, sich das Kind zu greifen, zu benutzen und abzumurksen, wenn das alles nicht ist, dann stehen wir völlig im Dunkeln.«

»Wir haben gerade erst mit der Untersuchung angefangen!« Es klingt hohl.

»Tatsächlich?« Kosinski fragt sich, ob der Berger wirklich so naiv ist. Hoffentlich nicht. »Was für eine Untersuchung denn? Keiner weiß was, keiner hat was gesehen. Was sollen wir da untersuchen? Und soviel steht fest: Wer immer das getan hat – er wird es wohl wieder tun!«

Daran mag Berger lieber nicht denken.

In Mombachs Zimmer brennt noch Licht; seine Tür steht weit offen.

»Sie? Ich dachte, Sie wären längst zu Hause!« Es muss fast Mitternacht sein inzwischen.

Mombach schüttelt den Kopf. »Ich will erst noch die Protokolle durchgehen. Bin gleich fertig.«

Berger hängt seinen Mantel an die Garderobe. Die Protokolle von seinem Fall! – Aber Mombach ist natürlich der Chef. Berger reibt sich die steif gefrorenen Hände. »Und? Was Interessantes dabei?«

Seine Stimme muss ihn verraten haben. Mombach guckt hoch. »Ich will Ihnen nicht ins Handwerk pfuschen, ich will helfen, wenn ich kann.«

»Ich nehme Ihre Hilfe gern an«, sagt Berger rasch. Er spürt, wie er rot wird.

»Das hier, das ist vielleicht eine echte Spur. Da ist ein Mann gesehen worden, der mit einem Handwagen durch Flingern gezogen ist. Mit einem vierrädrigen Handwagen. Und da lag etwas drin, das mit Tannenreisig zugedeckt war. – Das könnte die Leiche der kleinen Olbricht gewesen sein.«

»Tatsächlich? – Tannenreisig oder vielleicht auch ein Tannenbaum?«

»Es heißt: Tannenreisig.«

»Und die Zeit?«

»Das soll so gegen fünf oder sechs Uhr morgens gewesen sein.«

»Das käme hin. – Dem müssen wir nachgehen. Das muss raus, an die Presse.«

»Das habe ich schon veranlasst.«

Berger setzt sich in den Sessel, reibt sich die Augen. Also gibt es doch wenigstens eine brauchbare Spur, denkt er. Vielleicht.

6.

Als Berger nach Hause kommt, sieht er zu seiner Freude, dass noch Licht brennt. Jutta ist noch da. Jutta, zweiundzwanzig Jahre, groß und schlank, Studentin der Rechtswissenschaften. Ein Zufall, dass sie sich kennen gelernt haben, ein Wunder, dass sie noch zusammen sind. Wie gut, dass er jemanden hat, mit dem er über alles reden kann.

»Du wirst den Kerl schon fassen!« Jutta streicht ihm über das Haar.

Berger weiß, dass er jetzt schlafen sollte. Aber er kann nicht schlafen. Zu vieles ist passiert. Und zu viele Fragen sind offen. Ist der Fundort der Leiche wirklich der Tatort? »Wir glauben, dass der Mann das Kind mit in seine Wohnung genommen und dort ermordet hat. Und später hat er dann die Leiche zum Bauzaun bei der Vinzenzkirche gebracht, mit Petroleum überschüttet und angezündet.«

»Er hat also eine Wohnung für sich allein?«

»Wahrscheinlich, ja.«

»Wenn es diese Wohnung gibt, ist sie nicht weit von der Vinzenzkirche. So ein Kind ist schwer, das trägt man nicht kilometerweit!«

»Vielleicht ...« Er erzählt Jutta von dem Handwagen.

»Und was heißt das?« Jutta unterdrückt ein Gähnen.

»Er kann die Leiche ohne Mühe durch die ganze Stadt gefahren haben.«

»Unsinn! – Du sagst, das Mädchen war auf dem Weg nach Hause. Die Eltern wohnen in der Langerstraße und das Kind hat in der Rosmarinstraße gespielt. Das ist alles ganz dicht bei der Vinzenzkirche, wo ihr die Leiche gefunden habt, alles mitten in Flingern. Da wohnt auch der Täter! Ihr braucht nur die Straßen abzusuchen, Haus für Haus. Behrensstraße, Engelbertstraße, Mettmanner – die ganze Ecke.«

»Möglich ...«, murmelt Berger. Im nächsten Moment ist er eingeschlafen. Jutta löscht das Licht und fährt mit dem Taxi zu ihren Eltern nach Hause.

7.

Es ist kalt in der Wohnung; die Fensterscheiben sind mit Eisblumen bedeckt. Berger ist früh aufgewacht; er sieht dem Tag freudlos entgegen. Zum ersten Mal fragt er sich, ob es wirklich richtig war, nach Düsseldorf zu gehen. Sicher, da ist das geerbte Haus, und da ist die Planstelle, aber die Stadt ist ihm fremd. Bis auf Jutta. Wegen Jutta ist er hier.

Jetzt, beim kargen Frühstück in der kalten Wohnung, jetzt packen ihn die Zweifel. Ist es der richtige Beruf, den er sich da ausgesucht hat? Hat der Weltkrieg nicht ausgereicht, seinen Bedarf an Toten zu decken? Muss er sich jetzt auch noch im Frieden damit beschäftigen? Und was für Tote! Das ermordete Kind hat ihn stärker betroffen gemacht, als er sich selbst eingestehen will. Gequält, gewürgt, erstochen, angezündet. Liegengelassen wie ein Stück Müll. Und es gibt nichts mehr, was man jetzt noch tun könnte.

Nein, denkt er, das stimmt nicht. Ich muss den Täter fassen. Das ist meine Aufgabe. Dazu bin ich ausgebildet. Wenn es kein Verwandter und kein Nachbar ist – umso schlimmer. Umso größer die Gefahr, dass er weiter mordet. In einem Monat, in einem Jahr vielleicht. Was für eine brutale Tat! Aber auch extrem leichtsinnig. In aller Offenheit, mitten in der Stadt. Es muss einfach Zeugen geben. Heute werden sie sich melden. Heute erwischen wir ihn. Also los.

8.

Grauer Februarmorgen. Mürrische, unausgeschlafene Polizisten. Das Zimmer ist überheizt und schon jetzt völlig verraucht. Der Kaffee zu stark, wie immer. Berger nimmt einen Schluck und setzt den Becher wieder ab.

»Hier, haben Sie das gesehen?« Fuhrmann schiebt ihm die Zeitung hin. »Grzesinski, der Innenminister. Unser preußischer Innenminister! Sagt im Landtag: ›Mehr Geld braucht die Polizei nicht, der geht es sowieso schon zu gut. Und wer zweiunddreißig ist und bei der Polizei, der hat seine zehntausend Reichsmark auf der hohen Kante.‹ – Ich nicht, kann ich nur sagen. Ich nicht! Und ich bin inzwischen über fünfzig!« Fuhrmann ist erbittert.

»Ich habe auch keine zehntausend«, sagt Berger.

Aber du hast jedenfalls 'ne reiche Freundin, denkt Fuhrmann. Er sagt: »Was glauben Sie, wie solche Dinge bei der Bevölkerung ankommen? Was wir da wieder zu hören kriegen! Ihr fresst euch fett auf unsere Kosten, und die Mörder, die kriegt ihr trotzdem nicht!«

Berger wirft dem Kollegen einen kritischen Blick zu. Er ist in der Tat zu dick, der Gute. »Wir lassen uns alle nach Berlin versetzen«, schlägt er vor, um das Gerede zu beenden. »Und? Gibt es sonst was Neues?«

Fuhrmann schüttelt den Kopf: »Nichts. Keine Spur von dem Mann mit dem Handwagen. Und ansonsten hat keiner etwas gesehen oder gehört. Es ist unfassbar!«

»Es kann natürlich sein, dass sich morgen oder übermorgen noch jemand meldet«, sagt Berger. »Jemand, der das erst am Montag aus der Zeitung erfährt, oder auf der Arbeit davon hört.«

Fuhrmann ist skeptisch. »Ich fürchte, da wird nicht viel kommen.«

»Es gibt noch einen Punkt, dem wir nachgehen sollten«, gibt Kosinski zu bedenken. »Die Ecke bei der Vinzenzkirche liegt nicht auf dem direkten Wege von der Rosmarinstraße zur Langerstraße. Die kleine Rosa ist immer die Flurstraße gegangen, sagt die Mutter. Der Täter muss das Kind also dazu gebracht haben, vom Wege abzuweichen.«

»Das wissen wir doch gar nicht! Er kann ja irgendwo in der Flurstraße wohnen, sie dort getroffen und in sein Zimmer gezerrt haben.«

»Unfug. Der hat die Kleine doch da ermordet, wo wir sie auch gefunden haben!«

»Vielleicht.«

»Ich frage mich, wie er das wohl gemacht hat. Wie er wohl das Kind dazu gebracht hat mitzugehen. Neun Jahre – da weiß man doch schon, dass man nicht mit Fremden mitgehen darf.«

Berger zuckt mit den Achseln. »Bonbons vielleicht. Oder Schokolade. Wie auch immer – das wird bei der Obduktion herauskommen.«

9.

»Was wir am Freitag gegessen haben?« Frau Olbricht wirkt gefasst, aber bei dieser Frage sieht sie den Polizisten doch erstaunt an.

»Ja, das heißt, in erster Linie natürlich, was die kleine Rosa gegessen hat.« Fuhrmann fühlt sich unbehaglich.

»Also mittags, da gab es Sauerkraut und Kartoffeln.«

»Und – wie haben Sie die zubereitet?« Das ist wichtig, hat Berger ihm eingeschärft. Fuhrmann hat keine Ahnung, wie man Sauerkohl vielleicht zubereiten könnte.

»Ganz normal«, sagt Frau Olbricht.

Fuhrmann sieht sie an. »Und – was heißt das?«, fragt er schließlich.

»Erst die Kartoffeln gekocht, in Wasser, mit nem halben Teelöffel Salz, dann kleingestampft, und dann mit dem Sauerkohl verrührt.«

»Und – Fleisch?«

»Ja, da hab ich fetten Speck genommen. Den schneide ich immer in kleine Würfel und dann brate ich ihn in der Pfanne an. Und wenn er dann schön knusprig braun ist, vermenge ich ihn mit dem Kohl und den Kartoffeln.«

»Ja. Und – was hat die Rosa dazu getrunken?«

»Ob sie was getrunken hat, weiß ich gar nicht. Kann sein, dass sie etwas Milch getrunken hat. Milch mit Kaffee.«

»Mit Kaffee?«, fragt Fuhrmann. Das hätte es bei ihm zu Hause nicht gegeben.

»Ja, mit Kaffee.«

»Und wann haben Sie zu Mittag gegessen?«

»Das war so zwischen vierzehn Uhr und 14.30 Uhr etwa.«

»Das war also die letzte Mahlzeit, die sie ... bevor sie ...«

»Ja. Bei ihrer Freundin hat sie nichts gegessen, das weiß ich. Da kriegt sie nie etwas.«

»Und zum Frühstück? Wissen Sie noch, was es da gegeben hat?«

»Ja, zum Frühstück, da hatte sie süßes Graubrot, mit durchwachsenem Schinkenspeck. Das hat sie mit zur Schule genommen. Und in der Schule hat sie dann morgens immer eine Tasse Milch getrunken. – Sagen Sie, warum wollen Sie das eigentlich alles wissen?«

»Jede Einzelheit kann wichtig sein«, sagt Fuhrmann unbestimmt. Hoffentlich fragt sie nicht nach, denkt er. Hoffentlich fragt sie nicht weiter nach! Ich kann ihr doch nicht sagen, dass wir ihrem kleinen Mädchen den Bauch aufschneiden wollen und nachgucken, was drin ist!

Frau Olbricht fragt nicht nach. Doch die Obduktion bringt auch keine neuen Erkenntnisse. Es werden weder Spuren von Bonbons noch Schokolade gefunden.

10.

»Ich komme wegen dem Mord an dem Mädchen …« Der Polizist ist verlegen, dreht den Tschako in seinen Händen. Dies ist nicht der Dienstweg, denkt er; er fühlt sich unbehaglich.

»Kommen Sie, setzen Sie sich!«

»Danke. – Ja, also, ich weiß nicht, ob Sie in der letzten Woche die Zeitung gelesen haben …«

Berger schüttelt den Kopf. Eis auf dem Rhein, davon war die Rede. Und irgendetwas war mit dem Kellogg-Plan, aber das meint der Kollege sicher nicht.

»Ich komme von Gerresheim …«

Bergers Hoffnung sinkt. Gerresheim, das ist vom Tatort an die fünf Kilometer entfernt, wenn nicht mehr. Eine ganz andere Welt. Aber von Eck sagt: »Gerresheim? Der Überfall auf die Frau?« – Wenigstens einer, der die Zeitung liest, denkt Berger.

Der Polizist nickt. »Ja. Am Montag ist das gewesen, in der Berthastraße. War ja nur eine kleine Notiz in der Zeitung, und ich dachte mir, vielleicht haben Sie das nicht gesehen. Aber wenn Sie das sowieso schon alles wissen …«

»Ich weiß gar nichts«, sagt Berger. »Was war das in Gerresheim?« Warum hat von Eck nichts davon gesagt?

»Also, da ist am Sonntagabend diese Frau Krohn überfallen worden. Apollónia Krohn. Das war so kurz nach neun Uhr. Sie hatte eine Freundin besucht und war auf dem Weg nach Hause. Und dann, als sie in die Berthastraße einbiegt, da hört sie plötzlich Schritte hinter sich. Jemand folgt ihr. Geht mal schneller, mal langsamer. Die Sache ist der Frau Krohn unheimlich. Sie bleibt stehen, will den Mann vorbeilassen. Der geht auch vorbei, ruft ›Guten Abend!‹ – und dann kehrt er plötzlich um. Er sagt zu der Frau Krohn: ›Keinen Laut!‹, oder so ähnlich, und im selben Moment fängt er auch schon an, mit einem Dolch auf sie einzustechen. Auf den Kopf. Alles geht rasend schnell. Sie schreit: ›Julius!‹ – das ist der Name von ihrem Mann, dann fällt sie auf die Knie. Der Kerl sticht weiter auf sie ein, und dann bricht sie zusammen und verliert das Bewusstsein.«

»Stiche auf Kopf und Leib – genau wie bei der kleinen Olbricht!«

»Insgesamt zwölf tiefe Stiche.«

»Ganz genau wie bei dem kleinen Mädchen. Und – lassen Sie mich raten – ich nehme an, es war eine junge Frau, noch ziemlich kindlich?«

Der Polizist schüttelt den Kopf. »Groß, kräftig, fünfundfünfzig Jahre alt.«

Das passt nicht, denkt Berger. Das hat mit unserem Fall nichts zu tun. »Und – ist sie tot?«

»Nein. Sie hat Glück gehabt. Der Mörder hat wohl geglaubt, dass sie tot wäre, und hat von ihr abgelassen. Sie ist aber wieder zu sich gekommen, nach Hause gelaufen, und ihr Ehemann hat dann sofort den Arzt gerufen. Die Nachbarn hatten zum Glück Telefon.«

»Hat sie den Täter beschreiben können?«, fragt Fuhrmann.

»Leider nicht. Es ist ja alles so schnell gegangen. Und ziemlich dunkel war es auch. Da draußen gibt es ja noch keine Straßenbeleuchtung.«

»Hat sie denn gar keine Angaben machen können?«

»Der Kerl hat einen dunklen Überzieher und einen dunklen Hut getragen, sagt sie.«

»War er größer oder kleiner als sie, alt oder jung?«

»Das weiß ich nicht. Ich glaube, das hat sie in dem Moment nicht registriert.«

»Wir werden mit der Frau sprechen müssen«, sagt Berger.

Wahnsinn

11.2. - 6.4.1929

1.

Als Berger vom Krankenhaus zurückkommt, telefoniert sein Chef gerade. »Entschuldigung.« Berger will die Tür schon wieder schließen, aber Kriminalrat Mombach winkt ihn geradezu aufgeregt zu sich ins Zimmer.

»Ja, genau, das passt haargenau!« Er gibt Berger ein Zeichen, sich zu setzen. »Schicken Sie ein Foto, am besten per Kurier, dass wir das an alle Dienststellen verteilen können. Und an die Presse.«

»Eine Spur?«, fragt Berger.

Mombach nickt. »Ja, natürlich. – Danke, ja, das ist ganz hervorragend!« Als er den Hörer auflegt, strahlt er über das ganze Gesicht.

»Eine heiße Spur?«

»Heißer geht es gar nicht! – Das war Grafenberg. Die Heil- und Pflegeanstalt. Da ist einer ausgebrochen. Schwitzer heißt der. Der hat da eingesessen, weil er ein kleines Mädchen umgebracht hat. Ein Kind von elf Jahren. Hat es in seine Wohnung gelockt, vergewaltigt und dann erstochen. Zahlreiche Stiche und Schnitte, sagt Friese. Das ist der Leiter der Anstalt, mit dem hab ich eben telefoniert.«

»Aus Grafenberg ausgebrochen? Hier bei uns in Düsseldorf? Wieso weiß ich nichts von dem Fall?«

»Ist schon vor ein paar Wochen passiert. Warten Sie, ich hab es mir aufgeschrieben – ja, hier steht es. Am 24. November. Also vor gut zehn Wochen. Das ist unser Mann, Berger.«

»Ja, vielleicht.« Berger kann den Enthusiasmus seines Chefs nicht ganz teilen.

»Das ist er auf jeden Fall! – Ach ja, das Beste wissen Sie ja noch gar nicht, das hab ich Ihnen ja noch gar nicht erzählt: Nachdem er das Kind umgebracht hatte, hat er die Leiche auf dem Dachboden versteckt. Und dann ist er hinterher noch mal wiedergekommen und hat Feuer gelegt. – Was sagen Sie jetzt?«

»Genau wie bei der kleinen Olbricht«, muss Berger zugeben. »Bis heute Mittag hätte ich noch geglaubt, das ist unser Täter ...«

»Jetzt nicht mehr?«

»Ich weiß nicht. Inzwischen haben wir es nicht mehr nur mit einem Mord an einem kleinen Mädchen zu tun ...« Berger berichtet von dem Überfall in Gerresheim und seinem Besuch im Krankenhaus. Leider hatte die Frau Krohn den Täter wirklich nicht beschreiben können.

»Das sind zwei ganz verschiedene Fälle.«

»Das habe ich auch erst gedacht, aber die Art des Überfalls, die Stiche in den Kopf ...«

Mombach überlegt einen Augenblick. Schließlich wischt er den Einwand vom Tisch: »Na und? Was sagt das schon? Der Mann ist aus Grafenberg ausgebrochen, aus der Irrenanstalt. Er ist wahnsinnig. Und die zwei Überfälle, die wir jetzt gehabt haben, die gehen doch eindeutig auf das Konto eines Wahnsinnigen! – Friese sagt, der Ausbruch ist damals natürlich gemeldet worden. Wir haben auch schon ein Foto, aber er schickt uns gleich noch einmal einen Abzug. Wir haben das damals nicht mit dem größten Nachdruck verfolgt. Und – um ehrlich zu sein – wir haben wahrscheinlich gedacht, der Mann ist unterwegs nach Süden. Nach Koblenz vielleicht.«

»Nach Koblenz? Wo war denn das damals mit dem Kind?«, fragt Berger. »Nicht hier in Düsseldorf?«

»Nein, nicht hier. Das war in Kreuzberg. An der Ahr.«
»An der Ahr?« Das ist über hundert Kilometer von Düsseldorf entfernt.

2.

»Hum-ta-tä! Hum-ta-tä!«, dröhnt es von der Straße. Berger schließt das Fenster.
»Sehen Sie, es hat am Ende doch noch geklappt!« Fuhrmann strahlt.
»Ja.« Es ist nicht zu überhören. Der Rosenmontagszug wälzt sich durch Düsseldorf. Berger stammt nicht aus dem Rheinland, er kann dem Karneval nichts abgewinnen.
»Alles durch private Spenden!«
Berger verkneift sich seinen Kommentar. Hoffentlich passiert heute nichts, denkt er. Die Polizei ist voll damit beschäftigt, den Rosenmontagszug zu schützen und das Chaos einigermaßen in Grenzen zu halten. Im Präsidium ist nur eine Notbesetzung.
»Es steht in der Zeitung«, sagt Fuhrmann.
»Ja.«
Aber diesmal meint der Kollege nicht den Karneval, sondern die Fahndung nach Emil Schwitzer. »Er ist 1,72 m groß, schlank, hat hellblondes, seitlich gescheiteltes Haar, auffallend große Poren im Gesicht, ähnlich wie Pockennarben … Und dazu bringen sie sein Foto. Den finden wir, da gibt es gar keine Frage.«
»Er kommt von der Ahr«, sagt Berger. »Wer weiß, ob das wirklich unser Mann ist!«
»Ja, an der Ahr, da ist er wohl geboren, das stimmt. Aber der Schwitzer, der hat auch Beziehungen nach Düsseldorf. Der war ja Händler oder so was, und der hat wohl eine Freundin hier in Düsseldorf gehabt. In Flingern.«

»Was?« Berger fährt hoch. Sollte an der Geschichte doch etwas dran sein?

»Ja, aber da ist er nicht. Kosinski hat das schon überprüft. Die Frau wohnt noch da, aber sie lebt jetzt mit einem anderen Mann zusammen. Wenn der Schwitzer sich da blicken lässt, bekommen wir sofort Bescheid.«

»Schön. – Und wo ist Kosinski jetzt?«

»Keine Ahnung. Wahrscheinlich beim Umzug mit dabei.«

»Beim Umzug? Als was denn, als Nosferatu vielleicht?«

Fuhrmann lacht.

Berger beißt sich auf die Lippen. Als Vorgesetzter hätte er das nicht sagen dürfen. Er hat sich an die neue Rolle noch nicht gewöhnt.

Aber Fuhrmann sagt: »Der Kosinski, der ist schon in Ordnung. Der wirkt nur so finster, aber in Wirklichkeit – in Wirklichkeit ist der in Ordnung.«

3.

»Ich konnte nicht früher weg!«

»Ja, da musst du dich nun schon entscheiden zwischen deinen Mördern und deiner Freundin!«, sagt Jutta gewollt schnippisch.

Das ist ein Scherz, aber Berger ist nicht nach Scherzen zumute. »Du glaubst ja gar nicht, was bei uns los ist. Selbst aus Köln haben sie inzwischen angerufen.«

»Wegen dieses Schwitzer, von dem die Zeitungen schreiben?«

»Nein, nicht nur wegen Schwitzer. Der Mord erinnert sie an einen Fall von vor dem Krieg, sagen sie, wo auch ein kleines Mädchen brutal ermordet worden ist.«

»Und?«

Berger schüttelt den Kopf. »Das kann nicht sein. Da kann kein Zusammenhang bestehen. Vor sechzehn Jahren! – Der

Schwitzer jedenfalls, der wäre damals doch viel zu jung gewesen.«

»Und wie wäre es, wenn du jetzt deine Mörder einen Augenblick vergessen würdest? – Es gibt nämlich einen Grund zum Feiern.«

»Wie? – Ach, mein Gott, es ist ja Karneval!«

Berger wirft einen Blick ins Wohnzimmer. Zwei Flaschen Champagner stehen da im Eis. Der Karneval hat auch seine angenehmen Seiten. »Und wie willst du hinterher nach Hause kommen?«

Jutta sieht ihren Freund an. »Vielleicht könnte ich hier übernachten?«

Karneval ist einfach prima.

4.

»Aufstehen, Berger!« Es klopft an die Wohnungstür.

Berger fährt hoch. Das ist doch Mombachs Stimme? Was macht der Chef hier in seinem Haus? Er springt aus dem Bett. Zu schnell. Alles dreht sich. Berger muss sich am Tisch festhalten. Zu viel Alkohol, denkt er. Das war zu viel gestern Abend. Wie spät mag es sein? Noch keine neun Uhr. Und Jutta? Jutta ist weg.

»Nun kommen Sie schon, Berger, wir haben's eilig!«

»Was gibt's denn?« Berger fährt in seine Sachen. »Ich komm ja schon!«

Auf dem Weg zur Tür lässt er noch rasch die leeren Flaschen im Papierkorb verschwinden. Sein Blick fällt auf den Spiegel. Mein Gott, sieht er aus! Und wo ist jetzt wieder der Kamm? Keine Zeit, danach zu suchen. Er fährt sich rasch mit den Fingern durch die Haare. Dann schließt er die Tür auf.

»Na endlich!« Mombach ist ungehalten.

»Entschuldigung. Was ist denn los?«

»Wie sehen Sie denn aus? Aschermittwoch, was?« Mombach lacht. »Kommen Sie mit, Berger, wir haben unseren eigenen Aschermittwoch vor uns. In Gerresheim draußen, da liegt einer. Tot.«

5.

Das Erste, was sie sehen, ist die Blutlache auf der Straße. Eine Reifenspur geht mitten hindurch.

»Kommen Sie, hier ist es!« Der Wachtmeister führt Mombach, Berger und Kosinski ein Stück weiter die Straße entlang. »Hier.«

Der Tote liegt mit dem Gesicht nach unten im Straßengraben. Mombach beugt sich über ihn, fasst nach dem Puls. »Zur Sicherheit!«, wendet er sich an Berger und Kosinski. Aber da ist kein Puls mehr.

»Der ist noch nicht lange tot«, sagt der Wachtmeister. »Die Leiche ist noch warm.«

»Tja«, sagt Mombach. »Da sind wir zu spät gekommen. – Wer hat ihn gefunden?«

»Das junge Fräulein da drüben. Sie kennt ihn. Spee heißt er.«

»Der Admiral?«

Kosinski natürlich! Berger sieht den Kollegen scharf an. Solche Scherze sind hier fehl am Platz. Man muss kein Polizist sein, um zu sehen, dass dieser Tote kein Admiral ist.

Der Wachtmeister schüttelt den Kopf. »Nein, der ist kein Admiral. Maschinist oder so etwas. Früher mal. Jetzt nicht mehr. Ist ein Invalide.«

»Erstochen«, sagt Kosinski.

»Erstochen«, bestätigt Mombach. »Und – sehen Sie das hier?«

Berger nickt. »Eine Schleifspur. – Er ist auf der Straße getötet worden. Da drüben, wo die Blutlache ist. Der Täter hat ihn erst danach in den Graben gezerrt.«

Mombach sieht nachdenklich auf den Toten hinunter. »Lederne Gamaschen«, sagt er. »Sollte mich nicht wundern, wenn der Täter sein Opfer an den Gamaschen gepackt und hier runtergezerrt hat. Das gibt Fingerabdrücke. Das muss Fingerabdrücke geben.«

»Ich geh und hole die Ausrückungstasche«, sagt Kosinski.

»Gut«, sagt Berger. »Ich spreche mit dem Mädchen.«

Das Mädchen heißt Luise Werner. »Ich bin auf dem Weg zur Arbeit gewesen; da hab ich hier die Flecke auf der Straße gesehen und auch dass hier etwas Schweres zur Seite geschleift worden ist. Da hab ich nachgesehen und den Spee gefunden.«

»Sie kannten ihn?«

»Ja, er wohnt hier in den Schrebergärten. Zusammen mit seinem Sohn. Da drüben, wenn Sie hier in den Weg einbiegen, sehen Sie gleich das Häuschen. – ›Herr Spee!‹, hab ich gerufen. Ich hab ihn sofort erkannt, wegen seiner Jacke. Aber er hat sich nicht gerührt. Ich bin dann in den Graben runter und hab nachgesehen. Da hab ich gemerkt, dass er tot ist. Da hab ich gleich die Polizei geholt.«

»Haben Sie ihn angefasst?«

»Nein.«

»Das haben Sie gut gemacht«, sagt Berger. Hübsch sieht sie aus, denkt er, und völlig gefasst!

Aber so ruhig wie sie scheint, ist Luise Werner gar nicht. »Kann ich wohl eine Zigarette haben?«, fragt sie.

»Bitte.« Berger gibt ihr eine.

»Ich würd Sie gern noch was fragen«, sagt das Mädchen.

»Fragen Sie.«

»Da war doch neulich dieser Überfall auf die alte Frau hier in der Gegend?«

Alte Frau! »Ja, was ist damit?«

»Wahrscheinlich hat es überhaupt gar keine Bedeutung. Aber ein paar Tage danach, als ich mit meiner Mutter hier spazieren gegangen bin, da hat uns ein Mann angesprochen. Der hat uns von dem Überfall erzählt. Wir hatten gar nichts davon mitbekommen. Und dieser Mann, der hat gesagt, wie gefährlich es ist, hier allein herumzugehen, und der hat uns dann nach Hause gebracht.«

»Das war sehr nett von ihm«, sagt Berger.

»Ja.« Sie zieht heftig an ihrer Zigarette.

»Ja, aber?«

»Er hat so viel von diesem Überfall erzählt, alle Einzelheiten, die wir gar nicht wissen wollten. Meine Mutter hat sich schrecklich aufgeregt. Es war – es war irgendwie unheimlich.«

»Können Sie den Mann beschreiben?«, fragt Berger.

»Beschreiben?«

»War er vielleicht besonders groß oder besonders klein?«

»Eher so durchschnittlich, würde ich sagen.« Sie hat ihn sich nicht genau angesehen.

»Dick oder dünn?«

»Nein. Ich weiß nicht. Das Einzige, was ich wirklich sagen kann, das ist: Er war unheimlich.«

Das bedeutet gar nichts, denkt Berger. »Wissen Sie was?«, schlägt er vor. »Wenn dieser Mann noch einmal hier in der Gegend auftaucht oder Sie anspricht – könnten Sie mir dann einfach Bescheid sagen? – Hier, ich gebe Ihnen meine Karte mit. Da steht alles drauf. Mein Name und die Telefonnummer, unter der Sie mich erreichen können.«

Wahrscheinlich wird er nicht wieder kommen, denkt Berger.

»Keine Abdrücke!« Mombach erhebt sich. »Kosinski und ich, wir haben es beide versucht. Wenn er ihn an den

Gamaschen in den Graben gezerrt hat, dann hat er die hinterher wieder abgewischt. Oder Handschuhe angehabt. – Der Spee, der war übrigens betrunken. Der riecht immer noch nach Alkohol.«

»Heute ist Aschermittwoch«, sagt Berger. Er geht davon aus, dass er selbst auch noch nach Alkohol riecht.

»Wir haben inzwischen den Graben und das Gebüsch abgesucht.«

»Und? Was gefunden?«

»Einen Hut haben wir gefunden. Ein paar Meter von der Leiche entfernt. Der Täter muss ihn in die Büsche geworfen haben, nachdem er sein Opfer hier in den Graben gezerrt hatte.«

»Fingerabdrücke?«

»Auf dem Filz? Da dürften wir wohl keine Chance haben! – Aber das hier, das haben wir auch noch gefunden!« Mombach hält ihm einen kleinen Gegenstand hin.

»Ein Taschenmesser!«

»Ja. Das muss dem Spee gehört haben. Er hat es wohl aus der Tasche gezogen und versucht, es zu öffnen, aber der Mörder war schneller. Das Messer lag da hinten im Gras. – Da kommt Kosinski. – Ich hab ihn rübergeschickt zum Haus von dem Spee. Er soll sich mit dem Sohn unterhalten.«

»Kosinski?«, fragt Berger.

»Kosinski kann das. Er ist manchmal etwas zynisch, aber in einem solchen Fall, da kann er sich sehr wohl zusammennehmen. – So wie es aussieht, war dies das Werk desselben Täters.«

»Ich weiß nicht, ob das wirklich der Schwitzer gewesen sein kann.«

Mombach schüttelt den Kopf. »Schwitzer kommt nicht in Frage. Wenn Sie etwas früher aufgestanden wären, würden

Sie das schon wissen. Er war gestern Abend bei Bekannten in Köln. Das Alibi ist von mehreren Zeugen bestätigt worden.«

Was hackt er auf mir herum, denkt Berger. Darf ich nicht einmal mehr nachts schlafen?

»Es ist schon ein Elend«, sagt Kosinski. »Solche Leute, die erwischt es natürlich immer zuerst. Das ist vielleicht eine Bruchbude da drüben, alles selbst gebaut. Rudolf Spee, der war vierundfünfzig, eigentlich Maschinist, aber jetzt arbeitslos, wegen seiner Verletzung. Er war zuletzt zu Pflichtarbeiten eingesetzt, drüben am Königsbusch ...«

»Das ist doch da, wo die Krohn überfallen ist!« Mombach runzelt die Stirn.

»Ja, das ist die Gegend. Gestern Abend so gegen neunzehn Uhr ist er nach Hause gekommen. Sein Sohn, der ist auch schon an die dreißig, auch arbeitslos, krank, liegt im Bett. Eine Frau gibt es nicht. Der Sohn hat den Vater gebeten, noch etwas zu Essen zu besorgen; es war nämlich nichts mehr da. Der Alte ist also losgezogen, hat auch ordentlich hinter sich abgeschlossen – mit einem Vorhängeschloss. Den Sohn eingesperrt, sozusagen. Und dann ist er nicht wiedergekommen ...«

»Was immer er getan haben mag in der Zeit zwischen neunzehnUhr und seiner Ermordung – er war auch in einer Gaststätte, das steht fest. Er riecht nach Alkohol.«

»Vielleicht hat er mit seinem Mörder gezecht? – Ich hör mich mal um.«

»Ja. Machen Sie das, Kosinski. Wir treffen uns nachher, wenn Stolley mit der Obduktion fertig ist.«

Berger will zurück ins Präsidium. Hier kann er nichts mehr tun. Mombach hält ihn zurück: »Ach, ein Wort noch, Berger!«

»Was gibt es denn?« Sicher nichts Gutes!

»Die Staatsanwaltschaft hat sich beschwert über Sie. Sie hätten die Leiche der Olbricht nicht abräumen dürfen, bevor der Staatsanwalt da war.«

»Sie waren doch selbst draußen«, erwidert Berger verärgert. »Sie haben gesehen, was da los war. Die Lage war ja kaum noch unter Kontrolle. Ich musste die Leiche wegschaffen lassen«

»Weiß ich, weiß ich ja! – Aber der Herr Jansen, der hat das alles natürlich nicht gesehen. Und anschließend musste er in der Zeitung lesen, dass er verschlafen hat. Und deshalb macht er diesen Aufstand.«

»Soll ich mich etwa schriftlich entschuldigen?«

Die Ironie prallt an Mombach ab. »Schriftlich nicht, denke ich, aber ein Anruf wäre nicht schlecht.«

Berger seufzt. Das hat ihm gerade noch gefehlt.

»Jedenfalls sind wir die Verantwortung für diesen Fall bald los.«

»Was?«

»Langels hat heute früh in Berlin angerufen und das Landeskriminalamt um die sofortige Entsendung eines fähigen Mordkommissars gebeten.«

»Heißt das, dass wir unfähig sind?«, explodiert Berger.

»Fassen Sie sich, Berger! Keiner sagt das. – Aber zweieinhalb Morde in gut einer Woche! Da hat unser Präsident kalte Füße bekommen. Er hat Angst, dass er am Ende selbst schlecht aussieht. Und das will er natürlich nicht. Deshalb will er einfach die Verantwortung auf mehrere Schultern verteilen.« Mombach lacht – etwas gezwungen, wie es Berger scheint.

6.

»Sie halten mich ja ganz schön in Atem!« Professor Stolley zieht sich den weißen Kittel aus. Zu zweit haben sie ihn aufgesucht in der Gerichtsmedizin: Mombach und Berger.

»Aber mein lieber Herr Professor! Zwei Leichen in vier Tagen – in Ihrem Alter sollten Sie das eigentlich noch schaffen können!« Mombach lacht.

Berger ist unangenehm berührt. Darüber scherzt man nicht. Aber wahrscheinlich wird man so, denkt er. Man stumpft ab, wenn man dauernd mit dem Tod zu tun hat.

Stolley verzieht keine Miene. »Zwölf Stiche. In den Hinterkopf, in den Nacken, in den Rücken.«

»Hat er den Mann von hinten angegriffen?«, will Mombach wissen.

»Das weiß ich nicht. Aber eigentlich glaube ich es nicht. Nein, ich nehme eher an, der Messerstecherei ist ein Handgemenge vorausgegangen, bei dem Spee dann den Kürzeren gezogen hat. So wie die Verletzungen angeordnet sind, sind die Stiche von oben ausgeführt worden. Wahrscheinlich ist der Spee zu Boden gegangen, und bevor er sich wieder aufrichten konnte, hat der Mörder wie ein Wahnsinniger auf ihn eingestochen. Einer der Stiche ist tief in die Halswirbel gegangen, ein anderer Stich hat die Lunge verletzt, ein dritter Stich ist ins Hirn gedrungen. Diese Verletzungen haben zum Tode geführt – in Verbindung mit der Kälte der Nacht und nicht zuletzt auch damit, dass Spee betrunken gewesen ist. Erheblich betrunken.«

»Aber er hat noch gelebt, als der Mörder ihn in den Graben gezerrt hat?«

»Das ist gut möglich, ja.«

»Dann stimmt es also doch. – Wir haben da die Aussage von einem Arbeiter, der in aller Frühe, so gegen 5.30 Uhr an der Stelle vorbeigegangen ist. Der sagt, er habe ein Stöhnen gehört. Er hat noch gesucht, was das wohl sei, aber in der Dunkelheit nichts finden können.«

»Schade«, seufzt Berger.

»Ich glaube nicht, dass der Mann noch zu retten gewesen wäre. Mit den Verletzungen …«

»Die Reifenspur«, erinnert Mombach. »Es gibt eine Reifenspur quer durch die Blutlache. – In dem Gebiet da draußen fahren nicht allzu viele Autos. Es könnte der Mörder gewesen sein.«

»Von den Leuten, die wir bisher befragt haben, hat keiner einen Wagen gehört oder gesehen«, sagt Berger.

»Kommt vielleicht noch. – Also, was wissen wir bis jetzt? Spee ist abends so gegen neunzehn Uhr von seiner Baracke aus losgegangen, um etwas zu Essen zu holen. In der nächstgelegenen Gaststätte kauft er ein paar Bücklinge. Außerdem trinkt er das eine oder andere Bier. Dann zieht er weiter zur nächsten Gaststätte, trinkt weiter und kommt so gegen dreiundzwanzig Uhr wieder in die erste Kneipe zurück. Er kauft noch ein Kotelett für seinen kranken Sohn. Wahrscheinlich hat er inzwischen vergessen, dass er ja schon die Bücklinge hat. Und er will weiter trinken. Der Wirt verweigert ihm aber den Alkoholausschank, da Spee bereits ziemlich angeschlagen ist. Also verabschiedet der sich und wankt in Richtung Heimat.«

»Allein?«

»Soweit wir wissen allein. In keiner der Kneipen, in denen Kosinski nachgefragt hat, war Spee mit irgendeinem Kumpanen zusammen. Er hat allein getrunken, wie sonst auch. Er galt als nicht besonders gesellig. – Wir müssen davon ausgehen, dass er dem Mörder erst auf dem Heimweg über den Weg gelaufen ist.«

»Mich brauchen Sie dann ja wohl nicht mehr?« Stolley hängt seinen Kittel an den Haken.

Mombach hält ihn zurück. »Eine Frage hätte ich schon noch. Was sagen Sie: Ist es dasselbe Messer, mit dem die Krohn, die Olbricht und der Spee angegriffen worden sind?«

»Ich habe die Frau Krohn ja nicht gesehen, dazu kann ich nichts sagen. Aber bei der kleinen Olbricht und dem Spee, da würde ich schon sagen, ja, das ist dasselbe Messer gewesen. Eine sehr schmale, andererseits aber erstaunlich dicke Klinge. Ziemlich ungewöhnlich. Wenn Sie sich die Verletzungen noch einmal ansehen wollen, ich könnte Ihnen …«

»Nein danke«, sagt Mombach. »Ich glaube Ihnen aufs Wort.«

7.

Sie sitzen zusammen. Mombach hat die Zeitungen vor sich ausgebreitet. Der gestrige Mord an dem Invaliden nimmt einen breiten Raum ein. »Drei Überfälle in gut einer Woche. Zwei Morde, ein Mordversuch. Eine relativ alte Frau, ein kleines Mädchen, ein Invalide. Wenn diese Überfalle von einem Einzeltäter verübt worden sind …«

»Daran kann doch wohl kein Zweifel bestehen«, wirft Kosinski ein.

»Wenn die Überfälle von demselben Täter verübt worden sind, dann heißt das, es gibt nur eine Gemeinsamkeit: Die Absicht, jemand umzubringen.«

»Ein Wahnsinniger ist das«, sagt Fuhrmann. »Man stelle sich das vor: Dieser Mann, wer immer das ist, zieht abends los, um zu töten. Das Opfer kann ein Mann sein, eine Frau, ein Kind. Ganz egal wer oder was, Hauptsache tot. Ich möchte wetten, wenn er stattdessen eine Kuh getroffen hätte, hätte er die auch umgebracht. – Und wir haben keine Ahnung, wer das gewesen sein kann, keine einzige heiße Spur.«

»Der Mann mit dem Handwagen?«, fragt Berger.

»Hat sich erledigt. Da war Wein drin. Weinflaschen für eine Karnevalsfeier. Mit Fichtenzweigen abgedeckt, wegen der Kälte. Damit das Zeug nicht friert. Wir hatten ja fast sechzehn Grad unter Null am Samstag früh.«

»Und jetzt?«, fragt Kosinski.

»Wir haben alle befragt, die in der Umgebung wohnen. Keiner hat was gesehen oder gehört. Aber jeder hat so seine Ideen. Die Zigeuner sollen es gewesen sein, so heißt es.«

»Die Zigeuner?« Berger kann es nicht glauben.

»Ja. Wir haben ja da dieses Zigeunerlager am Hellweg. Keine Zierde für die Umgebung, das gebe ich ja zu, aber nennenswerte Straftaten sind uns bisher noch nicht gemeldet worden. Wie es heißt, schicken die ihre Kinder sogar zur Schule. Aber Sie wissen ja, wie das ist. Wenn etwas passiert, heißt es immer gleich: Das waren die Zigeuner.«

»Das ist doch Unfug«, sagt Berger. »Nie und nimmer waren das Zigeuner!«

»Aber den Anwohnern ist das Lager natürlich schon lange ein Dorn im Auge. Und die glauben halt, denen ist alles zuzutrauen. Langels hat jedenfalls eine Razzia angeordnet.«

Berger schüttelt den Kopf. »Das gibt nur Unfrieden, weiter nichts.«

Es klopft an die Tür.

»Herein«, ruft Mombach.

Es ist Langels mit zwei Herren in Hut und Mantel. Alle erheben sich von ihren Stühlen, Fuhrmann als Letzter.

»Guten Abend, Herr Polizeipräsident«, sagt Mombach.

»Schönen guten Abend, meine Herrschaften! Die Verstärkung aus Berlin ist da! Ich möchte Ihnen hiermit die Herren Kriminalkommissar Sauer und Kriminalassistent Breising vorstellen. – Willkommen in Düsseldorf!« Langels strahlt.

»Willkommen in Düsseldorf«, sagt Kosinski trocken. Er fixiert die beiden Neuen. »Schade, meine Herren, Sie kommen leider etwas zu spät.«

Langels stutzt. »Was denn? Ist der Fall gelöst?«

»Kosinski!«, zischt Mombach, aber Kosinski lässt sich nicht bremsen.

»Nein«, sagt er, »der Fall ist nicht gelöst. Das nicht. Aber heute ist Aschermittwoch – den Karneval haben Sie leider verpasst!«

8.

»Und? Ist das schlecht?«, fragt Jutta.

Berger hat ihr vom Eintreffen der Berliner Kollegen berichtet. »Es ist immer schlecht, wenn man seine Fälle nicht selbst lösen kann.«

»Dieser Langels scheint ja eine ziemliche Pfeife zu sein. Die Presse nimmt ihn jedenfalls gehörig unter Beschuss.«

»Er ist in einer schwierigen Position«, sagt Berger ausweichend. Er mag es nicht, wenn Jutta überheblich von seinen Vorgesetzten spricht.

»Findest du? – Kannst du mir mal den Reißverschluss zumachen?«

»Zu oder auf?«

»Zu natürlich. Ich muss in die Uni. – Aber heute Nachmittag, da liegt nichts weiter an. Die Vorlesung von dem Brieske, die ist sowieso zum Einschlafen. Der Rhein ist dicht, steht in der Zeitung. Das muss ich gesehen haben. Kommst du mit?«

Berger schüttelt den Kopf. »Der Rhein ist nicht wirklich zu. Jedenfalls nicht hier. Alles voller Treibeis, das ja, aber zugefroren ist er nicht.«

»Aber bei Emmerich! Ich hab vorhin mit den Pätzolds telefoniert. Man kann zu Fuß über den Fluss, von einer Seite auf die andere!«

»Sei bloß vorsichtig! Und zieh dich warm an, wenn du draußen spazieren gehst. Nicht dass du am Ende auch noch ein Opfer dieser Grippewelle wirst, von der die Zeitungen schreiben!«

»Red nicht wie meine Mutter! Komm lieber mit! Wir fahren zusammen nach Emmerich!«

Absurde Idee! Berger schüttelt den Kopf. »Ich hab doch Dienst. Zwei laufende Morduntersuchungen. Da kann ich nicht einfach abhauen.«

Seine Freundin sieht ihn an. »Wirklich nicht? – Hast du mir nicht gerade erzählt, dass sie dich kaltgestellt haben? Dass du die Verantwortung los bist?«

»Ja, natürlich. Aber ...« Im Grunde müsste man es wirklich machen, denkt er. Diese Pfeifen haben es nicht anders verdient.

»Was soll passieren? Dafür schmeißen sie dich nicht raus! – Und wenn doch, dann kannst du immer noch bei Papa anfangen.« Ihr Lieblingsthema.

»Ich bin kein Kaufmann«, sagt Berger.

»Aber du könntest einer werden! – Um eins am Hauptbahnhof?«

Himmel, auf was hat er sich da eingelassen! »Um zwei frühestens.« Und zum Teufel mit allen Mördern.

Als Berger das Haus verlässt, tritt er auf Glasscherben. Die Milch! Niemand hat daran gedacht, die Milch hereinzuholen. Die Flasche ist geborsten, die gefrorene Milch steht als weißer Kegel zwischen den Scherben.

9.

Langels sitzt bei Mombach im Zimmer. »Sie haben den Artikel gelesen?«, fragt er. Es klingt deprimiert.

Mombach nickt. Die Lektüre der Tageszeitungen ist immer seine erste morgendliche Amtshandlung.

»Diese Journalisten verdrehen alles«, sagt Langels.

»Ja«, sagt Mombach. Sein Chef tut ihm fast Leid. Er weiß, dass Langels im Umgang mit der Presse nicht immer eine glückliche Hand hat. »Vielleicht hätten Sie nicht selbst mit den Burschen sprechen sollen?«

»Nein, vielleicht nicht.« Langels streicht sich über das Haar. »Aber andererseits – wir haben doch nichts zu verbergen! Es ist doch in Ordnung, dass wir die Spezialisten zu Rate ziehen. Das tun andere doch auch. In Gladbeck zum Beispiel. Der Abiturientenmord.«

»Ja, natürlich. Das haben Sie den Reportern ja auch erzählt.«

»Ja. Aber was die daraus gemacht haben, das ist das Schlimme! Ich habe gesagt, dass die Gladbecker die Experten aus Berlin erst sehr spät zu Rate gezogen haben. Und so wie das jetzt hier abgedruckt ist, jetzt sieht das so aus, als habe diesmal ich viel zu früh nach Berlin telefoniert. Dabei weiß doch jeder, dass bei einem Mordfall die ersten Tage entscheidend sind!«

»Die ersten Stunden«, murmelt Mombach.

Langels starrt ihn an. Ist das eine versteckte Kritik? Selbst von Mombach? »Lang und breit habe ich denen erläutert, dass unsere Kollegen – Sie, Berger, Kosinski, Fuhrmann, Sie alle – dass Sie selbstverständlich genauso gut ausgebildet sind, wie die Herrschaften von der Berliner Mordinspektion, aber dass Ihnen einfach die Erfahrung fehlt. Die Erfahrung mit wirklich großen Verbrechen. Was passiert denn hier schon? Drei Morde im letzten Jahr. Drei! Und alles einfache Fälle. In Berlin dagegen … Lang und breit habe ich denen das erklärt.«

Mombach nickt. »Lang und breit, das war der Fehler. Die haben das dann lang und breit abgedruckt.«

»Ein verheerender Artikel!«

Mombach widerspricht nicht. »Die Öffentlichkeit wird darüber hinwegkommen«, beruhigt er sein Gegenüber. »Machen wir uns nichts vor: Die Leute haben ein sehr kurzes Gedächtnis. So viele Dinge passieren gleichzeitig. Dramatische Dinge.« Er greift zur Zeitung. »Nehmen Sie nur die heutigen Schlagzeilen: *Eistragödie auf dem Bodensee. Polnische Gewaltakte in Oberschlesien. Eisenbahnunglück bei Wien.* – Was bedeutet dagegen schon der Stand der Ermittlungen in einem unbedeutenden Mordfall?«

»Wien ist weit weg. Dies hier, das ist bei uns, Mombach. Hier bei uns! Das ist es, was die Leute interessiert.«

Da hat er Recht. Aber was hilft es? Mombach erhebt sich. »Herr Langels«, sagt er, »Sie wissen, dass wir alle unser Äußerstes tun, um diese schrecklichen Verbrechen aufzuklären. Die Hilfe der Berliner Spezialisten ist uns herzlich willkommen. Jede Verstärkung ist uns recht. Wir haben die Kollegen mit offenen Armen aufgenommen.«

Gestern Abend sah es mir nicht so aus, denkt Langels.

10.

»Es wird leider in Fällen wie diesen in der Öffentlichkeit immer sehr rasch angenommen, dass die Tat nur von einem Geistesgestörten ausgeübt worden sein kann.«

Berger nickt. Er hat sich freiwillig gemeldet, in Grafenberg Erkundigungen einzuziehen. Außendienst. Niemand kann wissen, wie lange so ein Dienstgang dauert. Je kürzer, desto besser. Um vierzehn Uhr will er am Hauptbahnhof sein. Aber Herr Direktor Friese scheint viel Zeit zu haben. Macht dieser Mensch denn überhaupt keine Mittagspause? Mit wachsender Ungeduld lässt Berger die Ausführungen des Anstaltsleiters über sich ergehen.

»Die Provinzial-Heil- und Pflegeanstalt Grafenberg ist natürlich kein Irrenhaus in dem Sinne, wie man sich das früher vorgestellt hat. Dies ist kein Gefängnis. Das kasernenmäßige System der Krankenbehandlung, wie es vor dem Krieg üblich war, haben wir längst aufgegeben. Bei uns gibt es keine Tobzellen, keine Zwangsjacken und keine Bandagen.«

»Ja«, sagt Berger. Der Mann ist so stolz auf diese Klinik. Dies ist sein Lebenswerk. Darüber kann er offenbar endlos reden.

»Wir unterscheiden in unserer Anstalt zwischen offener, halboffener und geschlossener Verwahrung. Und je nach seinem Krankheitsbild wird der Patient der entsprechenden Abteilung zugeführt ...«

Möglichst wenig fragen, sonst dauert es am Ende noch länger.

»Es sind Kranke, mit denen wir es zu tun haben, keine Verbrecher. Wir wirken mit beruhigenden Medikamenten, gütlichem Zuspruch und medizinischen Bädern auf unsere Patienten ein und versuchen damit, ihr schweres Los zu erleichtern ...«

Ein kleines Kind brutal vergewaltigt, ermordet und anschließend mit Petroleum übergossen und angezündet, denkt Berger. Und er redet vom schweren Los seiner Patienten. Aber vielleicht war es ja keiner von hier.

»Unser Ziel muss stets bleiben, dass der Geisteskranke allmählich gesundet und in das normale Leben zurückkehren kann. Dieser Schritt bedarf natürlich gründlicher Vorbereitung. Wir geben daher unseren Kranken möglichst viel Bewegungsfreiheit und – unter den notwendigen Vorsichtsmaßregeln – auch Urlaub zum Besuch der Familie und der Verwandten.«

Das ist zu grotesk; irgendetwas muss ich jetzt sagen, denkt Berger. »Das ist doch sicher nicht in allen Fällen möglich?«

»Nein, natürlich nicht. Aber die schwierigen Patienten sind nicht hier untergebracht. Für die besonders schweren Fälle verfügt unsere Anstalt über das so genannte Verwahrungshaus in Bedburg-Hau. Dort haben wir zurzeit etwa sechzig Patienten. Auch das Verwahrungshaus ist in erster Linie eine Klinik. Aber unser sehr gut geschultes Personal trägt jederzeit Sorge, dass ein Entweichen so gut wie ausgeschlossen ist. – Entschuldigen Sie mich bitte einen Moment.«

Berger dreht sich um. Im Eingang des Gebäudes sind mehrere Pfleger um einen jung aussehenden Mann in dunklem Mantel versammelt. Professor Friese geht auf die Gruppe zu, begrüßt jeden mit Handschlag. Dann gibt er offenbar einige Anweisungen. Einer der Pfleger nickt und die Gruppe entfernt sich.

Der Anstaltsleiter eilt zu Berger zurück. »Entschuldigen Sie bitte die Unterbrechung!«

Berger starrt ihn an. »War das Schwitzer?«

»Ja, das war Emil Schwitzer. Es tut mir Leid, dass er Ihnen Unannehmlichkeiten verursacht hat. Wir werden in nächster Zukunft seine Freiheiten ein wenig stärker einschränken müssen.«

Berger sagt: »Ich habe die Briefe gelesen, die er an seine Freundin geschrieben hat. Schwitzer schreibt: *Ich habe in Grafenberg Zweitschlüssel für alle Türen …*«

»Tatsächlich?« Friese lächelt. »Unsere Patienten neigen gelegentlich dazu, ein wenig zu prahlen. Das dürfen Sie nicht alles für bare Münze nehmen.«

»Das mag ja sein, aber fest steht doch, dass es Schwitzer wirklich gelungen ist, aus der Anstalt auszubrechen.«

»Wir werden dafür sorgen, dass das nicht wieder vorkommt.«

11.

»Ob wir da wirklich rüber können?« Jutta sieht zweifelnd auf die Eismassen.

»Das schaffen wir«, sagt Berger. »Das Eis hält. Keine Sorge. Heute früh waren minus fünfzehn Grad in Düsseldorf.« Andere haben es auch schon geschafft. In der Tat, andere sind auch jetzt dabei, es zu versuchen, obwohl es schon dunkel wird. Auf dem zugefrorenen Fluss sind mehrere Gruppen von Leuten unterwegs. Die meisten streben dem Ufer zu.

»Wie steil das ist!«

Vor ihnen liegt eine Barriere aus Eis. Meterhoch haben sich die Schollen aufgetürmt, bevor sie schließlich vollständig festgefroren sind. Die Eiskristalle glitzern im Schein von Bergers Taschenlampe.

»Nimm meine Hand!« Auf allen Vieren müssen sie die Steilkante überwinden. Auch Berger hat es sich leichter vorgestellt. Aber der Rhein ist natürlich kein See, der einfach zu einer glatten Fläche gefriert. Wenigstens haben sie daran gedacht, feste Stiefel anzuziehen.

»Ist das nicht unbeschreiblich schön?«

»Es ist nicht das erste Mal, dass das passiert. Beim letzten Mal bist du noch ein Kind gewesen. Vor elf Jahren, im Winter 1917/18.«

»Der Steckrübenwinter«, meint Jutta.

Berger sieht sie an. Sie hat damals bestimmt keine Steckrüben gegessen, das steht fest. Es war schon immer von Vorteil, reich zu sein.

»Bist du damals auch über den Fluss gegangen?«, will Jutta wissen. »Ach, nein, wie dumm von mir! Da warst du ja im Krieg.«

»Ja«, bestätigt Berger. »Pass auf, da drüben ist das Eis nicht fest. Wir müssen weiter nach links gehen!« Die Schollen knacken unter ihrem Tritt. Es ist bitter kalt. Die Wolkendecke reißt auf und der Mond kommt zum Vorschein.

Wieder stehen sie vor einer hohen Barriere aus Eis. »Hier geht es nicht weiter!« ruft Jutta.

»Doch.« Berger erklimmt die Steilkante. Dann fasst er Jutta mit beiden Händen und zieht sie zu sich hinauf. Sie kreischt auf, als er sie anschließend fest an sich drückt. Dann küsst sie ihn.

»Was hältst du davon, wenn wir uns verloben?«, fragt er.

»Jetzt, hier, mitten auf dem Rhein?«

»Warum nicht?«

»Hast du etwa Ringe dabei?« Jutta lacht übermütig.

»Eine Verlobung ist ein Eheversprechen. Nichts weiter. Mit goldenen Ringen hat das nichts zu tun.«

»Na gut, ich verspreche es«, sagt Jutta leichthin.

Sie brauchen eine Stunde, um den Rhein zu überqueren. Als sie am Ende wieder in Düsseldorf eintreffen, ist es schon kurz nach Mitternacht.

12.

Neun Uhr. Im Präsidium herrscht schon emsige Betriebsamkeit.

»Da sind Sie ja endlich!«, ruft Mombach. »Sauer, unser Berliner Kollege, hat schon nachgefragt, wo Sie so lange bleiben. – Na, dann erzählen Sie mal, Berger, was gibt es Neues?«

»Wir haben uns verlobt, Jutta und ich.«

»Glückwunsch! – Aber das meine ich nicht. Wie war Ihr Besuch in der Irrenanstalt? Warum sind Sie nicht mehr zurückgekommen?«

»Es hat etwas länger gedauert«, sagt Berger. »Der Direktor hat mir die ganze Klinik gezeigt.« Zum Glück kann bei der schlechten Beleuchtung wohl niemand sehen, dass er rot wird.

»Und?«

»Dazu hat er mir einen langen Vortrag gehalten über Geisteskrankheiten und Mord.«

»Irgendetwas dabei, was wir verwerten können?«

»Ja, vielleicht. Professor Friese glaubt nicht unbedingt, dass es sich bei dem Täter um einen Geisteskranken handelt. Er sagt, dass Mörder wie dieser sich zwar häufig damit herausreden, in einer Art Blutrausch gehandelt zu haben, dass das aber in Wirklichkeit nur vorgeschoben sei. Ob bewusst oder unbewusst, da mochte er sich nicht festlegen. Starker Geltungsdrang und übersteigertes Selbstwertgefühl seien typisch für solche Täter ...«

»Ja, und? Was sollen wir damit anfangen, Berger? Starker Geltungsdrang! Das trifft auf jeden dritten Düsseldorfer zu, beim Bürgermeister und Polizeipräsidenten angefangen. – Sie hätten Ihre Zeit besser nutzen können, als diesem Geschwätz zuzuhören!«

»Ich nehme an, Sie haben Ihre Zeit besser genutzt!« Berger ist verärgert.

»Jedenfalls haben wir gearbeitet.«

Was soll das denn heißen? Hat am Ende irgendjemand seinen Ausflug nach Emmerich mitbekommen? Hoffentlich nicht! »Irgendwelche Festnahmen?«, fragt er.

Mombach schüttelt den Kopf. Nein, trotz aller Arbeit sind sie auch noch nicht weiter.

»Und was ist im Fall Spee? Was ist aus der Spur mit dem Reifenabdruck geworden?«

»Das hat sich geklärt. Ein harmloser Autofahrer. Hat sich gleich gemeldet, als die Sache in der Zeitung stand. Er hat natürlich nichts gesehen oder gehört. Es war ja noch dunkel, als er am Tatort vorbeigefahren ist. Und falls der Spee noch gestöhnt hat – im Auto konnte er das ja nicht hören.«

»Nein.«

»Übrigens – Berger?« Mombach sieht den jungen Kommissar an. »Ich hatte gestern Nachmittag ein interessantes Gespräch mit der Staatsanwaltschaft. Schade, dass Sie nicht mit dabei waren.«

»Ich war draußen …«

»Ich weiß. Ich hab mich entschuldigt. In unser aller Namen. – Es ist falsch, was die Zeitungen geschrieben haben. Der Staatsanwalt hatte gar nicht verschlafen am Samstag. Es hat nur keiner daran gedacht, ihn zu informieren. Peinlich.«

Fuhrmann hat das verschlampt. Berger sieht den Kollegen an. Wenn der sich jetzt entschuldigt, wird er ihn selbstverständlich sofort in Schutz nehmen, klarstellen, dass er, Berger, verantwortlich sei. Aber Fuhrmann weicht seinem Blick aus und schweigt.

»So was kann vorkommen, in der Hektik, ich weiß, aber es darf sich nicht wiederholen. Auf keinen Fall. Wir müssen zusammenarbeiten. Wir müssen alle zusammenarbeiten, selbst wenn wir vielleicht nicht immer einer Meinung sind oder wenn es irgendwo persönliche Gegensätze geben sollte.«

»Natürlich.« Berger ist rot geworden.

13.

»Die glauben einfach nicht, dass wir das schaffen. Jetzt holen sie schon Leute aus Berlin zur Hilfe. Aber nicht den großen Gennat, natürlich nicht, sondern irgendwelche jungen Schnösel, die von nichts 'ne Ahnung haben.« Irgendwo muss Fuhrmann ja seinen Ärger loswerden, und wenn das in der Dienststelle nicht geht, dann eben zu Hause.

Hertha überlegt. »Aber Paul, vielleicht ist das deine Chance!«

»Wie?«

»Du hättest doch längst Kommissar sein müssen, bei deiner Erfahrung. Und seit wann bist du jetzt schon bei der Kripo?«

»Gleich nach dem Krieg.«

»Siehst du? – Und vorher warst du schon bei der Schutzpolizei. Und wenn sich nun der Berger so blamiert, dass er den Fall an die Berliner Kollegen abgeben muss ...«

Fuhrmann schüttelt den Kopf. »Nee, nee, so ist das nicht. Und selbst wenn es so wäre – das machen die nicht. Niemals machen die das. Der Berger, der hat doch Abitur, deshalb hat er die Stelle gekriegt.«

»Das ist nicht in Ordnung gewesen. Du bist der Ältere. Du hast die größere Erfahrung. Und du bist im Weltkrieg gewesen.«

»Berger ist auch im Krieg gewesen. Und Kosinski.«

»Berger war nur zum Schluss mit dabei, in Flandern, als alles zusammengebrochen ist. Das hast du mir selbst erzählt. Und Kosinski ist mir egal. Der ist auch nur Assistent, genau wie du.«

»Aber er hat Abitur. Und er hat den Lehrgang. Wenn also wirklich Berger ausfällt, dann ist er der Nächste, der befördert wird.«

»Den nehmen sie nicht. Das glaub ich nicht. Wenn du dich ein bisschen mehr anstrengst, wenn du genau das tust, was der Mombach sagt und vielleicht am Ende diesen Fall selbst löst ...«

»Hertha, was soll das. Wir haben doch auch so unser Auskommen ...«

»Haben wir das, ja?« Hertha Fuhrmann wird böse. »Guck dich doch mal um! Das Loch, in dem wir hier hausen, nennst du das vielleicht eine anständige Wohnung? Und mein Zeug – ich brauche auch mal wieder ein neues Kleid! – Aber bei deinem Gehalt ist das ja nicht drin! Und wenn ich mir da den Berger ansehe ...«

»Hertha, das hat damit gar nichts zu tun! Der Unterschied ist nicht, dass er Kommissar ist und ich nicht. Der Unterschied ist, dass er von Anfang an Geld gehabt hat. Das heißt, nein, nicht so sehr Geld, sondern Besitz. Das Haus, in dem er wohnt, das gehört ihm ja. Und da kriegt er die ganzen Mieteinnahmen, noch zusätzlich zu seinem Gehalt.«

»Als Kommissar verdient er das Doppelte, Paul, schlicht und ergreifend das Doppelte!«

»Ach, Hertha ...« Während er das sagt, denkt Fuhrmann: Eigentlich ist es schon ungerecht. Ich hab mein ganzes Leben lang gespart und gespart, jeden Pfennig zur Sparkasse getragen – und dann ist die Inflation gekommen und hat alles aufgefressen. Futsch! – Und der Berger, der hat das Haus gehabt. Das war nach der Inflation noch genauso da wie vorher. Und die Planstelle als Kommissar. In seinem Alter! Und jetzt diesen Goldfasan als Freundin. Glück muss man haben!

»... du musst etwas machen, Paul!«

»Ja«, sagt er. Er hat nicht zugehört. »Ich geh noch mal weg.«

»In die Kneipe? – Was Besseres fällt dir wohl überhaupt nicht mehr ein, was?«

Hertha weint. Fuhrmann zieht sich den Mantel an.

14.

»Entschuldigen Sie die Störung. Aber ich wollte mich mal persönlich nach dem Stand der Ermittlungen erkundigen.«

»Bitte nehmen Sie doch Platz!« In nüchternem Zustand sieht der Bäckermeister ganz passabel aus.

»Ja, danke.« Er setzt sich Berger gegenüber, räuspert sich verlegen. »Man hat mir gesagt, dass Sie für den Mord an meiner Tochter zuständig sind. Für die Ermittlungen, meine ich ...«

»Ja, Herr Olbricht, das ist richtig. Sie haben wahrscheinlich aus der Presse schon entnommen, dass wir inzwischen durch einige Berliner Kollegen verstärkt worden sind. Wir tun alles, was wir können, um den Fall aufzuklären. – Und mehr als das, was in der Zeitung gestanden hat, mehr kann ich Ihnen auch nicht sagen.«

»Und die Zeitung schreibt, der Kerl, den Sie verhaftet haben, der war's nicht?«

Berger schüttelt den Kopf. »Nein. Der Schwitzer hat ein Alibi, der kommt für den Mord an Ihrer Tochter nicht in Frage.«

»Und keiner hat den Mann gesehen? – Ich meine, das war doch nicht mitten in der Nacht, das war doch am frühen Abend.«

»Leider nicht. Wir sind von Haus zu Haus gegangen mit dem Foto Ihrer Tochter ...«

Olbricht nickt bedächtig. »Deswegen bin ich hier. Vielleicht ist das ja alles zu spät und überflüssig jetzt, aber meine Frau meint, ich sollte doch auf jeden Fall noch einmal bei Ihnen vorbeischauen. Wir haben nämlich noch ein Foto von der kleinen Rosa gefunden, ein neueres Foto. Das heißt, nicht eigentlich gefunden. Unsere Bekannten hatten dieses Bild, und da dachte ich ...« Olbricht greift in die Innentasche seines Mantels und fördert ein Lichtbild zu Tage.

Berger starrt ihn an.

Olbricht setzt seine Brille auf, wirft noch einen Blick auf das Foto und schiebt es dann zu Berger herüber. »Das ist die Kleine«, sagt er. »Das war unsere kleine Rosa.«

Das Foto ist etwas schärfer als die Aufnahme, die sie schon haben, aber dennoch kaum von Nutzen. Das Bild ist draußen aufgenommen worden; Rosa trägt einen Wintermantel, Schal und Mütze verdecken einen Teil des Gesichts. »Ich würde die Aufnahme gern mit zu unseren Unterlagen nehmen«, sagt Berger. »Und ich hätte da noch eine Frage: Sind Sie eigentlich Rechtshänder?«

Olbricht hat das Foto mit der rechten Hand aus der Tasche gezogen.

»Ich bin Links- und Rechtshänder«, sagt der Bäcker. »Warum?«

»Ach, nichts«, sagt Berger. »Das war mir nur aufgefallen. Das hat aber keine Bedeutung.« Er ist nicht der Mörder. Er kann nicht der Mörder sein.

15.

Die Ermittlungen schleppen sich hin. Die Berliner Kollegen helfen nach Kräften mit, aber viel können auch sie nicht ausrichten. Es gibt keine neuen Überfälle, aber auch keine neuen Erkenntnisse. *Noch nicht auf dem toten Punkt* schreiben die *Düsseldorfer Nachrichten*, aber da sind die Untersuchungen schon längst auf dem toten Punkt. Es gibt nichts mehr, wo man noch ansetzen könnte. Die Verstärkung aus Berlin muss am Ende unverrichteter Dinge wieder abziehen. Eine letzte Überprüfung der Akten noch, beschließt Mombach, dann muss der Fall vorerst als unerledigt zur Seite gelegt werden.

Und dann kommt das Ende völlig überraschend. Fuhrmann platzt in die morgendliche Besprechungsrunde: »Wir können aufhören. Der Fall ist gelöst.«

Mombach starrt ihn an. »Das glaub ich nicht.«

»Und doch ist es so. Das Untier ist festgenommen. Der Kerl hat alles gestanden. Den Überfall auf die Krohn, die Morde an der kleinen Olbricht und Spee, alles.«

»Wer ist der Täter?«, ruft Berger.

»Wie ist er gefasst worden?«, fragt Mombach.

»Es ist der Lassowerfer.«

»Wer?«

»Der Lassowerfer. – Das habt ihr doch gelesen, in der Zeitung. Überfall auf ein sechzehnjähriges Lehrmädchen, draußen in Ratingen. Mit dem Lasso eingefangen und gewürgt. Dem Mädchen ist nichts passiert, konnte weglaufen. Und nun gestern noch einmal dasselbe, diesmal in Rath, eine verheiratete Frau, dreiunddreißig Jahre alt. Abends um halb elf, auf dem sogenannten Schwarzen Weg. Sie hört Schritte, und plötzlich wirft ihr jemand von hinten eine Schlinge um den Hals ...«

»Abenteuerlich«, sagt Mombach.

»Die Frau hat Glück. Passanten kommen vorbei. Sie kann sich bemerkbar machen; der Kerl lässt von ihr ab, rennt über das freie Feld davon. Einer der Passanten nimmt die Verfolgung auf, wird zunächst abgeschüttelt, findet ihn aber schließlich doch wieder und holt die Schutzpolizei. Und die nimmt den Kerl fest. Wir haben ihn!«

»Und die Frau?«, fragt Berger.

»Ebenfalls unverletzt. Bis auf leichte Würgespuren.«

»Wer ist der Kerl?«

»Johann Stausberg. Ein Arbeitsloser, einundzwanzig Jahre alt.«

»Das Alter kommt hin«, sagt Berger. »Wir müssen ihn der Krohn gegenüberstellen.«

Fuhrmann zuckt mit den Achseln. »Natürlich, klar. Aber das ist kaum noch notwendig. Er hat ja schon alles gestanden.«

»Dafür werden sie ihn hinrichten«, konstatiert Mombach. »Und zu Recht. Wer so etwas tut, der hat nichts anderes verdient.«

»Dazu wird es wohl nicht kommen«, sagt Fuhrmann.

»Wieso nicht?

»Nun – ich bin natürlich kein Fachmann, aber nach allem, was ich bisher gesehen und gehört habe, ist dieser Johann Stausberg nicht ganz zurechnungsfähig. Schwachsinnig. Ein Imbeziller, wie es so schön heißt. Geistig behindert.«

»Na, jedenfalls ist es jetzt vorbei. Und alles von uns gelöst. Da sage noch einer etwas gegen unsere Schutzpolizei! Diese Besserwisser aus Berlin hätten wir gar nicht gebraucht.«

Nur Kosinski wirkt sichtlich unzufrieden. »Ich glaube nicht, dass es vorbei ist«, sagt er.

Und doch hat es den Anschein. In den nächsten Monaten passiert nichts.

Die toten Kinder

12.8. - 24.8.1929

1.

»Ich möchte eine Vermissten-Anzeige aufgeben.«

Oberwachtmeister Köster unterbricht das Aktenstudium und sieht die Frau prüfend an, die hier bei ihm in der Wache erschienen ist. Vielleicht fünfzig Jahre alt, gut gekleidet, selbstbewusst. Mittelstand, denkt er. Und es ist jedenfalls nicht ihr Kind, das vermisst wird, sonst wäre sie nicht so ruhig. Wahrscheinlich geht es überhaupt nicht um ein Kind. »Um wen handelt es sich denn?«

»Unser Hausmädchen ist gestern nicht nach Hause gekommen.«

»So, Ihr Hausmädchen. – Na, dann wollen wir die Geschichte mal aufnehmen.« Wenn es weiter nichts ist! Für diese Dinge gibt es zum Glück Vordrucke. Er nimmt das entsprechende Formular aus der Schublade. 18. Polizeirevier. Anzeige über eine vermisste Person. »Zunächst einmal brauche ich Ihre Personalien …«

»Hedwig-Charlotte Nessler, jetzige Ehefrau Wilhelm Roloff, geboren am 5.10.1878 zu Düsseldorf, wohnhaft Kühlwetterstraße 51 …«

»Moment, Moment!« Die Frau diktiert schneller, als der Polizist schreiben kann. »So, jetzt, das hätten wir.«

»Vermisst wird Maria Harms, Hausmädchen, geboren in Bremen am 24.7.1909.«

»Tag und Stunde des Verschwindens?«

»11. August 1929, vierzehn Uhr aus unserer Wohnung.«

Noch keine vierundzwanzig Stunden. Wäre die Frau nicht so energisch, würde er sie zunächst einmal auf den kommenden Tag vertrösten. Aber diese hier, die würde sich sowieso nicht abwimmeln lassen. Wozu also unnötigen Ärger auf sich nehmen? Besser, man bringt es gleich hinter sich. Kurz und schmerzlos. Jetzt kommt die entscheidende Frage: »Mutmaßliche Gründe des Verschwindens?«

»Unbekannt«, sagt Frau Roloff.

Köster seufzt. So einfach lässt sich der Punkt nicht abhaken. Er liest der Frau eine Reihe von Möglichkeiten vor: Familienzwistigkeiten? – Hang zu liederlichem Lebenswandel? – Trunksucht? – Unsittlicher Lebenswandel? – Gewerbsunzucht? – Furcht vor Strafe? – Furcht vor Schande? – Selbstmordabsichten? – Liebesgram? – Ein Ja auf einen dieser Punkte, und die Anzeige könnte schlicht und ergreifend abgeheftet werden. Doch Frau Roloff schüttelt jedes Mal den Kopf.

»Hat die Vermisste vermutlich eine größere Geldsumme bei sich?«

»Nein. Sie hat bei uns fünfunddreißig Reichsmark im Monat bekommen. Ich nehme an, dass sie das Geld weitgehend verbraucht hat.«

Natürlich. »Hat sie Schulden hinterlassen?«

»Nein.«

»Hatte sie die Absicht, eine größere Reise zu unternehmen oder auszuwandern?«

»Nein. Nicht, dass ich wüsste.« Frau Roloff zögert. »Sie hat allerdings mal davon gesprochen, dass sie vielleicht nach Holland wollte …«

»Ah, ja.« Oberwachtmeister Köster ist zufrieden.

»Aber sie hat doch ihre ganzen Sachen bei uns in der Wohnung zurückgelassen …«

»Und sie wollte in Holland arbeiten?«

»Ja. Das heißt, so genau weiß ich das nicht …«

»Ja, gut.« Köster schreibt: *Die Vermisste hat in Holland eine neue Stellung angenommen.* Das hat die Frau zwar nicht gesagt, aber so wird es schon sein. Alles Weitere ist reine

Routine. Die Beschreibung der Vermissten – da gibt es eine Liste zum Ankreuzen. Lichtbild der Vermissten (beigefügt / in Aussicht gestellt / nicht vorhanden)? – Köster macht sich nicht erst die Mühe, das zu erfragen. Das Kästchen bleibt unausgefüllt.

»Wir werden uns um die Sache kümmern«, verspricht der Polizist.

Frau Roloff ist zufrieden gestellt.

2.

Sieben Uhr früh. Berger ist pünktlich. Er soll Kosinski ablösen. »Alles ruhig?«, fragt er.

»Alles ruhig.«

»Ach, Herr Kosinski, ich hab eine Bitte: Ich muss heute möglichst etwas früher weg. Juttas Kusine kommt zu Besuch, mit der Kleinen, und da soll ich natürlich auch zu Hause sein. Das Mädchen bleibt über Nacht. – Könnten Sie mich vielleicht nachher rechtzeitig ablösen?«

»Klar«, sagt Kosinski. »Wenn bis dahin noch immer alles ruhig ist. Warum nicht? – Aber es geht wieder los.«

»Ja, der Urlaub geht los«, sagt Berger.

Kosinski schüttelt den Kopf. »Die Serie. Die Mordserie aus dem Frühjahr. Ich fühl' das.«

»Unfug. Gerade jetzt stand in der Zeitung, dass sie dem Stausberg den §51 zugebilligt haben. Der verschwindet in der Anstalt. Für immer.«

»Stausberg.«

»Er hat gestanden, Kosinski. Ohne wenn und aber. Und alle sind glücklich und zufrieden – nur Sie nicht.«

»Diese Überfälle am Mittwoch. Gibt Ihnen das nicht zu denken? Das hat mich schon verdammt an die Ereignisse vom Februar erinnert.«

Berger schüttelt den Kopf. »Kirmes«, sagt er. »Es ist Kirmes. Da kommt es immer mal zu Tumult. Auch zu Messerstechereien. So ungewöhnlich ist das nicht.«

»Ich war draußen«, erwidert Kosinski.

»Was?«

»Ich war auf der Kirmes in Lierenfeld. Ich hab das Mädchen schreien hören.«

»Was?«, fragt Berger ungläubig. »Sie waren auf der Kirmes? Bis weit nach Mitternacht?«

»Ich bin Junggeselle. – Soll ich etwa zu Hause sitzen und die Wände anstarren? Ich hab Bier getrunken, mit den Leuten geredet, die Stimmung in mich aufgenommen. Die Musik, den ausgelassenen Trubel … Und dann auf einmal alles zu Ende. Drei Menschen niedergestochen in weniger als zwanzig Minuten.«

»Ich hab nicht gewusst, dass Sie da draußen waren«, sagt Berger.

»Ich habs auch niemandem erzählt bisher.«

»Aber – Sie sind doch ein Zeuge.«

»Ein betrunkener Zeuge«, sagt Kosinski. »Selbst wenn ich etwas gesehen hätte – meine Aussage wäre nichts wert.«

»Und? Haben Sie etwas gesehen?«

Kosinski schüttelt den Kopf.

Da kommt Mombach herein. »Gut, dass Sie da sind! – Es ist etwas passiert. Wir müssen sofort raus.«

Kosinski gähnt.

Er könnte sich wenigstens Mühe geben, seine Müdigkeit etwas zu verbergen, denkt Berger. »Ich wollte Kosinski gerade ablösen.«

»Beide mitkommen«, ordnet Mombach an. »Sofort. Es ist etwas Schreckliches passiert.« Er sieht blass aus. »Zwei Kinder tot. Ermordet, draußen in Flehe.«

»Mein Gott«, sagt Berger.

»Es geht wieder los«, murmelt Kosinski.

3.

Es ist warm, trotz der frühen Stunde. Wie in Flandern 1918, denkt Berger. Nur dass sie damals keine Autos hatten, sondern zu Fuß zur Front marschiert sind. An nichts denken, die Stille genießen, den letzten Augenblick der Ruhe so weit wie möglich in die Länge ziehen. Der Frieden ist endlich, das hat er gelernt in Flandern.

Berger hat die Augen geschlossen. Jemand hat das Seitenfenster des Wagens geöffnet. Es riecht nach Sommer.

»Vorne rechts«, sagt Mombach.

Sie biegen nach rechts ab. Jetzt kann es nicht mehr weit sein. Der Frieden ist endlich. Wenige Minuten noch. Der Wagen biegt in einen Feldweg ein. Die letzten Sekunden der Ruhe. Gleich sind sie da – gleich – gleich – jetzt! Der Wagen steht. Berger öffnet die Augen.

4.

»Heute früh um 3.10 Uhr sind wir alarmiert worden, dass zwei Kinder vermisst werden. Die fünfjährige Gertrud Hartmann und Luise Lenk, vierzehn Jahre alt.« Der Polizist sieht blass aus.

»Und das hat man erst so spät gemeldet? Um 3.10 Uhr?«

»Es ist Kirmes hier draußen in Flehe.«

Mombach sieht sich um. Die Buden und Karussells sind von der Straße aus zu sehen. »Kirmes – ja. Aber doch nicht bis nachts um drei Uhr«, sagt er. »Und Kinder. Die hätten doch längst im Bett sein müssen.«

»Die Eltern haben erst gedacht, dass die Kinder bei Freunden sind. Erst als der Herr Hartmann rübergelaufen ist zu den Nachbarn, da haben sie dann festgestellt, dass die Mädchen nicht da sind. Telefon gibt es nicht hier draußen. – Als die beiden Väter dann bei uns in der Polizeiwache aufgetaucht sind, haben wir natürlich sofort Streifen losgeschickt. Ohne Erfolg. Es war ja dunkel, und außerdem sind wir um die Zeit schwach besetzt.«

»Ja«, resigniert Mombach. Da werden sie wieder etwas zu hören bekommen wegen des mangelnden Polizeischutzes der Vororte.

Berger blickt hinauf in den Himmel. Weiße Wölkchen schweben im lichten Blau. Es ist warm.

»Ein Wirtschaftsgehilfe, ein gewisser Brandes, hat dann gegen sechs Uhr die Leichen bemerkt, als er auf dem Weg zur Kirche war.«

Berger sieht hinüber zur Absperrung. Eine helle Wolke ist aus dem Himmel gefallen und liegt dort reglos auf dem Acker.

»Der Mann ist dann gleich zu uns in die Suitbertusstraße gekommen und hat den Fund gemeldet. Wir haben dann sofort das Präsidium informiert.«

»Das war richtig«, sagt Mombach. »Ich sehe nur eine …«

»Die kleine Hartmann liegt da drüben links in den Stangenbohnen.«

»Kommen Sie, sehen wir es uns an.«

»Ich geh nicht mit. Ich kann das nicht ansehen«, sagt der Schutzpolizist.

Und ich?, denkt Berger.

5.

Berger hat die Eindrücke vom Tatort noch nicht verdaut. Jetzt sitzt er hier in der Wohnung der Hartmanns, schwitzt wie ein Schwein und schreibt mit, was Johann Hartmann zu Protokoll gibt. Die Küchenuhr tickt, aber Zeit spielt hier jetzt keine Rolle mehr. Mombach führt das Verhör. Er strahlt eine väterliche Ruhe aus. Berger weiß, es ist eine gefährliche

Ruhe. Und so viel steht schon fest: Hartmann hat kein Alibi. Und jetzt redet er sich um Kopf und Kragen.

»Wie war das, als Sie nach Hause gekommen sind?«

»Ja, das war ja schon spät. Das muss so gegen sieben gewesen sein. Die Kinder wurden gerade gebadet. Sie wollten ja noch zur Kirmes ...«

Er hat sie also nackt gesehen, denkt Berger, unmittelbar vor der Tat. Luise Lenk, seit Wochen zu Gast bei den Hartmanns, mit ihren vierzehn Jahren nackt mit seinen eigenen kleinen Kindern in der Wanne herumplanschend. Ein attraktives, geschlechtsreifes Mädchen. Nicht sein eigenes Kind. Und da sollten keine Begehrlichkeiten aufgekommen sein? Er ist draußen gewesen, sagt er selbst, fast den ganzen Abend. Allein. Er hatte Zeit und Gelegenheit. Und dann? Wenn die Kleine sich vielleicht gewehrt hat? Und seine Tochter – wenn sie darüber hinzugekommen ist? Eine Zeugin, die er zum Schweigen bringen musste?

»Herr Hartmann, ist dies Ihr Zeug?« Arbeitsklamotten, die haben sie in der Waschküche sichergestellt.

Hartmann sieht kaum hin. »Ja.«

»Würden Sie mir bitte erklären, was das hier für Flecken sind?«

»Blut natürlich.«

»Bitte?«

»Blut. – Ich hab zwei Tauben geschlachtet gestern Abend, zur Feier des Tages.«

Berger starrt ihn an.

Hartmann wird blass. »Da hab ich es doch noch nicht gewusst. Ich hab es doch nicht wissen können, dass die Kinder ...«

Taubenblut oder Menschenblut? Das muss die Untersuchung zeigen.

Kosinski platzt herein. »Kommt mal eben vor die Tür!«

»Muss das sein?«

Kosinski nickt.

»Entschuldigen Sie mich bitte einen Moment ...«

Draußen steht Professor Stolley, trotz der Hitze völlig korrekt gekleidet, im Anzug, mit Krawatte, total verschwitzt, die Kleidung lehmverschmiert. »Ich will Sie nicht stören, meine Herrschaften – nur ein kleines Zwischenergebnis. Ich denke, das sollten Sie sofort wissen: So wie es bisher aussieht, hat der Täter sich nicht an den Kindern vergangen. Die Kleidung ist nicht in Unordnung, die Geschlechtsteile sind bei beiden Mädchen völlig unverletzt ...«

»Danke«, sagt Berger. Kein Sexualmord also. Kein Sexualmord im herkömmlichen Sinne. Und wenn das Blut jetzt auch noch Taubenblut ist, dann können wir sicher sein, Vater Hartmann war's nicht. Aber wer dann? Hat Kosinski doch Recht?

6.

»Es ist das Schrecklichste, was ich je erlebt habe.«

»Ja.« Kosinski wirkt völlig ungerührt, sitzt auf einem Holzklotz und raucht. Neben ihm im Gras steht eine halb leere Flasche Bier.

»Wie war das nun in Lierenfeld?«

»Wissen Sie das nicht?«

»Das ist doch nicht bei uns durchgelaufen. Das waren ja keine Tötungsdelikte.«

»Keine Tötungsdelikte!« Kosinski lacht. »Das soll sich erst noch rausstellen. Die Grünhausen ist ja noch immer in Lebensgefahr. Nicht vernehmungsfähig.«

»Ich weiß nicht einmal, wer die Grünhausen ist«, muss Berger zugeben.

»Können Sie alles nachlesen in den Protokollen. Ist ein bisschen mühsam, weil die im 5.K ja noch immer keine Schreibmaschinen haben, und einige von den Jungs haben wirklich eine Sauklaue, aber ansonsten – ansonsten können Sie alles nachlesen!«

Was soll diese Respektlosigkeit? Berger fragt sich, ob der Kollege durch den Mord so angeschlagen ist oder einfach nur betrunken. Kosinski blinzelt gegen die Sonne, nimmt noch einen tiefen Zug aus der Flasche. »Okay«, sagt er schließlich. »Ich erzähl's Ihnen. Die Kurzfassung, soweit ich sie behalten habe. Also: In Lierenfeld war letzte Woche Kirmes, das wissen Sie. In der Nacht zum 21. August, als die Aenne Grünhausen vom Kirmesplatz nach Hause geht, wird sie von einem Unbekannten angefallen. Der rammt ihr ohne ein Wort zu sagen sofort ein Messer in den Bauch. Das Mädchen ist schwer verletzt, kann sich aber zu Freunden retten, die einen Arzt holen. Das ist also so gegen 1.45 Uhr. Nur fünf Minuten später wird ein paar Straßen weiter ein anderes junges Mädchen, Olga Hansen, von einem Unbekannten angesprochen. Fräulein, darf ich Sie nach Hause bringen? Er wartet aber die Antwort nicht ab, sondern sticht sofort zu. Sie ruft um Hilfe, ein Nachtwächter kommt hinzu und kümmert sich um die Verletzte. Der Täter ist inzwischen weiter gerannt, trifft zehn Minuten später auf einen jungen Mann, Mohnblum heißt der, glaub ich. Der fühlt sich bedroht, läuft weg. Der Kerl verfolgt ihn und sticht ihm in den Rücken. Mohnblum rettet sich über einen hohen Zaun. Der Täter verschwindet im Dunkeln.«

»Eine Art Amoklauf«, sagt Berger.

Kosinski schüttelt den Kopf. »Kein Amoklauf. Ich hab das nachgeschlagen. Der Amokläufer macht solange weiter, bis er selber tot ist. Eine Art erweiterter Selbstmord, sozusagen. Aber dieser Täter hier, wer immer es sein mag, der denkt gar nicht daran, sich selbst umzubringen.«

7.

»Die Bevölkerung ist zutiefst beunruhigt über die Zunahme der Gewalttaten. Was sollen wir den Leuten sagen? Wie sieht es aus mit dem Polizeischutz in unseren Vororten?« Der Mann von den *Düsseldorfer Nachrichten* legt sich mächtig ins Zeug.

Mombach hat sich vorbereitet, die Zahlen, die er braucht, herausgeschrieben. Er wischt sich den Schweiß von der Stirn. Es ist ein heißer Tag; die Luft im voll besetzten Saal ist stickig. »Betrachten wir einmal die Situation in Flehe. Das Polizeirevier 11 an der Suitbertusstraße ist für den Schutz der Stadtteile Flehe, Himmelgeist, Hamm und Volmerswerth zuständig. In diesem Gebiet leben gemäß der letzten Zählung 23.798 Menschen. Die Revierwache umfasst einen Offizier, einen Oberwachtmeister und dreißig Beamte. Dazu kommen noch zwei Beamte der Kriminalpolizei. Damit kommt jeweils auf etwa siebenhundert Bürger ein Polizeibeamter. Das ist ein sehr, sehr hoher Anteil.«

»Stimmt nicht!«, ruft jemand aus der Menge. »Das sind die Einwohnerzahlen von 1925!«

Mombach bleibt gelassen. »Das sind die neuesten Zahlen, die mir zur Verfügung stehen. Die Zahlen stammen aus dem Statistischen Jahresbericht der Stadt Düsseldorf.«

»Suitbertusstraße – das ist ja in Bilk! Von da bis nach Himmelgeist, das sind ja mehr als sechs Kilometer!« Ein anderer Zwischenrufer.

»Ja, das ist richtig.« Mombach hat gewusst, dass es Kritik geben würde.

»Ich verstehe ja, dass Sie nur mit den Zahlen arbeiten können, die Ihnen vorliegen«, fasst der Mann von den *Nachrichten* nach. »Aber entscheidend scheint mir in diesem Zusammenhang nicht so sehr die Einwohnerzahl zu sein, sondern die Fläche. Das ist ein riesiges Gebiet; da sind dreißig Polizisten nicht viel – besonders, wenn man davon ausgeht, dass einige davon ja vermutlich auch gelegentlich schlafen müssen.« Heiterkeit breitet sich aus.

Mombach sagt: »Es ist so, dass in dem Gebiet dauernd acht Beamte im Dienst sind. Dazu kommen zwei Ermittlungsbeamte und ein Beamter für besonders schwierige Ermittlungen ...«

»Das sind also dann in Wirklichkeit elf Beamte und nicht vierunddreißig!«

»Wenn Sie das so sehen wollen. Das gesamte Gebiet wird jedenfalls ständig von Polizeistreifen radial durchkämmt, und zwar von Süd nach Nord und von West nach Ost. Seit kurzem ist zusätzlich in Flehe, Himmelgeist, Hamm und Volmerswerth je ein Landposten stationiert, jeweils mit eigenem Dienstzimmer und Telefonanschluss. Hinzu kommt noch der Flurschutz durch berittene städtische Polizeibeamte. Ich denke, Sie müssen mir zustimmen, dass das ein sehr guter Polizeischutz ist.«

»Nicht gut genug offenbar; die Kinder sind tot!«

»Gegen Taten eines Wahnsinnigen kann es niemals einen vollständigen Schutz geben.«

»Sie gehen also davon aus, dass der Täter geistesgestört ist?«

»Nein, ich gehe von gar nichts aus.«

»Gibt es irgendeine Beschreibung des Täters, die wir veröffentlichen können.«

»Nein, es gibt keine Beschreibung. Das Einzige, was wir sagen können, ist, dass der Täter vermutlich Kratzspuren an den Händen und vielleicht auch im Gesicht davongetragen hat. Das große Mädchen, die Luise Lenk, die hat sich offenbar heftig gewehrt.«

»Welche Maßnahmen sind ergriffen worden, um den Täter zu fassen?«

»Sie werden verstehen, dass ich Ihnen aus taktischen Gründen zu den besonderen Maßnahmen, die wir ergriffen haben, jetzt keine Einzelheiten mitteilen kann. Wir kontrollieren natürlich auch die Obdachlosenasyle, Herbergen sowie die Bahnhöfe. Bisher leider ohne Ergebnis.«

»Ist eine Belohnung ausgesetzt worden?«

»Ja. Der Regierungspräsident hat inzwischen auf Antrag des Polizeipräsidenten die ausgesetzte Belohnung für Hinweise, die zur Ergreifung des Täters führen, von eintausend Reichsmark auf zweitausend Reichsmark erhöht.«

8.

»Du bist ja spät«, sagt Jutta. »Dagmar ist schon weg. Kannst du der Kleinen noch was vorlesen?«

Den ganzen Abend hat sie mit Jutta *Mensch ärgere dich nicht* gespielt. Susanne wollte unbedingt noch wach bleiben, bis Berger kommt. Jetzt liegt sie im Bett. Erwartungsvoll sieht das kleine Mädchen den großen Polizisten an.

»Bis hier sind wir vorhin gekommen.« Jutta gibt Berger das Buch. »Mach du weiter, ich kümmere mich um das Abendbrot!«

Berger beginnt zu lesen. »*Mit glimmrigen Augen guckte der Mondmann sie an – von oben bis unten –, zog langsam ein riesenlanges Messer aus seinem Kittel, wetzte es sorgfältig an einem großen Stein vor ihnen und schmunzelte und schmatzte dazu vor sich hin:*

Zwei Menschlein kamen zu mir herauf.
Mit Haut und Haaren fress ich sie auf!
Tausend Jahr hab ich nichts gegessen!
Tausend Menschen könnte ich fressen!
Schlachten will ich sie, langsam braten
Am Spieß; sie werden mir wohl geraten!

Ich lasse sie backen hundert Stunden;

Dann sollen mir ihre Gliederlein munden!

Und damit wollte er sich auf die Kinder stürzen. Was sollten sie nun tun?« Berger legt das Buch zur Seite.

»Lies doch weiter!«, bittet Susanne.

Berger räuspert sich. »*Anneliese klammerte sich an Peterchen, und dieser zog mutig sein kleines Holzschwert. Niemand konnte denken, dass der kleine Junge damit den wilden Menschenfresser besiegen würde …*«

»Was ist denn?«, fragt Jutta in aller Unschuld. »Es ist doch nur ein Märchen, weiter nichts.«

Berger sieht sie an. »Es ist die Wirklichkeit«, murmelt er. »Es ist leider die verdammte Wirklichkeit. – Ich kann das nicht weiterlesen.«

Mitgegangen

25.8. - 30.9.1929

1.

»Schönes Wetter heute!«

»Ja.« Gertrud Schultze hat wenig Neigung, mit dem Fremden ein Gespräch anzufangen.

»Sind Sie auch mit der Straßenbahn aus Düsseldorf gekommen?«

»Ja.« Was heißt ›auch‹? Der Mann hat nicht in der Straßenbahn gesessen.

»Ich bin schon seit fast einer Stunde hier. – Ich war eigentlich mit einer Freundin verabredet, aber sie hat mich offenbar versetzt.« Er lacht.

Gertrud Schultze lächelt höflich. Dann wendet sie sich ab und schlägt den Weg zu den Rheinwiesen ein. Sie will einen Spaziergang machen und sich anschließend vielleicht mit einer Freundin treffen.

Der Fremde geht neben ihr her. »Ich glaube nicht, dass es Sinn hat, noch länger zu warten. Es ist so ein schöner Tag, da sollte man in der Natur spazieren gehen, irgendwo in der Sonne, und nicht die Zeit an der Straßenbahnhaltestelle verbringen.«

Gertrud Schultze widerspricht nicht. Der ungebetene Begleiter ist ihr lästig.

»Sie wollen zu den Rheinwiesen? Darf ich Sie begleiten?«

»Nein, schönen Dank, aber mir ist es eigentlich lieber, wenn ich allein gehe.«

Ihr Begleiter zieht höflich den Hut und verabschiedet sich mit einer angedeuteten Verbeugung.

Gertrud Schultze schlendert weiter. Heue ist ihr freier Tag, den will sie in Ruhe genießen. Das Sommerwetter hat zahlreiche Spaziergänger herausgelockt. In kleinen und größeren Gruppen ziehen sie den Weg am Ufer entlang. Auf dem Rhein tuckert ein Schleppzug vorbei. Ein kleiner schwarzer Hund rennt auf dem Schiff herum und kläfft wie wild. Warum nur? Gertrud Schultze bleibt stehen und sieht sich um. Ach ja, da vorn, das ältere Ehepaar führt einen Schäferhund an der Leine. Stolz schreitet er daher und würdigt den kleinen Kläffer keines Blickes.

»Da sind Sie ja wieder!« Der Fremde hat Gertrud Schultze eingeholt.

»Schauen Sie nur, der verrückte kleine Hund! Wie der sich aufregt!«

»Er denkt wahrscheinlich, dies ist alles sein Revier.«

»Ja, kann schon sein.« Jetzt hat sie doch ein Gespräch angefangen.

Der Fremde sieht sie an. Er deutet ihren Gesichtsausdruck richtig. »Ach, entschuldigen Sie«, sagt er. »Jetzt habe ich Sie schon wieder angesprochen. Ich wollte Sie nicht belästigen!«

»Nein, nein, ist schon gut.« So ein höflicher Mann. Warum soll sie sich nicht mit ihm unterhalten? Hier, am helllichten Tag, in aller Öffentlichkeit?

»Man hat ja so selten Gelegenheit, bei schönem Wetter in der Natur spazieren zu gehen. Die ganze Woche muss man im Büro sitzen, während draußen die Sonne scheint.«

»Ja, das ist nicht leicht.« Sie lächelt.

»Ich bin Postbeamter, müssen Sie wissen. Im Innendienst. Ich arbeite im Paketpostamt drüben in Düsseldorf.«

»Am Worringer Platz?«

»Ja. Kennen Sie das? Vielleicht haben Sie mich da schon gesehen?«

Das Mädchen schüttelt den Kopf. »Ich schicke nicht viele Pakete.«

»Sie arbeiten sicher bei einer dieser großen Firmen drüben in Düsseldorf?«

»Nein, nein«, Gertrud Schultze wird rot. »Ich bin nur eine einfache Hausangestellte.«

Eine Weile gehen sie schweigend nebeneinander her. Unauffällig betrachtet das Mädchen seinen Begleiter. Sie ist sechsundzwanzig Jahre alt, unverheiratet. Postbeamter, denkt sie. Er scheint sich für mich zu interessieren.

»Wissen Sie was?«, sagt der Mann plötzlich. »In Neuss ist heute Schützenfest. Was halten Sie davon, wenn wir zusammen hinfahren?«

»In Neuss?«, fragt sie.

»Ja. Ist nicht weit. Wir können die Straßenbahn nehmen. Und das Schützenfest in Neuss, das muss man gesehen haben!«

»Tatsächlich?«

»Unbedingt.« Er sieht sie an. »Überredet?«

»Überredet!« Was für ein Abenteuer, denkt sie. Das muss ich meiner Freundin erzählen. Die wird Augen machen!

»Ich heiße übrigens Fritz. Fritz Baumgart. – Eigentlich Friedrich Baumgart natürlich, aber alle nennen mich Fritz.«

»Gertrud Schultze«, sagt sie.

Wieder zieht er seinen Hut.

Sie fahren mit der Straßenbahn. Er sitzt neben ihr, aber in züchtigem Abstand. Er erzählt ihr, dass die Postbeamten am Rhein ein Bootshaus haben. »Da drüben«, sagt er. »Unser ganzer Stolz!«

Das Mädchen guckt aus dem Fenster, aber der Rhein ist von hier gar nicht zu sehen. Die Gegend hier ist ihr unbekannt. Sie weiß nicht, wo sie sind.

»Wenn Sie Lust haben, können wir am nächsten Sonntag zusammen eine Bootsfahrt auf dem Rhein machen.«

»Sie scherzen!« Gertrud Schultze hat noch nie eine Bootsfahrt gemacht.

»Nein, im Ernst. Die Boote gehören der Post. Jeder von uns kann sie benutzen. – Sie glauben ja gar nicht, wie schön das sein kann, im Sonnenschein über das Wasser zu gleiten …«

Sie stellt es sich vor. »Ich würde gern mitkommen«, sagt sie.

»Abgemacht. Jetzt müssen wir nur noch hoffen, dass es am nächsten Wochenende nicht regnet.«

Auf dem Kirmesplatz in Neuss herrscht reges Treiben. Baumgart schlägt vor, Kettenkarussell zu fahren. Gertrud Schultze schüttelt den Kopf. »Dazu habe ich zu viel Angst.«

Baumgart lacht. »Es ist völlig ungefährlich«, sagt er. Aber sie traut sich nicht.

Sie schlendern weiter. »Was halten Sie davon?«, fragt er. »Vielleicht kann ich Sie dazu überreden. Es ist noch ungefährlicher als das Kettenkarussell.«

Gertrud lacht. »Ist das eine Kokosnuss?«

»Ja.«

»Ich habe noch nie eine Kokosnuss gegessen. – Aber die ist sicher teuer. Ich habe nicht viel Geld dabei.«

»Aber das ist doch kein Problem«, sagt Baumgart. Er kauft ihr ein Stück Kokosnuss.

Gertrud probiert. Es schmeckt enttäuschend. Er sieht es ihr an. »Ja, so besonders schmecken sie nicht«, sagt er. »Aber man muss sie einmal probiert haben, damit man das weiß.«

Er kauft ihr Alpenbrot und Pfirsiche. Die gefallen ihr besser.

»Nun sehen Sie sich das an!« Baumgart zeigt auf den Aushang einer Schaubude. Das Plakat zeigt eine spärlich bekleidete Dame umringt von kräftigen Männern. »Sehen Sie mal, dieses Weib, es ist doch unglaublich, wie die sich so dahinstellen kann!«

Gertrud zuckt mit den Schultern. Sie würde sich nicht so hinstellen und angaffen lassen, das steht fest, aber sie ist ja auch keine Schaustellerin.

»Was halten Sie von einem Eis?«, fragt Baumgart.

Gertrud schüttelt den Kopf.

»Wirklich nicht? – Ich würde jetzt gern ein Eis essen!«

Gertrud bleibt standhaft. Sie kann sich doch nicht den ganzen Tag lang von diesem Unbekannten freihalten lassen! Baumgart lacht sie aus. »Davon werden Sie nicht dick!« Er kauft sich selbst eine große Portion, bietet ihr an, davon zu probieren, aber sie lehnt ab.

»Ich möchte jetzt gern nach Hause«, sagt sie.

»Ja, natürlich.«

Als Baumgart das Eis aufgegessen hat, gehen sie zur Straßenbahn. Gertrud lehnt es ab, sich von dem Mann freihalten zu lassen; sie zahlt ihren Fahrschein selbst. Vorhin ist er ihr zuvor gekommen, hat für beide gelöst. Das soll ihr nicht wieder passieren. Er lässt sie am Fenster sitzen. Wieder hält er züchtigen Abstand.

»Gertrud, was halten Sie davon, wenn wir uns morgen wieder treffen?«

Sie schüttelt den Kopf.

»Einen anderen Tag in der Woche? – Sagen Sie, wann es Ihnen am besten passt.«

»Nein, ich muss arbeiten«, sagt sie.

»Aber am Sonntag? Unsere Bootstour, dabei bleibt es doch?«

Ihr fällt ein, dass sie versprochen hat, am nächsten Sonntag ihre Mutter zu besuchen. Daran hat sie vorhin überhaupt nicht gedacht. »Ich glaube, es geht nicht«, sagt sie. »Aber in vierzehn Tagen vielleicht.«

Er seufzt. »Das ist eine lange Zeit.«

»Ja, aber eher geht es nicht.« Jetzt tut er ihr fast Leid.

»Was halten Sie davon, wenn wir an der nächsten Haltestelle aussteigen und zu Fuß nach Oberkassel gehen? Dann können wir jedenfalls noch etwas länger zusammen bleiben.«

»Zu Fuß?«

»Ja, kommen Sie! Hier müssen wir aussteigen!« Er fasst sie bei der Hand.

Beim Heerdter Krankenhaus steigen sie aus. Es ist halb neun. Gertrud sieht sich um. »Hier kenne ich mich überhaupt nicht aus!«

»Aber ich«, sagt Baumgart. »Kommen Sie, wir gehen hier entlang.«

»Ist das wirklich die richtige Richtung?«, zweifelt Gertrud.

»Natürlich.« Baumgart führt sie am Heerdter Friedhof vorbei. Ein älteres Ehepaar kommt ihnen entgegen. Baumgart spricht die beiden an: »Entschuldigung, kommen wir hier zum Rhein?«

»Ja«, sagt der Mann. »Auf diesem Weg kommen Sie zum Rhein. Wenn Sie sich da vorne dann rechts halten ...«

Die beiden gehen weiter. Das Paar sieht ihnen nach. »Zum Rhein?«. sagt die Frau. »Das ist doch die falsche Richtung!«

Der alte Mann schüttelt den Kopf. »Nein, hier kommt man schon zum Rhein, an Lörick vorbei, über den Lohweg.«

»Aber das ist doch viel zu weit! In der Gegenrichtung sind es doch nur dreihundert Meter bis zur Rheinallee.«

»Was sind schon ein paar Kilometer mehr, wenn man jung und verliebt ist?«

2.

»Sie haben Glück gehabt«, sagt Berger.

Die junge Frau lächelt schwach. »Das scheint mir nicht so.«

»Schmerzen?«

Sie nickt. »Es tut höllisch weh. – Ich hab geglaubt, ich müsste sterben.«

Berger schüttelt den Kopf. »Ich hab gerade mit dem Arzt gesprochen. So schlimm ist es gar nicht. Sie sind über den Berg. In ein paar Tagen springen Sie wieder herum wie früher.« Hoffentlich glaubt sie es. Sie ist schlank; hat ein hübsches, rundes Gesicht und lebhafte Augen.

»Meine Beine fühlen sich noch ganz taub an.«

»Das sind die Folgen der Operation, das geht vorüber.« Vielleicht. Wenn sie überhaupt durchkommt. Gut, dass sie bei Bewusstsein ist. Gut, dass sie reden kann.

»Sie wollen sicher hören, was genau passiert ist!« Gertrud Schultze berichtet, wie sie den fremden Mann kennen gelernt hat, wie sie zusammen auf der Kirmes in Neuss gewesen sind und wie er schließlich vorgeschlagen hat, von Heerdt aus zu Fuß nach Hause zu gehen.

»Es war so ein entsetzlich langer Weg«, sagt sie. »Die Füße haben mir wehgetan. Da hab ich schließlich die Schuhe ausgezogen und bin barfuß weitergegangen.«

»War Ihnen das gar nicht unheimlich im Dunkeln?«, fragt Berger.

»Doch, ja, aber der Herr war die ganze Zeit so freundlich und hat mich immer wieder beruhigt, dass wir gleich da sind. Und als ich schließlich barfuß gegangen bin, da hat er mir die Schuhe getragen. Und auch die Handtasche und den Hut. – Das war dumm von mir, dass ich mitgegangen bin, nicht wahr?«

»Ja, vielleicht«, sagt Berger. »Dumm oder nicht – es ist jedenfalls passiert.«

»Ich gehe sonst nicht so leicht mit, mit jemandem. Ich bin eher misstrauisch. Aber hier – es war ganz seltsam. Es schien, als ob dieser Mann eine geheime Gewalt über mich ausgeübt hat, der ich einfach folgen musste.«

»Und wie ging es weiter?«

»Dann sind wir schließlich zum Rhein gekommen, aber an einer Stelle, die ich nicht kannte. Es war inzwischen dunkel geworden. In der Ferne war eine Reihe Lichter zu sehen, und der Baumgart hat gesagt, das sind die Lichter von der Rheinbrücke in Oberkassel. Da müssen wir hin.«

Dass müssen in Wirklichkeit die Lichter der Schnellenburg gewesen sein, auf der anderen Rheinseite, denkt Berger.

»Wir sind dann auf einem kleinen Fußweg am Ufer weitergegangen.«

»Sind Ihnen irgendwelche Leute begegnet?«

»Nein. Es war ganz einsam. Es war ja auch schon sehr spät. – Ach ja, einmal sind wir an Zelten vorbeigekommen, aber da war auch niemand zu sehen.«

Wochenendausflügler, die am Rheinufer übernachten.

»Und dann – dann kamen wir an eine Stelle, wo wir durch ein dichtes Weidengebüsch mussten. Ich hab gefragt, ob wir da wirklich durch müssen, und er hat gesagt: ›Ja.‹ – Er hat gesehen, dass ich ganz müde bin, und da hat er vorgeschlagen, dass wir uns erst einen Augenblick hinsetzen und uns ausruhen. Das wollte ich nicht, aber dann habe ich mich doch kurz hingesetzt, um meine Schuhe wieder anzuziehen. Und da – als ich den einen Schuh angezogen hatte – da hat er mich plötzlich umgestoßen und ist über mich hergefallen und hat mir unter den Rock gegriffen und versucht, mir den Schlüpfer herunterzureißen. Das hat er nicht gekonnt, denn ich habe mich mit aller Kraft gewehrt. Und ich habe gesagt, er soll mich in Ruhe lassen, sonst rufe ich um Hilfe.«

»Und dann?«

»Da hat er mich ausgelacht und gesagt: ›Hier draußen hört dich keiner!‹. Wahrscheinlich stimmte das auch. Die Zelte, die waren wohl schon zu weit weg. Jedenfalls ist er wieder über mich hergefallen und hat gesagt, ich soll stillhalten und tun, was er sagt. Aber ich habe mich weiter gewehrt und gerufen, dass ich lieber sterben will, als ihm zu Willen zu sein. Und da – da hat er plötzlich einen Dolch in der Hand gehabt und gerufen: ›Dann sollst du sterben!‹. Und dann, dann hab ich geschrieen und er hat zugestochen, immer wieder, und ich wollte weglaufen und konnte nicht … Und dann – mehr weiß ich nicht.«

»Die Leute in den Zelten, die haben Sie am Ende doch gehört«, sagt Berger. »Junge Leute waren das. Die sind losgerannt und haben gerufen: ›Hallo, wer ist denn da?‹ – Da hat der Mann es wohl mit der Angst bekommen und ist weggerannt.«

»Es ist alles so furchtbar …«

Nicht weinen, denkt Berger. »Sie waren sehr, sehr tapfer«, sagt er rasch. »Was ich gern noch wissen möchte: Können Sie den Mann beschreiben?« Sie ist stundenlang mit ihm zusammen gewesen. Sie hat ihn ganz genau gesehen.

»Er heißt Fritz Baumgart«, sagt sie. »Er ist Postbeamter, auf der Post am Worringer Platz.«

»Ich weiß.« Das hatte sie gestern Abend schon erzählt, als die Sanitäter sie abtransportiert hatten und sie immer wieder kurz aus der Ohnmacht erwacht war. »Aber können Sie ihn mir auch beschreiben?«

»Beschreiben?«

Berger nickt. Er hält den Atem an.

Sie zögert. »Ein junger Mann«, sagt sie schließlich, »vielleicht dreiundzwanzig Jahre alt. Er ist größer als ich, aber nicht viel. Vielleicht 1,75 m. Er hat ein rundes, frisches Gesicht und blonde Haare. Und er hat einen hellgrauen, gestreiften Anzug getragen. Und einen grauen Hut.«

Die Tür öffnet sich, und eine Schwester kommt herein. Berger erhebt sich. »Herr Kommissar, Fräulein Schultze braucht dringend Ruhe. Wir hatten uns doch darauf verständigt ...«

»Ja, ja, natürlich. Aber bei so einem Vorfall, da müssen wir schon ein paar Fragen stellen. Wir sind auch gleich fertig.« Die Schwester ist kaum älter als die Patientin; ihr forsches Auftreten täuscht nicht über den Mangel an Autorität hinweg.

Einen Augenblick lang starren sie sich an, dann senkt sie den Blick. »Ich kann mich darauf verlassen, dass Sie jetzt wirklich gehen?«

»Ja, selbstverständlich.« Berger denkt nicht daran. Als die Schwester gegangen ist, setzt er sich wieder und wendet sich der Patientin zu. »Frau Schultze, können Sie sich noch erinnern, was für eine Augenfarbe der Mann hatte?

»Augenfarbe? – Blau, denke ich. Grau oder blau. So genau weiß ich das nicht mehr.«

»Trug er eine Brille?«

»Nein.«

»Und die Frisur?«

»Normal. Wie man das heute so hat. Glatte Haare, gescheitelt.«

»Scheitel rechts oder links?«

Sie überlegt. »Links, glaube ich.«

»Jedenfalls nicht in der Mitte?«

»Nein.«

»Und der Haaransatz? Können Sie sich daran erinnern?«

Sie überlegt.

»Hatte er Geheimratsecken? Oder eine Stirnglatze?«

»Nein, keine Stirnglatze. Und wohl auch keine Geheimratsecken.«

»Und wie steht es mit der Haarfülle? Hatte er dichtes oder eher schütteres Haar?«

»Normal, denke ich. Mir ist jedenfalls nichts Besonderes aufgefallen.«

»Trug er einen Bart?«

»Nein.«

»Bartstoppeln?«

»Nein, er war völlig glatt rasiert.«

Berger geht alles der Reihe nach durch. Stirn, Augen, Augenbrauen, Nase, Ohren, Mund, Kinn, Hände und Füße, Gang und Haltung. Wie es im Lehrbuch steht. Gertrud Schultze antwortet, so gut sie kann, aber es gibt keine Auffälligkeiten.

»Tätowierungen?«, fragt Berger.

Nein, auch keine Tätowierungen.

Die Beschreibung ist so gut wie wertlos. Berger lässt sich nichts anmerken. »Sind Ihnen sonst irgendwelche Dinge aufgefallen?«

»Was denn für Dinge?«

»Besonderheiten, an denen man den Mann vielleicht wiedererkennen könnte? Warzen, Narben, Leberflecke?«

Gertrud Schultze schüttelt den Kopf.

»Und die Sprache? Kommt er hier aus der Gegend, oder hatte er irgendeinen auffälligen Dialekt?«

»Er hat Hochdeutsch gesprochen. Ohne irgendwelche Besonderheiten.«

»Das heißt – er könnte hier aus der Gegend stammen?«

»Ja. Ich denke schon. – Aber warum fragen Sie mich das alles? Sie haben doch den Namen – und – und …«

Berger schüttelt den Kopf. »Fräulein Schultze, der Name ist leider wertlos. Es gibt keinen Fritz Baumgart bei der Post am Worringer Platz. Auch niemand, der so ähnlich heißt. Bei der Post in Düsseldorf gibt es nur einen einzigen Fritz; der heißt Finke, ist Briefträger und sechzig Jahre alt.«

»Alles nur ausgedacht?« Sie kann es nicht fassen.

»Ja, alles.« Die Post hat auch keinen eigenen Ruderverein und kein Bootshaus am Rhein. Der Mann hat das arglose Mädchen von Anfang an belogen.

3.

»Das haben Sie gut gemacht«, sagt Mombach. Lagebesprechung. Alle Beteiligten sind im Sitzungssaal zusammengekommen.

»Leider gibt es keine markanten Auffälligkeiten.«

»Immerhin, Berger, sie ist eine gute Zeugin. Selbst wenn sie jetzt den Mann nicht bis ins letzte Detail beschreiben kann, so hat sie doch fast einen ganzen Tag mit ihm zusammen verbracht. Wenn wir ihn haben und ihr gegenüberstellen, dann wird sie ihn sicher wiedererkennen.«

»Wenn sie dann noch lebt«, sagt Berger.

»Ist es so ernst?«, fragt Mombach.

Berger nickt. »Ich hab mit dem Arzt gesprochen. Sie hat zahlreiche Verletzungen. Einen zehn Zentimeter langen Schnitt am Kopf; dabei ist ihr das linke Ohrläppchen abgetrennt worden. – Der Täter ist also Rechtshänder. – Dann vorn am Hals einen sechs Zentimeter langen Schnitt; da hat er versucht, ihr die Kehle durchzuschneiden. Zwei Stiche in den rechten Oberarm. Nicht besonders tief. Meiner Ansicht nach im Handgemenge passiert. Und dann zwei tiefe Stiche in den Rücken, als sie am Boden gelegen hat. Der Täter hat offenbar mit äußerster Kraft zugestochen. Beim letzten Stich ist die Klinge im zweiten Brustwirbel steckengeblieben und abgebrochen. Die Spitze musste operativ entfernt werden.«

»Haben Sie die Klinge?«

Berger nickt. »Schon im Labor. Die sollen eine Zeichnung anfertigen. Das abgebrochene Stück ist über fünf Zentimeter lang.«

»Vielleicht kann man rekonstruieren, wie der Dolch ausgesehen hat. Dann haben wir einen weiteren Hinweis.«

»Und es gibt noch etwas«, sagt Berger. »Die Handtasche. Der Täter hat die Handtasche mitgenommen.«

»Wozu denn das?«, wundert sich Fuhrmann.

»Als eine Art Trophäe vielleicht, was weiß ich. Wir haben eine Liste der Gegenstände, die sich in der Tasche befinden. Vielleicht taucht irgendetwas davon irgendwo wieder auf.«

»Zeigen Sie mal her.« Mombach nimmt ihm den Zettel aus der Hand. »Eine kleine Geldbörse, ein kleiner Spiegel, vier Schlüssel, ein Schlüsselring, eine Straßenbahnfahrtkarte, ein Taschentuch mit Monogramm G.S. – das wird er weggeworfen haben –, ein Rosenkranz, eine Uhr. Hm. Die Uhr eventuell. Die könnte er zu irgendeinem Pfandleiher bringen.«

»Ja, vielleicht. Oder er sammelt diese Dinge und verwahrt sie bei sich zu Hause.«

»Das wäre auch nicht schlecht. Vorausgesetzt natürlich, dass wir ihn kriegen, den Kerl.«

»Zahlreiche Messerstiche und Schnitte«, sagt Kosinski.

Mombach nickt. »Ja. Die Ähnlichkeit mit dem Verbrechen von Flehe ist überwältigend. Und wieder bei der Kirmes.«

»Genau wie bei den drei Überfällen in Lierenfeld.«

»Ja. Nur, dass im Fall der Gertrud Schultze die Sache von relativ langer Hand vorbereitet gewesen ist. Bedenken Sie bitte – er hat sie von Anfang an belogen. Das heißt, er hat schon gleich am Nachmittag den Überfall geplant, den er dann am späten Abend ausgeführt hat. Fast sechs Stunden später! – Und das Messer muss er von Anfang an dabei gehabt haben.«

»Wie lange er sich an die Kinder rangemacht hat, wissen wir nicht«, gibt Berger zu bedenken.

»Gar nicht«, sagt Kosinski. »Wir haben alle möglichen Leute befragt, die auf der Kirmes gewesen sind. Die Kinder sind von verschiedenen Leuten gesehen worden. Sie waren allein.«

»Wir haben inzwischen alle Besucher des Schützenfestes befragt, die wir namhaft machen konnten. Aber es gibt natürlich noch eine große Zahl von Leuten, die wir nicht kennen und die sich bisher nicht gemeldet haben. Vielleicht können wir uns noch einmal an die Presse wenden, dass die Zeitungen die Bitte um Mithilfe noch einmal abdrucken.«

»Notiert.« Mombach sieht in die Runde. »Was gibt es sonst noch? Die Ergebnisse der Befragungen?«

»Wenig Neues. Wir können nur die Tatzeit etwas besser einengen. Ein fünfzehnjähriges Mädchen hat ausgesagt, dass die beiden Kinder um 21.30 Uhr den Kirmesplatz verlassen haben. Sie kennt die Kinder; sie war vorher mit den beiden Karussell gefahren.«

»Kannte die Kinder«, verbessert Kosinski.

»Woher wusste das Mädchen die Uhrzeit?«, fragt Berger.

»Die Kirchturmuhr von Volmerswerth hat angeblich halb geschlagen, als die Kinder sich gerade auf den Weg gemacht hatten. – Das macht auch Sinn; das war kurz nach dem Ende des Fackelzuges. Es hatte einen großen Fackelzug gegeben anlässlich der Kirmes.«

»Das stimmt jedenfalls grob überein mit der Todeszeit, die der Pathologe angibt«, sagt Mombach.

»21.30 Uhr? Unfassbar! Da war es noch nicht einmal dunkel!«, sagt Berger.

»Und dann gibt es noch eine Zeugin, eine ältere Frau, die um die fragliche Zeit kindliche Hilferufe ›Mama, Mama‹ gehört haben will. Die Frau wohnt im Krahkampweg. Wir haben das nachgeprüft; die Entfernung ist so, dass die Angabe stimmen kann.«

»Mein Gott«, sagt Mombach. »Warum hat sie niemand alarmiert, der nach dem Rechten gesehen hat?«

»Das weiß ich nicht«, sagt Fuhrmann. »Vielleicht hat sie es ja versucht, vielleicht auch nicht. Aber wir müssen auch bedenken, dass eine Kirmes immer mit einer ganzen Menge Lärm und Gerufe verbunden ist. Da hat sie das wohl nicht so ernst genommen.«

»Was sagt eigentlich unser verehrter Herr Präsident zu dem ganzen Schlamassel?«, will Berger wissen.

»Ich war vorhin bei ihm«, sagt Mombach. »Natürlich redet er wieder von Berlin. Ich habe ihm das nur mit Mühe ausreden können. Habe ihm erzählt, was für ein schlechtes Bild das auf unsere Arbeit wirft, wenn wir bei jeder Kleinigkeit gleich Hilfe aus Berlin anfordern ...«

»Kleinigkeit?« Kosinski hebt die Augenbrauen.

»Ein Doppelmord«, sagt Mombach. »So traurig es sein mag, so etwas kommt vor. Düsseldorf ist eine Großstadt. Eine halbe Million Einwohner. Das sind nicht alles Engel. – Aber ich finde jedenfalls, dass wir unsere Sache gut machen. Unsere Düsseldorfer Kriminalpolizei ist hervorragend ausgebildet, und immerhin haben wir den Stausberg im April selbst gefasst, ohne die Hilfe der Berliner. Und wir werden das diesmal auch wieder schaffen. Wo kommen wir denn da hin, wenn wir zweimal im Jahr einen Hilferuf nach Berlin loslassen!«

»Und Langels hat das geschluckt?«, fragt Fuhrmann.

»So halb. – Natürlich braucht er Erfolge, das ist klar. Ich habe ihm vorgeschlagen, er soll der Presse einmal eine

Aufstellung geben, wie viel Polizei hier in Düsseldorf im Einsatz ist und wie wir arbeiten. All die Zahlen und Fakten – das hat er doch alles schon ausgearbeitet in der Schublade. Jetzt ist der richtige Zeitpunkt, das an die Presse zu geben. Das hat eine beruhigende Wirkung, ganz sicher.«

»Bis zum nächsten Mord«, sagt Kosinski.

Berger sieht ihn an. Die drei Überfälle von Lierenfeld sind jetzt völlig in den Hintergrund getreten. Hat er nun gemeldet, dass er auch auf der Kirmes gewesen ist oder nicht?

4.

Als Berger nach Hause kommt, herrscht in der Wohnung noch munteres Leben. Jutta unterhält sich mit Dagmar, und auch die kleine Susanne ist noch wach. »Hallo, Onkel Wilhelm!«

»Musst du nicht eigentlich schon längst im Bett sein?« Da gehöre ich auch hin, denkt Berger. Stattdessen habe ich die Wohnung voller Besuch. »Ich dachte, Ihr wärt schon längst wieder zu Hause!«

»Ich hoffe, wir haben nicht zu sehr gestört ...« Dagmar ist rot geworden.

»Ich bitte dich, Dagmar ...« Hoffentlich hat er sie jetzt nicht beleidigt.

»Dagmar ist gekommen, um die Kleine abzuholen. Aber wir haben noch auf dich gewartet. Wir wollten nicht weggehen, bevor du nicht da bist. Und dann ist es später und später geworden. – Da haben wir schon angefangen zu feiern ...«

»Das sieht man«, sagt Berger. Eine leere Flasche Sekt steht in der Ecke, aus einer zweiten schenkt Jutta gerade ein.

»Hier, nimm ein Glas!«

»Worum geht es denn überhaupt?« Irgendein Datum, das er vergessen hat? Geburtstag? Verlobung? – Nein, das kann alles nicht sein.

»Onkel Wilhelm, hast du denn gar keine Zeitung gelesen?« Susanne lacht. »Sie haben es geschafft! Ist das nicht großartig? Hier, hier steht es. Ich lese es dir vor: *›Graf Zeppelin‹ in Los Angeles! Um 2 Uhr 45 MEZ* – was ist eigentlich MEZ? Ach, egal! – *um 2 Uhr 45 nach einer Fahrt von neunundsiebzig Stunden am Ankermast befestigt …*«

»Ich habe es im Radio gehört«, sagt Jutta. »Bei Papa. Sie haben das Programm unterbrochen, und es sofort durchgegeben. Ein Funkspruch aus Amerika … In neunundsiebzig Stunden von Tokyo nach Los Angeles! Ist das nicht wahnsinnig! Weißt du, wie lange ein Schiff für diese Strecke braucht?«

»Nein.« Endlos lange jedenfalls.

»Papa ist ganz aus dem Häuschen! Es ist ja so wichtig für Deutschland, dass die anderen sehen, was wir leisten können. Ein Flug um die ganze Welt in einem deutschen Zeppelin! Das ist eine unbezahlbare Werbung für unsere Wirtschaft …«

»Wer hat es eigentlich bezahlt?«, fragt Berger.

»Ach, irgend so ein amerikanischer Zeitungsmensch. Heart oder Hearst oder so ähnlich heißt der.«

Hearst? Von der Sensationspresse also? Berger fragt sich, ob der Amerikaner nicht vielleicht gehofft hat, das Ganze möge in einer Katastrophe enden.

»Und was hast du erlebt, Schatz?«

Berger nippt von seinem Sekt. »Einen neuen Überfall«, sagt er. »Es sieht so aus, als hätten wir es mit einer ganz ähnlichen Serie von Gewalttaten zu tun wie im Frühjahr. Aber diesmal haben wir Glück gehabt. Das Opfer lebt.«

5.

Als Berger am nächsten Morgen in sein Zimmer kommt, erhebt sich ein großer älterer Herr aus dem Besucherstuhl. »Entschuldigen Sie, dass ich hier so einfach eingedrungen bin. – Müller, von der Kriminalpolizei in Köln.«

»Bitte bleiben Sie doch sitzen. Was verschafft mir die Ehre …« In dem Augenblick fällt es Berger ein.

»Der Fall Keller«, sagt Müller. »Ich hatte geschrieben.«

»Ja, ich weiß. Eine ganz furchtbare Geschichte.«

»Wir haben den Fall nie aufklären können. Sechzehn Jahre ist das jetzt her …«

»Eine lange Zeit.«

»Ja, und jetzt ist es fast soweit, dass ich selbst in Rente gehe, und ich wünsche mir nichts sehnlicher, als dass dieses Scheusal noch gefasst wird. Und da habe ich von den Morden hier in Düsseldorf gelesen, alles genau wie damals. Ich habe Ihnen die Unterlagen mitgebracht.«

»Herr Müller …«

»Ich weiß, was Sie sagen wollen. Dennoch möchte ich Sie bitten, dass Sie wenigstens einmal einen Blick auf die Bilder werfen. Damit Sie wissen, warum ich glaube, dass hier ein Zusammenhang besteht.«

»Ja, gut.« Es kann keinen Zusammenhang geben, aber der Mann tut ihm Leid.

»Das ist das Haus«, sagt Müller.

Das Foto zeigt eine typische Kneipe, wie sie vor dem Krieg ausgesehen hat. En de Stipp – Wirtshaus Peter Keller. Stern Pils und Dortmunder Actien Bier. Ein relativ neues Haus – damals jedenfalls. *Anno Dom 1901* steht am Giebel.

»Da wo die Kreuze sind, da ist das Mordzimmer«, sagt Müller.

Im ersten Stock, die Gardinen sind zugezogen. Und die Tür schräg darunter, das muss der Nebeneingang sein, durch den der Täter hereingekommen ist.

»Und dies hier, das ist der Flur oben im ersten Stock.«

Glänzend lackierte Türen, in denen der Blitz des Fotografen reflektiert. Ein Stromzähler. Und ein Pfeil in roter Tinte: *Mordzimmertür*.

»Erst ist er in dieses Zimmer gegangen …«

Das Bild zeigt eine Küche, wie aus einem Museum. Erstaunlich, wie radikal sich der Stil der Einrichtung in so wenigen Jahren gewandelt hat. Der Kohleherd, blitzblank geputzt. An der Wand ein Brett mit Schöpfkellen und der Aufschrift *Fettlöffel*. Auf dem Esstisch eine karierte Decke, neben dem Küchenschrank ein kleiner Scherenschnitt. Eine Idylle.

»Und dann hierher«, sagt Müller.

Der Übergang ist ein Schock. Auf dem Bett liegt ein kleines Mädchen, nackt, mit durchgeschnittener Kehle. Berger schluckt.

»Christine Keller, neun Jahre. – Verstehen Sie jetzt, warum mir dieser Fall keine Ruhe lässt?«

Berger schweigt.

»Wir haben zunächst gedacht: Der Täter muss sein Opfer gekannt haben. Ja, er muss mit der Örtlichkeit gut vertraut gewesen sein – wie sonst hätte er das schlafende Kind finden können? Es gab zahlreiche Spuren. Keine Fingerabdrücke zwar, das nicht, aber der Täter hat offenbar verzweifelt versucht, sich vom Blut zu reinigen. Dazu hat er unter anderem sein Taschentuch benutzt; es trägt die Initialen P.K.«

»P.K.? Hieß der Vater des Mädchens nicht Peter Keller?«

»Ja, das ist richtig. Aber Peter Keller hat die Gaststube nicht verlassen, war ständig im Blick seiner Ehefrau. Nein, der

Vater kann es nicht gewesen sein. Wir haben den wahren Täter nie gefunden.«

Berger nickt. Schließlich sagt er: »Ja, ich verstehe Sie, Herr Müller. Ich verstehe Sie nur zu gut. Sie wollen den Mord gesühnt wissen. Und Ihr Mörder könnte theoretisch auch unser Mörder sein. Das Vorgehen war ähnlich. Aber es gibt da eine ganze Reihe von Problemen. Ihr Mord war in Köln, unsere Morde sind in Düsseldorf.«

»Keine Stunde mit der Bahn!«

»Aber – Ihr Mord war vor sechzehn Jahren. Unsere Morde sind heute. Dazwischen liegt nichts.«

»Dazwischen liegt der Krieg«, sagt Müller. »Der Täter kann Soldat gewesen sein.«

»Das sind fünf Jahre; bleiben noch elf.«

»Gefängnisaufenthalte vielleicht?«, mutmaßt Müller.

»Sie sind hartnäckig, gut. Aber es gibt einen Punkt, gegen den helfen Ihre Argumente nicht weiter. Unsere Zeugin sagt, der Täter sei etwa dreiundzwanzigJahre alt. Als die Christine Keller ermordet wurde, wäre er demnach erst sieben gewesen – zwei Jahre jünger als das Opfer.«

Als er Müller zur Tür bringt, läuft ihm Mombach über den Weg. »Ah, Berger, gut, dass ich Sie treffe. Ein Herr Wiedemeyer hat uns angeschrieben. Von der ›Alhambra‹. Der hat auf der Neusser Kirmes Filmaufnahmen gemacht. Die sind jetzt entwickelt, schreibt er, und er bietet uns an, uns den Film vorzuführen.«

»Filmaufnahmen?« Berger ist skeptisch. »Von wann bis wann war denn Kirmes?«

»Das weiß ich nicht. Aber die Aufnahmen sind jedenfalls vom Sonntagnachmittag.«

6.

»Gaffer«, sagt Kosinski. »Aasgeier.«

»Halten Sie den Mund!«, knurrt Berger.

Da kommen sie. Zwei weiße Särge, jeweils von vier Männern getragen. Teure Särge; die Stadtverwaltung kommt für die Kosten auf. Vorweg eine Gruppe von dunkel gekleideten Herren. Einige tragen Fahnen mit Trauerflor.

»Was ist das denn für ein Haufen?«, fragt Kosinski.

»Die Sankt-Sebastianus-Bruderschaft«, raunt Berger. »Der Schützenverein.« Die beiden Polizisten stehen in einigem Abstand von den frisch ausgehobenen Gräbern. Berger kann nur hoffen, dass niemand sie bemerkt und anspricht. Und dass Kosinski nicht aus der Rolle fällt.

Hinter den Särgen die Vertreter der Stadtverwaltung und des Polizeipräsidiums. Mombach dabei. Dahinter die nächsten Angehörigen, Freunde und Bekannte. Eine Abordnung von Schulkindern. Und eine unübersehbare Menge von Schaulustigen, in deren Richtung Kosinski grimmige Blicke schießt.

Auch Berger sieht genau hin, versucht in den Gesichtern zu lesen. Einer von denen könnte es gewesen sein, denkt er. Mombach hat Recht: gut möglich, dass es einer von denen gewesen ist.

Jetzt ist der Zug bei den offenen Gräbern angelangt. Zwei Geistliche treten vor.

»Warum zwei?«, raunt Kosinski.

»Das große Mädchen war evangelisch.«

Aber es ist der katholische Pfarrer, der nach den Gebeten das Wort ergreift. Das Gemurmel erstirbt. Seine kräftige Stimme trägt weit, auch bis zu den Kriminalbeamten. »Leid, tiefes Leid brachte uns der letzte Samstag und Sonntag. Alles wollte in Flehe die Freuden des Schützenfestes genießen, sich der Fröhlichkeit des Tages hingeben, als durch die Nachricht von der Ermordung der beiden Kinder Schrecken und Entsetzen sich verbreitete. Am Samstagabend waren die Kinder durch die Musik und das fröhliche Treiben angelockt, hinausgeeilt, um sich den Fackelzug anzuschauen. Sie sollten nicht mehr in ihre Wohnungen zurückkehren. Ein Dämon in Menschengestalt ergriff zwei unschuldige Kinder, um sie zu töten. Am Sonntagmorgen fand man die Kinder tot auf. Ihre letzten Worte waren ›Mutter‹ und ›Mama‹.«

Berger wischt sich mit zitternder Hand die Tränen vom Gesicht. Er wirft einen Blick auf Kosinski. Der steht völlig unbewegt, wie es scheint. Ich bin zu weich, denkt Berger. Aber Kosinski hat die Hände zu Fäusten geballt, und als Berger genauer hinhört, merkt er, dass sein Kollege vor sich hin murmelt: »Ich kriege ihn, diesen Satan, und ich bringe ihn um. Ich schwöre es.«

»… und können nicht Worte finden, um die Tat in ihrer abgrundtiefen Grausamkeit zu kennzeichnen. Tief aber fühlen wir mit den beiden Familien; tief und ehrlich ist unsere Trauer …«

»Ach ja?«, raunt Kosinski. Der Moment der Rührung ist vorüber. »Sehen Sie es sich an! Wie viele mögen das sein? Zweitausend? Dreitausend? Alle voll tiefer, ehrlicher Trauer?«

Berger antwortet nicht. Der Pfarrer schließt seine Ansprache mit einer Mahnung an Eltern und Behörden, gut auf die ihnen anvertrauten Kinder zu achten. Dann tritt er zur Seite. Noch einmal muss Berger mit den Tränen kämpfen, als ein Mädchen, wohl eine Mitschülerin der Luise Lenk, an das offene Grab tritt und ein Gedicht aufsagt.

Die Familie und die Vertreter der Stadt treten vor; Hände voll Sand fallen in die offenen Gruben. Danach ist es mit der Ordnung vorbei. Der Trauerzug löst sich auf. Einzelne drängen nach vorn, um besser sehen zu können. Das Gemurmel schwillt an. Einige Trauergäste eilen auf Nebenwegen an dem Zug vorbei. Abkürzungen werden genommen, quer über die Gräber. Zögerlich und behutsam erst, dann in wildem Gedränge. Kleine Kinder werden hochgehalten, damit sie besser sehen können. Ein Grabstein gerät ins Wanken.

»Voll tiefer, ehrlicher Trauer!« ruft Kosinski grimmig. »Und da fragen wir uns, ob es vielleicht einer von denen gewesen sein könnte? – Jeder von denen, kann ich nur sagen, jeder von denen!«

Und du selbst?, denkt Berger. Bist du auch diesmal wieder draußen gewesen auf der Kirmes? Der Fall aus Köln fällt ihm ein. P.K. hatte auf dem Taschentuch gestanden. Peter Keller hatte es nicht geheißen. Aber – wenn es nun für Paul Kosinski stünde? Er sieht seinen Kollegen an. Groß, kräftig, fünfunddreißig Jahre alt. Er wäre damals neunzehn gewesen …

»Entschuldigen Sie, Herr Kosinski – haben Sie vielleicht ein Taschentuch dabei?«

»Bitte!«

Ein weißes Taschentuch, sauber, gebügelt und gefaltet. Berger schnäuzt sich ausführlich. Doch wie sehr er das Taschentuch dabei auch dreht und wendet – ein Monogramm findet er nicht.

7.

»Du bist der Mörder!«

Der Mann im braunen Anzug blickt überrascht von seiner Zeitung auf. Vor ihm steht ein aufgeregtes kleines Männchen, das mit dem Finger auf ihn zeigt.

»Das ist er! Das ist der Düsseldorfer Mörder!«

Die Frau neben ihm steckt das Heft, in dem sie gelesen hat, in ihre Handtasche und rückt ein Stück von ihm ab.

»Ich bin Peter Jacobs aus Elberfeld«, sagt er.

Das Gedränge wird dichter. »Man muss die Polizei rufen!«, schlägt jemand vor.

Jacobs faltet die Zeitung zusammen und steht auf.

»He, he! Wo willst du denn hin, so plötzlich?« Die Leute versperren ihm den Weg.

»Lassen Sie mich bitte durch! Mein Zug ...«

Ein vierschrötiger Kerl baut sich vor ihm auf. »Dein Zug? – Dein Zug ist längst abgefahren, Junge! Jetzt geht's zum Schafott!« Jemand lacht.

»Bitte seien Sie doch vernünftig!« Jacobs wird ärgerlich.

Jemand packt ihn am Ärmel. »Du kommst hier nicht weg!« Jacobs reißt sich los. Da kriegt er einen Tritt gegen das Schienbein.

»Auseinander! Alles auseinander!« Die Polizei ist da, gerade noch im rechten Augenblick.

»Das ist er«, ruft das Männchen mit sich überschlagender Stimme. »Das ist der Mörder aus Düsseldorf. Ich hab ihn erkannt! Nach der Beschreibung in den Zeitungen! Es stimmt alles! Der Anzug, die blonden Haare, alles!«

»Das wird sich alles aufklären«, sagt der Wachtmeister. »Sie kommen jetzt bitte mit«, sagt er zu Jacobs. Und zu dem Männchen: »Und Sie auch. Und dann werden wir das auf der Wache alles genau feststellen. Und alle anderen gehen jetzt bitte aus dem Weg, damit wir unserer Pflicht nachkommen können.«

»Ich bin getreten worden!«, sagt Jacobs.

Der Wachtmeister sieht ihn nur kurz an. »Das tut mir Leid«, sagt er. »Wenn Sie jetzt bitte mitkommen würden ...«

Unter dem Gejohle der Menge verlassen sie den Bahnhof. Als sie auf die Straße treten, kriegt Jacobs noch einen Schubs von hinten, dass er fast zu Fall kommt. »Schluss jetzt!«, ruft der Polizist. Dann sind sie auch schon auf der Wache.

Dort herrscht Hochstimmung. Alle reden durcheinander. Jemand hat bereits mit Düsseldorf telefoniert; die Verbindung zur Mordkommission wird hergestellt.

»Ruhe! Seid doch mal ruhig!«, verlangt der Polizist am Telefon. »Das ist Düsseldorf an der Leitung, seid doch mal ruhig!«

Allmählich ebbt der Lärm ab. Jacobs setzt die Brille auf. Die ist heil geblieben, zum Glück. Er betrachtet seinen Ärmel. Ein Knopf fehlt. Ausgerissen. Das wird teuer, das wird man stopfen müssen. »Mein Name ist Jacobs«, sagt er. »Peter Jacobs. Ich wohne in Elberfeld, arbeite in Hagen. Am Wochenende fahre ich nach Hause. Deshalb bin ich auf dem Bahnhof gewesen. Mit Düsseldorf habe ich nichts zu tun …« Aber niemand hört ihm zu.

»Brauner Anzug«, sagt der Mann am Telefon. »Nein, nicht grau. Braun. Augenfarbe? Gucken Sie mal hierher bitte, hier ins Licht, ja? – Augenfarbe braun. – Was? – Ganz sicher? Vielen Dank. Tut mir Leid, dass wir Sie belästigt haben.«

Der Wachtmeister lässt Jacobs los. »Der war's nicht?«, fragt er.

»Nein, der war's nicht.«

8.

»Nur durch immer wieder kehrende Polizeistreifen, durch dauernde Störung und Beobachtung aller Schlupflöcher haben wir überhaupt eine Chance, diesen Verbrecher aufzuspüren.«

Schuhmacher nickt. Razzia, und er als Reporter vom *Tageblatt*, er ist mit dabei. So zuvorkommend war die Polizei noch nie.

Der Hauptmann der Schutzpolizei, der neben ihm sitzt, ist eifrig bemüht, ihm alles zu erläutern. »Äußerstes Entgegenkommen!«, hat sein Chef ihm eingeschärft. »Die Presse ist unser Freund!« Das hat er auch schon mal anders gehört.

Der Bereitschaftswagen der Schutzpolizei rumpelt durch die Nacht. Schuhmacher beobachtet, wie Insekten vom Licht der Scheinwerfer angezogen im Lichtstrahl tanzen, bis sie schließlich an der Windschutzscheibe zerschellen. Links und rechts des Weges kleine Häuschen, die meisten dunkel. Dann geht es wieder durch offene Felder mit Kappes und Kartoffeln.

Einer der Polizisten leuchtet mit dem Suchscheinwerfer die Gegend ab. Schuhmacher schätzt, dass der Lichtstrahl an die zweihundert Meter weit reicht. Er erfasst Bäume und Sträucher. Ein Kaninchen wird aufgeschreckt und rast in irrer Flucht über den Weg.

Dann kommen sie an den Rheindeich. Weidengebüsch, Schilf, hohes Riedgras. Keine Bewegung. Der Rhein schwappt leise, gurgelt an den Buhnenköpfen. Ein kleines Boot schaukelt auf dem nachtschwarzen Wasser. Weiter draußen im Strom fährt ein größeres Schiff vorbei, erkennbar nur an den Positionslichtern, die rasch vorüberziehen. Nichts Verdächtiges, nichts Störendes. Das Rheinufer liegt in tiefem Schlaf.

Sie fahren weiter. Vorbei an dem kleinen Wäldchen am Wasserwerk. Undurchdringliches Buschwerk. Weiter geht es über Feldwege, vorbei an Gemüsebeeten und brachliegendem Ackerland. Das Getreide ist abgeerntet.

»Da!«

Der Fahrer bremst so abrupt, dass Schuhmacher mit der Stirn gegen die Windschutzscheibe knallt. Er reibt sich den Kopf.

»Da drüben!« Einer der Schutzpolizisten weist mit ausgestrecktem Arm schräg nach links; der Scheinwerfer folgt der Richtung.

Eine große Feldscheune liegt im Lichtkegel, gefüllt mit hoch aufgetürmten Garben. Die Männer springen vom

Wagen. »Kommen Sie mit«, sagt der Hauptmann. »Wir umzingeln die Scheune, und dann wird sie durchsucht.«

Schuhmacher stolpert hinter ihm her. Umzingeln und durchsuchen! Leichter gesagt als getan. Die Scheune ist von Bäumen umgeben; Partien im gleißenden Licht wechseln mit schwärzester Dunkelheit. Schuhmacher stolpert über einen Ast. Auch der Polizist an seiner Seite strauchelt; der Reporter registriert es nicht ohne Befriedigung.

Die Scheune ist umstellt. Nun kommt der schwierigere Teil. »Hallo! – Hallo, aufgewacht!«, ruft einer der Polizisten. Die Beamten klettern nach oben. Stroh und Garben werden durchwühlt, im Licht der Taschenlampen. Schuhmacher sieht fast nichts.

»Uns fehlen vernünftige Handlampen«, sagt der Hauptmann. »Mit diesen Funzeln sieht man nicht genug.« Und – zum Bereitschaftswagen gerichtet: »Etwas weiter fahren! Das Licht reicht nicht!«

»Herr Hauptmann, hier sind welche!«, ruft eine Stimme aus dem Dunkel.

»Moment! Ich komme.« Und zu Schuhmacher gewandt: »Bleiben Sie am besten hier unten. Wir holen sie runter, die Landstreicher, Sie werden alles zu sehen bekommen.«

Schuhmacher hat ohnehin keine Neigung, den schwankenden Strohberg zu besteigen. Er wendet sich an den ihm am nächsten stehenden Polizisten: »Haben Sie denn keine besseren Lampen?«

»Nee, haben wir nicht. – Taschenlampen, das ist alles. Und davon sind noch die meisten defekt. Ganze zwei Stück gehen noch. Damit sollen wir nun auf Mörderjagd gehen!«

»Aber es sollte doch möglich sein – ich meine, vernünftige Taschenlampen gibt es doch in jedem Kaufhaus und in jedem Eisenwarengeschäft!«

Der schüttelt den Kopf. »Kein Geld. Für so was nicht. Für Sport und Vorträge und alle möglichen Feiern, da wird es mit vollen Händen ausgegeben, aber nicht für so was. – So, Obacht, da kommen sie!«

Ja, in der Tat, da kommen sie. Schuhmacher beobachtet, wie einige dunkel gekleidete Gestalten unter Bewachung vorsichtig nach unten klettern. Drei, nein, vier Gestalten sind es.

»Vorwärts, los! Wir wollen noch weiter heute!«

»So, da bin ich wieder!« Der Hauptmann ist zurück. »Die hatten es sich da oben gemütlich gemacht. Bis zur Nasenspitze im Getreide eingemummelt, Strümpfe und Fußlappen sorgsam ausgebreitet, Halstuch gelüftet, Jacke ausgebreitet, Gürtel gelockert. Und natürlich die Schnapsbuddel in Griffweite.«

Armselige Gestalten sind es. »Schon dreimal habt ihr uns in dieser Woche gestört und zum Präsidium geschleppt«, murrt einer.

»Einer unserer alten Bekannten«, sagt der Hauptmann. Und zu dem Landstreicher gewandt: »Wie alt sind Sie jetzt? siebenundsechzig Jahre? Wird es da nicht allmählich Zeit, dieses Leben aufzugeben?«

»Ich würd schon wollen …«, murmelt der. Sein weißer Bart zittert.

»Und Sie?«, erkundigt sich Schuhmacher. »Sie sind doch noch jung!«

»Dreiundzwanzig Jahre, zurzeit ohne Arbeit. Ich wohn sonst in Düsseldorf, in Flingern, bei meinen Eltern. Aber da gab's Zoff, da bin ich halt ausgezogen …«

Der Dritte gibt an, er hole jeden Tag seine Erwerbslosenunterstützung aus Düsseldorf. Er schlafe draußen, um etwas Geld zu sparen, um ein paar Sachen aus dem Leihhaus zurückzubekommen.

Der Vierte verweigert jegliche Auskunft.

Alle müssen mit aufs Präsidium. Der Hauptmann erläutert: »So geht das jeden Abend. Aus einer Scheune haben wir gestern gleich sechzehn Obdachlose geholt! Sechzehn auf einen Streich! Und man weiß ja, dass sich aus den Kreisen der Vagabunden und Landstreicher nicht selten Einbrecher, Diebe und Messerhelden rekrutieren. Deswegen gehen wir ja so konsequent gegen das Landstreicher- und Bettlerunwesen vor …«

Schuhmacher sieht ihn von der Seite an. »Vertreiben Sie sie damit nicht nur? Jagen Sie sie nicht nur von einem Ort zum anderen?«

»Mag sein«, gibt der Hauptmann zu. »Aber mehr können wir halt nicht machen. Um dem Problem wirklich beizukommen, da ist wohl die Politik gefragt. Ein Arbeitshaus brauchen wir, nur dann bekommt man dieses Problem in den Griff.«

Schuhmacher schweigt. Erst vor wenigen Tagen hatten die Agenturen berichtet, dass die Arbeitslosigkeit im Reich einen neuen Rekord erreicht hat. Fast verdoppelt gegenüber dem Vorjahr. Es wird wohl etwas mehr nötig sein, als nur die Einrichtung eines Arbeitshauses, um dem Übel abzuhelfen. Und davon abgesehen – Schuhmacher wirft einen Blick auf die Landstreicher – ob eine von diesen zerlumpten Gestalten der Mörder von Düsseldorf ist, das ist doch wohl stark zu bezweifeln.

Der Wagen bremst. Schuhmacher hält sich fest.

»Da vorne!« Die nächste Scheune.

9.

»Ich hab vorhin mit Dagmar gesprochen«, sagt Jutta. »Sie fragt, ob wir die Kleine am nächsten Wochenende noch einmal nehmen können.«

»Von mir aus gern. Fein. Ich freu mich!«

»Ja, ich eigentlich auch …«

»Aber?«

»Ist dir eigentlich aufgefallen, dass die Dagmar dir schöne Augen macht?«

»Was? Die Dagmar? Mir?« Berger lacht. »Das kann ich nicht glauben!«

»Doch, ganz deutlich. Sie versucht natürlich, es zu verbergen; schließlich ist sie ja meine Verwandte, und wir sind auch befreundet. Aber du musst einmal gucken, wie sie dich ansieht, wenn sie sich unbeobachtet fühlt.«

»Beim nächsten Mal werde ich darauf achten.«

»Und – was hältst du von ihr?«

»Mache ich ihr etwa auch schöne Augen?«

Jutta schüttelt den Kopf.

»Deine Kusine ist ein nettes Mädchen. Aber für mein Gefühl zu blond, zu klein und zu brav.«

»Meine Kusine ist sie nicht wirklich«, sagt Jutta. »Also, der Halbbruder meines Großvaters väterlicherseits ...«

»Hör auf, das kann ich mir sowieso nicht merken ...«

»Und ein Mädchen ist sie auch nicht.«

»Was ist eigentlich mit ihrem Mann? – Ich habe noch nie danach gefragt, glaube ich.«

»Er hat sie sitzen lassen. Als das Kind unterwegs war, ist er abgehauen. Er wollte keine Kinder, und sie wollte unbedingt. Er ist nach Südamerika, so weit ich weiß. Irgendwohin, wo er nicht zahlen muss. Zum Glück hat sie ein bisschen Geld auf der hohen Kante. In Wertpapieren angelegt, mit sehr hoher Rendite. Also hat sie das Kind trotzdem gekriegt. Und sie hat es nie bereut, glaube ich.«

»Das verstehe ich gut«, sagt Berger. »Irgendwann werden wir auch so ein Kind haben!«

10.

»Willkommen im ›Alhambra‹«, ruft Wiedemeyer. Er mag an die vierzig Jahre alt sein, ist klein, lebhaft und viel zu fett. »Es ist uns eine Ehre, mit unserer heutigen Filmvorführung der Kriminalpolizei einen kleinen Gefallen zu erweisen. Ich möchte Sie alle hier recht herzlich begrüßen. Dies ist nur ein kleines Kino, aber das heißt nicht, dass wir nur kleine Filme zeigen!« Er lacht gekünstelt. »Nein, meine Herrschaften, bei uns können Sie die größten Filme der internationalen Produktion bewundern. Und ich möchte die Gelegenheit ergreifen, Sie auf unser gegenwärtiges Programm hinzuweisen. Es läuft zurzeit im Abendprogramm *Pat und Patachon bei den Kannibalen*. Und in der nächsten Woche …«

»Danke«, sagt Berger. Er hat eine kräftige Stimme und keine Mühe, dem Kinomann das Wort abzuschneiden. »Ich freue mich, dass Sie gekommen sind.« Es klingt etwas lächerlich; der Kinosaal ist mit fünf Personen nicht gerade ausgebucht. Aber es sind alle Freunde und Bekannten der Schultze, die sie finden konnten.

Mombach sieht sich um, kratzt sich den Kopf. Wir hätten warten sollen, bis sie wieder aus dem Krankenhaus ist, denkt er. Die würde sofort wissen, ob der Kerl mit im Bild ist oder nicht. Er hatte vorgeschlagen zu warten; Langels war dagegen.

»Worauf sollen wir denn achten?«, fragt ein Mädchen. »Wir kennen den Mann doch gar nicht!«

»Es geht nicht um den Mann. Es geht erst einmal darum, Gertrud Schultze auf diesem Film zu finden. Wenn einer von Ihnen meint, sie zu erkennen, bitte sofort rufen. Dann lassen wir den Film anhalten und sehen uns die Szene noch einmal genau an. Wenn wir Gertrud Schultze im Bild haben, dann haben wir sicher auch den Täter.«

Hoffentlich, denkt Mombach. Es kann immer noch sein, dass die Schultze im Bild ist und der Mann nicht.

»Film ab!«, ruft Berger. Er setzt sich.

Der Raum wird abgedunkelt, und im nächsten Moment erscheint der Titel auf der Leinwand: *Kirmes in Neuss*.

»Das ist natürlich nur ein Arbeitstitel«, raunt Wiedemeyer. Er hat sich neben Berger gesetzt. Berger rückt von ihm ab, so weit sein Sitz es zulässt. Der Mann stinkt nach Knoblauch. »Jetzt werden Sie sehen, was der deutsche Dokumentarfilm zu leisten vermag.«

Schon erscheint das Kettenkarussell.

»Wir haben zuerst das Kettenkarussell gefilmt«, sagt Wiedemeyer.

Berger ist bemüht, sich auf den Film zu konzentrieren. Die Menschen rasen vorbei. Kinder zumeist, mit lachenden Gesichtern. Der Hintergrund unscharf. Verschiedene Zuschauer. Das Mädchen da – könnte das die Schultze sein? Berger wirft einen raschen Seitenblick auf die Zuschauer. Doch die bleiben stumm.

Die nächste Szene zeigt Männer vor dem Bierzelt.

»Wir haben dann das Bierzelt gefilmt«, sagt Wiedemeyer.

Genervt erwidert Berger: »Das sehe ich.«

Das Bierzelt ist uninteressant. Das Mädchen hat ausgesagt, dass sein Begleiter nichts getrunken hat. Ein paar Szenen im Bierzelt. Nichtssagend, zu dunkel. Dann kommt der Hau-den-Lukas.

»Wir haben …«, setzt Wiedemeyer an. Ein Seitenblick Bergers lässt ihn verstummen. Zahlreiche Zuschauer beobachten schadenfroh, wie sich ein Jüngling vergeblich abmüht, dem Lukas den entscheidenden Schlag zu versetzen.

»Na los doch!«, ruft eines der Mädchen neben Berger.

Der Junge schafft es nicht. Und die Schultze ist nicht zu sehen.

Die nächste Szene zeigt das Zelt der Athleten. Da ist das Plakat mit der leichtbekleideten Frau, von der die Schultze gesprochen hat. Wiedemeyers Kameramann hat es groß ins Bild geholt. Anschließend der Blick in das Zelt. Da stehen sie, die Kraftmeier, und da ist die schöne Frau, strahlend, kraftvoll – wenn auch viel älter als auf dem Plakat.

»Ja, ja, die Athleten«, sagt Wiedemeyer.

Berger will etwas erwidern, beißt sich aber auf die Zunge, denn jetzt kommt die Bude mit den Leckereien. Deutlich sichtbar ein junger Mann, der ein Stück Kokosnuss erwirbt. Wo ist die Schultze? Die Kamera schwenkt auf das lächelnde Gesicht der Verkäuferin. Die junge Frau ist sekundenlang ganz groß im Bild.

»Sie hat solch ein schönes Lächeln«, sagt Wiedemeyer.

Und einen schönen Busen, denkt Berger. Aber der interessiert hier nicht. Endlich, als er schon fast die Hoffnung aufgegeben hat, schwenkt die Kamera zurück auf den Mann mit der Kokosnuss. Er teilt das Stück mit einem jungen Mädchen. Der Mann ist gestochen scharf zu sehen, ohne starke Schatten, geradezu ideal für ein Fahndungsfoto – aber das Mädchen ist nicht die Schultze. Berger hört Mombach hinter sich leise fluchen.

»Und jetzt kommt die schönste Szene«, sagt Wiedemeyer. »Die entfesselte Kamera!«

Aber es ist nicht Murnau, der hier Regie geführt hat. Berger schwant Fürchterliches. Der Kameramann hat sich in das Kettenkarussell gesetzt und rast nun mit der Kamera im Kreis. Zwei, drei Kinder, die sich krampfhaft festhalten, sind von hinten zu sehen und im Hintergrund eine amorphe Masse von Zuschauern, die in irrsinniger Geschwindigkeit vorbeirast. Berger greift nach der Sitzlehne. Ihm wird fast schlecht vom Zusehen. Der Kameramann filmt gnadenlos weiter, bis das Karussell nach endlosen Minuten zum Stehen kommt. Als man fast wieder einzelne Gesichter erkennen kann, wird das Bild ausgeblendet, und der Schriftzug *Ende* erscheint auf dunklem Hintergrund.

»Ende«, sagt Wiedemeyer. Es wird wieder Licht.

Mombach erhebt sich, sieht in die Runde, zuckt mit den Achseln. Nichts.

»Hat's Ihnen denn gefallen?«

»Ja, ja.« Mombach muss sich sichtlich zusammenreißen. »Schade nur, dass die gesuchte Person nicht mit drauf ist.«

»Ja, das ist halt Pech. Da kann man nichts machen.«

»Wann haben Sie denn den Film gedreht?«, fragt Berger.

»Am Sonntagnachmittag«, sagt Wiedemeyer. »So gegen vier, fünf vielleicht. Jedenfalls waren wir um sechs wieder zu Hause. Pünktlich zum Abendbrot.«

»Schade.« Es wäre so schön gewesen. Aber um fünf Uhr war die Schultze erst bei ihrem Spaziergang auf den Rheinwiesen.

11.

Drei Abende schon ist Berger dem Kollegen nachgegangen. Es ist leicht, wenn man davon ausgehen kann, dass der andere nicht weiß, dass ihm einer folgt. Kosinski ist jedes Mal geradewegs nach Hause gegangen. Gestern und vorgestern wäre es optimal gewesen; Kosinski war nicht in Düsseldorf. Aber es war Wochenende, Berger wollte die Zeit mit Jutta verbringen, und auf einen Tag kam es nun auch nicht an. Denn je länger er darüber nachdenkt, desto absurder scheint ihm sein Verdacht. P.K. – Es gibt Tausende von P.K. in Düsseldorf. Und dennoch – der Verdacht muss ausgeräumt werden.

Heute endlich geht Kosinski nicht direkt nach Hause. Stattdessen besucht er ein Lokal in der Altstadt. Als Berger nach einer kurzen Runde um zwei Häuserblocks zu der Kneipe zurückkehrt, sitzt Kosinski allein an einem der Tische und hat gerade das zweite große Bier kommen lassen. Er will sich betrinken, denkt Berger. Die Gelegenheit ist günstig.

Das Türschloss ist ein ganz normales Schloss ohne besondere Zuhaltungen. Das haben sie auf dem Lehrgang gelernt, wie man damit umgeht. Es kostet Berger keine zehn Sekunden, die Wohnungstür zu öffnen. Schon steht er in Kosinskis Wohnzimmer. Er zieht die Vorhänge zu und macht Licht. Der Raum wird hell, doch der Eindruck bleibt finster. Dunkle Eichenmöbel, ein dunkler Teppich, teuer aber abgenutzt. Keine Bilder an den Wänden; auf dem Schreibtisch steht das Foto eines jungen Mannes in Uniform. Wahrscheinlich der Bruder, denkt Berger. Womöglich im Krieg gefallen.

Berger hebt ein Buch auf, das aufgeschlagen neben dem Bett liegt, so wie es dem Leser aus der Hand gefallen sein mag:

Du weißt es, Königin, viele in deinem Volk sind blutdürstende Barbaren, raubgierig, roh: sie möchten dies Land brandschatzen, wo Vergil und Tullius gewandelt … – Wer sagt das? Cethegus vermutlich. Heißt er Cethegus? Berger ist sich nicht sicher. *Ein Kampf um Rom,* das hat er als Kind zuletzt in der Hand gehabt. Heute wundert es ihn, dass er es überhaupt je durchgelesen hat, dass ihn damals der schwülstige Stil nicht gestört hat.

Der Band ist abgenutzt, ganz offensichtlich viele Male gelesen. Kräftiger Leineneinband ohne Beschriftung. Berger schlägt die Titelseite auf. Ein verwischter Bibliotheksstempel. Berger hält das Buch dicht unter die Lampe. *Soldatenbücherei Ahlhorn* steht da. Laut Eintrag ausgeliehen im Herbst 1915.

Eines steht fest: Kosinski ist ein Vielleser. Der Raum ist voller Bücher. Beumelberg – *Sperrfeuer um Deutschland.* Das ist doch gerade erst erschienen. Ein dicker Wälzer, 542 Seiten stark. Berger blättert es durch. Kein Zweifel, auch das Buch ist gelesen worden. Kosinski muss es geradezu durchflogen haben. Auch die übrigen Bücher scheinen sich zwanglos einzuordnen. *In Stahlgewittern* liegt da, und *Der Kampf als inneres Erlebnis*. Daneben Rudolf Binding, Georg von der Vring, alle sind sie da – und natürlich *Der Untergang des Abendlandes*.

Malen tut er auch, denkt Berger. Das Bild, mit Reißzwecken an die Tür geheftet, zeigt eine Art greller Sonne an schwarzem Nachthimmel. Finsteres Bild in finsterer Wohnung. Alles passt hervorragend zum finsteren Kosinski. Nichts davon kann ihn wirklich überraschen.

Berger durchstöbert Schränke und Schubladen. Eine Schusswaffe findet er, eine großkalibrige belgische Bayard-Pistole, aber keinen Dolch und kein großes Messer, das zu anderem taugen würde als zum Brotschneiden. Irgendwelch gefährliches Werkzeug gibt es auch nicht. Der einzige Hammer, den er entdeckt, ist ein Spielzeug, bestenfalls geeignet um Reißzwecken in die Wand zu hämmern. Keine Aufzeichnungen, keine privaten Briefe, kein Tagebuch. Kosinski ist Mitglied im *Stahlhelm*, aber auch das ist nicht verwunderlich. Deshalb war er also weg am letzten Wochenende. Das Manöver beim Sender Langenberg, da war er wohl mit dabei.

Berger durchsucht auch den Wäscheschrank. Stapel von Taschentüchern findet er, doch keines mit Monogramm. Am Ende schließt er alle Schubladen und Schränke und löscht das Licht. Wenn Kosinski ein Verbrecher ist, so hat er hier jedenfalls keine Spuren hinterlassen.

In dem Augenblick gibt es ein Geräusch an der Wohnungstür. Berger springt zur Seite. Lautlos geht das nicht, doch alles wird übertönt davon, dass die Tür mit einem Krach auffliegt und Kosinski hereintorkelt. Er tastet nach dem

Lichtschalter, findet ihn nicht sofort, murmelt irgendetwas Unverständliches und knallt die Tür wieder zu. Ohne sich umzusehen stolpert Kosinski in die dunkle Wohnung, stößt an einen der Stühle, findet aber doch den Weg zum Schlafzimmer und lässt sich so, wie er ist, auf sein Bett fallen. Minuten später zeugt regelmäßiges Schnarchen davon, dass Kosinski eingeschlafen ist.

Das war knapp! Auf Zehenspitzen schleicht Berger zur Tür, öffnet sie leise und schlüpft aus der Wohnung.

12.

Wo liegt Ahlhorn? Berger hat den Ort im Schulatlas gesucht – vergeblich. Ein deutscher Name, zweifellos. Oder flämisch? Jedenfalls liegt Ahlhorn nicht in dem Gebiet, in dem er gekämpft hat, das steht fest. Langemarck findet er im Diercke. Doch nicht einmal der Kemmel ist eingezeichnet. Ein besserer Atlas wäre nicht schlecht.

»Ruf doch den Glock an«, hat Jutta vorgeschlagen. »Der weiß bestimmt, wo das ist. Der kennt sich aus mit allem, was mit Militär zu tun hat.«

»Ungern.« Berger kennt den Herrn Oberst von Empfängen bei Juttas Eltern, und der Mann ist ihm von Herzen zuwider. Außerdem ist es ein Ferngespräch nach Berlin. Aber ihm wird wohl nichts anderes übrig bleiben. P.K., denkt er. Ich muss es wissen!

»Guten Morgen, Herr Oberst!« Die Verbindung kommt fast sofort zustande.

»Wer ist das? Kommissar Berger? – Ah, Fähnrich Berger – Ja, natürlich erinnere ich mich. Infanterieregiment 76 waren Sie, stimmt's?«

Mein Gott, denkt Berger. Das muss ihm Jutta gesteckt haben.

»Was verschafft mir die Ehre?« Berger hält den Hörer weiter vom Ohr ab; die Stimme des Herrn Oberst dröhnt durch das ganze Zimmer. Hoffentlich kommt jetzt keiner rein!

»Herr Oberst, ich habe zwei Fragen. Die eine betrifft den Standort Ahlhorn …«

»Ahlhorn? – Ahlhorn? – Das sagt mir gar nichts! Das ist nicht in Berlin.«

»Nein, nicht in Berlin, das habe ich auch nicht gedacht. Irgendwo im Südwesten wahrscheinlich. Oder in Flandern. Es geht um 1915.«

»Ach so. Das ist etwas anderes. Da muss ich mich erkundigen. Ich war ja im Osten, bei General Hoffmann, das habe ich Ihnen sicher schon mal erzählt. Ostpreußen. Und wenn der Hindenburg heute behauptet …«

»Ja, das haben Sie schon erzählt, Herr Oberst, entschuldigen Sie, wenn ich Sie hier unterbreche. – Meine zweite Frage, die ist etwas heikel. Ich möchte gern, dass Sie für mich herausfinden, von wann bis wann ein Paul Kosinski bei der Reichswehr gedient hat. Und bei welcher Einheit. Und möglichst auch noch, warum er jetzt nicht mehr dort ist …«

»Ah, ja, ja, vertrauliche Ermittlungen, was? Ich verstehe, ja, ich verstehe total. Aber das kann ich nicht so mir nichts dir nichts herauskriegen. Das kann schon ein paar Tage dauern, diese Aktion.«

»Das macht nichts.«

»Ich tue, was ich kann! – Und grüßen Sie das Fräulein Jutta von mir! Das ist ein Klasseweib! Mein Gott, wenn ich nicht schon so alt wäre …«

13.

»Da, da ist es!« Klaus Witte zeigt aufgeregt in Richtung Rheinufer. Morgendlicher Dunst liegt über dem Wasser; das Gras ist noch nass vom Tau.

»Bleiben Sie – bleiben Sie mal hier stehen!« Der dicke Polizist ist völlig außer Atem. Vor einer Viertelstunde hat der Mann ihn angehalten und hat gesagt, am Rheinufer liege eine Tote. Und da muss er, Karsten Jungblut, natürlich gerade derjenige sein, den es trifft. Wo er doch kein Blut sehen kann. Und seine Streife wäre fast zu Ende gewesen.

»Ich hab ja erst gedacht, dass sie nur schläft, aber als ich dann genauer hingeguckt habe, da hab ich schon gesehen, dass ihre Kleidung ganz in Unordnung ist, und dann war da auch das Blut. Am Kopf.«

»Ja, ja. Bleiben Sie mal hier stehen, ich mach das schon.« Warum muss mir das passieren, denkt Jungblut. Ein Pech hab ich immer! Aber das hilft ja nun nichts.

Vorsichtig nähert er sich der Toten. Unten herum ist sie völlig nackt. Jungblut sieht nicht hin. Und am Kopf – nein, da sieht er lieber auch nicht hin. Scheußlich sieht das aus. Jungblut kniet neben der Frau im Gras und fasst nach ihrer Hand. Aber da ist kein Puls. Die Hand ist kalt und steif.

»Herr Witte!«, ruft er.

»Ja?«

»Herr Witte, könnten Sie bitte noch einmal zurücklaufen zum Revier und dafür sorgen, dass die Mordkommission herkommt? So schnell wie möglich, bitte!«

»Ja, und was ist mit meiner Arbeit? Ich bin beim Wasserbau, ich muss doch um acht Uhr da sein …«

»Ach, da machen Sie sich man keine Gedanken, das regeln wir alles für Sie!«

Der Mann läuft los. Jungblut erhebt sich ächzend. Er ist schließlich nicht mehr der Jüngste. War das nun richtig? Oder hätte er den Mann bei der Leiche zurücklassen und selbst zur Wache laufen sollen? Nein, das geht nicht. Die Frau ist ja fast nackt. Da muss schon die Polizei drauf aufpassen, das ist klar.

Und jetzt? Wie war das noch? Es ist schon so lange her, dass er das alles durchgenommen hat. Richtig. Als erstes muss einmal der Tatort abgesichert werden. Damit nicht alle Spuren zertrampelt werden. Jungblut sieht sich um. Spuren? Hier im Gras gibt es keine Spuren. Außer natürlich, dass die Frau offenbar vom Weg her hier in Richtung Ufer geschleift worden ist. Das kann man sehen. Aber sonst? Fehlanzeige! Na gut, umso besser, denn irgendwelche Barrieren zum Absperren des Tatortes hat er ja sowieso nicht dabei. Er kann nur froh sein, dass um diese Zeit hier so gut wie nie jemand vorbeikommt.

Und da kommt schon jemand. Natürlich. Gerade jetzt muss das passieren. Ein Radfahrer, ein junger Mann. Und der hält natürlich sofort an und steigt ab: »Kann ich Ihnen irgendwie helfen?«

»Nein, danke«, sagt Jungblut.

Und der junge Mann steigt tatsächlich wieder auf sein Fahrrad. »Na, dann schönen Tag noch«, sagt er. Dann radelt er davon. Schön.

So, und jetzt? Jungblut fasst sich an den Kopf. Dann tastet er die Innentasche seiner Jacke ab. Natürlich, da ist er ja! Der Polzer. *Praktischer Leitfaden für kriminalistische Tatbestandsaufnahmen*. Nicht unbedingt die neueste Fassung, aber was soll's? Den werden wir jetzt mal hübsch anwenden!

Er blättert in dem Oktavbändchen. Aha, hier steht es ja! Seite 27. *Gemeinsame Richtlinien für die Feststellung der Identität bei Lebenden und bei Leichen.* Das muss es sein. Was tun wir also? Da steht es ja: *a) Kleidertaschen umdrehen!* Jungblut bückt sich. Natürlich ohne die unbekleidete Scham der Toten anzusehen ... Donnerwetter, hat die einen Busch! Jungblut hält sich die Hand vor die Augen, guckt zur Seite. Hier also der Mantel. Hat der überhaupt Taschen? Ja, hat er. Linke Tasche: leer. Und auf der anderen Seite? Jungblut krempelt die Tasche um. Ein Taschentuch. Gebraucht. Na gut.

Was sagt das Lehrbuch? ... *und alles auf Echtheit, Herkunft, Bedeutung, Verhältnis zum Träger prüfen.* Das Taschentuch? – Das ist echt. Herkunft? – Weiß ich nicht. Gekauft vermutlich. Bedeutung? – Na ja, das ist wohl klar. Verhältnis zum Träger? – Ja, ich denke, das wird wohl ihr eigenes gewesen sein. Na bitte. Das geht doch ganz gut.

Also weiter: *Den Körper auf etwaige ›Besondere Kennzeichen‹ absuchen; solche sind: Berufsmerkmale, Narben, Tätowierungen und sonstige Merkmale.* – Den Körper absuchen? Was meinen die damit? Berufsmerkmale? Noch einmal wirft er einen scheuen Blick auf das, was frei liegt. Berufsmerkmale? Da?

Nein, hier steht es ja: *1. An den Händen. Weißverfärbte Hände hat der Müller, Bäcker, Kalk-, Zink- und Bleiweißarbeiter.* Bleiweiß? Was ist das denn? Egal, weiße Hände hat sie nicht. Blass aber nicht weiß. Also keine Müllerin oder Bäckerin. Weiter.

Schwarzverfärbte Hände hat der Kohlenarbeiter ... Nein, die Hände sind auch nicht schwarz. *Rot- und grünverfärbte der Anstreicher, Maler und Arbeiter in Farbenfabriken.* – Auch nicht. Weiter. *Braun- und gelbverfärbt* ... Nein, Gerberin und Kunsttischlerin ist sie auch nicht. Schwielen? Nein, hat sie nicht. Weder an der Hand noch an den Fingern. Schmiedin ist sie also nicht. Auch keine Näherin. Näherin? Moment. Nein, auch keine Näherin. Hier steht es ja: Dann wäre die linke Fingerspitze zerstochen.

Weiter. *Merkmale an den Zähnen.* An den Zähnen? Teufel, sie hat den Mund ja zu! Jungblut versucht ganz vorsichtig, ihr den Mund zu öffnen. Es geht nicht. Leichenstarre, denkt er. Na schön. Den Punkt lassen wir aus. Weiter. *Narben und Tätowierungen.*

Narben? Ich muss das jetzt nachsehen. Ja, da ist es. Blinddarmoperation. Gut. Tätowierungen? Zweifelnd sieht er die Tote an. Wo könnte sie denn Tätowierungen haben? Und was für Tätowierungen überhaupt? *Hammer und Zange weisen auf einen Schlosser hin* – nein, die ist keine Schlosserin. Und *unter dem Tierschädel gekreuzte Beile* – sie wird doch keine Metzgerin gewesen sein?

Da taucht der Wagen der Mordkommission auf. Endlich! Jungblut ist erleichtert. Mord und Totschlag – nein, das ist nicht sein Ding!

14.

»Das war's«, sagt Mombach. So niedergeschlagen hat Berger den Chef lange nicht gesehen. »Ich hab mit Langels gesprochen, noch einmal all unsere Argumente vorgebracht, aber er lässt nicht mit sich reden. Die Berliner sollen her. Sofort.«

»Na schön.« Berger hat nichts anderes erwartet. Das ist jetzt ein Mord zu viel.

»Wahrscheinlich sitzen die Berliner ja auch nicht gerade auf Abruf bereit«, tröstet Fuhrmann. »Ein paar Tage werden wir schon noch haben«

Mombach schüttelt den Kopf. »Gennat kommt persönlich. Er hat gerade einen Fall abgeschlossen. Erfolgreich natürlich. Und er macht sich gleich auf den Weg.«

»Gennat«, sagt Berger. Kriminalrat Ernst Gennat. Die Berliner Legende. Der Mann, der die Mordinspektion aufgebaut hat.

»Der kocht auch nur mit Wasser«, sagt Kosinski.

»Wie dem auch sei, jedenfalls ist er heute Abend um dreiundzwanzig Uhr hier.«

»Mit dem Flugzeug?«, fragt Fuhrmann.

»So ein Flugzeug gibt's nicht!« Kosinski lacht. »Das müsste erst noch gebaut werden. Da würde man schon einen Zeppelin brauchen, um den zu transportieren.«

»Er kommt mit der Bahn«, sagt Mombach.

Berger sieht auf die Uhr. »Noch gut dreizehn Stunden. – Lassen Sie uns noch einmal zusammenfassen. Wo stehen wir?«

»Also gut! Für alle, die nicht mit draußen gewesen sind: Heute früh hat ein Arbeiter in den Rheinwiesen in Oberkassel die Leiche einer etwa dreißig bis vierzig Jahre alten Frau entdeckt. Als die Tote gefunden wurde, war die Leichenstarre bereits voll ausgebildet. Professor Stolley schätzt, dass der Tod spätestens um zwei Uhr Nachts eingetreten ist. – Das hier sind die Aufnahmen vom Tatort.« Mombach legt die Bilder auf den Tisch.

»Mein Gott«, ruft Fuhrmann. Das Gesicht der toten Frau ist zur Grimasse verzerrt, durch große schwarze Flecken verunstaltet. Es sieht aus, als sei der Kopf halb verkohlt.

»Das ist Blut«, sagt Mombach. »In der Fotografie sieht das schwarz aus.«

»Furchtbar. – Auf welche Weise ist sie ...?«, stottert Fuhrmann.

»Die Frau ist erschlagen worden. Der Täter hat den Schädel regelrecht zertrümmert. Daher das viele Blut. Darüber hinaus gibt es Würgespuren am Hals.«

»Erschlagen?«, ruft Fuhrmann. »Ist das etwa wieder ein neuer Täter?«

»Nicht unbedingt«, sagt Mombach. »Bedenken Sie bitte, dass bei dem Überfall auf Gertrud Schultze das Messer abgebrochen ist. Der Täter musste sich also ein neues Mordwerkzeug suchen.«

»Aber mein lieber Herr Mombach«, sagt Fuhrmann. »In jedem Laden könnte der Bursche sich ein neues Messer kaufen!«

»Beim Bäcker nicht«, brummt Kosinski.

»In fast jedem Laden«, sagt Mombach. »Aber möglicherweise hat der Täter Angst, durch den Kauf eines derartigen Messers aufzufallen? Es müsste ja schon eine Art Dolch sein, kein normales Küchenmesser.«

»Was ist mit den Schleifspuren?«, fragt Kosinski.

»Die Frau ist offenbar unmittelbar auf dem Weg getötet und anschließend ein Stück weit in Richtung Ufer gezerrt worden. Wir haben einen Suchhund eingesetzt; der hat den Weg zurückverfolgt. Warum die Tote ein Stück weit weggezerrt wurde, wissen wir natürlich nicht. Vielleicht wollte der Täter nicht, dass sie sofort gefunden wird.«

»Und wer ist die Tote?«, fragt Berger.

Mombach seufzt. »Wir haben keine Ahnung, wer sie ist. Ich habe vor der Besprechung noch einmal herumtelefonieren lassen. Es liegt keine Vermisstenmeldung vor. Jedenfalls keine, auf die die Beschreibung der Toten passt. Sie trug keine Papiere bei sich. Keine Handtasche – jedenfalls haben wir bisher keine gefunden. Die Frau war einfach gekleidet. Vielleicht eine Hausangestellte. Aber das ist jetzt nur geraten.«

15.

»Zuerst die Formalien.« Der Protokollführer weist auf das vorbereitete Formular.

In der Strafsache gegen Unbekannt, wegen Mordes, begaben sich die nebenbezeichneten Personen zum Obduktionsraum der Städtischen Krankenanstalten und fanden dort eine Leiche weiblichen Geschlechts. Als ärztliche Sachverständige waren erschienen

1. Medizinalrat Prof. Dr. Karl Stolley von hier, sechzig Jahre alt, 2. Oberarzt Dr. Hans Schleusing von hier, zweiunddreißig Jahre alt ...

»Geben Sie schon her«, sagt Stolley. Er zeichnet das Formular ab und gibt es an den Oberarzt weiter. Der gibt das Blatt weiter an den Amtsgerichtsrat. Sie sind zu siebt. Berger und Fuhrmann unterschreiben zuletzt.

»Die Fahrtkosten werden natürlich erstattet«, sagt der Protokollführer, an die beiden Polizisten gewandt.

Berger nickt. Die Fahrtkosten sind nicht das Problem. Die Teilnahme an der Obduktion ist für ihn eine Art Mutprobe. Professor Stolley soll sehen, dass er sich so leicht nicht fürchtet. Auch Fuhrmann sieht etwas blass aus. Oder liegt das an dem künstlichen Licht? Fuhrmann hätte nicht mitzukommen brauchen.

»So, meine Herrschaften, fangen wir an!« Auf ein Zeichen von Professor Stolley nimmt der Pathologiediener behutsam die Decke fort. »Da haben wir ja unsere Leiche! – Treten Sie ruhig näher heran, meine Herrschaften! Von da hinten sehen Sie ja gar nichts!«

»Danke, ich kann ganz gut sehen«, sagt Fuhrmann.

Vor ihnen auf dem Tisch im unwirklich hellen Licht der Strahler liegt die nackte Leiche einer nicht mehr ganz jungen, nicht besonders schönen Frau.

»Die Tote ist 158 Zentimeter lang, regelmäßig gebaut, mit geringem Fettpolster und schwächlicher Muskulatur. Ihr Alter schätze ich auf sechsunddreißig Jahre. Die Hautfarbe ist auffallend blass. Auf dem Rücken ...« Der Pathologiediener tritt vor und dreht mit einiger Mühe die Tote herum. Sie ist steif, als sei sie gefroren. »... auf dem Rücken – hier – die Totenflecke. Kaum angedeutet. Leichenstarre ist überall vorhanden.«

Berger nickt. Bisher keine Überraschungen.

»So. Fangen wir am Kopf an. Die Tote hat dichtes, schwarzes Haar, das in einen Zopf geflochten ist. Die Länge – vierundvierzig Zentimeter. Der Kopf zeigt eine Reihe von Verletzungen. Damit wir die besser im Lichtbild festhalten können, müssen wir jetzt zunächst einmal das Kopfhaar abrasieren.«

Der Professor macht sich an die Arbeit. Fuhrmann schluckt. »Eine furchtbare Geschichte«, sagt er. Seine Stimme klingt fremd.

Der Professor hält inne und sieht den Polizisten an. »Furchtbar? Das hier? – Mein Herr, da habe ich schon ganz andere Dinge gesehen.«

»Dies reicht uns schon«, sagt Berger, bevor der Professor nähere Einzelheiten vor ihnen ausbreiten kann.

»So. Das hätten wir.« Der Professor betrachtet sein Werk. »Sehen Sie, die Wunden sind über den ganzen Kopf verteilt. Sie verlaufen fast alle in Richtung der Pfeilnaht und sind sämtlich Quetschwunden. Das sehen Sie an den zackigen Rändern und unscharfen Winkeln. Ich zähle hier elf – nein, zwölf größere Verletzungen der Kopfhaut. Die größte davon liegt hier.« Der Professor weist auf eine Stelle am Hinterkopf. »Sie klafft bis zu fünf Millimeter. Und hier, wenn man die Wundränder auseinanderzieht, sieht man den gelben Schädelknochen mit einem deutlichen Knochensprung. – Nicht da oben an der Decke! Hier, Herr Amtsgerichtsrat!« Der Professor weist auf die grausige Verletzung.

Der macht sich einen Spaß daraus, denkt Berger. Der Jurist hat sichtlich Mühe, den Vorgängen auf dem Seziertisch zu folgen. Auch Berger fühlt sich nicht gerade wohl in seiner Haut. Dabei ist ja bis jetzt noch gar nichts passiert.

»So. Das war also erst mal der Schädel. Was haben wir noch? Eine sternförmige Wunde an der Stirn, vier Wunden an der rechten Kopfseite, auch wieder mit unterhöhlten, gequetschten Rändern und in der Tiefe freiliegenden Schädelknochen. Das Nasenbein – ganz offensichtlich gebrochen. Sehen Sie hier. – So. Nun die Zähne. Oha. Schlechte Zahnpflege. Im Oberkiefer – die Schneidezähne fehlen bzw. sind nur noch als Stümpfe vorhanden. Der Eckzahn unten links fehlt. So viel zu den Zähnen. Jetzt der Hals – schlank. Abschürfungen. Brust schmal, gewölbt. Brüste schwach entwickelt. Ah, sehen Sie hier! Aus beiden lässt sich reichlich Milch ausdrücken.«

Eine Mutter also, denkt Berger. Das hat gerade noch gefehlt. Das arme Kind.

»Bauch weich, eingefallen, mit Schwangerschaftsnarben. Die äußeren Geschlechtsteile sind unversehrt. Wie es im Inneren aussieht, dazu kommen wir später.«

Berger sieht auf die Uhr. Keine halbe Stunde hat die Untersuchung bis jetzt gedauert.

»So. Nun kommen wir zur inneren Besichtigung. Es fängt an mit der Kopfhaut. Da die Leiche unbekannt ist, müssen wir in diesem Fall die ganze Kopfschwarte mit den Verletzungen abpräparieren und den Schädel im Ganzen asservieren.« Der Professor macht sich an die Arbeit.

Fuhrmann ist noch blasser geworden. »Sie merkt es ja nicht mehr«, raunt Berger.

»Was meinten Sie?«, fragt Stolley.

»Nichts.«

»Aha. – So. Ich säge jetzt den Schädel mit der elektrischen Kreissäge vertikal in der Ebene der Pfeilnaht auseinander, um die Lochbrüche auf den beiden Seiten vollständig zu erhalten.«

Als der Mediziner die Säge ansetzt, ist der Jurist am Ende. Er presst sich die Hand vor den Mund und eilt zum Ausgang.

»Die Toiletten sind die zweite Tür links, Herr Amtsgerichtsrat!«, ruft der Professor ihm nach. Er hält einen Augenblick inne. »Nein«, sagt er dann, »ich glaube, wir müssen nicht auf ihn warten. Ich mache weiter. Ah, jetzt sehen wir klarer! Gucken Sie, hier, an der rechten Seite des Schädels. Zwei große Depressionsbrüche. Der hintere ist fünfundfünzig mal zweiundvierzig Millimeter groß ...«

Fuhrmann hat die Augen geschlossen. Berger bemüht sich, an etwas anderes zu denken. Das nächste Wochenende zum Beispiel. Nein, das ist auch schlecht. Etwas völlig anderes. Die deutschen Kaiser. Also, da waren zuerst einmal die Karolinger. Nein, die Merowinger ...

»... Am Schädelgrund findet sich eine klaffende Bruchstelle des Stirnbeins, die sich im Siebbein verliert. Ein Schenkel des Bruches läuft nach dem Nasenbein hin ...«

... Heinrich der Erste, Otto der Erste, der Große, Otto der Zweite, Otto der Dritte, Heinrich der Zweite, dann die Salier: Konrad der Zweite, Heinrich der Dritte, Heinrich der Vierte, Heinrich der Fünfte – und dann? Ach ja, Lothar ... der Dritte? Ja, der Dritte. Und dann die Staufer...

»... öffne ich jetzt die Brust- und Bauchhöhle ...«

... und wer war eigentlich Heinrich der Löwe? ...

»... im Schlund der Speiseröhre und der Luftröhre dunkelrotes Blut ...«

Berger sieht schon längst nicht mehr hin. Er registriert nur noch, dass beim Wiegen der beiden Lungen – jede etwa dreihundert Gramm schwer – Fuhrmann den Raum verlässt. Der Amtsgerichtsrat ist nicht zurückgekommen.

»... im Magen zweihundertfünfzig Kubikzentimeter breiige und bröckelige Speisereste, die mit Blut durchmengt sind ...«

Fuhrmann kommt wieder. Dass jemand so grün aussehen kann! Ob Fuhrmann weiß, wie das war mit den Wittelsbachern?

»... im Scheidengewölbe geringe Mengen von grau-weißlicher, schleimiger Flüssigkeit ...«

Fuhrmann eilt wieder nach draußen.

»... in der Gallenblase sehr reichlich kleine gelbliche Steine ...«

Endlich, als Berger schon bei den Reichspräsidenten angelangt ist, kommt Professor Stolley zum Schluss. Berger reißt sich zusammen. Was sagt der Professor?

»... und die eigenartigen Kopf- und Schädelverletzungen rühren offensichtlich von Schlägen mit einem hammerartigen Werkzeug.«

»Also nicht von einem Hammer?«, fragt Berger.

»Doch«, sagt der Professor. »Natürlich. Aller Wahrscheinlichkeit nach ist die Frau mit einem Hammer erschlagen worden.«

Gennat kommt

1.10. - 11.10.1929

1.

»Herr Kriminalrat, wir freuen uns außerordentlich, dass Sie die Mühe auf sich genommen haben, sofort hier zu uns nach Düsseldorf zu kommen und uns bei unserem Problem, das heißt bei der Lösung unseres Problems zu helfen!« Langels überschlägt sich förmlich. »Uns allen ist natürlich bekannt, dass Sie gerade in Drossen eine Mordsache erfolgreich aufgeklärt haben, obwohl die Tat bereits zehn Jahre zurückliegt.«

»Das hat er aus der Zeitung«, raunt Kosinski.

»Hoffentlich braucht er hier nicht auch zehn Jahre«, raunt Fuhrmann zurück.

Gennat sieht ihn mit leicht spöttischem Blick an. Hören kann er offenbar gut.

»Ich danke Ihnen für diese freundliche Einführung«, sagt Gennat. »Ich bin gern hier. Und ich werde mein Bestes tun, bei der Aufklärung der Morde mitzuhelfen. Aber eines muss ich Ihnen gleich zu Anfang sagen: Ich kann zwar mehr essen als die meisten von Ihnen, aber ansonsten habe ich keine besonderen Vorzüge zu bieten.«

Freundliches Gelächter.

Langels räuspert sich. »Ich glaube, dann ist es am besten, wenn ich die Herrschaften allein lasse.« Er entfernt sich.

»Na, dann berichten Sie mal«, sagt Gennat. »Was gibt es Neues von Ihrer Leiche am Rheinufer?«

»Nicht viel.« Mombach wirkt befangen. Er fasst zusammen, was sie bisher herausgefunden haben.

»Sie haben diese Dinge an die Presse gegeben?«

»Ja, natürlich. Die Zeitungen haben gestern und heute früh ausführlich berichtet. Leider bisher ohne Erfolg.«

»Das kann noch kommen.«

»Wir verfolgen aber noch andere Spuren«, sagt Mombach. »Die Kleidung der Frau wies ein paar Besonderheiten auf. Wir glauben zwar, dass die Unbekannte aus eher einfachen Verhältnissen stammt, sie trug aber eine Bluse von offensichtlich hoher Qualität. Eine stahlblaue seidene Bluse mit Glasknöpfen und aufgesteppten bunten Streifen in rot-gelbweiß. Und dann sind da noch die Schuhe der Ermordeten. Die Frau trug neue Schuhe mit der Inschrift ›Schuhhaus S. Hirsch, Barmen, Nr. 3615‹. Ein Beamter ist nach Barmen entsandt, um Erkundigungen einzuziehen. Wenn wir Glück haben, erinnert sich die Verkäuferin an die Kundin.«

»Gut.« Gennat, der aufmerksam zugehört hat, lehnt sich zurück und sieht alle der Reihe nach an. »Natürlich ist es noch zu früh«, sagt er, »dass ich Ihnen irgendwelche konkreten Vorschläge machen könnte. Ich möchte nur eines zu bedenken geben: Ein derartiger Ausbruch von Gewalttätigkeit, wie Sie ihn hier in den letzten Wochen erlebt haben, der steht nach meiner Erfahrung immer am Ende einer langen Entwicklung, niemals am Anfang. Wenn Sie sich das Ganze als ein Buch vorstellen, so sind das vielleicht fünfzig Seiten aus dem letzten Drittel. Dem sind viele, viele Dinge vorausgegangen. Diese Vorgeschichte müssen wir versuchen zu finden. Wenn uns das gelingt, sind wir einen erheblichen Schritt weiter.«

»Wir haben uns bemüht, alle Informationen zu berücksichtigen«, sagt Mombach. »Aber natürlich verfügen wir hier nicht über die gleichen Möglichkeiten wie Sie in Berlin. Ihre Verbrecherkartei ist ja unübertroffen.«

»Das weiß ich nicht. – Aber während ich diese Untersuchung leite, werden wir versuchen, eine ähnliche Kartei auch für Düsseldorf aufzubauen. Wir gehen dabei von der

Gegenwart aus und verfolgen die Dinge soweit zurück, wie es für diese Untersuchung sinnvoll erscheint. Fünf bis zehn Jahre vielleicht.«

Mombach wird blass. Fünf bis zehn Jahre! Das wird einen großen Teil der Kräfte binden und die Arbeit vor Ort erschweren.

»Und als Erstes möchte ich mir einmal die Akten ansehen über alle Morde und Überfälle aus den letzten zwei Jahren.«

»Auch die Fälle, die gelöst sind?«, fragt Mombach.

»Alle Fälle. Auch die, die gelöst sind. Wir müssen ganz sicher sein, dass die Verbrechen, die zum Beispiel den Herren Stausberg und Tripp zugeschrieben worden sind, auch wirklich von diesen Herrschaften verübt worden sind.«

»Stausberg«, murmelt Kosinski. »Ich habe es ja gleich gesagt.«

Gennat blickt auf. »Da haben wir ja einen alten Bekannten«, sagt er. »Guten Morgen, Herr Kosinski. Ich freue mich, Sie wiederzusehen.«

Kosinski sagt nichts, aber er sieht nicht so aus, als ob er sich besonders freut.

2.

Da müssen sie nun also die alten Fälle aufrollen. Kosinski befasst sich mit Tripp, Fuhrmann hat sich mit einem geständigen Mädchenmörder aus dem Vorjahr zu befassen, Gennat selbst studiert die Akten von Stausberg, und er, Berger, hat den Auftrag, sich noch einmal um den Mordfall Groß zu kümmern. Emma Groß, vierunddreißig Jahre, ist vor gut einem Monat in einem Absteigequartier in der Kurfürstenstraße erwürgt worden. Täter unbekannt. Ein typischer Prostituiertenmord. Die nackte Tote war am nächsten Morgen gefunden worden.

Berger hat sich das Zimmer aufschließen lassen, das nach wie vor von der Polizei gesperrt ist. Es riecht muffig. Eine

Fliege surrt an der schmutzigen Fensterscheibe. Der Raum ist primitiv eingerichtet. Ein Bett, eine Waschkommode. Weiter ist nichts zu sehen – was auch immer an Spuren da gewesen sein mag, das hat die Spurensicherung damals gefunden. Wo soll er ansetzen? Berger starrt auf die billigen Möbel.

Es klopft. »Herein!«

»Sind Sie der Mann von der Mordkommission?« Vor Berger steht ein Mädchen, gut zwanzig Jahre alt, schätzt er. Es trägt ein dünnes Sommerkleidchen mit einem schwach angedeuteten Schmetterlingsmuster.

»Ja, ich bin von der Mordkommision.« Sie ist hübsch, denkt er. Gleichzeitig fragt er sich, woran er erkennt, dass sie eine Prostituierte ist. Er fühlt sich gehemmt.

»Man hat mich zu Ihnen geschickt. Ich bin Elisabeth Dörries. Aber Sie können gern Lilly zu mir sagen. – Ziemlich heiß hier drinnen, finden Sie nicht?« Sie schickt sich an, ihr Kleid aufzuknöpfen.

»Bitte lassen Sie das«, sagt Berger.

Sie sieht ihn an. »Haben Sie etwa Angst?«

»Ich habe keine Angst, aber ich bin auch keiner Ihrer Kunden. Ich ermittle in einer Mordsache. Ich verlange Ihren Respekt. Wenn es sein muss, lasse ich Sie ins Präsidium bringen, aber ich denke eigentlich, dass Sie kooperativ sein sollten. Es geht um den Mord an Ihrer Kollegin, der Frau Groß.«

»Ja, ich weiß. Die Emma. Wie kommt es, dass Sie sich jetzt plötzlich dafür interessieren? – Der Fall liegt doch schon eine ganze Weile zurück!«

»Spielt das eine Rolle?«

»Für Sie vielleicht nicht. Für mich schon. – Ich will Ihnen sagen, was ich denke. Als es hieß, eine Hure sei ermordet worden, da habt ihr von der Polizei das zwar gnädig zur Kenntnis genommen, aber das war auch schon alles. Aber jetzt, wo es plötzlich so aussieht, als ob dieser Fall in eine ganze Serie von Morden hineingehört, und wo man nicht ausschließen kann, dass auch andere Bürger – andere? – dass auch Bürger und Bürgerinnen zu Schaden kommen könnten, wertvolle Menschen also, da kommt ihr an und wollt plötzlich alles ganz genau wissen.«

Die Kleine hat Mut. »Wir machen keine Unterschiede«, behauptet Berger. Schade, dass er es nicht auch glauben kann.

»Ja, natürlich. Und dabei hab ich den Kerl genau gesehen, wie er aus der Tür gekommen ist bei der Groß und sich davongeschlichen hat. Damals habt ihr euch nicht dafür interessiert. Und jetzt – jetzt hab ich alles vergessen.«

»Reden Sie keinen Unsinn«, sagt Berger.

»Na gut, jetzt fällt es mir wieder ein. Er war vielleicht ein bisschen älter als ich …«

»Und wie alt sind Sie, wenn ich fragen darf?«

»Man fragt eine Dame nicht nach dem Alter!« Sie lacht. »Nein, das war ein Scherz. Ich bin zweiundzwanzig. Er mag vielleicht fünfundzwanzig gewesen sein, viel mehr nicht. Und er trug solch eine alberne blaue Ballonmütze, das weiß ich noch genau.«

Das deckt sich mit der Aussage der Wirtin. »Würden Sie ihn wiedererkennen?«

»Die Mütze vielleicht. Den Mann wohl kaum …«

»Sie nehmen das Ganze sehr leicht, Fräulein Dörries …«

»Leicht? Ich möchte Ihnen etwas zeigen.« Sie öffnet das Kleid so weit, dass er ihren Hals sehen kann. Da sind blutunterlaufene Flecken. Würgemale.

Berger schluckt. »Wer immer das war, den sollten Sie anzeigen.«

»Er hat bekommen, was er wollte, und er hat bezahlt. Was Sie hier sehen, das kostet extra. Aber glauben Sie, ich nehme das leicht? – Und ich habe noch mehr Narben, wollen Sie die auch sehen?« Sie zieht ihre Schuhe aus. Sie hat eine Brandnarbe am rechten Fuß.

»Es ist ein gefährlicher Beruf«, sagt Berger.

»Und das sagen Sie mir? Als Polizist?«

Berger nickt. »Ja. Unser Beruf ist nicht so gefährlich, wie Sie vielleicht denken. Und jedenfalls ist hier eine Prostituierte ermordet worden, kein Polizist.«

»Es ist eine Frage der Zahl.«

»Wie?«

»Alles eine Frage der Zahl. Was glauben Sie denn – gibt es mehr Polizisten in Düsseldorf oder mehr Prostituierte?«

Er weiß es nicht.

Sie lächelt. »Was schätzen Sie denn? Ist das Streben der Menschen nach Sicherheit größer als das Streben nach Zärtlichkeit? – Nun gut, Sie brauchen nicht zu antworten. Ja, ich gebe auch zu, dass mein Beruf gefährlich ist. Die blauen Flecke zeigen es. Aber so ist die Welt. Die ganze Menschheit besteht nur aus Jägern und Gejagten. Und ich – ich bin einer von den Jägern, denke ich jedenfalls. Glauben Sie nicht?« Sie sieht ihn mit ihren strahlend blauen Augen herausfordernd an.

Sie ist schön, denkt Berger. Noch.

»Wollen Sie es herausfinden?«, fragt sie. »Das Zimmer ist zurzeit doch sowieso für die Polizei reserviert.«

»Ich bin im Dienst«, sagt Berger. Es klingt nicht forsch, wie er beabsichtigt hat, sondern eher unentschlossen.

Das Mädchen lächelt. »Das ist das Dümmste, was ich je gehört habe.«

3.

»Na, Fräulein Rath, wie kommen Sie klar mit unserem neuen Chef?« Berger geht davon aus, dass Fräulein Rath mit jedem gut klar kommt.

»Ach, Herr Berger, was soll ich sagen? – Er ist ja ganz nett, der Herr Gennat, aber auch irgendwie völlig anders als unser Herr Mombach.«

»Dicker?«, schlägt Berger vor.

»Das auch. – Wissen Sie, was er heute früh zu mir gesagt hat? So gegen halb neun war das, ich hatte gerade angefangen, die Berichte zu schreiben, da kommt er ins Zimmer und sagt: ›So, Fräulein Rath, nun hören Sie mal auf mit dem Getippsel, nun holen Sie mir erst mal was zu Essen!‹ – Getippsel! So was hat der Herr Mombach noch nie zu mir gesagt. Und zu Essen hat er sich auch noch nie etwas holen lassen! – Ich hab ihn gefragt, was er denn gerne haben möchte. Ich hatte natürlich an Käsebrot oder Schinkenbrötchen oder so etwas gedacht. Und wissen Sie, was er sagt? – ›Zwei Stücke Torte!‹ – ›Torte?‹, sage ich, und daraufhin er: ›Ach, wissen Sie was, nehmen Sie lieber gleich drei Stücke.‹«

»Nicht ohne Grund ist er so dick«, sagt Berger.

4.

»Ja, das ist sie.« Frau Biermann schiebt das Bild zur Seite.

»Sind Sie ganz sicher?«, hakt von Eck nach.

»Ganz sicher. Ich habe sie sofort erkannt. Die Bluse. Das ist unser Fräulein Richter, kein Zweifel.« Die Frau wirkt so selbstsicher, wie man nur sein kann.

Der Polizist betrachtet das Foto. »Die Bluse?«, fragt er.

»Da sieht man, dass Sie ein Mann sind! So eine Bluse, die bekommen Sie nicht im Kaufhaus, da müssen Sie schon ein richtiges Modegeschäft aufsuchen!«

»Tatsächlich?«

»Sie hat sich ja sonst nicht allzu viel gegönnt. Aber in der Kleidung, da war sie eigen. Das muss ich schon sagen. Ich hab sie gefragt, was sie denn für die Bluse bezahlt hat. Und, was glauben Sie?«

Der Polizist hat keine Ahnung, was Blusen kosten mögen. »Dreißig Mark?«, rät er absichtlich hoch.

»Dreißig?« Frau Biermann lacht. »Sie haben wirklich keine Ahnung. Neunundvierzig Reichsmark hat das gute Stück gekostet!«

»Neunundvierzig Reichsmark.« Der Polizist schüttelt den Kopf. Sein eigener Wintermantel hat sechsundvierzig Reichsmark gekostet. Und das war für ihn viel Geld. »Und Fräulein Richter hat als Dienstmädchen bei Ihnen gearbeitet? Was hat sie denn da verdient?«

»Fünfundfünfzig Reichsmark im Monat.«

»Und die Abzüge?«

»Ohne Abzüge. Krankenkasse, Invalidenversicherung, dafür sind wir aufgekommen.«

Und für Kost und Logis, denkt von Eck. Nicht schlecht für ein Dienstmädchen, aber große Sprünge kann man davon trotzdem nicht machen. Und Blusen für neunundvierzig Reichsmark sind auch nicht drin.

»Gelegentlich hat sie um Vorschuss gebeten. Ja. – Ach ja, sicher wollen Sie die Personalien wissen, aber viel weiß ich nicht über sie. Also sie heißt Ida Richter, ist einunddreißig Jahre alt, seit über einem Jahr bei uns in Stellung. Vorher ist sie in Gelsenkirchen gewesen, glaube ich. Aber sie hat wohl auch schon einmal in Düsseldorf gearbeitet, in einem Restaurant …«

»Wissen Sie zufällig, wo ihre Angehörigen wohnen?«

»Nein. – Jedenfalls nicht hier in Barmen, das steht fest. – Ich glaube, das ist auch schon so ziemlich alles, was ich Ihnen sagen kann. So engen Kontakt haben wir nicht zu unserem Personal. Sie tun ihre Arbeit, wir bezahlen sie, und damit ist es gut. Wenn man sich da auch noch jedes Mal um die persönlichen Problemchen kümmern sollte ...«

Du kannst mir viel erzählen, denkt von Eck. Frauen sind neugierig, irgendetwas wirst du schon wissen. »Hatte sie Freunde?«

Die Biermann sieht den Polizisten an, überlegt einen Augenblick. »Ja, es gab da einen Herrn, mit dem sie in letzter Zeit öfter ausgegangen ist. Von dem hat sie erzählt. Bei der Bahn soll er beschäftigt gewesen sein.«

»Den Namen wissen Sie nicht zufällig?«

Sie schüttelt den Kopf. »Aber ich denke, ich würde ihn wiedererkennen. Ein großer junger Mann, mit Brille. – Also, wenn ich den hier auf der Straße treffe, dann gebe ich Ihnen sofort Bescheid.«

Es klingt wie ein Rausschmiss. Doch von Eck denkt nicht daran, zu gehen. »Liebe Frau, wenn es Ihnen nichts ausmacht, würden wir uns jetzt gern noch das Zimmer der Ida Richter ansehen.«

»Ihr Zimmer? Aber da ist jetzt nicht gewischt worden ...«

5.

»Das ist doch schon etwas«, sagt Mombach. Er sieht rundum zufrieden aus. »Nun können wir der Presse wirklich etwas in die Hand geben. ›Wer kennt Ida Richter? Wer hat sie in letzter Zeit gesehen?‹ Da werden sich die Leute schon melden.«

Berger ist skeptisch. »Wir haben kein Foto.«

»Wir haben mehr als ein Dutzend Fotos.«

»Aber die können Sie niemand zeigen. Und keiner würde die Frau wiedererkennen, so wie die zugerichtet ist! – Die Beamten haben das Zimmer der Richter auf den Kopf gestellt, aber es gibt einfach kein Bild der Frau. Ich verstehe das nicht. Eitel, wie sie gewesen ist und dann kein Foto! – Und keine Korrespondenz. Bis auf diese albernen Postkarten.«

»Sie war sehr zurückhaltend, heißt es.«

»Gegenüber ihrer Dienstherrschaft vielleicht. – Ich habe aber den leisen Verdacht, dass sie sehr viel weniger zurückhaltend war, wenn es um das Geldverdienen ging«, sagt Kosinski. »Eine Bluse für neunundvierzig Reichsmark! Und neue Schuhe! Von ihrem Gehalt hat sie sich das nicht leisten können. – Sie ist jeden Sonntag nach Düsseldorf gefahren, heißt es. Wer weiß, was sie da gemacht hat.«

»Ich hab mich erkundigt. Bei der Sitte ist sie nicht bekannt«, sagt Mombach.

»Das sagt nicht viel.«

Schröder kommt herein, ganz außer Atem. »Ich bin in Oberkassel gewesen!«

»Zu Fuß?«, fragt Kosinski.

»Nein, mit der Straßenbahn.« Schröder ist irritiert.

»Und dann schnaufen Sie so?«

»Ja. – Ich glaube, wir haben eine Spur. Ich habe die Gaststätten abgeklappert. Und im ›Viktoria-Hotel‹, da bin ich schließlich fündig geworden. Da gibt es einen Kellner, Andreas Engel heißt der, der glaubt, dass er die Richter am Abend vor der Tat bedient hat. Sie ist ihm aufgefallen wegen ihrer Haare, weil sie keinen Bubikopf hat. Sie war da mit mehreren Personen zusammen. Die Beschreibung ist vage, aber der Kellner erinnert sich, dass diese Leute Straßenbahn-Fahrscheine in den Papierkorb geworfen haben. Ich habe sofort nachgeforscht. Der Papierkorb war noch nicht ausgeleert. Ich habe den Inhalt inspiziert und zwei Fahrscheine sichergestellt.«

Fuhrmann legt die Scheine auf den Tisch. Sie tragen die Nummern 31322 und 31323.

»Das werden wir gleich haben«, sagt Mombach. Er greift zum Telefon. »Verbinden Sie mich bitte mit dem Straßenbahndepot in der Erkrather Straße.«

»Und was soll dabei herauskommen?«, fragt Berger.

»Man merkt, dass Sie nicht Straßenbahn fahren«, sagt Fuhrmann. »Und man merkt, dass Sie nicht aus Preußen kommen. Hier hat nämlich alles seine Ordnung. Warten Sie mal ab!«

Dies ist die Rheinprovinz, denkt Berger. So preußisch geht's hier nun auch wieder nicht zu.

Zehn Minuten später sind sie schlauer. Die Fahrscheine 31322 und 31323 sind am 29. September gelöst worden, am Mordabend also, und zwar um zweiundzwanzig Uhr am Hauptbahnhof. Die Fahrgäste sind dann mit der Linie 16 in Richtung Corneliusplatz – Oberkassel gefahren. Schaffner Klein hat die Fahrscheine ausgegeben.

»Und jetzt?«, will Berger wissen.

»Professor Stolley hat den Todeszeitpunkt auf etwa zwei Uhr nachts geschätzt«, sagt Mombach. »Es könnte also gut sein, dass der Täter sein Opfer am Hauptbahnhof getroffen hat, dann mit der Frau zusammen in der Straßenbahn nach Oberkassel gefahren ist, im Viktoria-Hotel gegessen und getanzt hat und die Richter dann anschließend in den Rheinwiesen erschlagen hat.«

»Hauptbahnhof«, sagt Kosinski. »Nachts um zweiundzwanzig Uhr. Wie war das doch gleich mit den Einkünften der Ida Richter?«

6.

»Das hab ich doch gar nicht gewusst, dass die Ida tot ist.« Oskar Richter ist sichtlich erschüttert. »Woher hätte ich das denn wissen sollen? Erst gestern Abend, als mich dann dieser Kriminalbeamte zu Hause in Gelsenkirchen aufgesucht hat, da hab ich das dann erfahren. Aber der hat gesagt, sie sei ertrunken. Und jetzt – jetzt heißt es plötzlich: Opfer eines Verbrechens …«

»Setzen Sie sich doch, Herr Richter«, sagt Gennat.

»Ich möchte gern wissen, was nun eigentlich los ist ...« Oskar Richter setzt sich.

»Leider ist Ihre Schwester tatsächlich einem Verbrechen zum Opfer gefallen.« Gennat berichtet, was geschehen ist.

»Die Ida – nein, das kann ich gar nicht fassen!« Richter schnäuzt sich.

Gennat beruhigt ihn, lässt sich viel Zeit. Sanft bringt er schließlich das Gespräch auf die Punkte, die für die Ermittlungen wichtig sind. »Ihre Schwester hat zuletzt in Barmen gearbeitet?«

»Ja. Bei drei verschiedenen Herrschaften. Erst bei einer Frau Schmitz. Butter en gros, wenn ich mich recht entsinne. Danach bei einem Kaufmann – der Name fällt mir jetzt nicht ein, und schließlich dann bei Biermann, wo sie noch immer beschäftigt ist – ich meine, war ...«

»Und sie war noch ledig.«

»Ja.«

»Aber sie hat ein Kind?«

»Ja. Vier Jahre ist die jetzt alt, die Kleine.«

Kann das sein, dass sie das Kind mit vier Jahren noch gestillt hat? Gennat verzieht keine Miene. Richter kann nicht ahnen, dass der Kriminalist eine andere Antwort erwartet hat.

»Das war eine schlimme Sache. Ich habe ihr damals ziemliche Vorhaltungen gemacht. Denn der Mann, von dem sie das

Kind gekriegt hat, der war ja verheiratet. Ein Schmied aus Remscheid. Der wurde dann später verurteilt, dass er Alimente zahlen musste.«

»Und wo ist das Kind heute?«

»Heute?« Richter versteht die Frage nicht.

»Ihre Schwester hat doch in Barmen gewohnt. Allein.«

»Ach, das meinen Sie. – Nein, das Kind, das ist jetzt bei einer Familie Freese in Pflege. Jetzt wollen Sie sicher wissen, wo das ist. Aber die Adresse weiß ich nicht; die sind umgezogen.«

»Hat sie in letzter Zeit irgendetwas erzählt über neue Freunde oder Herrenbekanntschaften?«

»Nein. – Ja, doch, vor drei Jahren, da hatte sie jemand kennen gelernt, Reinhard hieß der wohl.«

»Den Nachnamen wissen Sie nicht zufällig?«

Richter schüttelt den Kopf. »Nein, tut mir Leid. Aber – das war nichts, mit dem Reinhard. Von dem hat sie sich rasch wieder getrennt.«

»Hatten Sie denn engen Kontakt zu Ihrer Schwester?«

»Ja, das kann man sagen. Wir waren ja zu siebt, aber sie hatte immer mehr Kontakt zu mir als zu ihren kleineren Geschwistern. Sie war die zweitälteste. Wir haben uns öfter geschrieben, und alle paar Monate hat sie mich mal besucht.«

»Wann zuletzt?«

»Ostern. – Danach hat sie dann nur noch einmal geschrieben, eine Postkarte. Die hatte ich eigentlich mitbringen wollen, aber ich hab sie nicht finden können.«

»Wann ist das gewesen?«

»Vor vier Wochen.«

»Und an den Inhalt erinnern Sie sich nicht?«

»Nicht genau. Es war eine Postkarte aus Düsseldorf, mit irgendeinem witzigen Text, und dann hatten drei Leute unterschrieben.«

»An die Namen erinnern Sie sich nicht zufällig?«

»Nein. Aber der Reinhard war jedenfalls nicht dabei, das weiß ich sicher.«

»Herr Richter, diese Postkarte kann sehr wichtig sein. Ich möchte Sie deshalb bitten, dass Sie zu Hause noch einmal ganz gründlich nachsuchen. Und wenn Sie die Karte finden, schicken Sie sie mir bitte sofort hier ins Polizeipräsidium Düsseldorf.«

7.

»Die schönen Tage sind jetzt wohl endgültig vorbei.«

»Ja, so sieht es aus.« Den ganzen Vormittag hat es geregnet. Am späten Nachmittag ist noch einmal kurz die Sonne herausgekommen, aber jetzt ziehen schon wieder dunkle Wolken auf. »Es ist schließlich schon Anfang Oktober. Was will man da erwarten?«

»Gut, dass ich den Schirm mitgenommen habe!« Luise Werner und ihre Mutter sind auf dem Weg ins Kino.

»Ach, bis der Film zu Ende ist, ist der Schauer ...«

Da fasst Luise ihre Mutter am Arm. »He, halt mal! Der Mann, der da eben vorbeigegangen ist ...«

»Der mit dem Hut?« Die beiden drehen sich um.

»Das ist er! – Das ist der Kerl, der uns damals im Februar belästigt hat. Der uns dauernd von diesem schrecklichen Überfall erzählt hat, du weißt schon ...«

Frau Werner sieht ihre Tochter zweifelnd an. »Meinst du wirklich? – Ja, das könnte er vielleicht gewesen sein ...«

»Ganz sicher!«

»Ja, wahrscheinlich hast du Recht.«

»Ich hab doch damals dem Kommissar versprochen ...«

»Ach, was! Das spielt jetzt ja alles keine Rolle mehr. Der Täter ist gefasst und verurteilt, das weißt du doch. Und dieser Mensch hier, das ist nur irgendein Spinner, der sich wichtig machen wollte. – Komm, wir müssen uns beeilen!«

8.

Es ist nur eine kleine Trauergemeinde, die zur Beisetzung der Ida Richter zusammenkommt. Da ist der Bruder, die Gruppe um ihn herum, das sind vermutlich die anderen Geschwister. Einer fehlt. Wahrscheinlich der Emil; der wohnt im Holsteinischen; Oskar Richter hat die Adresse nicht gewusst. Das Ehepaar dort drüben, das sind die Biermanns, ihre Arbeitgeber. Und die einzelne Frau, wer mag das sein? Berger wirft einen Blick auf die Kondolenzliste. Da steht es ja: Elisabeth Freese, Barmen.

Berger spricht sie an: »Entschuldigen Sie, Frau Freese – Berger, Kriminalpolizei. Könnte ich Sie wohl einen Augenblick sprechen?«

»Natürlich, gern.«

Wegen des Regens schlägt Berger vor, sich ins Café zu setzen. Sie sind die einzigen Gäste. Berger bestellt Kaffee. Die Frau mag etwa vierzig Jahre alt sein. Offenes Gesicht, lebhafte Augen, eine sympathische Person.

»Ja«, sagt sie. »Mein Mann und ich, wir haben damals die Ilse in Pflege genommen. 1925 war das. Als sie zu uns kam, da war sie erst sechs Monate alt. So ein niedliches Mädchen! Wir haben die Kleine gleich ins Herz geschlossen. Und vor einem Jahr, da haben mein Mann und ich sie dann adoptiert.«

»Hatten Sie denn noch Kontakt zu der Mutter?«

»Ja, natürlich! Sie hat sich die ganze Zeit ganz rührend um das Kind gekümmert. So weit ihr das eben möglich war – sie musste ja arbeiten. Sie ist manchmal mehrere Male in der Woche kurz vorbei gekommen, vor allem auch sonntags. Da dann auch länger.«

»Und den Vater haben Sie nie gesehen?«

»Nein, nie. – Mit den Männern hat sie immer Pech gehabt, die Ida, das muss man schon sagen. Erst hat sie das Kind von diesem Schmied gekriegt, der verheiratet war. Und der nächste, mit dem sie gegangen ist, der war Koch. Die Ida hat gehofft, dass er sie heiraten würde, und hat auch schon mal angedeutet, dass sie dann das Kind wieder nehmen würde. Ihr Bräutigam sei damit einverstanden.« Frau Freese nippt an ihrem Kaffee.

»Aber daraus ist nichts geworden?«

Frau Freese schüttelt den Kopf. »Dieser Koch hat sich dann Geld von der Ida leihen wollen, dreißig Mark. Er hat gesagt, er brauchte die, weil sein Bruder mit dem Motorrad verunglückt sei. Aber das war geschwindelt. Sie hat dann die Beziehung sofort abgebrochen.«

»Und dann?«

»Ein paar Monate später hatte sie dann einen jungen Mann kennen gelernt, der wohnte in der Westkotter Straße in Barmen. Mit dem ist sie aber wohl nur einmal ausgegangen. Er war ihr zu schmutzig.«

»Hat Fräulein Richter mit Ihnen denn oft über ihre Bekanntschaften gesprochen?«

»Nein, sie war eigentlich immer sehr zurückhaltend.«

»Von einem Reinhard hat sie Ihnen nichts erzählt?«

»Reinhard? – Ja, warten Sie, von einem Reinhard war mal die Rede. Mit dem ist sie eine Weile gegangen. Das muss gewesen sein, als sie bei Schneiders in Stellung war ...«

1928 also, denkt Berger. Langsam schließen sich die Lücken.

»Und da ist sie dann ins Krankenhaus gekommen. Danach war es aus mit dem Reinhard. Aber auch die Schneiders wollten sie anschließend nicht wieder nehmen, so dass sie dann die Stellung bei Biermanns angenommen hat.«

»Dieser Krankenhausaufenthalt – wissen Sie, worum es dabei ging?«

»Sie hat gesagt, es sei irgendeine Nierengeschichte ...«

»Und was haben Sie gedacht?«

Sie zögert. »Ist das wichtig?«

»Alles kann wichtig sein, Frau Freese.«

»Ich vermute, dass die Ida Richter wieder schwanger gewesen ist, von dem Reinhard, und dass es eine Fehlgeburt gegeben hat.«

»Oder eine missglückte Abtreibung?«

»Möglich. Aber davon weiß ich nichts. – Wie dem auch sei, die Ida hat immer Pech gehabt. Natürlich hat sie weiter gehofft, irgendwie einen Mann zum Heiraten zu finden. Sie hat auch Annoncen aufgegeben, in der Zeitung, und sie hat korrespondiert mit Heiratsvermittlern in München, glaube ich, und in Würzburg. Ja, und im August ist sie dann angefangen, an den Sonntagen nach Düsseldorf zu fahren. Zum Tanzen. – Ach ja, dann hat sie noch erzählt, das war vor vier Wochen ungefähr, dass sie einen Holländer kennen gelernt hätte. Der sei in der Lage, ihr eine gut dotierte Stellung zu verschaffen. In Amsterdam.«

»Einen Namen hat sie nicht vielleicht genannt?«

»Nein – jedenfalls kann ich mich nicht daran erinnern.«

»Und wissen Sie noch, wo die Ida Richter diesen Holländer kennen gelernt hat?«

»Das soll in einem Café gewesen sein. In der Graf-Irgendwas-Straße.«

»Graf-Adolf-Straße vielleicht?«

»Ja, das könnte sein.«

Berger nippt an seinem Kaffee. Frau Freese sieht ihn forschend an.

Berger sagt: »Wenn man das so hört, dann klingt das so, als habe sie ziemlich viele Männerbekanntschaften gehabt.«

»Ja, das stimmt. Und dabei hat sie sich aus den Männern gar nicht viel gemacht. Aber sie wollte heiraten, in eine gesicherte wirtschaftliche Position kommen. Sie wollte das Kind zurück haben. Um jeden Preis.« Sie schnäuzt sich.

»Und wann haben Sie die Ida Richter zuletzt gesehen?«

»Vor zwei oder drei Wochen. Und am letzten Samstag ist sie noch einmal bei mir gewesen; da hat sie mich aber nicht angetroffen.«

Am 28. September! Einen Tag vor ihrem Tod! »Woher wissen Sie denn, dass sie da gewesen ist? Hat sie eine Nachricht hinterlassen?«

»Nein, aber als ich nach Hause kam, da steckte eine Tafel Schokolade bei uns im Briefkasten. Sie hat das immer so gemacht, die Ida. Immer Schokolade mitgebracht für das Kind, und wenn ich nicht da war, hat sie sie einfach in den Briefkasten geworfen.«

»Sagen Sie, Frau Freese, hat Fräulein Richter bei ihren vielen Männerbekanntschaften eigentlich gar keine Angst gehabt, dass ihr etwas passieren könnte? In den Rheinwiesen ist doch vor gar nicht langer Zeit schon ein Mädchen überfallen worden – nicht weit von der Stelle, an der sie dann schließlich ums Leben gekommen ist!«

»Nein, Angst hat sie nicht gehabt. Sie hat gesagt, die jungen Mädchen heute seien einfach zu unvorsichtig, dass sie mit irgendwelchen Männern in dunkle Gegenden gingen. Und sie hat gesagt, ihr könnte das nicht passieren!«

9.

Vier Postkarten haben sie insgesamt gefunden. Drei von einem Gustav Herschel, den sie bisher noch nicht kennen, eine von einem Holländer. Gennat betrachtet die Postkarte von allen Seiten. Eine Ansichtskarte aus Amsterdam. Der Inhalt ist nichtssagend, aber die Unterschrift ist wenigstens klar erkennbar: Wilhelm de Ridder.

»Wie gehen wir vor?«, fragt Berger.

»Ich rufe die Staatsanwaltschaft an, dass wir einen Mann nach Holland schicken. Schröder kann das machen. Und dann setzen wir uns mit den Kollegen in Amsterdam in Verbindung; die sollen de Ridder ausfindig machen.«

»Hoffentlich ist der Name echt«, sagt Berger. »Die Richter scheint ein Talent dafür gehabt zu haben, lauter falsche Fuffziger aufzutreiben.«

»Das werden wir herausbekommen.« Gennat greift zum Telefon.

10.

»Es ist das beschissenste Jahr, das ich je erlebt hab!« Kosinski greift sich einen Stapel Bierdeckel. »Ein Mord nach dem anderen. Erst das kleine Mädchen ...«

»Die Olbricht meinst du.« Fuhrmann merkt, dass seine Zunge schwer wird. So viel Bier ist er nicht gewohnt.

»Die Olbricht.« Kosinski wirft einen der Bierdeckel auf den Tisch. »Dann der Spee.« Der nächste Bierdeckel. »Dann die beiden Mädchen.« Zwei weitere Bierdeckel landen neben den ersten. »Und dann noch die Richter.« Der nächste Bierdeckel. Der Wirt bedenkt die Polizisten mit einem tadelnden Blick.

Fuhrmann zählt die Bierdeckel. »Fünf Stück«, sagt er. »Letztes Jahr hatten wir nur zwei.«

»Und jetzt auch noch der Stresemann tot!«

»Auch ermordet?« Fuhrmann ahnt, dass er ziemlich betrunken ist.

»Blödsinn! – Nein, Schlaganfall. Heute früh. Zwei Schlaganfälle. Und dann ...« Kosinski rollt einen weiteren Bierdeckel auf den Tisch. Er bleibt bei den anderen liegen.

Der Wirt räuspert sich vernehmlich.

»Und dann kommen ja noch die anderen dazu, die noch nicht ganz tot sind. Die Schultze zum Beispiel.« Kosinski knickt einen Bierdeckel und reißt ihn durch. »Und die drei Leute vom Schützenfest in Lierenfeld. – Darf ich mal?« Kosinski holt ein paar weitere Bierdeckel vom Nebentisch.

»Ich glaube, wir sollten jetzt allmählich …« Fuhrmann erhebt sich mühsam.

Kosinski hält ihn zurück. »Wieso? Was stehst du denn auf? – Ich glaube, wir sollten noch was trinken. Herr Wirt, noch mal dasselbe!«

Fuhrmann setzt sich wieder. Was soll das werden?, denkt er. Wie soll ich nach Hause kommen?

Der Wirt bringt das Bier, macht zwei weitere Striche auf dem Filz. Kosinski setzt an, nimmt einen kräftigen Schluck. Fuhrmann nippt an seinem Glas. Total betrunken bin ich, denkt er, und noch kein Stück weiter. Wie soll ich es nur anfangen?

»Was ich dich fragen wollte«, sagt er.

»Ja?«

»Was ich dich fragen wollte, dieser Gennat, warum mag der dich nicht? Warum hackt der auf dir rum?«

»Der Gennat«, sagt Kosinski. Er sieht den Kollegen an. Kurzfristig verschwimmt das Bild vor seinen Augen.

»Was ist mit dem Gennat?«

»Berlin«, sagt Kosinski. »Ich komm doch aus Berlin. Und da …«

»Na, was denn?«, lallt Fuhrmann. »Was war in Berlin?«

Kosinski starrt ihn an. Fuhrmann schweigt erschrocken. Jetzt hat er seine Neugier zu deutlich gezeigt. Kosinski sagt schließlich mit kaum vernehmbarer Stimme. »Ich hab einen verprügelt.«

»Den Gennat?«, fragt Fuhrmann.

»Quatsch!« Kosinski schüttelt den Kopf. »Irgendeinen Ganoven. Kennst du nicht. Ein ganz dämliches Arschloch, der hatte seine Alte umgebracht, und dann, als ich ihn schließlich hatte, da ist er noch frech geworden, und da – da hab ich ihm eine geplättet.«

»Und dann?«

»Dann haben sie mich rausgeschmissen. Gennat, der Arsch. – Der Arsch!«, brüllt Kosinski plötzlich los. Er springt auf und sieht sich herausfordernd um. Es ist totenstill im Lokal. Niemand erwidert Kosinskis Blick, auch Fuhrmann nicht. Aber der fasst ihn schließlich am Ärmel und sagt ganz leise: »Komm, Kosinski, es ist Zeit zu gehen.«

»Ja«, sagt Kosinski. Er kippt den Rest Bier hinunter, legt einen Geldschein auf den Tisch und wankt zur Tür. Fuhrmann folgt ihm, so gut er kann. Und morgen früh wieder Dienst, denkt er. Das wird hart.

11.

»Ich musste es ihm doch sagen!« Mombach ist völlig fertig.

»Das hat ihm nicht gefallen«, mutmaßt Fuhrmann. Ihm brummt der Schädel. Mindestens drei Bier zu viel waren das gestern Abend.

»Natürlich nicht.« Mombach hat immer gedacht, der Langels sei ein völlig kalter Fisch. Heute hat der Polizeipräsident gezeigt, dass er auch zu Gefühlen fähig ist.

»Was hat er gesagt?«

»Gesagt? – Gebrüllt hat er. ›Damit kommt ihr jetzt? Mein Gott, konnte euch das nicht eher einfallen? Und – konntet ihr da nicht selber drauf kommen? Braucht ihr dafür erst einen fetten Buddha aus Berlin, der euch vormachen muss, wie man Polizist spielt?‹ Dabei hat er den Gennat doch selber hier angeschleppt. Also – der Langels, der war völlig von der Rolle.«

»Worum geht es überhaupt?« Berger ist zu spät gekommen.

»Mein Gott, der Berger weiß es selbst jetzt noch nicht!«, sagt Mombach aufgebracht. Er fährt sich nervös mit der Hand durch die Haare.

»Die Morde im Februar«, sagt Kosinski. »Jetzt ist es amtlich: Stausberg war's nicht.«

»Was?«

Mombach nickt. »Ich hab gedacht, das gibt's nicht. So was steht vielleicht im Lehrbuch, aber das gibt's doch nicht im wirklichen Leben. Aber es ist wahr. – Verdammte Scheiße, es ist wahr!«

»Noch mal in Ruhe, bitte«, sagt Berger. »Was genau ist passiert?«

»Gennat. Der hat sich doch die gesamten Akten geben lassen. Alle Mordfälle der letzten Jahre, gelöste und ungelöste. Und vorhin hat er uns dann das Ergebnis vorgestellt. Es war niederschmetternd.«

»Das kann doch gar nicht sein. Stausberg hat doch alles gestanden!«

»Das ist ja das Perverse! Er hat alles gestanden und wir haben alles geglaubt. Alle Details hat er aufgeführt, die Zahl der Messerstiche, den Fundort der Leichen, die Sache mit dem Petroleum. Alles. – Und jetzt? Gennat hat uns das Geständnis vorgelesen, Punkt für Punkt. Und für jeden dieser Punkte hatte er das passende Zitat vorliegen. Für jeden einzelnen Punkt. Das ganze Geständnis ist wertlos. Es hat alles in der Zeitung gestanden, alles. Da hat der Stausberg das her.«

»Wie peinlich!«

»Peinlich? – Es ist die absolute Katastrophe. Wir sind bis auf die Knochen blamiert. Und – was die Sache noch auf die Spitze treibt: Montag beginnt die Preußische Polizeiwoche. Hier in Düsseldorf! – Ein blendender Einstand.«

»Die Polizeiwoche«, seufzt Berger.

»Ja, natürlich betrifft uns das nur am Rande. Unsere Arbeit geht ganz normal weiter. Aber die Blamage, die ist doch grenzenlos.«

»Wer weiß von der Sache?«, fragt Fuhrmann.

»Bis jetzt nur Langels und wir, die wir hier im Zimmer sitzen. Und Gennat natürlich – und seine Leute.«

Berger sieht, worauf das hinausläuft. Er schüttelt den Kopf. »Das geht nicht. Das kommt sowieso raus. Da ist es schon besser, wenn wir selbst damit an die Öffentlichkeit gehen.«

»Warum?«, fragt Mombach. »Wegen Stausberg etwa? Für den ist das alles ohne Bedeutung. Die Lasso-Überfälle gehen ja auf jeden Fall auf sein Konto. Und schwachsinnig ist er auch. Der kommt ohnehin nie wieder frei.«

»Er ist ein Gewalttäter und Lügner«, sagt Berger, »aber offensichtlich kein Mörder. Und er ist verheiratet.«

»Geschieden«, korrigiert Mombach.

Die beiden sehen sich einen Moment lang an. Schließlich schüttelt Berger den Kopf.

»Also gut«, sagt Mombach. »Wir sind uns einig. Ich ruf bei der Staatsanwaltschaft an. Alles abstreiten, bis wir den wahren Täter haben. Das ist die Linie, an die wir uns halten müssen.«

Berger schüttelt noch einmal den Kopf. »Und ich habe immer gedacht, wir sind in diesem Spiel die Guten!«

»Völlig egal! – Hauptsache, wir sind nicht die Dummen!«

12.

Schröder sitzt im Schnellzug Amsterdam – Köln und starrt trübsinnig auf die vorbeifliegende Landschaft. Ein weiterer Schlag ins Leere. Dabei hatte es sich so gut angelassen. Kriminal-Inspektor Clasie hatte ihn am Bahnhof Amsterdam Centraal erwartet und zum Präsidium gefahren. Die Kollegen hatten Wilhelm de Ridder dann direkt von seinem

Arbeitsplatz geholt. Er arbeitete beim Bankhaus Proehl & Gutmann, einer renommierten Privatbank.

De Ridder hatte auch ohne weiteres zugegeben, in seinem Urlaub, und zwar vom 29.7. bis zum 5.8. in Düsseldorf gewesen zu sein. Er hatte in der Mintropstraße gewohnt, bei einer Frau Strasser. Kurz vor seiner Abreise hatte er dann die Ida Richter kennen gelernt. Ja, das sei in einer Wirtschaft in der Graf-Adolf-Straße gewesen. Er habe die Richter mit auf sein Zimmer genommen und geschlechtlich mit ihr verkehrt. Die Richter sei dann noch am gleichen Abend nach Barmen gefahren; er habe sie bis zum Bahnhof begleitet.

Ja, er habe ihr eine Ansichtskarte aus Amsterdam geschickt, und sie habe ihm anschließend eine Karte aus Barmen geschickt. Die habe er aber nicht aufbewahrt. Nein, nach dem 5. August sei er nicht mehr in Düsseldorf gewesen. Nein, überhaupt gar nicht mehr in Deutschland. Ein Liebesverhältnis? – Nein, gevögelt habe er sie – das klang sehr lustig mit seinem holländischen Akzent – aber ein Liebesverhältnis habe er mit der Ida Richter nicht gehabt. Und eine Stelle habe er ihr auch nicht versprochen.

Das war's. Seine Vorgesetzten bezeichnen ihn als ›anständigen Menschen‹. Und für das Wochenende 28./29. September kann er eine ganze Reihe von Zeugen anführen, die bekunden, dass er die ganze Zeit in Amsterdam gewesen ist. – Mehr war nicht zu holen. Einen schrägen Vogel mehr aus Ida Richters Sammlung kennen gelernt, aber als Täter kommt de Ridder leider nicht in Frage.

13.

»Ich hab sie gesehen!« Jutta stürzt zur Tür herein. Sie strahlt.

»Wen?«

»Henny Porten natürlich! Sie war da! Sie war wirklich da!«

»Ich dachte, du hattest nicht hingehen wollen?«, wundert sich Berger.

»Ich hab es mir anders überlegt. – Und es hat sich gelohnt. Das war vielleicht ein Gedränge vor dem Kino! Schutzpolizei war da und musste für Ordnung sorgen. Du glaubst ja gar nicht, was für eine Menschenmenge sich da angesammelt hatte. Und bei dem Regen! – Zum Glück brauchte ich nicht anstehen. Papa hat die Karten besorgt.«

»Karten?«, fragt Berger.

»Für Dagmar und mich. Du wolltest ja nicht mit. – Es war ganz unglaublich. Der ›Europa-Palast‹ ist ja wirklich kein kleines Kino, aber es sind längst nicht alle reingekommen. Und natürlich haben alle geglaubt, dass sie sehen, wie sie ankommt. Aber sie kam nicht. Sie war nämlich schon da. – Am Ende der Vorführung, da ist sie dann runtergekommen. Sie war vorher oben und hat der Presse ein Interview gegeben. Das steht morgen sicher alles in der Zeitung!«

»Und der Film?«

»*Mutterliebe* – ja, das weißt du ja schon. Also, die Henny Porten – du glaubst ja gar nicht, wie ergreifend das ist, wie sie um das Kind kämpft, dabei ist es ja noch nicht einmal ihr eigenes. Alle haben geheult, als sie am Ende freigesprochen wird und wieder zu ›ihrem‹ kleinen Mädchen zurückdarf. Und die kleine Mädi – Inge Landgut heißt die, so ein süßes Mädchen! – Jedenfalls – es gab einen stürmischen Applaus, als die Henny Porten dann am Ende plötzlich hereinkam. Und sie, sie war richtig gerührt, das konnte man sehen. Sie hat dann eine kurze Ansprache gehalten und gesagt, es sei ihr schönster Film. Aber das muss sie natürlich sagen; der letzte Film ist immer der schönste.«

Berger sieht Jutta an. Sie glüht vor Aufregung. *Mutterliebe.* Ist das ein Thema für Jutta? Sie wird dreiundzwanzig im November. Als Mutter kann er sie sich nur schwer vorstellen. – »Das klingt so, als ob es ein ziemlich sentimentales Stück ist«, bemerkt er.

»Natürlich ist es sentimental! Ein Stück fürs Herz. Alle haben sich die Tränen aus den Augen gewischt, alle!«

»Ist die Henny Porten nicht ziemlich alt für eine Mutter?«, fragt Berger. Sie hat doch schon vor dem Krieg gefilmt.

»Sie sieht blendend aus«, sagt Jutta. »Ja, sie muss deutlich über dreißig sein, aber das sieht man ihr nicht an. Und eine Stimme hat sie, eine wunderbare Altstimme. Also, wenn der Tonfilm wirklich kommt, wie alle sagen, dann hat sie jedenfalls nichts zu befürchten. – Als wir am Ende rausgegangen sind, da haben die Leute immer noch draußen gewartet, im Regen. Alle die, die keinen Platz bekommen haben. Und ich glaube, sie ist am Ende wieder durch einen Hinterausgang verschwunden.«

Mutterliebe, denkt Berger. Ida Richter, die war auch über Dreißig, und auch voller Mutterliebe. Bereit, alles zu tun, um ihr Kind zurückholen zu können.

14.

»Na bitte!«, sagt Mombach. Er hält die Zeitung hoch. »Hier steht es ja: *Preußens Polizeibeamte in Düsseldorf – Die 10. Preußische Polizeiwoche beginnt.* – Und hier: *Diener am Staate sein! Ein Wort des preußischen Innenministers.* Eine ganze Seite nur über uns!«

»Elendes Gesülze«, sagt Kosinski.

»Nein, nein, Herr Kollege, das kann man nun wirklich nicht sagen. Der Langels hat sich mächtig Mühe gegeben.

Lesen Sie mal: Unsere Polizei soll eine wahre Polizei des Volkes sein. Die Ausbildung der Polizei soll weiter verbessert werden, heißt es. In Berlin ist ein Polizei-Forschungsinstitut errichtet worden. Fachzeitschriften werden ins Leben gerufen …« Mombach gibt das Blatt weiter.

»Haben Sie das auch gelesen, Herr Mombach? Hier steht: *Bei der Kriminalpolizei kann jeder befähigte Beamte zum Kriminalkommissar aufsteigen.* – Wann sind wir dran?« – Fuhrmann natürlich.

»Sie glauben doch nicht, dass ich Sie ausgerechnet jetzt sechs Monate auf Kursus schicke. Und dann noch nach Berlin oder Potsdam, wo wir Sie selbst im äußersten Notfall nicht herbeirufen könnten. – Nein, bevor diese Krise nicht vorbei ist, kommt das überhaupt nicht in Frage.«

»Jeder befähigte Beamte«, sagt Kosinski. »Befähigte!«

Es ist vielleicht ein Scherz, aber Fuhrmann ist nicht nach Scherzen zumute. Er braucht das Geld; eine Beförderung würde ihm aus der Klemme helfen. »Wäre es nicht großartig, wenn wir den Burschen jetzt fassen könnten, genau zur Polizeiwoche?«

»Nur zu. – Haben Sie vielleicht eine heiße Spur? Ich nicht. Im Gegenteil: Inzwischen können wir auch einen weiteren Bekannten Ida Richters aus der Liste streichen. Der Koch, der ihr die drei Ansichtskarten geschrieben hat, den haben wir gefunden. Ein Windhund natürlich. Leider hat er ein hervorragendes Alibi: Er verbüßt zurzeit eine längere Freiheitsstrafe. – Aber dafür gibt es ein neues Rätsel. Der Bruder, der Oskar Richter, der hat endlich die Postkarte gefunden. Der Inhalt ist eigentlich belanglos, aber darunter steht: *Gruß Rudi, Käthe und Hans!*«

Fuhrmann seufzt. »Nur die Vornamen? Das hilft uns auch nicht weiter.«

15.

Der Polizist flüstert dem Kapellmeister ins Ohr. Der Mann sieht sich ungläubig um. Berger nickt. Auf einen Wink des Dirigenten hin klingt der Walzer überraschend in einem unüblichen Akkord aus. Es hört sich an, als sei eine Schallplatte zum Stillstand gekommen. Die Paare auf der Tanzfläche bleiben stehen. Unruhe kommt auf.

»Darf ich einen Augenblick um Ihre Aufmerksamkeit bitten!«

Das Gemurmel erstirbt.

»Mein Name ist Berger, ich bin von der Kriminalpolizei Düsseldorf. Mordkommission. Sie alle haben wahrscheinlich davon gehört, dass vor einer Woche hier in Oberkassel in den Rheinwiesen eine junge Frau ermordet worden ist. Um den Täter so schnell wie möglich zu fassen, brauchen wir Ihre Mithilfe.«

Auf ein Zeichen Bergers stellen zwei Polizisten eine lebensgroße Holzpuppe auf die Bühne.

»Diese Puppe haben wir so zurechtgemacht, dass sie vom Aussehen und von der Kleidung Ida Richter entspricht. Beachten Sie bitte die langen schwarzen Haare, die sehr auffällige Bluse mit den bunten Streifen und die fast neuen Schuhe. – Ida Richter ist hierher gekommen, um sich – wie Sie alle – beim Tanz zu amüsieren. Stattdessen hat sie den Tod gefunden. Wir gehen davon aus, dass sie ihren Mörder bereits beim Tanz getroffen hat. Deshalb fragen wir Sie: Wer hat Ida Richter am letzten Sonntag allein oder in Begleitung eines Mannes gesehen? – Bitte kommen Sie ruhig näher und sehen Sie sich die Puppe genau an. Lassen Sie sich Zeit.«

»Wir wollen tanzen!«, ruft einer aus der Menge.

Berger wirft einen ärgerlichen Blick in die Richtung. Der Zwischenrufer schweigt. Die Mehrheit scheint sich mit der Notwendigkeit der Aktion abgefunden zu haben.

»Teure Bluse«, bemerkt eine der Frauen.

Ein Mann murmelt: »Kann sein, dass ich die Frau schon mal gesehen habe. Aber am letzten Sonntag …?«

»Bitte versuchen Sie, sich zu erinnern«, sagt Berger.

Der Mann schüttelt den Kopf. »Das war schon länger her. Zwei, drei Wochen vielleicht. Da war sie mit mehreren jungen Leuten zusammen, glaube ich.«

»Könnten Sie die beschreiben?«

»Nein, ich erinnere mich nicht mehr genau. Es ist schon zu lange her.«

»Und die Sprache? Wissen Sie, ob Deutsch gesprochen wurde?«

»Wahrscheinlich. Jedenfalls ist mir nichts Besonderes aufgefallen.«

Berger bleibt gelassen. »Wenn jemand von Ihnen noch etwas einfällt, kommen Sie bitte zu uns. Jede Kleinigkeit ist wichtig. Wenn Sie sich die Kleidung noch einmal ansehen wollen – überall sind Plakate geklebt, auf denen Fotos der Kleidungsstücke und eine genaue Beschreibung abgedruckt sind. Natürlich können Sie sich die Dinge auch bei uns direkt ansehen. Kommen Sie zu ins in die Mühlenstraße 29/31, Zimmer 237 im 2. Stock. Der Pförtner wird Ihnen weiterhelfen. Sie können natürlich auch anrufen, Nummer 10215, Nebenanschluss 272. Auf Wunsch werden Ihre Angaben streng vertraulich behandelt.«

Viele betrachten die Puppe aus der Nähe; einige der Frauen befühlen den Stoff der Bluse und des Rocks; niemand macht irgendwelche Angaben, die der Polizei weiterhelfen könnten. Schließlich lässt das allgemeine Interesse nach.

»Ich danke Ihnen für Ihre Mithilfe«, sagt Berger. »Und ich wünsche Ihnen noch einen schönen Abend!«

Die Kapelle spielt eine Polka, während Berger und die beiden Polizisten nach draußen eilen.

»Fehlanzeige«, sagt der eine der Polizisten.

»Das wissen wir nicht«, sagt Berger. »Es gibt noch mehr Lokale hier in Oberkassel. Dies ist erst der Anfang.«

Der Polizist, der die Puppe trägt, setzt seine Last ab und reibt sich den Arm. »Das war bestimmt Gennats Idee«, murrt er.

Ja, das war Gennats Idee.

16.

»Ich geh dann los!«

»Halt, Paul, warte doch mal!« Hertha eilt ihm im Morgenmantel nach. »Bist du nachher auch auf dieser Tagung, von der die Zeitung schreibt?«

»Die Polizeiwoche? – Nein, dafür werden wir wohl keine Zeit haben. Wir haben ja unsere Mordserie am Hacken ...«

»Aber daran könnt ihr doch nicht ununterbrochen arbeiten! – Sieh doch mal zu, dass du auch zu dieser Tagung mit hin kommst. Es muss ja nicht die ganze Zeit sein. Ein, zwei Tage vielleicht ...«

»Und dann? Wozu soll ich mir das Gesülze anhören ...«

»Paul! Begreifst du das denn nicht? Zum einen zeigst du damit Interesse an deiner Arbeit. Die Leute sehen, dass du weiterkommen willst. Und zum anderen – auf dieser Tagung, da sind doch all die Leute, auf die es ankommt. Leute, die du sonst nie triffst. Der Polizeipräsident, der Innenminister ...«

»Glaubst du vielleicht, der Langels wartet nur darauf, sich ausgerechnet mit mir zu unterhalten? Oder gar der Grzesinski?«

»Du bist doch auch Sozialdemokrat! Das muss doch möglich sein ...«

»Hertha, du spinnst. – Ich muss jetzt wirklich los.« Fuhrmann nimmt den Hut von der Garderobe und verlässt die Wohnung.

Seine Frau ist wütend. Typisch Mann! Wenn sie doch nur auf diese Tagung könnte, sie würde es schon schaffen, mit dem Minister ins Gespräch zu kommen! – Aber so? Nichts kann sie tun, gar nichts. – Oder vielleicht doch? Sie überlegt einen Moment. Einen Brief könnte sie schreiben. Anonym natürlich. An die Zeitung ...

»An die *Düsseldorfer Nachrichten*. Redaktion ...«

17.

»Herr Berger, ich habe Sie zu mir gebeten, um mit Ihnen noch einmal über die Aussage der Frau Schultze zu sprechen. Gertrud Schultze ist viele Stunden mit dem Täter zusammen gewesen, und deshalb kommt ihrer Aussage natürlich eine ganz besondere Bedeutung zu.«

Berger nickt. Er ist regelrecht erschrocken über den Anblick, der sich ihm bietet. Gennat sieht schlecht aus, so als stünde er unmittelbar vor dem Herzinfarkt.

»Ich nehme an, Ihre Aufzeichnungen geben genau das wieder, was gesagt wurde. Sie haben nichts gekürzt oder weggelassen?«

»Nein, natürlich nicht. Ich weiß, dass der Bericht dadurch nicht besonders gut lesbar ist. Aber die Schultze ist doch unsere einzige Zeugin, und damals habe ich noch nicht einmal gewusst, ob sie das überhaupt überlebt. Ich habe alles mitgeschrieben, was gesagt wurde. Wort für Wort.«

»Sie können stenographieren?«

»Ja. – Und dieser Bericht ist eine genaue Abschrift meiner Notizen. Ich bin damals gleich ins Hospital gefahren, sowie die Ärzte das zugelassen haben. Vor mir ist nur die Mutter kurz da gewesen, so weit ich weiß.«

»Die Mutter.« Gennat nickt. »Ja, so etwas habe ich mir gedacht. – Wissen Sie – mir ist da, bei den Angaben von Fräulein

Schultze, nämlich etwas aufgefallen. Die Beschreibung der Tat und die Darstellung dessen, wie sich das alles abgespielt hat, die sind sicherlich in Ordnung. Das ist ja auch inzwischen überprüft worden, soweit das im Nachhinein möglich ist.«

»Aber?«

»Aber der Täter! Die Beschreibung, die Fräulein Schultze gegeben hat, die befriedigt mich nicht. Die ist zu vage. Sie ist an die sechs Stunden mit dem Mann zusammen gewesen. Und da weiß sie nichts weiter, als dass er keinen Bart und keine Glatze hat?«

»Das Alter«, sagt Berger. »Sie hat gesagt, er ist etwa dreiundzwanzig Jahre alt.«

»Ja. – Das ist die einzige konkrete Angabe. Und genau die glaube ich ihr nicht.«

»Nicht?«

Gennat schüttelt den Kopf. »Herr Berger, Sie wissen doch, wie alt die Gertrud Schultze ist?«

»Sechsundzwanzig.«

»Und sie läuft den ganzen Nachmittag mit einem jungen Burschen spazieren, der drei Jahre jünger ist als sie selbst? Ohne diese Tatsache auch nur einmal in ihrer Aussage zu erwähnen, nicht einmal in einem Nebensatz? Sehen Sie hier: *Ich hatte wenig Neigung, mit dem Fremden ein Gespräch anzufangen.* – Oder hier: *So ein höflicher Mann. Warum soll ich mich nicht mit ihm unterhalten? Hier, am helllichten Tag, in aller Öffentlichkeit?* – Oder hier: *Postbeamter, habe ich gedacht. Er scheint sich für mich zu interessieren.* Kein Wort darüber, dass er offenbar jünger ist als sie.«

Berger starrt auf das Protokoll. »Ich sehe, was Sie meinen«, sagt er. Sollte das Mädchen ihn angeschwindelt haben? Er kann es nicht glauben. »Aber warum? Warum sollte sie mich belogen haben?«

»Das weiß ich nicht. Aber eine Vermutung habe ich schon.«

Berger sieht nicht, worauf Gennat hinaus will.

»Sie haben gesagt, dass vor Ihnen die Mutter da gewesen ist.«

»Ja.«

»Und? Was wird wohl die Mutter tun, wenn ihr einziges Kind gerade um Haaresbreite einem Mordanschlag entgangen ist?«

»Sie wird es schützen wollen«, gibt Berger zu.

»Sie wird es schützen wollen, um jeden Preis. Und das lässt sich am sichersten bewerkstelligen, wenn die Tochter den Täter so beschreibt, dass man ihn nicht wiedererkennen kann. Damit der Mann weiß, dass das Kind keine Gefahr für ihn ist.«

»Die Schultze liegt noch im Krankenhaus«, sagt Berger. »Soll ich …?«

»Ja. Ich denke, es ist am besten, wenn Sie noch einmal mit ihr reden.«

»Ich mache mich sofort auf den Weg.«

»Und noch etwas, Berger …«

»Ja?«

»Seien Sie nett zu ihr.«

18.

»Hübsche Blumen«, sagt Gertrud Schultze.

»Ja. Und ich freue mich, dass es Ihnen wieder besser geht.«

»Die Schmerzen sind inzwischen fast ganz weg. Und ich kann wieder alleine gehen. Ein bisschen jedenfalls.«

Berger sieht, dass sie Angst hat. Sie weiß, dass er nicht nur gekommen ist, um ihr Blumen zu bringen. »Fräulein Schultze, ich würde mich gern noch ein bisschen mit Ihnen unterhalten.«

»Aber ich hab doch schon alles gesagt.«

»Tatsächlich?«

Sie nickt.

»Nein, Fräulein Schultze, das glaube ich nicht. – Ich verstehe Sie ja. Sie haben natürlich Angst, dass der Kerl wiederkommen und Ihnen etwas tun könnte. Aber davor brauchen Sie wirklich keine Angst zu haben. Wir sorgen dafür, dass das nicht passiert. Sie sind sicher.«

»Ich habe aber Angst«, meint das Mädchen ganz leise.

»Das verstehe ich. Wir sorgen dafür, dass er nicht wiederkommt. Aber das reicht nicht aus. Wir müssen den Mann finden. Wir müssen ihn verhaften. Er ist ein Mörder. Er ist eine Gefahr für andere junge Mädchen. Und für Kinder. Fräulein Schultze, bitte, helfen Sie uns!«

»Aber ich weiß doch gar nichts. Ich hab doch alles gesagt.«

»Nein, das haben Sie nicht. Dieser Mann – er ist nicht dreiundzwanzig Jahre alt ...«

Sie schüttelt den Kopf: »Ich hab alles gesagt.«

Berger seufzt. Mit Nettigkeit allein geht es nicht. Er zieht einen Packen Fotos aus der Jackentasche und legt die Bilder mit der Rückseite nach oben auf die Bettdecke.

»Was ist das?«

»Fotos. Sie sind nicht das einzige Opfer dieses Mörders. Was ich hier mitgebracht habe, das sind die Aufnahmen der kleinen Mädchen von Flehe. Die ermordeten Kinder. Ich habe sie da liegen sehen, Fräulein Schultze. Ich werde das nie vergessen. Mein ganzes Leben nicht. Soll ich Ihnen die Bilder zeigen?«

»Nein.« Entsetzt starrt sie Berger an. »Warum quälen Sie mich?«

»Ich will Sie nicht quälen. Aber es darf nicht noch einmal passieren. Wir müssen ihn finden. Und das geht nur mit Ihrer Hilfe. – Der Mann ist nicht dreiundzwanzig Jahre alt.«

Sie zögert. »Nein«, sagt sie schließlich.

»Wie alt schätzen Sie ihn denn wirklich?« Berger steckt die Bilder wieder ein.

»Ich weiß nicht. Vielleicht fünfunddreißig.«

»Und ist Ihnen sonst noch irgendetwas aufgefallen? Jede Kleinigkeit ist wichtig. – Jeder Mensch hat irgendwelche besonderen Kennzeichen, wenn man genau hinguckt. Sie zum Beispiel haben große, dunkle Augen.«

»Danke.« Sie lächelt schwach, sieht aber immer noch an Berger vorbei.

»Fräulein Schultze, bitte sehen Sie mich an: Was hatte der Mann, der sich Ihnen als Fritz Baumgart vorgestellt hatte, für besondere Kennzeichen?«

»Er sah eigentlich ganz normal aus. – Nein, wirklich. Ganz normal. Bis auf ...«

»Ja?«

»Bis auf die Zähne.«

»Was ist mit den Zähnen?«

»Er hat eine Zahnlücke im Unterkiefer. Das merkt man auch beim Sprechen, wenn man genau hinhört.«

»Auf welcher Seite ist die Lücke?«

»Rechts, glaube ich. Ja, sie ist rechts. Von mir aus gesehen, also bei ihm links. Ich denke, dass da mindestens zwei Zähne fehlen ...«

Berger wartet einen Moment, aber mehr fällt Gertrud Schultze nicht ein. »Danke«, sagt er schließlich. Mit dieser Aussage ist ziemlich klar, dass der Mord an Emma Groß nicht mit in die Serie gehört. Die Beschreibung passt nicht. Er wird die Lilly niemals wieder sehen. Schade eigentlich. – Er gibt Gertrud Schultze die Hand. »Sie haben uns wirklich geholfen. – Und weiter gute Besserung!«

»Danke.« Mama wird böse mit mir sein, denkt Gertrud Schultze.

19.

»Meine Herren – ich hoffe, das hier war keiner von Ihnen!« Mombach hält die *Düsseldorfer Nachrichten* hoch.

»Was ist denn das für ein Artikel?« Fuhrmann hat wieder nichts mitgekriegt.

»*Unser Bildungsbestreben – Die Antwort eines unteren Polizeibeamten*«, liest Mombach vor. »Ein unglaubliches Machwerk. Und das druckt dieses Blatt an prominenter Stelle! Dahinter dann ganz klein der Bericht über die Tagung. Über die Vorträge von Polizeimajor Riege, Kriminaldirektor Volke und Polizeidirektor Wilhelm. Ausgezeichnete Vorträge übrigens! Ich habe mir alle drei angehört. – Und dann dieser Artikel: Es ist eine Schmach für Düsseldorf!«

»Wieso? Das stimmt doch alles!«, sagt Kosinski.

»Haben Sie das etwa geschrieben?«, fährt Mombach ihn an.

Kosinski schüttelt den Kopf. »Ich bin kein Schreiber.«

Mombach seufzt. »Es mag ja stimmen, dass bei der Polizei viel zu sehr nach Beamtenrecht und viel zu wenig nach persönlichen Fähigkeiten befördert wird, aber das ausgerechnet jetzt aufzutischen, wo hier die Polizeiwoche stattfindet, das ist schon ein starkes Stück. In höchstem Maße unloyal.«

»Unloyal? – Wann soll man denn sonst so einen Text schreiben? Das ganze Jahr über interessiert sich kein Mensch für unsere Situation. Jetzt, jetzt stehen wir im Rampenlicht der Öffentlichkeit, jetzt kann man auf Probleme hinweisen. Und zwar nur auf diesem Weg. Denn die hohen Herren in der Tagung, die interessieren sich sowieso nicht für uns, das Fußvolk. Die haben's doch geschafft. Die sind ›oben‹, wo wir niemals hinkommen!«

»Kosinski, ich bitte Sie!«

»Wer immer das geschrieben hat, der hat doch in allen Punkten Recht. Das System sei für jeden offen, sagt unser

Innenminister? Lüge, sage ich. Ein Volksschüler hat gegen die Konkurrenz der Abiturienten keine Chance. Er mag noch so fähig sein, aber er hat die nötigen Scheine nicht. Und der Abiturient dagegen – vielleicht kann er nicht mit Menschen umgehen, aber dafür kann er Latein. Das ist doch etwas! – Jeder nach seinen Fähigkeiten, sagt Grzesinski? Auch gelogen. Beförderungen erfolgen nach Dienstalter. Und bei gleichem Dienstalter nach Lebensalter. Und erst wenn Dienstalter und Lebensalter völlig gleich sind, dann wird zur Not auch mal nach den Fähigkeiten geguckt. Aber sonst nie. Und wer zur Kriminalpolizei geht, der ist nicht etwa besonders daran interessiert, wie der Herr Minister behauptet, sondern der geht da hin, weil da gerade eine Planstelle frei ist, und weil er jetzt gerade auf Grund seines Dienstalters dran ist. Sonst wäre er vielleicht Verkehrspolizist geworden. Oder in die Verwaltung gegangen. Das ist unser System. – Das ist alles.«

Berger sieht Kosinski von der Seite an. »Eine schöne Rede«, sagt er. »Aber nur zum Teil wahr. Ich jedenfalls, ich bin aus Neigung zur Kriminalpolizei gegangen …«

»Abiturient!« wirft Kosinski ein.

»… Und Sie selbst, Kosinski, Sie sind aus Leidenschaft Kriminalpolizist. Und die anderen? Schröder zum Beispiel? Oder vielleicht Gennat? Glauben Sie, das sind Zufallsberufungen?«

»Es gibt auch andere.« Kosinski sieht zur Seite.

»Ja, es gibt auch andere«, sagt Berger. »Aber kein System kann so perfekt sein, dass es alle Fehler völlig ausschließt. – Oder glauben Sie vielleicht, in Moskau ist das alles besser?«

»Ich bin kein Kommunist.«

»War nur ein Beispiel.«

»Ich denke, das reicht jetzt«, stoppt Mombach. »Ich stimme Ihnen durchaus zu, Herr Kosinski, dass Verbesserungen möglich sind. Dafür sollten wir uns alle jederzeit einsetzen. Aber auf dem normalen, ordentlichen Weg. Auf dem Dienstweg. Und nicht in Form einer solchen Meuterei!«

»Er hat es nicht begriffen!«, murmelt Kosinski.

»Ruhe bitte!« Mombach ist irritiert. »Hören Sie doch zu! – Es gibt auch gute Nachrichten. Was gestern in der Zeitung stand, die Raubüberfälle auf die beiden Läden in der Friedrichstadt sind aufgeklärt. Drei junge Burschen sind gefasst. Sie haben die Taten gestanden. – Das ist wenigstens eine positive Nachricht, die unser Polizeipräsident heute früh auf der Tagung verkündet hat.«

»Bravo«, sagt Fuhrmann.

»Ich selbst bin in den letzten Tagen in Bielefeld und Herford gewesen und habe die verschiedenen Verwandten der Ida Richter aufgesucht. Auch da gibt es eine neue Spur. Eine weitere Postkarte ist aufgetaucht, die außer von Ida Richter auch von einem Willi und einem Dieter unterzeichnet ist. Diese Namen waren bisher noch nicht genannt worden. Wir haben die Presse informiert und die Bevölkerung um Mithilfe gebeten.«

»Rudi, Hans, Willi – die gute Frau scheint einen erheblichen Bekanntenkreis gehabt zu haben«, brummt Kosinski.

»Ja«, bestätigt Mombach.

Berger schüttelt den Kopf. »Warum geben wir es nicht zu?«, sagt er. »Wir treten auf der Stelle. All diese alten und neuen Spuren im Zusammenhang mit der Ida Richter – die führen doch nur ins Leere. Mehr als dreihundert Spuren sind das jetzt schon. Wir verzetteln uns völlig. Und was das Schlimmste ist: Wir kommen dabei ganz und gar von der Suche nach dem Mörder ab. Denn der Mörder ist weder Rudi noch Hans noch Willi noch einer der anderen zahlreichen Bekannten der Ida Richter, sondern jemand, der sie genau an diesem einen Tag, am Sonntag, den 29. September, kennen gelernt und umgebracht hat.«

»Das wissen wir doch noch gar nicht. Aber selbst wenn das so wäre, Berger, so müssten wir die Spuren doch weiter verfolgen. Einer dieser Bekannten kann doch zumindest den Mörder gesehen haben.«

»Glauben Sie das im Ernst?«, fragt Berger.

»Was sollen wir denn sonst tun? – Herrschaften, wenn einer von Ihnen irgendeinen Vorschlag hat, was wir anders oder besser machen sollen, dann möge er den bitte vorbringen. Deshalb sitzen wir hier doch zusammen.«

Berger weiß auch nichts Besseres. »Alle Spuren, die wir bisher verfolgt haben, sind kalt. Eine neue heiße Spur kriegen wir nur, wenn der Mörder noch einmal zuschlägt.«

»Um Gottes Willen, das fehlt gerade noch«, sagt Mombach. »Ach ja, es gibt da noch etwas, das hätte ich fast vergessen, aber das trifft für Sie wahrscheinlich sowieso nicht zu. Wir haben die Mitteilung bekommen, dass der preußische Innenminister ab sofort die Mitgliedschaft im *Stahlhelm* für alle Beamten in der Rheinprovinz und der Provinz Westfalen verbietet. Das gilt auch für die Unterorganisationen des *Stahlhelms*.«

»Weiß man warum?«, fragt Fuhrmann.

»Sind Sie etwa Mitglied?«, schnappt Mombach zurück.

Fuhrmann schüttelt den Kopf.

»Es ist wegen der Aktion in Langenberg im September. Offenbar hat die Regierung Angst, die Franzosen könnten das zum Anlass nehmen, die versprochene Räumung des Rheinlandes zu verschieben.«

20.

»Du siehst müde aus.« Klara Mombach schenkt ihrem Mann eine Tasse Kaffee ein.

»Ich bin auch müde.« Mombach reibt sich die Augen.

»Erich, ich mache mir Sorgen um dich. Du arbeitest zu viel.«

»Ja, vielleicht. Aber du weißt doch, wie es ist. Fünf Morde – und dazu noch mehrere Mordversuche. Und der Kerl läuft noch immer frei herum.«

»Du bist doch nicht der einzige Polizist, Erich! Du musst das nicht alles allein machen. Wozu hast du deine Leute? Und dann noch der Gennat, den sie dir vor die Nase gesetzt haben. Was tut der denn den ganzen Tag? Sitzt faul herum, während du dich abzappelst.«

»Ach, der Gennat, der ist schon in Ordnung.«

»Macht er nun normalen Dienst, oder tut er das nicht?«

»Macht er nicht. Kann er auch gar nicht. Du solltest ihn sehen! Er ist einer der dicksten Menschen, die mir je begegnet sind. Und ernährt sich fast nur von Kuchen!«

»Das ist ungesund!«

»Ja, natürlich. Und er sieht auch aus, als ob er die ganze Zeit am Rande des Grabes steht. Der kann nicht in der Gegend herumlaufen und ermitteln. Die meiste Zeit sitzt und denkt er. – Aber er ist intelligenter als wir alle, und was er schon alles herausgefunden hat – wirklich erstaunlich!«

»Tatsächlich? Ich weiß nur, dass dieser Mörder immer noch frei herumläuft. Und dass der Gennat so viel schlauer sein soll, das kann ich einfach nicht glauben. Das ist doch nur, dass alle ihn so wichtig nehmen, weil er aus Berlin kommt. Und natürlich versteht er es, sich gut zu verkaufen. Kann mit der Presse umgehen. Und mit den Politikern.«

»Klara, lass sein, er ist wirklich gut.«

»Du musst es ja wissen.« Sie ist nicht überzeugt.

»Nein, was mich wirklich bedrückt, das ist nicht die starke Arbeitsbelastung oder gar der Gennat, nein – das ist die fehlende Anerkennung der Kollegen. Heute in der Dienstbesprechung – da ist mir das ganz deutlich geworden. So deutlich wie nie zuvor. Wir haben über ein Papier gesprochen, das in der Zeitung abgedruckt worden ist – du hast es wahrscheinlich gelesen – und dabei haben sie mich alle allein gelassen. Alle.«

»Du meinst dieses Geschmiere gegen das Beamtentum?«

»Ja. – Nein. So krass würde ich es eigentlich gar nicht sagen wollen. Es gibt schon berechtigte Kritik an unserem herrschenden System. Aber als wir darüber gesprochen haben – alle waren gegen mich.« Er nimmt noch einen Schluck Kaffee. Er schmeckt bitter.

»War Berger nicht da?«, fragt Klara.

»Berger. Der hat mich am meisten enttäuscht. Der Kosinski, der hat sich am wildesten aufgeführt, wie immer, und der Berger hat ihm widersprochen. Und dann hat er gesagt, ganz so schwarz sei das System gar nicht; es gebe doch noch Idealisten unter uns, keiner könne das abstreiten. Und dann hat er die Idealisten genannt: Sich und Kosinski.«

»Kosinski ausgerechnet! Dieser – dieser Kommunist!«

Mombach schüttelt den Kopf. Klara versteht ihn nicht. Es ist ihm egal, ob Kosinski vielleicht Kommunist ist. Es ist im auch egal, ob Berger Kosinski für einen guten Polizisten hält. Aber dass er ihn, Mombach, offenbar nicht zu den Idealisten zählt, das hat ihn zutiefst getroffen.

21.

»Wir schaffen es nicht!« Berger tigert im Zimmer auf und ab.

Jutta nippt an ihrem Tee.

»Heute haben wir die Postkarte aus Berlin zurückbekommen. Die Karte, die die Richter an ihren Bruder geschrieben hatte, die mit den drei Unterschriften. Ich hatte dir doch davon erzählt. – Ja, und was sagt nun der Schriftsachverständige? Alle drei Unterschriften stammen von derselben Person, und zwar von der Richter. Ein Scherz offenbar, weiter nichts.«

»Aber das ist doch klar, dass ihr nicht mit jedem Schritt Erfolg haben könnt.«

»Es ist der völlig falsche Ansatz, Jutta. Dieses Hinterherjagen nach irgendwelchen Details aus dem Vorleben des jeweils letzten Opfers. Das bringt uns alles nicht weiter. Es ist doch völlig egal, ob die Richter nun mit Willy oder mit Heini oder mit sonst wem im Bett war. Keiner von denen hat sie umgebracht. Der Kerl, den wir suchen, jagt wie ein Greifvogel. Er sucht sich seine Beute und dann schlägt er zu. Fertig, aus. Da gibt es keine längerfristigen Beziehungen, die man aufdecken könnte. Er hat die Opfer vorher nicht gekannt. Er hat sie noch nie gesehen. Das gilt für die Frau Krohn, das gilt für Aenne Grünhausen, Olga Hansen und Heinrich Mohnblum – das sind die drei, die er auf dem Schützenfest in Lierenfeld niedergestochen hat -, und es gilt ebenso für die Gertrud Schultze. Es gilt für alle überlebenden Opfer, und es gilt, so weit wir das wissen, auch für die toten.«

»Warum änderst du nicht die Richtung? Ich denke, es ist dein Fall?«

»Mein Fall! – Die kleine Rosa Olbricht, das war mal mein Fall. Und die Schultze, das war auch mein Fall. Am Anfang jedenfalls. Aber inzwischen gehören doch diese ganzen Geschichten zusammen, und jeder bearbeitet einen Teil, bald für diesen Mordanschlag und bald für jenen. Und Mombach koordiniert das Ganze.«

»Mombach!«, stöhnt Jutta.

»Wie du das sagst! Du kennst ihn doch gar nicht!«

»Ich kenne ihn durch das, was du mir erzählst. Mombach ist in meinen Augen ein alter, verknöcherter Beamter. Ein Relikt aus der Vorkriegszeit, hölzern, unbeweglich. Nicht geeignet für die Anforderungen der Zwanziger Jahre. Und jetzt haben wir schon fast die Dreißiger!«

Berger lacht. »Er ist kein schlechter Kerl.«

»Nimm ihn nur in Schutz!« Jutta ist böse.

»Es sind alles keine schlechten Polizisten.«

»Ach ja? Die Schutzpolizisten, die alle Spuren zertrampeln? Oder deine Kripo-Kollegen, die den Hintern nicht hochkriegen? So wie der Gennat? Oder etwa gar der müde Fuhrmann, der keinem ins Gesicht sehen kann? Oder Schröder, der eifrige Kriecher? Oder von Eck, der seine Stunden abreißt und sich für nichts interessiert? Oder vielleicht der Kosinski, der dauernd stört und dumme Witze reißt? Den man für keine Vernehmung gebrauchen kann? Lauter hervorragende Leute, ja?«

»Es sind wirklich keine schlechten Polizisten. – Und jedenfalls haben wir keine besseren.«

»Das kommt der Sache schon näher«, sagt Jutta.

22.

»Liest du mir noch den Roman vor?«

Mombach nickt. Der Fortsetzungsroman aus den *Düsseldorfer Nachrichten.* Das gehört zu den kleinen Ritualen ihrer Ehe, dass er Klara abends im Bett die neueste Folge vorliest. Der Inhalt ist dabei eigentlich belanglos. Er sieht seine Frau an, die völlig entspannt und ruhig in ihren Kissen liegt. Auch bei ihm ist inzwischen die Anspannung des Tages gewichen. Er räuspert sich und beginnt zu lesen:

»*Bei einem Mord muss nicht unbedingt ein Beweggrund vorliegen …*« – Richtig, die Gerichtsverhandlung. Das Plädoyer des Staatsanwalts.

Klara lächelt. »Etwas aus deinem Fach«, sagt sie.

»Also: *Bei einem Mord muss nicht unbedingt ein Beweggrund vorliegen, aber in der Mehrzahl der Fälle liegt einer vor. Ich glaube, Sie pflichten mir bei, wenn ich sage, dass es in der ganzen Umgebung von Swanmere nur zwei Personen gab, die ein Interesse daran hatten, Herrn Birtley Randoa aus der Welt zu schaffen. Die eine war die Angeklagte, aus Gründen, die Ihnen ausführlich auseinandergesetzt wurden; die zweite war vielleicht der Gärtnerjunge Amos Purcell, der leider tödlich verunglückt ist und der gewiss Grund haben mochte, gehässige Gefühle gegen seinen früheren Dienstgeber zu nähren …*«

»Schön, wie sie das ausdrückt!«, murmelt Klara, schon halb im Schlaf.

»Ja«, sagt Mombach sanft. Er denkt: Wie war das bei uns? – Eine alte Frau, ein kleines Kind, ein Krüppel – damit fing es an. Wer mag gehässige Gefühle gegen diese drei Personen gehegt haben? Wahrscheinlich niemand.

»Weiter«, sagt Klara.

»*Man muss diesen Fall auf breiter Basis zu untersuchen und zu erforschen trachten, auf der Basis der menschlichen Natur, ihrer Leidenschaften und Heucheleien und auf der Basis ehrlicher Überzeugung und eines gesunden Menschenverstandes. Und nun, meine Damen und Herren Geschworenen …*«

Klara ist eingeschlafen. Mombach deckt seine Frau sorgfältig zu und legt die Zeitung auf den Nachttisch. Wie hieß doch die Geschichte? *Was wirklich geschah,* von Marie Belloc Lowndes. 45. Fortsetzung. Jeden Tag eine. Und sein eigener Fall? Morgen gibt es die 252. Fortsetzung, und *Was wirklich geschah* – vielleicht werden sie es nie erfahren. Mombach löscht das Licht.

Das Mädchen mit den blauen Augen

12.10. - 19.10.1929

1.

»Sie heute hier? Haben Sie nicht frei?«, fragt Mombach.

»Ja, schon, aber ich will mich noch von Herrn Gennat verabschieden.«

Mombach schüttelt den Kopf. »Herr Berger, da kommen Sie zu spät.«

»Ist er schon weg?« Berger sieht auf die Uhr.

»Er fährt nicht«, sagt Mombach.

»Ich denke, er wollte gleich nach dem Ende der Polizeiwoche erst einmal nach Berlin zurück?«

»Er hat seine Pläne geändert.«

»Heißt das ...?«

Mombach nickt. »Unser Mörder hat wieder zugeschlagen. Es gibt ein neues Opfer. Eine junge Frau. Zwei Brüder haben sie heute früh gefunden, im Torfbruch draußen. Sie ist schwer verletzt. Die Männer haben sofort die Polizei benachrichtigt, und die hat die Überführung in die Städtischen Krankenanstalten veranlasst.«

»Eine Überlebende.«

Mombach zuckt mit den Schultern. »Machen Sie sich nicht zu viele Hoffnungen. Sie ist bewusstlos. Ob sie wieder zu sich kommen wird, das weiß keiner.«

»Weiß man, wer sie ist?«

Mombach schüttelt den Kopf. »Sie hatte keine Papiere bei sich. Und es liegt bisher keine Vermisstenmeldung vor.«

2.

»Hier ist es also geschehen?«

»Ja, Herr Gennat.«

Sie stehen auf einem Feldweg mitten in der Einöde. »Wo sind wir hier überhaupt?«

»Im Torfbruch. Das da drüben, das ist die Fabrik Hohenzollern, und da hinten, da sehen Sie die Torfbruchstraße. Dieser Feldweg, auf dem wir hier stehen, der läuft etwa parallel zur Torfbruchstraße. – Wir sind heute Morgen so gegen sieben Uhr telefonisch alarmiert worden und dann gleich mit dem Auto rausgefahren.«

»Haben Sie die Verletzte noch angetroffen?«

»Nein. Das Überfallkommando hatte das Mädchen schon in einen Sanitätswagen geschafft, und der war bereits auf dem Weg zum Krankenhaus. Hier waren nur noch die beiden Arbeiter, welche die Verletzte gefunden haben.«

»Die Personalien sind festgestellt?«

»Ja, natürlich. Die beiden arbeiten im Press- und Walzwerk Grafenberg und waren von der Nachtschicht auf dem Weg nach Hause.«

»Und der Weg führt sie durch diese Wüstenei?«

»Ja. Sie gehen immer so. Altenbergstraße, dann am Ostpark vorbei, an der Düssel entlang und dann diesen Feldweg. Und da haben sie dann die Verletzte gefunden. Sie lag da drüben, etwas abseits vom Weg, hinter den hohen Disteln. Sie war bewusstlos und hatte offensichtlich schwere Kopfverletzungen. Die Männer haben daraufhin sofort das Überfallkommando alarmiert.«

»Sie haben den Tatort abgesucht?«

»Ja. Wir haben die Fußabdrücke der Verletzten von der Düssel her bis nach hier verfolgen können. Es gibt immer wieder Abdrücke im lockeren Boden, die genau mit den Schuhen übereinstimmen, die das Opfer getragen hat. Sie ist offenbar von dem Überfall völlig überrascht worden. Irgendwelche Kampfspuren haben wir nicht gefunden. Aber hier vorn, hier ist dann die erste Blutspur gewesen, und zwar eine große Blutlache, etwa fünfzehn Zentimeter im Durchmesser. Von da geht dann eine Blutschleifspur über den Weg, und dann kommt wieder eine Blutlache, größer als die erste. Dann geht die Blutspur weiter, hier durch den Rasen, im Bogen um die Disteln herum und hinter das Distelgestrüpp. Und dort sind weitere große Blutlachen – und auch Hirnmasse.«

»Hirnmasse? Sind Sie sicher?«

»Ja. Wenn Sie sich selbst überzeugen wollen …?«

Gennat winkt ab. »Später vielleicht.«

»Die beiden Männer, die die Frau gefunden haben, sagen, dass der Unterkörper entblößt war, die Unterhose halb heruntergezogen, Strümpfe vom Strumpfhalter abgerissen. Ein Schuh lag neben der Verletzten. Den haben wir dann genommen, um die Spur zu verfolgen.«

»Also ein Sexualverbrechen.«

»Davon müssen wir wohl ausgehen, ja.«

»Über die Identität der Verletzten wissen wir bisher nichts?«

»Nein, leider nicht. Auffällig ist vielleicht, dass sie weder einen Hut noch einen Mantel trug. Auch ist keine Handtasche gefunden worden. Es ist nicht auszuschließen, dass der Täter diese Dinge mitgenommen hat.«

»Einen Damenhut?«, fragt Gennat.

»Jedenfalls haben wir keinen gefunden. Wir haben dann noch Suchhunde eingesetzt, und die haben zwei Spuren verfolgt. Eine in Richtung Altenburgstraße und Ostpark; von dort ist der Täter offenbar gekommen. Eine andere durch den Torfbruch bis hin zur Dreherstraße. Weiter konnten wir die Spur leider nicht verfolgen.«

»Gut gemacht«, sagt Gennat.

»Jetzt sind wir dabei, die Spuren auszugießen und die Abdrücke sicherzustellen. Außerdem sind Beamte unterwegs, um in den umliegenden Häusern nachzufragen, ob etwas Verdächtiges beobachtet worden ist.«

3.

»Tut mir Leid, ich kann Sie nicht zu ihr lassen.«

»Hören Sie, ich bin von der Kriminalpolizei.« Berger ist ungehalten.

Es nützt nichts; der Arzt versperrt ihm den Weg. »Niemand darf zu ihr. Sie ist sehr, sehr schwer verletzt. Wir glauben nicht, dass wir sie retten können.«

»Aber wenn sie zu sich kommt? Wenn sie vielleicht für einen Augenblick zu Bewusstsein kommt und den Namen ihres Angreifers nennt? Oder ihn für uns beschreibt?«

»Herr Berger, Sie machen sich keine Vorstellung davon, wie ernst der Zustand der jungen Frau ist. Sie hat insgesamt acht schwere Kopfverletzungen, von denen zwei mehrere Zentimeter tief sind. Das heißt, dass der Schädel verletzt ist. In den Wunden sieht man Spuren von Gehirnbrei. – Ich bin zwar Arzt und meine Aufgabe ist es, Leben zu erhalten, um jeden Preis, aber wenn ich ehrlich sein soll, Herr Berger, in diesem Fall wäre es wahrscheinlich das Beste, wenn sie nicht wieder aufwacht.«

»Wir suchen einen Mörder«, sagt Berger. »Mehrere Menschen sind tot oder schwer verletzt. Wenn wir den Mann nicht fassen, mordet er weiter. Wir müssen wissen, was die Unbekannte aussagen kann.«

»Beten Sie«, sagt der Arzt.

»Wie?«

»Beten Sie doch einfach. Vielleicht hilft das. Ich jedenfalls – ich kann Ihnen nicht helfen!«

»Moment!« Berger hält ihn am Ärmel fest.

»Was gibt es denn noch?«

»Etwas mehr muss ich schon wissen. Beschreiben Sie mir die Verletzte! – Wir haben bisher keine Vermisstenmeldung; wir müssen die Öffentlichkeit um Mithilfe bitten.«

»Es ist eine junge Frau, vielleicht zwanzig Jahre alt. Etwa 1,70 bis 1,72 m groß. Sie hat große hellblaue Augen, ein frisches, ovales Gesicht, rotblonde Haare und einen Bubikopf. Und sie hat Untergewicht.«

»Sonst noch irgendwelche Besonderheiten?«

»Ein Schneidezahn ist defekt. Oben rechts. Und dann hat sie noch eine Brandnarbe. Eine ganz auffällige Brandnarbe am rechten Fußgelenk.«

Das kann doch nicht sein! Berger beißt sich auf die Lippen. »Und die Kleidung?«

»Ein dünnes Sommerkleidchen mit einem schwach angedeuteten Schmetterlingsmuster. Und sie trug stark abgenutzte Lackschuhe. Kein Mantel, keine Tasche, kein Hut. – So, und jetzt entschuldigen Sie mich bitte, ich muss in den OP.«

Sie ist es.

4.

Blitzsauber sieht sie aus, die Baustelle. Die Sonne strahlt; Fahnen flattern im Wind. Eine große Zahl von Menschen hat sich eingefunden, der feierlichen Grundsteinlegung für das neue Polizeipräsidium beizuwohnen.

»… wir begrüßen den Minister des Inneren, Herrn Grzesinski, den Herrn Staatssekretär Abegg, den Herrn Oberpräsident Fuchs, den Herrn Regierungspräsident Bergemann …«

Berger sieht sich um. Wo steckt Mombach?

»… den Herrn Polizeipräsident Zörgiebel aus Berlin, den Herrn Landesfinanzamtspräsident Schmittmann, den Herrn Oberlandesgerichtspräsident Dr. Schollen …«

»Affen im Frack!«, sagt jemand.

Berger blickt zur Seite. Da steht Kosinski, eingezwängt zwischen einigen Kollegen von der Kripo. Aber Mombach ist nicht dabei.

»… den Herrn Oberpostdirektionspräsident Schenk, den Herrn Landeskulturamtspräsident Heß, den Herrn Polizeipräsident Langels …«

»Mombach steht da drüben«, sagt Fuhrmann.

Richtig. Da steht er, fast verdeckt hinter einigen Großen, die zur Feier des Tages mit Frack und Zylinder erschienen sind. »Entschuldigen Sie bitte!« Sie sehen ihn missbilligend an, als er sich an ihnen vorbei drängt. Keine Frage, sein grauer Anzug mag zum Dienst noch taugen, aber für diese Feier reicht er nicht aus. Aber Berger ist nicht zum Feiern hergekommen.

»… übergebe ich jetzt das Wort an den Bauleiter, Herrn Regierungsbaurat Schäfer!«

Mombach spürt die Unruhe hinter sich und dreht sich um. »Was gibt's, Berger?«

»Es sieht schlecht aus. Sie haben mich nicht zu ihr gelassen.«

»… zusammen mit Zeitungen und Zeitschriften vom heutigen Tage in metallener Urne in den Grundstein versenkt wurde, vermauert mit Mörtel, angerührt nach altem Brauch mit deutschem Wein …«

»Zeitungen vom heutigen Tage!« Berger hat nicht gemerkt, dass Kosinski ihm gefolgt ist. »Was soll da schon drinstehen? Schon wieder ein ungeklärter Mord in Düsseldorf? Der sechste in diesem Jahr!«

»Seien Sie still«, befiehlt Mombach. »Noch lebt die Frau, oder?« Und zu Berger gewandt: »Leider hat sich noch niemand gemeldet, der sie vermisst. Wir wissen noch immer nicht, wer sie ist.«

»Ich weiß, wer sie ist«, sagt Berger.

Er kann nicht weiter reden; Mombach legt ihm die Hand auf die Schulter, denn vorn auf dem Gerüst ist inzwischen der Innenminister an den Grundstein herangetreten. Er ergreift den Maurerhammer und führt die ersten Hammerschläge. »Für Reich und Staat – für unser geliebtes Volk – für Gerechtigkeit ...« Jubelnder Beifall. »... aber auch Macht!«

»Er hat ja Recht!«, sagt jemand hinter Berger.

Mombach nickt. »Das hat Grzesinski auch schon auf der Abschlussveranstaltung gesagt. Gerade die letzten Monate haben gezeigt, dass die Gegner unseres Staates und seiner Verfassung vor nichts zurückschrecken. Und der Staat kann sich gegen diese Gegner nur wehren mit einer starken, der Demokratie verpflichteten Polizei.«

»Gut, dass wenigstens einer von uns auf der Tagung mit dabei war«, sagt Kosinski. »Und wer ist nun die Frau?«

»Sie heißt Elisabeth Dörries.«

»Wann kann sie aussagen?«

»Vielleicht nie. – Zur Stunde versuchen die Ärzte, die Knochensplitter aus ihrem Hirn zu entfernen. Wenn die Operation gelingt und sie wirklich wieder zu Bewusstsein kommt, wissen wir nicht, ob sie sich an irgendetwas erinnert. Aber es ist eine äußerst schwierige Operation, und die Chancen sind gering.«

5.

»Meine Herren, dies sind die Fotos, die der Erkennungsdienst am Tatort im Torfbruch aufgenommen hat.« Gennat hält die Aufnahmen hoch; es sind Bilder auf Hochglanzpapier, doppelte Postkartengröße.

»Das Foto Nr. 1 zeigt, dass auf dem Weg im Torfbruch eine Reihe von Absatzspuren sichergestellt werden konnte. Spuren sowohl von einem Damen- als auch von einem

Herrenschuh. Während der Abdruck des Damenschuhs keine Besonderheiten aufweist, zeigt der Absatz des Herrenschuhs eine charakteristische Reparatur. Es ist ein neuer Gummiflicken aufgesetzt und anschließend mit Schrauben befestigt worden. Man erkennt Teile des Schriftzugs *Continental*. Die entsprechenden Spuren lassen sich bis zum Fundort der Verletzten verfolgen. Da dieser Bereich sofort abgesperrt worden ist, können wir sicher sein, dass es sich bei dem Herrenschuh um den Schuh des Täters handelt.«

»Was ist mit den beiden Arbeitern, die die Frau gefunden haben?«, fragt Berger. »Und mit den Sanitätern?«

»Wir haben die Schuhe verglichen; die Abdrücke gehören weder zu den Arbeitern noch zu den Sanitätern. – Das Lichtbild Nr. 2 zeigt den Weg mit der Blutschleifspur. Die weißen Flecken, die Sie sehen, das sind die Stellen, an denen Gipsabdrücke genommen worden sind. An beiden Rändern des Weges sieht man je eine Blutlache.« Gennat weist auf zwei deutlich hervortretende schwarze Flecken.

Mombach beugt sich zu Berger herüber. »Erstklassige Arbeit«, raunt er.

»Das Lichtbild Nr. 3 zeigt den Verlauf der Schleifspur vom Weg bis zum Fundort der Verletzten. Der Verlauf der Spur ist durch Beamte markiert. Dieser Beamte hier«, er weist mit dem Finger, »zeigt auf den Fundort der Verletzten, der vom Weg aus nicht zu sehen war.«

»Wie ist sie überhaupt gefunden worden?«, fragt von Eck.

»Sie hat gestöhnt«, sagt Gennat. »Das Bild Nr. 4 gibt den Fundort der Verletzten wieder. Wie Sie sehen, haben wir die Lage durch einen Beamten rekonstruiert. An dieser Stelle wurde außer Blut auch Hirnmasse angetroffen.«

»Wer ist das, der sich da reingelegt hat?« Es ist natürlich Kosinski, der fragt.

Gennat verzieht keine Miene. »Die Spuren waren vorher sichergestellt worden, Proben entnommen und anschließend der Boden so weit gereinigt, dass man sich dort hinlegen konnte.«

»Hirnmasse?«, fragt Mombach. »Kann man denn eine so schwere Schädelverletzung überleben?«

»Das habe ich die Ärzte im Krankenhaus auch gefragt. Die Antwort: Es soll Fälle gegeben haben, aber es sieht nicht so aus, als ob dieser dazu gehören könnte. Die Frau ist gestern operiert worden. Die Operation ist gut verlaufen. Jetzt können wir nur noch abwarten.«

6.

»Sie heißen Johann Reisacker?«

»Ja.«

»Geboren?«

»Am 24.9.1899 hier in Düsseldorf.«

»Wohnhaft?«

»Richtweg Nr. 1. Das ist in dem Schrebergartengelände, da wo früher die Firma Hohenzollern gewesen ist. Und mein Haus hat die Nummer 1. Es liegt gleich vorne an. Da wohne ich mit meiner Frau und unseren vier Kindern.«

»Ja.« Das weiß Berger schon.

»Ich arbeite im Oberbilker Stahlwerk. Als Maschinist. Das Stahlwerk, das ist drüben in Oberbilk. Und da fahr ich jeden Tag mit dem Fahrrad hin.«

»Und wie war das nun gestern?«

»Ja, da hab ich auch gearbeitet. Nachmittags, von zwei bis zehn. Und dann bin ich mit dem Fahrrad nach Hause gefahren. So gegen viertel vor elf war ich dann zu Hause. Da haben die Kinder schon geschlafen. Aber meine Frau, die war noch auf. Und die hat mir was zu essen gemacht.«

»Schön. Und was geschah dann?«, fragt Berger.

»Nichts. Dann geschah nichts. Ich bin dann so gegen halb zwölf ins Bett gegangen. – Aber meine Frau, die ist noch länger aufgewesen. So bis gegen halb eins, denke ich.«

»Ja. Und – hat Ihre Frau irgendetwas gehört?«

»Nein. – Ich bin dann am Sonnabend so gegen halb sechs aufgewacht, weil der Hund gebellt hat. Wie blöde hat der Köter gebellt. Da hab ich das Fenster aufgemacht und gesagt, er soll endlich ruhig sein. Und da hab ich dann ganz deutlich ein Stöhnen gehört. Ein Stöhnen von einer Frauensperson.«

»Und dann?« Berger zwingt sich, ruhig zu bleiben. Warum hat dieser Kerl nicht sofort nachgesehen, was los war? Warum hat er nicht sofort Hilfe geholt? Zwei Stunden vertan!

»Tja, und dann hab ich erst mal den Hund zurückgerufen und festgemacht. Der war schon weggelaufen, in Richtung Torfbruch rüber. Und dann wollte ich nachsehen, was da los war. Aber dann hat meine Frau gesagt, ich soll erst mal die Wäsche aufhängen und da habe ich erst die Wäsche aufgehängt.«

»Um halb sechs morgens?«

»Ja.«

»Und dann?«

»Ja, dann hab ich schließlich mal nachgesehen, was da los war. Aber dann sah ich auch schon, dass die Feuerwehr da war und der Sanitätswagen, und dass die dabei waren, eine schwer verletzte Frauensperson abzutransportieren. Da lag sie schon auf der Tragbahre …«

»Herr Reisacker, wie weit ist es denn von Ihrem Häuschen bis zu der Stelle, wo die Verletzte gelegen hat?«

»Na, so dreihundert Meter vielleicht.«

Drei Minuten also. Vielleicht fünf. »Die Verletzte ist gegen acht Uhr abtransportiert worden. – Es war sicher ziemlich viel Wäsche, die Sie da aufhängen mussten …«

»Ja.« Reisacker guckt dösig.

»Herr Reisacker, ich bitte Sie, das kann doch nicht Ihr Ernst sein, dass Sie zweieinhalb Stunden lang Wäsche aufgehängt haben!«

»Nee, so lange wohl nicht ...«

»Warum haben Sie denn nicht eher nachgesehen, was da los war? Ein großer, kräftiger Kerl wie Sie, noch dazu mit einem Hund! – Sie werden doch keine Angst gehabt haben?«

»Nee, das nicht. – Aber es war ja so viel los. Haben Sie Familie? Kinder? – Nee, denn wissen Sie überhaupt nicht, wie das ist. – Jedenfalls hab ich nichts mehr gehört. Erst als dann schließlich die Autos angekommen sind, da hab ich wieder dran gedacht. Aber da hatten sie sie ja schon gefunden.«

Die Tür wird aufgerissen. »Ach, Entschuldigung, ich dachte, Sie sind schon fertig.«

»Sind wir auch. Was gibt's, Herr Fuhrmann?«

»Die Vermieterin ist da! Eine richtige Gewitterhexe.«

7.

»Das war zu teuer.« Breitbeinig sitzt sie da, lässig zurückgelehnt, und sieht dem Polizisten direkt ins Gesicht.

Fuhrmann nickt. Wenn irgendetwas aus den ersten Minuten dieses Gesprächs klar geworden ist, dann, dass es der Frau König auf Geld ankommt. Fünfundvierzig Jahre ist sie alt, zum zweiten Mal verheiratet.

»Das war ja auch nur ein möbliertes Zimmer. Zehn Mark in der Woche haben wir zahlen müssen. Da haben wir uns dann lieber den kleinen Wohnwagen gekauft. Und vor zwei Monaten haben wir uns noch einen zweiten Wohnwagen dazu gekauft, so dass wir jetzt Küche und Schlafzimmer getrennt haben. Wir stehen damit in Stoffeln 2. Bei Wolfgarten, wenn Ihnen das was sagt.«

Es sagt Berger nichts. Er stellt sich das Ensemble vor wie ein kleines Zigeunerlager.

»Am Samstag, den 15. September, bin ich dann morgens gegen 3.30 Uhr zum Hauptbahnhof gegangen ...«

»Gegen 3.30 Uhr?«, fragt Fuhrmann.

»Ja. Ich wollte nach einem Mädel Ausschau halten, das mir durchgebrannt war. Ich kriegte noch Geld von ihr. Aber ich hab sie nicht gefunden.«

Da hat das Mädchen aber Glück gehabt, denkt Berger.

»Und als ich da durch den Wartesaal 3. und 4. Klasse ging, da saß da in der Ecke ein Mädel mit einem Mann. Die beiden schliefen. Man hat mir erzählt, dass der Begleiter das Mädel öfter misshandelt hat.«

»Und das Mädchen, das war die Dörries?«

»Ja. Aber das wusste ich da noch nicht.«

»Und der Mann?«

»Keine Ahnung, wie der hieß. Aber ich würd ihn bestimmt wiedererkennen. Ich kann Ihnen die genaue Beschreibung geben. Und außerdem will ich noch hinzufügen, dass er oft in der Wirtschaft in der Ratinger Straße und bei Fischl zu finden ist.«

Berger macht sich Notizen.

»Dann hab ich dem Mädchen einen Zettel mit meinem Namen und meiner Anschrift zugesteckt, ohne dass der Begleiter was gemerkt hat. Und drei Tage später erschien das Mädchen dann bei mir und hat gesagt: ›Gott sei Dank, dass ich hier bin; dem Kerl bin ich durchgebrannt!‹ Und das war die Elisabeth Dörries. Wir haben sie bei uns wohnen lassen«

»Das war hochanständig von Ihnen«, sagt Fuhrmann.

Das war hoch leichtsinnig, denkt Berger. Sie hat riskiert, dass der Kerl ihre Anschrift kriegt. »War sie bei Ihnen polizeilich gemeldet?«, fragt er.

»Nein, noch nicht. Sie hatte ja gar keine Papiere bei sich. Sie hat dann deswegen wohl an ihre Großmutter geschrieben, aber es ist wohl noch nichts gekommen.«

Ihr Lude hat ihre Papiere, denkt Berger.

»Es war aber doch ziemlich eng bei Ihnen«, sagt Fuhrmann.

»So eng nun auch wieder nicht. Nur mein Mann und ich. Mein Mann, der Robert, der hat früher auf der Seifenfabrik Kremer in Heerdt gearbeitet. Seit einigen Monaten jetzt nicht mehr. Er ist Kriegsbeschädigter, bis vor kurzem 80%, aber jetzt 100%. Er kriegt Invalidenrente und Zusatzrente. – Viel ist das nicht, das können Sie man glauben.«

»Und da haben Sie sich noch zusätzlich ein junges Mädchen ins Haus geholt?«, wundert sich Fuhrmann.

»Natürlich hat sie nicht umsonst bei uns wohnen können; Kost und Logis hat sie schon bezahlt. Wenn auch nur einen kleinen Betrag.«

»Hatte sie denn Einkünfte?«, fragt Fuhrmann.

»Eine richtige Arbeit hatte sie wohl nicht. Sie ist aber abends immer so gegen neun oder zehn losgegangen und dann meist erst morgens zurückgekommen. Und weil sie so gar nichts an Kleidung hatte, hat sie Sachen von mir angezogen.«

Beihilfe zur gewerbsmäßigen Unzucht nennt man das, denkt Berger. Wenn nicht mehr.

»Sie haben natürlich gewusst, was Fräulein Dörries des Nachts gemacht hat?«, fragt Fuhrmann.

Frau König verzieht keine Miene. »Natürlich. Was glauben Sie denn? – Jedenfalls hat sie mir gesagt, sie geht jetzt immer zum Worringer Platz. Am Bahnhof oder in der Altstadt konnte sie sich nicht sehen lassen; sie wollte ja ihrem früheren Freund nicht über den Weg laufen. Der hat sie nämlich verprügelt, wenn sie nicht gemacht hat, was sie sollte. Und wenn sie dann mit einem Herrn geschlechtlich verkehrt hatte, dann hat er ihr alles Geld abgenommen, sodass sie sich nie was kaufen konnte. Und 'ne Wohnung haben sie auch nicht gehabt; tagsüber waren sie wohl meist auf den Rheinwiesen und nachts in den Kneipen in der Altstadt.«

Wie lange mag das gut gegangen sein? Düsseldorf ist zwar eine Großstadt, aber vom Worringer Platz bis zum Bahnhof, das ist doch nur ein Katzensprung.

»Und dann ist sie eines Tages nicht mehr wiedergekommen. Da bin ich los und hab sie gesucht. Am 4. oder 5. Oktober hab ich sie dann gefunden …«

Vor zehn Tagen also. Eine knappe Woche vor dem Überfall.

»Abends war das, so gegen neun Uhr, in der Kölner Straße, in der Nähe vom Oberbilker Markt. Aber sie war nicht allein, die Dörries. Sie war in Begleitung eines jungen Mannes, eines gewissen Mahncke. Der wohnt in der Kölner Straße 319, Anbau, in der 1. Etage, das hab ich inzwischen rausgekriegt. Und der Mahncke hat mir auch gesagt, dass er jetzt mit ihr verkehrt. Sie braucht nicht mehr auf die Straße zu gehen; er sorgt für sie, hat er gesagt. Daraufhin hab ich gesagt, dass sie mir dann gefälligst meinen Mantel wiederbringen soll. Aber sie ist nicht gekommen.«

»Den Kerl werden wir uns vornehmen«, sagt Fuhrmann.

»Ja, und dann, vorgestern, am 12. Oktober, als ich mich so gegen dreiundzwanzig Uhr im ›Würzburger Hof‹ aufhielt, da hat mich ein Mann angesprochen und nach der Dörries gefragt. Der Mann kannte mich, weil er mich mit der Dörries zusammen gesehen hatte. Das war einer, der ihr nach dem Geschlechtsverkehr das Geld wieder abgenommen hat, das er vorher bezahlt hatte. Ich hab ihm gesagt, dass ich nicht weiß, wo sie ist. Er hat gedroht, er will sie hochgehen lassen, weil sie nämlich den Tripper hat. Und er hat sich wohl bei ihr angesteckt. Selbst schuld, kann ich nur sagen.«

Verdammt, denkt Berger, hoffentlich ist bei mir alles gut gegangen!

»Sie würden den Mann wieder erkennen?«, fragt Fuhrmann.

»Ja, natürlich. Ich halte die Augen offen. Ich melde mich, wenn ich ihn sehe.«

»Danke, Frau König, Sie haben uns sehr geholfen«, sagt Fuhrmann.

»Da wäre noch etwas. Die Polizei hat doch nach der Kleidung gefragt. Also das Kleid, das die Dörries anhat, das mit dem Schmetterlingsmuster, das hat sie von mir gekauft. Das brauche ich nicht zurück. Aber wenn es jetzt keiner mehr haben will … Ja, und den rosa Strumpfgürtelhalter und die Strümpfe, die hat sie in meiner Gegenwart in einem Geschäft in der Kölner Straße gekauft. Und die Schuhe, die stammen von einer Zigeunerin, Bamberg heißt die angeblich, die wohnt auch in Stoffeln 2 in einem Wohnwagen.«

Doch ein Zigeunerlager, denkt Berger.

»Aber dann ist da noch der Sommermantel.«

»Wir haben keinen Sommermantel gefunden.«

»Ein dunkelbrauner Mantel, unten am Rand mit Pelz besetzt. Das ist mein Mantel. Da suchen Sie mal bitte nach. Den will ich wiederhaben.«

8.

»Berger, Kriminal …«

»Fähnrich Berger! Gut, dass ich Sie gleich erwischt habe!« Glock natürlich. Den hatte er ganz vergessen. Beunruhigt sieht er sich um.

Kosinski fühlt sich gestört. »Ich geh dann rüber in die Kantine.«

Berger nickt. Das hätte noch gefehlt, dass der alles mithört.

»Also, Herr Kommisssar Berger, die Sache ist so: Bezüglich dieses Standortes Ahlhorn habe ich noch nicht viel herausbekommen. Es scheint aber jedenfalls kein Standort des Heeres gewesen zu sein, das hätte ich wohl schon erfahren. Aber es könnte natürlich sein, dass die kaiserliche Marine da irgendetwas ...«

»Die Marine?«, fragt Berger. Und deshalb ruft er an?

»Wie dem auch sei! Jedenfalls in der anderen Geschichte, da habe ich etwas. Dieser Kosinski, nach dem Sie gefragt haben, der war nämlich gar nicht bei der Reichswehr.«

»Ach! – Na ja, dann schönen Dank und ...«

»Nun legen Sie doch nicht gleich auf! Es kommt ja doch erst alles! Er war zwar nicht bei der eigentlichen Reichswehr, aber er war bei diesem verrückten Major Buchrucker in Küstrin bei der Schwarzen Reichswehr. Vom Februar 1923 bis zum unrühmlichen Ende der Truppe im September. Nur durch Glück ist er wohl der Verhaftung entgangen.«

»Danke«, sagt Berger. »Sie haben mir sehr geholfen!«

Aber hat er das wirklich? Dass Kosinski kein Kommunist ist, sondern politisch viel weiter rechts steht als er, das hat er schon immer gewusst. Und die Schwarze Reichswehr – hatte die nicht die glücklose Regierung Cuno selbst ins Leben gerufen? Ist das wirklich ein Verbrechen, da mitgemacht zu haben? Wie dem auch sei – die Schwarze Reichswehr ist Schnee von gestern.

9.

»Mahncke haben wir«, sagt Mombach. »Er heißt tatsächlich so und wohnt an der angegebenen Adresse. Er sitzt jetzt drüben bei mir im Zimmer.« Das klingt wie eine Aufforderung.

»Ich komme«, sagt Berger.

Während Mombach die Personalien aufnimmt – Ferdinand Mahncke, geboren 3.12.1899, Bürogehilfe, jetzt arbeitslos –

versucht Berger, sich ein Bild von dem Mann zu machen. Was immer er sein mag – Zuhälter ist er jedenfalls nicht. Ferdinand Mahncke wirkt äußerst nervös. Er bemüht sich vergeblich, die Hände still zu halten. Unruhig blickt er von einem der Polizisten zum anderen.

»Herr Mahncke, erzählen Sie uns doch bitte, wie Sie Fräulein Dörries kennen gelernt haben.«

»Ja, also, das war vor ungefähr vierzehn Tagen. Da hab ich auf der Kölner Straße ein junges Mädchen getroffen und sie gefragt, ob sie mich nicht ein Stück begleiten will. Das Mädchen hat gesagt, dass es keine Arbeit hat. Und ich habe gesagt, mir geht es genauso. Ich mochte sie schon gern leiden, und ich hab ihr gesagt, wenn es mir besser geht, dass ich dann gern für sie sorgen würde.«

Sprüche sind das, denkt Berger.

»Wir waren an dem Abend dann aber nicht länger zusammen. Sie hat gesagt, dass sie Lilly heißt und dass sie mich nett findet, aber dass sie jetzt keine Zeit hat, weil sie Geld verdienen muss. Durch Herrenbekanntschaften.«

»Das hat Sie nicht abgestoßen?«

»Nein, das hat mich nicht abgestoßen. Irgendwie müssen wir doch schließlich alle durchkommen, oder? – Und am Samstag vor acht Tagen, da hab ich das Mädchen dann wieder getroffen. Das war in der Nähe vom Hauptbahnhof. Und ich bin dann mit der Lilly einen Tag lang zusammen gewesen, bis zum Sonntag, kurz vor Mittag.«

Fünf Tage vor dem Überfall.

»Und was haben Sie gemacht die ganze Zeit?«

»Was man so macht. – Herr Kommissar, wir haben uns wirklich gern gemocht. Wir sind erst in einem Café gewesen, hinterher dann ins Kino gegangen. ›Skala-Lichtspiele‹. Wir sind fast drei Stunden da geblieben. Weil mich der Film so interessiert hat, sind wir für die zweite Vorführung einfach sitzen geblieben.«

»Was war denn das für ein Film?«, fragt Mombach.

Der junge Mann überlegt. »Also, wie der jetzt genau heißt, das kann ich Ihnen so auf Anhieb gar nicht mehr sagen. Aber jedenfalls ...«

Mombach winkt ab. »Ja, schon gut! Was geschah dann?«

»Wir sind dann noch etwas essen gegangen, in einer Fischbratküche, und anschließend sind wir dann zu mir nach Hause gegangen.«

»Und worüber haben Sie die ganze Zeit geredet?«, fragt Mombach.

»Ach, so über dies und das.«

Geturtelt haben sie, denkt Berger. Sonst nichts.

»Die Dörries hat mir erzählt, dass sie früher auf einem Kirmesplatz gearbeitet hat. Ganz schön rumgekommen ist die! Sie ist so eine Art Empfangsdame gewesen, bei einer Schaubude. Da sind auch Neger aufgetreten, hat sie gesagt. Und da ist mir dann eingefallen, dass ich sie da wahrscheinlich gesehen hatte. Auf der Kirmes in der Fährstraße. Und sie hat gesagt, ja, da ist sie mit dabei gewesen.«

Kirmes, denkt Berger. Schon wieder die Kirmes. Ist das eine Spur?

»Mehr hat sie nicht darüber erzählt?«, fragt Mombach.

»Nein. – Ja, und dann, dann hat sie mir noch erzählt, dass die Wirtin, bei der sie in Stoffeln wohnt, dass die sie auf den Strich geschickt hat.«

»Die König«, sagt Mombach.

»Ja, so hieß sie wohl. – Diese Wirtin hatten wir nämlich vorher schon auf der Kölner Straße getroffen. Die Lilly war richtig erschrocken, als sie die Frau gesehen hat. Und die Wirtin kam dann auch auf uns zu geschossen, wie eine Furie geradezu, und sie hat die Lilly wegen eines Mantels und wegen irgendwelcher angeblichen Geldschulden angekeift. Da hab ich mich eingemischt und der Frau gesagt, sie soll die Lilly in Ruhe lassen. Wenn da wirklich irgendwelche Schulden sind, dann komme ich dafür auf.«

»Das war sehr nobel von Ihnen«, sagt Mombach.

»Na ja«, er windet sich etwas, »das war eigentlich mehr so dahin gesagt. Ich hatte ja auch kein Geld.«

»Dann haben Sie also an dem Sonnabend die Elisabeth Dörries mit zu sich nach Hause in Ihre Wohnung genommen?«

»Ja. Ich hab damals mit einem Hans Beck zusammen gewohnt, aber der ist inzwischen verheiratet und ausgezogen. Der wohnt jetzt in der Schlossstraße. – Was der beruflich macht, weiß ich nicht. Gearbeitet hat er nicht, aber jedenfalls hatte er immer Geld. Kann sein, dass er das von seiner Frau bekommen hat.«

»Wie angenehm! – Und dann sind Sie mit der Dörries zusammen ins Bett gegangen?«

»Ja. Und wir haben auch geschlechtlich miteinander verkehrt. Und, das will ich auch gleich sagen, dabei hab ich mich dann bei ihr angesteckt. Tripper.« Er wird rot.

Berger seufzt.

»Und was geschah dann am nächsten Morgen?«

»Ja. Das war ganz merkwürdig. So gegen Mittag, da kam der Beck nämlich und sagte, ich soll mal zum Hauptbahnhof gehen, da wartet jemand, der Geld für mich hat. Ich konnte mir das eigentlich gar nicht vorstellen, aber ich bin dann schließlich doch hingegangen.«

»Und die Dörries?«, fragt Mombach.

»Ja, die ist dann da geblieben. Ich hab ihr gesagt, dass ich gleich wieder zurückkomme.«

Berger starrt ihn an. Wie dämlich kann so ein Mensch denn eigentlich sein?

»Und als Sie dann zurückgekommen sind, da war sie schon weg?«

»Nein. Ich bin ja nicht gleich zurückgekommen. Als da am Bahnhof keiner war, der auf mich gewartet hat, da bin ich erst noch nach Neuss gegangen. Zu Fuß, weil ich ja keinen Pfennig Geld mehr hatte. Ich wollte doch zu meiner Braut ...«

»Das haben Sie uns bisher nicht gesagt, dass Sie eine Braut in Neuss haben ...«

Wie schafft es der Mombach bloß, selbst bei den unglaublichsten Aussagen so völlig ruhig zu bleiben, denkt Berger.

»Ja, doch, natürlich. Sie heißt Elisabeth Schreiner und arbeitet als Dienstmädchen bei dem Herrn Direktor Schneider. Hermann Schneider heißt der. Der Direktor von den Linocol-Werken.«

10.

»Ihr Zuhälter ist er nicht gewesen«, stellt Mombach fest, als Mahncke schließlich gegangen ist.

»Nein. Im Grunde war er nur einer ihrer Kunden. Er hat sie mit seinen letzten Groschen bezahlt, so dass er schließlich zu Fuß zu seiner Braut nach Neuss gehen musste.«

»Glauben Sie, er hat wirklich vorgehabt, dem Mädchen aus der Patsche zu helfen?«

»Weiß ich nicht. Er fand sie sexuell attraktiv, das ist klar. Ob er darüber hinaus irgendetwas an ihr gefunden hat, werden wir nie herausbekommen. Fest steht nur, dass er gar keine Chance hatte, dem Mädchen zu helfen. Mit 19,20 Mark Stempelgeld in der Woche hätte er nicht auch noch die Dörries durchbringen können.«

»19,20 Mark«, sagt Berger. »Da gehen dann noch die Kosten für die Wohnung ab. Was hat er gesagt? 5,50 Mark. Da bleibt wirklich nichts übrig.«

»Sein Alibi taugt nichts«, sagt Mombach. »Aber ich sehe nicht, warum er das Mädchen hätte umbringen sollen.«

»Was hat er denn angegeben?«

»Er war mit einem anderen Mädchen verabredet, Maria Kramer soll die heißen, aber die ist nicht gekommen. Er war die ganze Nacht allein zu Hause. Er meint, seine Wirtin müsste das gehört haben, wenn er noch mal weggegangen wäre. Aber das bezweifle ich. Ich hab mit der Frau gesprochen; die kümmert sich um gar nichts.«

»Diese Elisabeth Dörries – die war ein sehr schönes Mädchen.« Berger seufzt.

»Ja. Das war ihr Pech. – Aber ich wollte mit Ihnen über etwas anderes reden. Unsere Kollegen haben eine junge Frau aufgetan, die früher bei den Königs gewohnt hat, genau wie jetzt die Dörries. Er schiebt Berger das Vernehmungsprotokoll rüber.

Berger liest: »*Herbeigeholt erscheint die erwerbslose Arbeiterin Elisabeth Kamps, geb. 13.11.1906 zu Viersen, wohnhaft hier, Stoffeln 2, bei Meier* … Dieselbe Anschrift! Da muss geradezu ein Nest sein!«

»Lesen Sie weiter«, sagt Mombach.

Berger überfliegt die ersten Zeilen. »… *nachdem ich etwa ein halbes Jahr bei den Königschen Eheleuten gewohnt hatte, stellte mir der Ehemann König das erste Mal unsittliche Anträge. Vorher hatte er das nie getan, denn bis zu dieser Zeit wohnten da stets außer mir noch Straßenmädchen, die mit mir zusammen in einem Bett schliefen* …«

»Weiter.«

»*König sagte, er habe mit all diesen Mädchen geschlechtlich verkehrt. Als die Mädchen fort waren, wollte er es nun mit mir tun.*

Als die Frau König fort war, machte er die Tür zu und kam zu mir. Er hatte bereits sein Geschlechtsteil herausgenommen … Wer hat denn diesen fabelhaften Text protokolliert?«

»Von Eck war das. Weiter!«

»*Er hatte bereits sein Geschlechtsteil herausgenommen und sagte mir, dass ich jetzt dran glauben müsste. Als ich mich weigerte, hielt er mich mit seinem Stumpf fest …*«

»König hat im Krieg den halben Arm verloren«, wirft Mombach erläuternd ein.

»*… Als ich immer noch nicht wollte, gab er mir mit dem Stumpf Stöße, so dass ich am nächsten Tag ein blaues Auge hatte. Er wollte zunächst, dass ich an seinem Geschlechtsteil lutschen solle, schließlich aber hat er mich an den Haaren gerissen und von vorn gebraucht. Ich hatte mich in mein Schicksal ergeben, weil er mir sagte, ich würde doch nicht aus der Wohnung herauskommen.*«

»Sie hat Anzeige erstattet, aber gleich wieder zurückgezogen. Aus Angst vermutlich«, sagt Mombach.

»Und sie ist da wohnen geblieben?« Berger kann es kaum glauben.

Mombach nickt. »Sie wusste nicht, wo sie hin sollte. Der König hat sie noch einige Male vergewaltigt, bis sie dann später ausgezogen ist. Zu Meiers, einen Wohnwagen weiter.«

»Glauben Sie – glauben Sie, der König hat dasselbe bei der Dörries versucht; die hat sich gewehrt, und er hat sie dann umgebracht?«

»Möglich. Und vielleicht nicht nur die Dörries. Zwar sagt dieses Mädchen hier aus, der König habe sie nie mit einem Messer oder einem Beil bedroht, aber es gibt da noch einen anderen Aspekt. Hier, lesen Sie dies mal!« Mombach deutet auf den letzten Absatz der Zeugenaussage:

»*Bemerken will ich, dass der König es ganz besonders auf mich abgesehen hatte, wenn ich meine Periode hatte. Er hat mich zwar nicht geschlechtlich gebraucht, hat aber immer mit seinem Finger an meinem Geschlechtsteil gespielt …«*

»Blut«, sagt Mombach. »Das ist es doch, was unseren Mörder antreibt. Viel, viel Blut.«

11.

»Meine Herren, wie Sie ja bereits wissen, handelt es sich bei dem neuen Opfer um die zweiundzwanzigjährige ehemalige Hausangestellte Elisabeth Dörries. Unsere Hoffnungen auf eine neue Zeugin haben sich leider nicht erfüllt. Obwohl im Städtischen Krankenhaus alles versucht worden ist, das Leben der jungen Frau zu retten, ist sie gestern Abend gegen 22.30 Uhr ihren schweren Kopfverletzungen erlegen. Professor Stolley wird heute Nachmittag die Obduktion vornehmen. Ich denke, sie wird im Wesentlichen das bestätigen, was wir schon wissen.« Gennat wirkt völlig übermüdet.

»Schläge mit einem stumpfen Gegenstand, wie bei der Richter. Mit einem Hammer möglicherweise«, sagt Berger. »Sie war übrigens eine Prostituierte. Ich habe sie seinerzeit im Zusammenhang mit dem Fall Emma Groß befragt.«

»Dies scheint ja nun wieder darauf hinzudeuten, dass der Fall Groß doch mit in die Serie gehören könnte«, wirft Fuhrmann ein. »Die Dörries ist ja nun schon die zweite Nutte in diesem Fall, und bei einigen der anderen Opfer ist der Lebenswandel auch nicht über alle Zweifel erhaben …«

»Meinst du die Kinder oder den Invaliden?«, fragt Kosinski.

Fuhrmann wird rot und sieht ihn wütend an.

Gennat bleibt souverän. »Meine Herren, beruhigen Sie sich. Ich glaube nicht, dass der Beruf der Elisabeth Dörries hier eine entscheidende Rolle gespielt hat.«

»Was haben die Razzien ergeben?«, fragt Mombach.

»Nichts. – Wir haben in der Nacht zum Montag zunächst in mehreren großen Streifen mit achtzig Beamten der Kriminalpolizei und der Schutzpolizei das Gebiet zwischen Rath und Neu-Ellern abgesucht, dabei vor allem auch den Ostpark und den Torfbruch, bis nach Flingern. Die Aktion wurde von zwei Lastwagen mit kräftigen Suchscheinwerfern unterstützt.

Gefunden wurde nichts. In den frühen Morgenstunden wurden dann die Rheinwiesen von Heerdt bis fast nach Mönchenwerth abgesucht. Im Rahmen dieser Aktion konnten gegen fünf Uhr in Oberkassel zwei entwichene Fürsorgezöglinge festgenommen werden. Ansonsten Fehlanzeige!«

»Gut«, sagt Mombach. »Das sind Aktionen, mit denen die Bevölkerung beruhigt werden soll. Aber was haben wir wirklich gemacht?«

»Wir haben versucht, die Lebensgeschichte der Dörries etwas genauer unter die Lupe zu nehmen. Dabei hat sich gezeigt, dass das Mädchen mehr in der Welt herumgekommen ist als die meisten Menschen. Sie ist längere Zeit mit einer Schaustellertruppe durch die Lande gezogen.«

»Die Kirmesmorde!«, ruft Fuhrmann.

Gennat nickt. »Die beiden Kindermorde in Flehe, die Überfälle in Lierenfeld und dann schließlich noch der Besuch der Kirmes in Neuss mit der Schultze zusammen. Sechs der bisherigen Opfer stehen in irgendeinem Zusammenhang mit irgendeiner Kirmes. Bisher haben wir ja nur gedacht, der Täter nutzt die Kirmes, um sich neue Opfer zu suchen. Wenn er aber selbst Teil der Kirmes ist, dann haben wir eine völlig veränderte Situation. – Ich habe bereits alle Polizeidienststellen gebeten, uns Unterlagen über mögliche Sittlichkeitsdelikte im Zusammenhang mit Kirmesfesten zu berichten. Außerdem müssen wir die Schausteller verstärkt überprüfen. Womöglich gibt es welche, die jeweils zur Tatzeit am richtigen Ort gewesen sind. Und insbesondere müssen wir die Truppe überprüfen, bei der die Dörries gearbeitet hat. Wir können nicht ausschließen, dass der Täter zu dieser Truppe gehört.«

»Natürlich ist es auch möglich, dass die Richter ihren Mörder auf irgendeiner Kirmes getroffen hat«, schlägt Fuhrmann vor.

»Auf welcher?«, fragt Kosinski. »Meines Wissens war zumindest in der näheren Umgebung zu der Zeit keine Kirmes.«

»Das wäre zu überprüfen«, sagt Fuhrmann.

»Das habe ich überprüft«, erwidert Kosinski.

»Wir begeben uns hier auf relativ dünnes Eis«, sagt Berger. »Sieben Opfer im Zusammenhang mit Kirmes – das klingt zwar sehr eindrucksvoll. Aber es sind nur zwei Einzelereignisse mit einem klaren Kirmesbezug: Die drei Überfälle von Lierenfeld und der Doppelmord von Flehe. Der Zusammenhang bei der Schultze ist eher zufällig, und der Zusammenhang bei der Dörries scheint mir doch recht vage. Sie hat in den letzten Monaten nicht als Schaustellerin gearbeitet.«

»Das stimmt natürlich. Das sehe ich auch. Aber eine bessere Spur haben wir einfach nicht. Es bleibt uns nichts anderes übrig, als dieser Geschichte nachzugehen.«

»Wir müssen aufpassen, dass wir uns nicht übernehmen«, sagt Mombach. »Sowohl bei der Kripo als auch bei der Schutzpolizei arbeiten wir bereits am äußersten Rande unserer Möglichkeiten.«

»Und dennoch werden wir unsere Bemühungen noch weiter verstärken müssen. Der Mörder hat uns nämlich geschrieben.« Gennat hat offensichtlich ein Faible für dramatische Einlagen. Jetzt hält er einen Zettel hoch, auf dem eine Kartenskizze zu erkennen ist. Alle springen auf.

»Das ist doch ein schlechter Scherz, oder?«, fragt Mombach.

Gennat zuckt mit den Schultern. »Wir wissen es nicht. Der Brief ist am 13. Oktober hier in Düsseldorf aufgegeben worden. Er ist an die Polizeiverwaltung gerichtet. Das Schreiben besteht aus einer Art Landkarte. Die Abbildung zeigt, wenn ich das richtig deute, ein Tälchen bei einem Ort namens Papendelle. Das liegt, habe ich mir sagen lassen, einige Kilometer östlich von Düsseldorf.«

»Papendelle heißt das«, sagt Fuhrmann. »Ein Gutshof oder so etwas, jenseits von Gerresheim, vielleicht sieben Kilometer von hier entfernt.«

»Der Text neben der Karte sagt: *Mord bei Papendelle. An der angekreuzten Stelle, welche nicht mit Unkraut bewachsen ist und mit einem Stein bezeichnet ist, liegt die Leiche begraben. Ein Meter tief. Düsseldorfer Stadtanzeiger und Landsmann (Gennat) haben Kenntnis.*«

»Schön, dass wenigstens einer Bescheid weiß«, knurrt Kosinski.

»Meine Herren, ich habe keine Ahnung, was der Schreiber dieses Briefes damit meint.«

»Womöglich ist es auch ein Berliner«, schlägt Fuhrmann vor. »Haben Sie diese Möglichkeit schon bedacht?«

»Ja, ein Berliner Schausteller«, spottet Kosinski. »Bestimmt!«

»Kann ich den Brief mal sehen?«, fragt Berger.

Gennat reicht ihm das Schreiben. Mombach blickt über seine Schulter. »Was für eine krakelige Schrift«, sagt er. »Offenbar ist der Täter kaum des Schreibens mächtig!«

Gennat sieht ihn an. »Herr Mombach, nehmen Sie bitte einmal dieses Blatt Papier. Und dann diesen Blaustift hier. Und nun schreiben Sie bitte einmal in Druckbuchstaben das Wort ›Papendelle‹.«

»Wozu?«

»Das werden Sie gleich sehen.«

Mombach tut, wie ihm geheißen wird. *Papendelle* steht auf dem Papier, sehr sauber, wie in einem Schulheft. Mombach ist bekannt für seine ordentliche Schrift.

»Sehr schön«, sagt Gennat. »Und nun nehmen Sie bitte den Stift in die linke Hand und schreiben Sie noch einmal ›Papendelle‹.«

Mombach versucht es. Doch so sehr er sich auch müht, das Ergebnis bleibt krakelig und ungelenk. »Er hat das mit Links geschrieben?«

»Ja, wahrscheinlich. Und er hat außerdem die Schrift verstellt, so gut er konnte. Aber das wird ihm nicht viel nützen, denn unsere Sachverständigen können die charakteristischen Merkmale einer Schrift auch identifizieren, wenn der Schreiber sie verstellt hat.«

»Sie glauben also, dass dieser Brief tatsächlich von unserem Mörder stammt?«, fragt Berger.

»Ich weiß es nicht.«

»Und was soll das für eine Leiche sein?«

»Ich habe keine Ahnung. Aber ich habe für alle Fälle den Auftrag gegeben, der Sache nachzugehen. So weit das bei dieser undeutlichen Kartenskizze überhaupt möglich ist. Und dann werden wir uns diesen Brief vornehmen müssen. Denn der weist ein paar Besonderheiten auf …«

»Das Papier«, sagt Berger. »Das ist kein gewöhnliches Briefpapier. Es ist dünner, von minderer Qualität.«

»Es ist wahrscheinlich Zeitungspapier. Außerdem fällt auf, dass der Täter nicht zu Tinte und Feder gegriffen hat, sondern stattdessen einen Blaustift benutzt hat.«

»Ein zeitungslesender Berliner Schausteller, der einen Blaustift besitzt«, spottet Kosinski. »Das grenzt es wirklich stark ein.«

»Dass er Zeitung liest, haben Sie gesagt«, erwidert Gennat. »Aber das wissen wir nicht: Dieses Papier ist unbedruckt.«

12.

»Sie sind also Robert König, geboren am 2.4.1878 in Brüssel, wohnhaft hier in Düsseldorf, Stoffeln 2.«

Der Invalide nickt. Mombach führt die Vernehmung, Berger schreibt mit. König ist ein großer, kräftiger Kerl. Auch wenn er nur einen gesunden Arm hat – gegen den hat ein Mädchen von zwanzig Jahren keine Chance. Nicht, wenn es mit ihm allein in einem verschlossenen Zimmer ist. Berger wirft ihm einen grimmigen Blick zu, dann reißt er sich zusammen.

Mombach führt die Vernehmung in gewohnter Ruhe. Er beginnt bei dem Punkt, wo Frau König die Dörries kennen gelernt hat. Es ergeben sich keine Widersprüche zur Aussage seiner Frau.

»Wissen Sie Näheres darüber, was die Dörries gemacht hat, bevor sie zu Ihnen gekommen ist?«, fragt Mombach.

»Sie hat wohl als Schaustellerin gearbeitet. Jedenfalls hat sie mir das erzählt. Sie hat sich hypnotisieren lassen müssen, und dann wurden ihr Nadeln durch den Arm gesteckt. Nicht in echt, es hat nur so ausgesehen. Und sie hat auch als Anreißerin arbeiten müssen. So heißt das wohl, glaube ich. Sie hat sich eine lebende Schlange um den Hals legen lassen und damit vor dem Eingang gestanden, um die Leute anzulocken.«

Berger stellt sich vor, wie das dünne, blonde Mädchen mit den strahlend blauen Augen und der Schlange wohl auf die Leute gewirkt hat.

»Und warum ist sie da weg?«, fragt Mombach.

»Sie hat wohl kein Geld bekommen. Stattdessen hat man ihr Schläge angedroht. Da ist sie weggelaufen. Auf der Kirmes in Bilk ist das wohl gewesen.«

»Und bei Ihnen hat sie zwei Wochen lang gewohnt?«

»Vom 18.9. bis zum 3.10. dieses Jahres, ja.«

»Und sie hat Ihnen dafür Geld bezahlt?«

»Ja, natürlich. 3,50 Mark täglich für Wohnung, Essen und Reinigung der Wäsche.«

»In der Woche, meinen Sie«, sagt Mombach.

»Nein, am Tag.« König wirkt völlig ungerührt.

Berger starrt ihn an. Dieser Kerl, der kassiert für einen Schlafplatz in seinem schäbigen Wohnwagen hundert Mark im Monat?

»Konnte Fräulein Dörries das Geld denn aufbringen?«, fragt Mombach.

»Anfangs ja. Später ist sie dann manchmal nur mit Beträgen von zwei Mark nach Hause gekommen. Da hat sie dann Schulden gemacht bei uns ...«

»Und Sie haben ihr nicht vielleicht vorgeschlagen – in Naturalien zu bezahlen?«

»Naturalien? – Ah, jetzt verstehe ich, was Sie meinen. Nein, das habe ich nicht getan.«

Anschließend befragt Mombach den Invaliden über die Ereignisse bis zur Mordnacht. Auch da gibt es keine nennenswerten Widersprüche zu den Aussagen seiner Frau. Die vergeblichen Versuche, den Mantel zurückzubekommen, werden in aller Ausführlichkeit beschrieben. Das Einschreiten Mahnckes inklusive.

»Eine Frechheit!«, sagt König.

»Und Sie haben die Frau Dörries später nicht mehr wiedergesehen?«

»Nein.«

»Herr König, könnten Sie uns dann bitte erzählen, was Sie am 11. Oktober abends gemacht haben?«

Jetzt kommt es. Berger hält den Atem an.

König wirkt völlig gelassen. »Am 11. Oktober? Das war der Freitag, nicht wahr? – Ja, der Freitag. Lassen Sie mich einen Moment überlegen. – Also, so gegen elf Uhr abends bin ich essen gegangen. In der Fischstube Ecke Vulkanstraße / Kölner Straße. Ja, und anschließend habe ich im Ratskeller am Oberbilker Markt noch eine Blutwurst gegessen.«

Kein Wunder, dass du so fett bist, denkt Berger.

»Waren Sie mit jemand zusammen essen?«, fragt Mombach. Es klingt ganz beiläufig.

»Nein, ich war allein.« Ebenso beiläufig. »Aber die Wirtin und auch der Kellner im Ratskeller, die werden sich sicher erinnern, dass ich da gewesen bin. Das ist der Vorteil, wenn man ein bisschen auffällt!« Er weist auf seinen Stumpf.

»Und was haben Sie danach gemacht?«

»Ich bin nach Hause gegangen, ins Bett. So gegen zwölf Uhr muss das gewesen sein.«

Da hast du dich aber beeilt, denkt Berger.

»Danke für Ihre Auskünfte«, sagt Mombach.

»Ach ja, das wollte ich noch anfügen«, sagt König. »Nicht, dass da am Ende irgendwelche Missverständnisse aufkommen: Also, ich hab mit der Dörries nichts gehabt. Keinen Geschlechtsverkehr, falls Sie das glauben sollten. Und ich hab ihr auch nie irgendwelche Anträge in dieser Richtung gemacht.«

»Danke«, sagt Mombach. Er schiebt Berger den Zettel mit seinen Notizen hin. König steht schon an der Tür, macht einen langen Hals, kann aber nichts erkennen.

Berger liest: *Feststellen, ob König geschlechtskrank ist!*

Als König die Tür öffnet, prallt er fast gegen einen Mann, der offenbar gerade anklopfen will. König versteinert. Einen Augenblick lang starren sich die beiden wortlos an, dann geht König mit raschen Schritten davon. Der andere klopft gegen den Türrahmen. »Darf ich eintreten?«

»Bitte«, sagt Mombach. »Nehmen Sie doch Platz.«

Ein Galgenvogel nach dem anderen, denkt Berger.

»Die Belohnung«, sagt er. »Ich komme wegen der Belohnung. Mein Name ist Meier, Rudolf Meier. Ich wohne in Stoffeln 2, gleich neben den Königs. Und ich wollte mal fragen – das ist doch richtig, dass eine Belohnung ausgesetzt ist?«

»Ja«, sagt Mombach. »Auf Hinweise, die zur Ergreifung des Täters führen, ist eine Belohnung von mehreren tausend Mark ausgesetzt.«

»Ja, das habe ich auch schon so läuten gehört. Und ich bin hier, um eine Aussage zu machen.«

»Na, dann wollen wir Ihre Aussage mal ganz ordentlich zu Protokoll nehmen. Also Sie sind Rudolf Meier. Geboren?«

»Am 5.9.1905 in Sternberg. Das ist in Mecklenburg.«

»Und was sind Sie von Beruf, Herr Meier?«

»Arbeiter. Das heißt – zurzeit arbeitslos.« Er sitzt auf der Vorderkante des Besucherstuhls und dreht den Hut in seinen Händen.

»Und Sie sind hier, um eine Aussage zu machen?«

»Ja. Also, als ich gehört hab, dass der König und seine Alte verdächtig sind, die Dörries umgebracht zu haben …«

»Moment, Moment!«, unterbricht ihn Mombach. »Wer hat das behauptet?«

»Ach, das ist doch völlig klar. Das weiß doch jeder. Jeder, der die Königs kennt. Und wo doch auch schon ihr Wohnwagen durchsucht worden ist und die beiden hier verhört worden sind …«

»Das ist alles nur Teil der allgemeinen Ermittlungen, die in einem solchen Fall üblich sind. Das bedeutet gar nichts. Wenn wir jemand wirklich im Verdacht haben, Herr Meier, dann nehmen wir ihn fest.«

»So. Na, ja. Sie dürfen natürlich nicht alles sagen. – Jedenfalls, als ich von der Belohnung gehört hab, da hab ich mir gedacht, dass ich ja auch gut selbst ein paar Ermittlungen durchführen könnte. Und nun ist das ja so, dass die Königs in diesem Wohnwagen leben. Und die Wände sind nicht besonders dick. Aber wenn einer draußen steht, das sieht man natürlich vom Fenster aus. Da hab ich mich eben einfach unter den Wohnwagen gelegt.«

»Was haben Sie gemacht?«

»Mich unter den Wohnwagen gelegt. Gestern Abend, über zwei Stunden lang.«

»Und? Konnten Sie etwas hören?«, fragt Mombach.

»Ja, schon. Die beiden haben sich die ganze Zeit unterhalten. Dabei aber immer sehr geheimnisvoll getan und leise geredet, sodass ich nicht alles mitbekommen habe.«

»Und was war das, was Sie mitbekommen haben?«

»Von einem Mantel war da die Rede. Der Mann hat den Mantel beschrieben, den er wohl irgendwo gesehen hat. Und die Frau hat gesagt: ›Das kann der Mantel nicht sein.‹ Und dann war viel von einem Otto die Rede. Aber immer, wenn die Frau König davon anfing, hat der Mann gesagt: ›Lass mich aus dem Spiel. Du weißt genau, was du zu sagen hast, Frau. Aber lass mich aus dem Spiel dabei.‹«

»Und dann?«

»Das war alles.«

»Das war alles?«

»Ja. Schließlich, als es in dem Wohnwagen still wurde, da hab ich angenommen, dass sie zu Bett gegangen sind, und da hab ich meinen Horchposten verlassen und bin auch ins Bett gegangen.«

»Herr Meier, es freut mich, dass Sie mit diesen Informationen zu uns gekommen sind.« Mombach steht auf.

Meier steht auch auf. »Und die Belohnung …?«

Mombach bleibt diplomatisch: »Herr Meier, wenn das, was Sie uns da gesagt haben, zur Verhaftung des Täters beiträgt, dann werden Sie sicher Ihren gerechten Anteil bekommen.«

»Danke. Ja, ich werd dann die Augen weiter offen halten.«

»Tun Sie das, Herr Meier. Aber – das muss ich Ihnen auch sagen: Begeben Sie sich bitte nicht unnötig in Gefahr.«

Herr Meier macht sich auf den Weg.

Als sich die Tür hinter ihm geschlossen hat, sagt Berger: »Wir ermitteln wegen Mord, außerdem sind wir den Königs wegen Zuhälterei und Vergewaltigung auf den Fersen, und die haben nichts Besseres zu tun, als immer noch wegen dieses verdammten Mantels herumzuhadern.«

»Wenn dieser Mantel existiert«, sagt Mombach. »Und ich bin mir ziemlich sicher, dass er existiert, dann sind die Königs wohl aus dem Schneider. Denn sonst hätten sie ja den Mantel gehabt.«

»Schade«, sagt Berger.

»Mensch, Berger, Blut oder nicht Blut – für die anderen Fälle kommt er doch sowieso nicht in Frage. Denken Sie an die Täterbeschreibungen. Und die Toten – wie soll er die wohl gewürgt haben – mit einer Hand?«

Das stimmt natürlich. Nein, es stimmt nicht. Hat nicht Stolley gesagt, die Olbricht sei mit einer Hand gewürgt worden?

»Eigentlich kann ich mir auch nicht vorstellen, dass er die Dörries die ganze Strecke ins Gebüsch geschleift hat. Nein, Berger, er war's nicht. Aber die Sitte soll ihn sich mal vornehmen. Wegen der Vergewaltigung. Wenn's einer verdient hat, dass man ihn dafür einlocht, dann der.«

13.

»Kommen Sie, Mombach, wollen Sie auch ein Stück?« Gennat deutet auf seinen Teller. Von drei Stücken Sahnetorte sind bereits zwei verschwunden.

Mombach schüttelt den Kopf. »Ich muss auf meine Figur …« Er stockt und wird rot.

Gennat lacht. »Schön haben Sie das gesagt, Mombach! Und Sie haben Recht: Wahrscheinlich sollte ich auch auf meine

Figur achten. Aber im Gegensatz zu Ihnen ist da keine liebe Frau, die sich um mich sorgt und zu Hause auf mich wartet. Nur Trudchen, meine Sekretärin. Und die isst selbst gern eine ordentliche Portion.«

»Es ist sicher nicht leicht für Sie, die ganze Zeit hier in Düsseldorf zu sitzen, fern von Berlin …«

»Nein, es ist nicht leicht. Ich schlafe schlecht. Der Fall geht auf die Nerven. – Ich muss mich übrigens bei Ihnen entschuldigen. Ich wollte Sie nicht bloßstellen gestern. Das ist einfach so mit mir durchgegangen.«

»Ich bitte Sie! – Das ist doch nicht der Rede wert!«

»Was gibt es Neues?«

»Die Gendarmerie hat angerufen. Die Erkundigungen in Papendelle haben nichts erbracht. Keine verdächtigen Bodenveränderungen, keine Leiche.«

»Um so besser. Ich kann auch gut ohne eine weitere Leiche auskommen. Obwohl – ich muss sagen, der Brief beunruhigt mich. Er beunruhigt mich gleich in doppelter Hinsicht. Zum einen wäre es nicht schön, vom Mörder auf diese Weise vorgeführt zu werden. Und zum anderen wäre es erst recht nicht schön, wenn noch eine oder mehrere Leichen herumliegen, von denen wir gar nichts wissen.«

»Es wird ein dummer Scherz sein«, sagt Mombach.

»*Landsmann Gennat* – ja, hoffentlich ist es ein dummer Scherz.«

14.

»Genau. Ich habe nämlich schon immer gesagt ...« Die Stimme des Obersten überschlägt sich vor Begeisterung. »... ich habe nämlich schon immer gesagt, meine Herrschaften, es gibt überhaupt nur zwei Sorten von Frauen: Die fickbaren und die nicht fickbaren. Und die zweite Sorte – die zweite Sorte, die gibt's eigentlich gar nicht!«

Verhaltenes Gelächter.

»Sturzbetrunken, der Alte«, sagt Jutta im Vorübereilen. »Und das ist nun unsere Reichswehr, die Stütze der Republik.«

Berger nickt. Die ganze Feier ist widerlich. Berger nimmt sein Glas und geht über die Terrasse in den Garten.

»Ah, der Herr Kriminalkommissar!« Professor Stolley schwankt auf ihn zu. »Ich bin bisher noch nicht dazu gekommen, Ihnen zu Ihrer tapferen Haltung bei der Obduktion zu gratulieren!« Er hebt sein Glas.

»Ich habe wahrscheinlich genügend Tote gesehen, in den Schützengräben in Flandern; eine einzelne Leiche schreckt mich nicht mehr«, behauptet Berger leichthin.

»Ganz so ist das nun wohl nicht«, sagt Stolley.

Berger sieht sich durchschaut.

Der Professor lacht. »Machen Sie sich nichts draus. Wir spielen alle unsere Rolle, so gut wir können …«

Berger fasst sich ein Herz: »Herr Professor, darf ich Sie mal etwas fragen?«

»Jederzeit.«

Berger sieht sich um. Niemand in Hörweite. »Ich hätte da noch ein kleines privates Problem. – Sagen Sie – wie ist das eigentlich bei Tripper?«

»Haben Sie sich angesteckt?« Stolley setzt sein Glas ab.

»Ich hoffe nicht«, sagt Berger.

Stolley sieht ihn an. »Das hoffe ich auch für Sie.«

»Und wenn doch? – Ich meine, es gibt doch sicher inzwischen Möglichkeiten, den Tripper zu behandeln?«

»Behandeln – ja, heilen – nein. Es ist eine Bakterienerkrankung, und wenn Sie wollen, kann ich Ihnen die Erreger zeigen, unter dem Mikroskop, das ist ganz einfach. Es sind Gonokokken. Und diese Dinger sind leider sehr hartlebig. Wer sie hat, wird sie nicht wieder los.«

»Ich dachte, ich hätte vor einiger Zeit gelesen ...«

»Geschrieben wird manches. Und natürlich wird auf diesem Gebiet mit allen Kräften geforscht. Was glauben Sie, wie viele Menschen wir im Weltkrieg hätten retten können, wie viele Arme und Beine wir nicht hätten amputieren müssen, wenn es gelungen wäre, eine Infektion durch Bakterien zu verhindern? – Es geht bis heute nicht. Domagk in Greifswald hat Versuche gemacht mit Sulfonamiden, und kürzlich soll ein Engländer oder Schotte irgendetwas entdeckt haben, was angeblich Bakterien tötet – aber bevor davon irgendetwas einsatzfähig ist, sind wir wahrscheinlich selber tot. Ich jedenfalls.«

Berger schluckt.

»Zurück zu Ihrem Problem. – Wann glauben Sie, dass Sie sich angesteckt haben könnten?«

»Am 1. Oktober.«

»Und was haben Sie seitdem für Probleme?«

»Probleme? Eigentlich keine ...«

»Kein Brennen beim Wasserlassen? Kein eitriger Ausfluss, etwa zwei bis fünf Tage nach dem damaligen Geschlechtsverkehr?«

»Nichts Derartiges. – Es ist nur – ich weiß inzwischen, dass das Mädchen, mit dem ich damals zusammen gewesen bin, Tripper gehabt hat.«

»Und Sie merken nichts? – Dann haben Sie Glück gehabt. – Aber das Mädchen, mit dem Sie zusammen gewesen sind, das sollte sich dringend in Behandlung begeben.«

»Zu spät«, sagt Berger. »Das Mädchen war die Dörries. Das Mädchen ist tot.«

»Dann erübrigt sich das«, sagt Stolley lakonisch.

»Herr Professor, Sie haben, wie es mir scheint, eine etwas zynische Einstellung zum Leben.«

»Zum Leben nicht, Berger, ich liebe das Leben und genieße es in vollen Zügen. – Aber zu den Menschen schon. Sie sprachen vorhin von Flandern. Wissen Sie, 1914-18, ich bin ja von Anfang an mit dabei gewesen. Als Arzt, versteht sich. Ich habe versucht, die Burschen wieder zusammenzuflicken, die ihr anderen kaputtgeschossen habt. Manchmal ist es gelungen, meistens aber nicht. Und was mich dabei verbittert: Erwischt hat es immer nur die armen Schweine, niemals die, die dafür verantwortlich waren.«

»Mutige Worte«, sagt Berger, der diese Töne von dem alten Chirurgen nicht erwartet hat.

Stolley schüttelt den Kopf. »Ich bin nicht mutig, Berger. Mut ist etwas anderes. Wenn ich mutig wäre, würde ich meine Meinung herausschreien, dann würde ich hergehen und diese Burschen über den Haufen schießen, die das zu verantworten haben. Sie sind doch heute hier versammelt, die Kriegsgewinnler, die Industriellen, die Offiziere, wie unser Herr Oberst hier – nicht gerade die führenden Exemplare dieser Gattung, aber doch eine ganz hübsche Auswahl. Aber stattdessen rede ich nur und trinke ihren Sekt.«

Berger lacht. Er malt sich in Gedanken aus, wie der Professor hier ein paar Handgranaten in die Menge schmeißt.

»Lachen Sie nur. Was ich gesagt habe, das gilt in abgewandelter Form auch für Richter, Staatsanwälte und Polizisten. Auch Ihr Berufsstand, Herr Berger, hat ein großes Talent darin, Menschen zu vernichten.«

»Wir bemühen uns, das zu vermeiden«, sagt Berger.

»Viel Glück dabei.« Der Professor schwankt davon. Er ist betrunkener, als Berger gedacht hat.

Ein Doppelschlag

25.10. - 28.10.1929

1.

Das Telefon klingelt. »Mordkommission, Berger!«

»Hier ist Hastermann, Luisen-Krankenhaus.«

Berger zieht den Block zu sich heran. Er schreibt *Hastermann. Luise.* – »Worum geht es denn, Herr Hastermann?«

»Ich wollte Ihnen mitteilen, dass bei uns vor einer halben Stunde eine Frau mit schweren Kopfverletzungen eingeliefert worden ist.«

»Mein Gott. – Luisen-Krankenhaus, sagen Sie? Ich komme sofort.«

»Gern. Aber im Augenblick können wir wahrscheinlich wenig für Sie tun. Die Frau ist bewusstlos.«

»Um Himmels Willen! – Heißt das …«

»Sie denken an die Frau Dörries neulich? – Nein, so schlimm ist es diesmal nicht. Es besteht wahrscheinlich keine Lebensgefahr.«

»Gut. Ich komme.«

Kaum hat Berger den Hörer aufgelegt, da schrillt das Telefon erneut los. »Mordkommission, Berger!«

»Kommissar Berger? – Ja, wir haben hier gerade eine Frau mit Kopfverletzungen eingeliefert bekommen. So wie es aussieht, Schläge mit einem stumpfen Gegenstand. Die Frau ist bewusstlos …«

»Ja, ja, ich weiß!«

»Bitte?«

»Ihr Kollege hat gerade schon angerufen. Der Herr – wie hieß er doch noch gleich …« Berger klemmt den Hörer zwischen Kopf und Schulter und faltet den Zettel auseinander. »Ah, hier ist es ja. Hastermann. Der Herr Hastermann.«

»Hastermann? Aber das kann doch gar nicht sein! – Dr. Hastermann arbeitet doch im Luisen-Krankenhaus, soweit ich weiß …«

»Ja, und?«

»Aber hier ist doch das Maria-Theresienhospital. In der Ratinger Straße.«

»Ach ja, in der Ratinger Straße. Und wie war Ihr Name?«

»Endert. – Dr. van Endert.«

Berger schreibt den Namen auf. »Wir kommen vorbei«, sagt er.

»Bis gleich dann!« Der andere legt auf.

»Scheiße!«, brüllt Berger. Er knallt den Hörer auf die Gabel. Die Tür wird aufgerissen und Kosinski schaut herein. »Ist was? Ich wollte gerade nach Hause.«

»Daraus wird nichts. Jetzt wird es wirklich verrückt. Zwei Überfälle gleichzeitig. Zwei Frauen, beide schwer verletzt. Eine liegt im Luisen-Krankenhaus, eine im Maria-Theresienhospital.«

»Na schön.«

»Nehmen Sie die Maria-Theresia? Ich nehme die Luise. Und auf dem Weg wecke ich noch Gennat auf. Der muss hier den Laden übernehmen. Nicht, dass am Ende noch mehr passiert und keiner da ist, der sich drum kümmern kann.«

2.

»Na, denn erzählen Sie mal!« Gennat hat eine Tasse tiefschwarzen Kaffee vor sich stehen. Um ihn herum sitzen die Männer der Mordkommission. Die Nacht ist zu Ende. Schlaf hat keiner von ihnen bekommen.

Berger fängt an. »Wir wissen inzwischen, dass die Verletzte, die gestern Abend ins Luisen-Krankenhaus eingeliefert worden ist, Hubertine Munkelt heißt. Sie ist vierunddreißig Jahre alt, verheiratet, getrennt lebend. Sie ist bei Bewusstsein.«

»Konnten Sie mit ihr reden?«

»Ja. Die Frau ist schwer verletzt, aber außer Lebensgefahr. Sie hat drei kräftige Schläge mit einem stumpfen Gegenstand auf den Kopf bekommen. Mit einem Hammer, würde ich sagen. Jedenfalls sieht es so aus. Dabei hat sie Glück gehabt; ihre Baskenmütze hat ihr wahrscheinlich das Leben gerettet. Die Schläge sind mit großer Wucht ausgeführt worden; die Mütze ist durchlöchert, die Knochenhaut beschädigt, aber der Schädel selbst unverletzt. Sie ist natürlich sofort geröntgt worden.«

»Hat sie den Täter gesehen?«

»Ja.«

»Beschreibung?«

»Fehlanzeige. – Eine halbe Stunde ist sie mit dem Kerl durch Flingern marschiert; er hat sich ihr auf dem Nachhauseweg angeschlossen. Eine halbe Stunde! Und was hat sie gesehen? Nichts. In jeder Beziehung unauffällig sei er. Alter ca. dreißig Jahre. Größe angeblich ca. 1,72 m. – ›Es war doch fast dunkel‹, sagt die Frau Munkelt. Und außerdem: ›So genau hab ich nicht hingesehen. Man starrt einem fremden Menschen doch nicht ins Gesicht!‹«

»Und wenn schon. Wieder eine Zeugin mehr, Berger. Irgendwann ist es eine Zeugin zu viel. Irgendwann haben wir ihn. – Und was sagt das andere Opfer?«

Kosinski zuckt mit den Schultern. »Nichts. Die Ärzte haben mich gar nicht erst zu ihr gelassen. Die Frau heißt Klara Wulff, ist vierunddreißig Jahre alt, verheiratet, aber von ihrem Mann getrennt lebend, war angeblich auf dem Weg von ihrer Arbeit nach Hause, als sie im Hofgarten plötzlich von hinten niedergeschlagen worden ist. Sie hat den Täter weder gesehen noch gehört.«

»Sagt wer?«, fragt Gennat.

»Sagt der Arzt. – Aber natürlich stimmt das nicht.«

»Warum?«

»Zum Ersten soll sich das Ganze so kurz nach dreiundzwanzig Uhr abgespielt haben. Da kommt sie von der Arbeit und geht durch den einsamen Hofgarten nach Hause!«

»Das ist nicht verboten.«

»Sind Sie mal um dreiundzwanzig Uhr durch den Hofgarten gegangen? Es ist nicht verboten, aber es ist auch nicht besonders empfehlenswert. Im Gegensatz zu den Straßen ringsherum ist es da nämlich dunkel. Ich weiß nicht, ob man als Frau da spät abends allein durchgehen sollte. Vor allem jetzt nicht, wo ja bekanntlich ein Mörder durch Düsseldorf streift.«

»Wenn es aber doch die Abkürzung auf dem Weg nach Hause ist?«

»Es ist keine Abkürzung. Ich bin das abgegangen. Sie ist bei dem so genannten Ananasberg niedergeschlagen worden. Ganz gleich von wo nach wo sie gewollt hat, es ist immer schneller über die angrenzenden Straßen zu gehen, als den geschwungenen Parkwegen zu folgen.«

»Vielleicht hat sie gedacht, es ist kürzer!«

»Hat sie nicht. – Ich hab mir übrigens die Namen der Frauen geben lassen, die die Wulff zum Krankenhaus gebracht haben.«

»Und? Was sagen sie?«

»Ich habe nicht mit ihnen gesprochen.«

»Warum nicht?«

»Es gibt sie gar nicht.«

»Aber hören Sie mal, Herr Kosinski, im Krankenhaus wird man sich doch wohl daran erinnern können, wer die Verletzte eingeliefert hat!«

»Ja, natürlich. Aber die Namen sind falsch. Und warum? Weil es Huren sind, die sie gefunden haben. Und weil die nichts mit der Geschichte zu tun haben wollen. Oder mit der Polizei. Und weil die Wulff selbst eine Hure ist.«

In dem Augenblick schrillt das Telefon. »Kriminalpolizei, Gennat. – Ja, womit kann ich Ihnen dienen? – Wo? – Wer spricht? – Ja, gut. Wir kommen sofort vorbei.«

Als Gennat den Hörer auflegt, sehen ihn alle an. »Ja«, sagt Gennat. »Es wird immer toller. Das war ein Reporter von den *Düsseldorfer Nachrichten*. Er sagt, im Aaper Wald ist eben ein Mädchen überfallen worden. Bei den Schießständen. Ich nehme an, Sie wissen, wo das ist?«

Berger weiß es.

»Wir fahren raus. Eine Polizeistreife soll schon dort sein. Der Reporter fährt auch raus.«

»Er soll bloß nichts anrühren«, sagt Fuhrmann.

»Wenn die Polizei schon draußen ist, wird sie wohl dafür sorgen, dass er nichts anrührt.«

»Ich hab jetzt eigentlich Feierabend …« Von Eck natürlich.

»Das werden wir zur Not wohl auch ohne Sie schaffen«, sagt Mombach ärgerlich.

3.

»Da ist es«, sagt Berger. »Und die Presse ist auch schon da.« Neben einem schwarzen Opel steht ein Mann mit einem Fotoapparat und raucht.

»Ich hab doch gleich gesagt, dass es über Grafenberg kürzer ist«, schimpft Fuhrmann.

»Jetzt sind wir ja da.« Gennat zwängt sich aus dem Wagen und geht auf den Journalisten zu. »Na, wo haben wir denn unsere Leiche?«

»Guten Morgen, Herr Kriminalrat.« Der Journalist schüttelt Gennat die Hand. »Tut mir Leid, dass Sie hier alle raus gefahren sind, aber es scheint sich um einen dummen Scherz zu handeln.«

»Was?«

»Jedenfalls ist niemand hier.«

»Und dies ist genau die Stelle?«

»Hundertprozentig.«

»Nun mal bitte der Reihe nach. Sie sind also angerufen worden?«

Der Journalist nickt. »Es klang echt. Eine aufgeregte Frauenstimme. Ihr Mann und sie seien auf einem Spaziergang im Aaper Wald gewesen und hätten plötzlich Hilferufe gehört. Sie seien hingelaufen und hätten eine Frau gefunden, der die Kleider zerrissen worden seien. Daraufhin hätten sie sofort eine Polizeistreife alarmiert. Und die Überfallene hätte den Täter beschrieben: Etwa achtundzwanzig Jahre alt, 1,72 m groß, kräftig, dunkles Haar, glatt rasiert, gesunde Gesichtsfarbe, dunkle Hose, hellgraue Wolljacke ...«

»Und von wo ist der Anruf gekommen?«, fragt Gennat. »Hier gibt es doch gar kein Telefon.«

»Das weiß ich nicht.«

»Und den Namen der Anruferin, haben Sie den notiert?«

»Schmidt«, sagt der Journalist

»Schmidt.« Gennat kratzt sich den Kopf.

»Hier ist tatsächlich niemand!« Fuhrmann kommt von einem raschen Erkundungsgang zurück.

»Um ehrlich zu sein – es hat mich auch gleich gewundert, dass der Anruf von der Presse kam und nicht von der Polizei«, sagt Gennat. »Und der Mörder hat bisher noch nie am Vormittag zugeschlagen. Immer nur abends.«

4.

»Ich habe Sie noch einmal zusammengerufen, um mit Ihnen über die neuesten Entwicklungen zu sprechen.« Gennat sieht in die Runde. Er blickt in müde Gesichter. Berger ist seit vierundzwanzig Stunden auf den Beinen, Kosinski seit sechsunddreißig Stunden. »Aber jetzt kommt die Sensation: Das hier, das ist die Tatwaffe!« Gennat hält einen Hammer hoch, dessen Stiel abgebrochen ist. »Der stammt aus dem Hofgarten. Der Täter hat im Fall der Frau Wulff so heftig zugeschlagen, dass der Hammer zerbrochen ist. Der Kopf des Hammers wurde dabei offenbar in die Büsche geschleudert; unsere Kollegen von der Schutzpolizei haben den Park gründlich abgesucht und dabei diesen Hammerkopf gefunden.«

»Und die Frau lebt noch immer?«, fragt Fuhrmann. »Dass der Schädel das ausgehalten hat!«

»Sie hat Glück gehabt. Der Schädel hat das nicht ausgehalten; Röntgenbilder haben inzwischen gezeigt, dass der Knochen an zwei Stellen gesprungen ist. Noch ein solcher Schlag und die Frau wäre mit Sicherheit tot gewesen.«

»Wie steht es denn mit Fingerabdrücken?«, fragt Kosinski.

Gennat schüttelt den Kopf. »Keine verwertbaren Abdrücke. Er hat den Hammer natürlich weiter unten angefasst, um besser Schwung holen zu können. Sonst wäre der Stiel ja auch nicht abgebrochen.«

»Was mir auffällt«, sagt Fuhrmann, »das ist die erstaunliche Geschwindigkeit, mit der sich der Täter von einem Tatort zum nächsten bewegt. Zwei Mordüberfälle an einem Abend! An zwei entgegengesetzten Punkten der Stadt!«

»Und wenn es nun doch zwei Täter sind?«, fragt von Eck.

»Es ist nur ein Täter«, beharrt Gennat. »Nach allem, was wir wissen. Die Art des Vorgehens mit dem Hammer, das kann ich mir nicht vorstellen, dass das zwei Leute gleichzeitig machen.«

»Es stand in der Zeitung«, sagt von Eck. »Es mag Nachahmer geben.«

»Die Gefahr besteht immer.« Gennat ist nicht überzeugt

»Aber nehmen wir mal an, es ist nur ein Täter«, sagt Schröder. »Wie schafft der das? Wie kommt er so rasch von einem Tatort zum anderen?«

»Sie meinen, er benutzt ein Automobil?«

»Es wäre doch möglich, oder? – Das würde auch erklären, warum er noch nie jemandem aufgefallen ist. So wie der Kerl vorgeht, da muss er doch hinterher Blutspritzer an der Kleidung haben. Das lässt sich doch gar nicht vermeiden.«

»Er ist höflich, gewandt im Umgang mit den Damen. Warum soll er nicht auch ein Automobil haben? Ich könnte mir durchaus vorstellen, dass er der Oberschicht angehört«, stimmt ihm Fuhrmann bei.

»Ja, natürlich, irgendeiner von den Reichen, von den oberen Zehntausend, der womöglich noch mit Chauffeur unterwegs ist, um ein paar Lustmorde zu begehen! Der Herr Krupp vielleicht oder der Herr Stinnes? Oder Hugenberg? Nein, der nicht, der ist ja keine 1,72. – Ich glaube nicht, dass Sie viel Glück haben werden mit dieser Theorie.« Kosinski natürlich.

»Es muss keiner der ganz Reichen sein«, sagt Berger. »Viele Leute haben heute ein Automobil. Denken Sie an den Reporter vorhin.«

»Viertausend Reichsmark«, sagt Mombach. »Das kostet so eine Karre. Die sollen erst einmal verdient sein. Und dann noch die Kosten für das Benzin. Ein Arbeiter kriegt doch deutlich unter dreihundert im Monat. Das Gleiche gilt für die meisten Handwerker.«

»Gebrauchte Wagen sind billiger«, sagt Kosinski. »Und manche Leute haben zwar selbst keinen Wagen, können aber einen benutzen. Ein Dienstfahrzeug. Einen Lieferwagen vielleicht. Und damit könnten sie nach dem Dienst unterwegs sein, ohne dass es jemand merkt.«

»Alles möglich«, sagt Berger. »Aber notwendig ist es nicht. Ich habe die Entfernungen auf der Karte nachgemessen. Es ist möglich, ohne allzu große Mühe in einer guten Stunde vom Hellweg draußen zum Hofgarten zu kommen. Und der Täter hatte an die drei Stunden zur Verfügung. Wenn er obendrein noch die Straßenbahn genommen hat, ist das überhaupt kein Problem.«

»Er hat wahrscheinlich kein Auto«, sagt Gennat. »Niemand hat bisher ein Auto gesehen. Keiner der Zeugen. Nein, ich glaube, er ist zu Fuß unterwegs.«

»Was ist das mit diesen 1,72 m?«, fragt Fuhrmann. »Wie kommt es, dass dauernd diese Zahl genannt wird? – Ich meine, es ist doch viel logischer, dass jemand angibt, der Täter sei ungefähr 1,70 m groß. Oder ungefähr 1,75 m.«

»Die Zahl kommt aus der Presse, denke ich. Wahrscheinlich stammt sie aus dem Bericht über die Aussage der Schultze.«

»Im Protokoll steht: ungefähr 1,75 m.« Berger hat die Aussage des Mädchens noch gut im Kopf. »Aber das heißt natürlich nicht, dass das auch überall so in der Zeitung gestanden hat.«

»Die Zahl stammt aus der Fahndung nach Schwitzer«, sagt Kosinski. »Der war 1,72 m groß.«

»Sind noch weitere Fragen?« Gennat sieht sich um.

Er ist der Wachste von uns allen, denkt Berger. Aber Gennat hat sich auch nicht die ganze Nacht um die Ohren geschlagen.

»Dann noch ganz kurz das Beste zum Schluss: Ich habe vorhin mit Langels gesprochen. Wir bekommen mehr Personal. Die Mordkommission wird um acht weitere Kriminalbeamte verstärkt. Zusätzlich wird der Schutz auf die Vororte ausgedehnt. In einem größeren Gebäude zwischen Torfbruch und Flingern wird bis auf Weiteres eine Wache der Schutzpolizei eingerichtet, von der aus die ganze Nacht Streifen das besonders gefährdete Gebiet durchkämmen und beobachten. Und die Belohnung, die auf die Ergreifung des Täters ausgesetzt worden ist, ist um weitere eintausend Reichsmark erhöht worden.«

5.

»Du siehst sehr müde aus, Wilhelm!«

»Ich bin sehr müde.« Bergers Stimme klingt resigniert. »Wir haben die ganze Nacht durchgearbeitet und sind noch keinen Schritt weiter. Es gibt nicht eine brauchbare Spur.«

»Ich denke, es gibt zwei neue Zeugen?«

»Zwei neue Opfer, ja. Aber die eine Frau hat nichts gesehen und die andere lügt wahrscheinlich. Ich werde morgen mit ihr sprechen, sofern die Ärzte das zulassen.«

»Ich habe gehört, die Belohnung ist wieder erhöht worden?«

»Siebentausend Reichsmark.«

»Das muss doch dazu führen, dass die gesamte Bevölkerung jetzt den Mörder jagt.«

Berger nickt. Ein Alptraum!

»Überleg mal, siebentausend Reichsmark! Was könnte man damit alles machen! Wir könnten uns jeder einen Wagen kaufen. Und ein Radio noch dazu.«

»Polizeibeamte sind von der Belohnung ausgeschlossen«, sagt Berger.

»Aber ich nicht! Wie wäre es denn, wenn du mir im entscheidenden Augenblick einen Tipp gibst, und ich gehe dann damit zur Polizei?«

»Das ist nicht dein Ernst!«

Jutta lacht und strubbelt ihm das Haar. Aber sie ist ernster als sonst. »Das Geld könnten wir vielleicht schon gebrauchen.«

Berger sieht sie an: »Hast du Sorgen?«

»Ich? – Nein, nicht wirklich.«

»Und unwirklich?«

Sie schenkt ihm ein flüchtiges Lächeln. »Du hast das wahrscheinlich in der Zeitung gelesen: In New York an der Börse hat es Probleme gegeben.«

Nein, hat er nicht gelesen. »Der Wirtschaftsteil – das ist eigentlich eher dein Metier«, sagt er. »Und das betrifft uns hier in Deutschland?«

»Weiß ich nicht. Die Zeitung sagt: Nein, es betrifft uns nicht. Es ist nur der überhitzte Markt in Amerika, der sich etwas abkühlt. Aber Papa sagt: Ja, es wird uns auch treffen.«

»Papa? Ist dein Vater denn hier?«

»Nein, er ist in Solingen. Aber er hat angerufen vorhin.«

»Ich hoffe, du hast ihn von mir gegrüßt?«

»Ach, darum geht es nicht. – So habe ich Papa noch nie gehört. So besorgt.«

»Glaubt er denn, die Firma könnte direkt betroffen sein? Die Siegen-Solinger?«

Jutta nickt. »Er hat gesagt: Alles verkaufen! Ich soll meine ganzen Anteile verkaufen. Sofort. Sowie am Montag die Banken geöffnet haben. – Das ist natürlich nur eine Sicherheitsmaßnahme. Aber es macht mir Angst.«

»Ach, so schlimm wird es schon nicht sein!«

»Nein, wahrscheinlich nicht. – Und es hat auch seine komische Seite. Wenn ich die Aktien verkaufe, dann schwimmen wir plötzlich im Geld.«

»Wie viel ist es denn?«

»Vielleicht fünfzigtausend?«

»Allmächtiger!«

»Soll ich es mir in Münzen geben lassen? Wir könnten es hier herbringen. Dein ganzes Schlafzimmer damit voll schütten, was meinst du dazu?« Sie lacht übermütig.

»Mach keinen Unsinn«, sagt er. Jutta ist alles zuzutrauen.

»Und ich denke, dann können wir uns jeden Traum erfüllen ...«

»Heiraten?«, schlägt Berger vor. Er spürt seinen Herzschlag. Das kommt ihm etwas plötzlich.

Jutta schüttelt den Kopf. »Ins Kino gehen ...«

Das hätten sie auch ohne ihr Geld gekonnt.

»Der neue Film von Fritz Lang ist da. Ich habe vorhin die Plakate gesehen. *Die Frau im Mond*. In Berlin läuft er natürlich schon seit zwei Wochen ...«

»Fritz Lang?«, fragt Berger. »Wieder so ein düsteres Drama wie das, was wir damals zusammen gesehen haben?« Berger hatte von der Handlung höchstens die Hälfte verstanden. Aber er war natürlich auch abgelenkt gewesen. Da hatten Jutta und er sich erst ganz frisch kennen gelernt.

»Nein, ganz anders als *Metropolis*. Dies ist ein Liebesfilm ...«

»Ah«, sagt Berger. Dann schon lieber ein düsteres Drama.

»Und er dauert über zwei Stunden!«

»Ich werde einschlafen«, verspricht Berger. »Oder ist es etwa schon ein Tonfilm?«

»Nein«, sagt Jutta. »Aber der erste deutsche Tonfilm kommt noch in diesem Jahr.«

6.

»Wie geht es Ihnen, Frau Wulff?« Vor Berger im Bett liegt eine kräftig bandagierte Frau mittleren Alters.

»Muss ja«, sagt sie.

»Mein Name ist Berger. Kriminalpolizei. Ich würde mich gern ein bisschen mit Ihnen unterhalten. Glauben Sie, dass das gehen wird?«

»Ich denk schon. Aber viel kann ich nicht sagen. Ich hab ja nichts gesehen.«

»Auch das Wenige kann mitunter von Bedeutung sein. Lassen Sie uns zunächst mit dem Einfachen anfangen: Sie heißen Klara Wulff ...«

»Ja. Klara mit C.«

»Clara Wulff also, geboren am 30.4.1895 in Barmen. Seit neun Jahren verheiratet mit Heinrich Wulff.«

»Wir leben getrennt.«

»Getrennt. Und wann haben Sie sich getrennt, Frau Wulff?«

»Vor einem Jahr. Die Scheidung ist beantragt.«

»Lebt Ihr Mann auch hier in Düsseldorf?«

»Nein. Er wohnt in Büttgen.«

Es ist offensichtlich, dass der Frau das Sprechen noch Mühe bereitet. Sie wirkt äußerst konzentriert, sieht dabei den Kommissar nicht an, sondern hat den Blick starr geradeaus gerichtet, so als ob es an der weißen Krankenhauswand irgendetwas Erstaunliches zu sehen gäbe.

»Und – der Überfall ...?«

»Ich hab nichts gesehen. Ich war auf dem Weg durch den Hofgarten. So gegen 23.30 Uhr. Da hab ich von hinten einen Schlag auf den Kopf bekommen und bin hingefallen. Das ist alles, was ich weiß.«

»Aber die Ärzte sagen, dass Sie um Hilfe gerufen haben und weggelaufen sind und dass einige Frauen dann dafür gesorgt haben, dass Sie ins Krankenhaus gekommen sind.«

»Ja, das war, als ich wieder zu mir gekommen bin. Ich hatte das Bewusstsein verloren.«

»Und Sie waren auf dem Weg von der Arbeit nach Hause, als das passiert ist.«

»Ja.«

»Wo arbeiten Sie denn, Frau Wulff?«

»Bei Kirchner. In der Speisewirtschaft Karl Kirchner in der Ratinger Straße 32.«

»Und wo wohnen Sie?«

»Ich habe ein Zimmer in der Jahnstraße 70.«

Berger überlegt. Jahnstraße, das ist in der Nähe vom Hauptbahnhof. Und die Ratinger Straße – da kommt es darauf an, wo die Nummer 32 ist. »Und da sind Sie durch den Hofgarten gegangen? Das ist aber ein Umweg«, sagt er auf gut Glück.

»Ja, der Weg ist etwas länger. Aber es war ein schöner Abend, und ich wollte noch eine Zigarette rauchen.«

Berger sieht die Frau zweifelnd an. Das mag alles stimmen – oder auch nicht. Frau Wulff vermeidet weiterhin jeden Blickkontakt und sieht stur geradeaus.

»Frau Wulff, das ist jetzt wichtig«, sagt Berger. »Gibt es irgendjemanden, von dem Sie glauben, dass er Ihnen vielleicht nach dem Leben trachten könnte?« Absurde Frage, denkt er. Wir alle wissen, dass unser Massenmörder der Täter ist und dass es sich hier nicht um eine Beziehungstat handelt. »Haben Sie vielleicht irgendjemanden im Verdacht?«

Die Antwort kommt prompt und überraschend: »Ja, meinen Mann.«

7.

»Sie brauchen dringend Schlaf«, sagt Gennat, als Berger hereinkommt.

Was soll man darauf antworten? Danke, gleichfalls? »Ich war bei der Frau Wulff im Krankenhaus«, sagt er stattdessen. »Sie hat ihren Mann im Verdacht. Die beiden haben sich vor einem Jahr getrennt. Er soll sie häufig brutal misshandelt haben.«

»Das ist das Schöne an unserem Beruf«, strahlt Gennat. »Man lernt lauter nette Leute kennen.«

»Das ist aber noch nicht alles. Nach der Trennung hat er ihr nachgestellt und sie angeblich mit dem Messer bedroht. Sie hat die Scheidung beantragt. Das Verfahren läuft. Und er hat gesagt, wenn die Scheidung schlecht für ihn ausgeht, das heißt, wenn er schuldig geschieden wird, dann bringt er seine Frau um.«

»Wie alt ist er?«, fragt Gennat.

»Siebenunddreißig.«

»Das könnte passen.«

»Ja. Und er ist Hilfsschaffner bei der Reichsbahn. Das heißt, die Verteilung der Morde und Überfälle könnte in direktem Zusammenhang mit seinem Dienstplan stehen.«

8.

»Aufmachen, Polizei!« Nichts rührt sich.

»Noch einmal«, sagt Fuhrmann.

»Aufmachen!« Der Oberlandjäger donnert mit der Faust gegen die Tür, dass Nolden zusammenzuckt. Nolden ist Gemeindeobersekretär aus Büttgen; sie habe ihn als Zeugen für die Durchsuchung des Hauses mitgebracht.

»Wer ist denn da?« Endlich. Eine weibliche Stimme.

»Machen Sie auf, Frau Wulff, hier ist die Kriminalpolizei.«

»Was wollen Sie denn? – Ich hab geschlafen.« Die Tür öffnet sich einen Spalt. Anna Wulff hat die Kette vorgelegt. Misstrauisch starrt sie auf die geballte Staatsmacht vor ihrer Tür.

»Machen Sie auf. Wir möchten Ihren Bruder sprechen.«

»Der ist nicht da.«

»Aber er wohnt doch hier, oder?«

»Heinrich Wulff? – Ja, der wohnt hier.« Endlich macht sie die Tür auf.

Der Landjäger schiebt die Frau zur Seite und reißt nacheinander die Türen zum Schlafzimmer und zur Küche auf.

»Was machen Sie denn da? Was machen Sie denn da?«, keift Anna Wulff in Panik. Fuhrmann tastet nach seiner Dienstwaffe. Doch es gibt nichts zu schießen.

»Der Vogel ist ausgeflogen«, sagt der Landjäger.

»Was soll das alles?« Anna Wulff ist ernstlich erbost. »Was machen Sie hier in unserem Haus?«

»Wir haben einen Durchsuchungsbefehl«, sagt der Landjäger. »Am besten setzen Sie sich irgendwo ruhig in eine Ecke und stören uns nicht. Dann sind wir am schnellsten wieder draußen.«

»Halt, Moment mal«, sagt Fuhrmann. »Frau Wulff …«

»Fräulein Wulff, bitte!«

»Fräulein Wulff, wissen Sie, wo sich Ihr Bruder zurzeit aufhält?«

»Ja, natürlich weiß ich das, aber was geht Sie das an?«

»Fräulein Wulff, bitte! Wir müssen Ihren Bruder dringend sprechen. Es geht um den Überfall auf seine Ehefrau …«

»Die Schlampe ist nicht mehr seine Ehefrau. Sie leben getrennt.«

»Jedenfalls ist Clara Wulff vorgestern Nacht überfallen worden, und wir müssen klären, ob ihr Ehemann für diese Tat in Frage kommt.«

»Natürlich nicht! Der Heinrich ist die ganze Zeit hier gewesen. Das heißt …«

»Fräulein Wulff, wir wissen, dass Ihr Bruder vorgestern Abend nicht hier gewesen ist. Bringen Sie sich doch nicht unnötig in Schwierigkeiten. Und sagen Sie uns bitte, wo wir Ihren Bruder finden können. Je eher wir mit ihm sprechen, desto schneller wird sich auch alles aufklären.«

»Er ist in Neuss. Er ist heute früh so gegen acht Uhr hier losgegangen. Er will einem Freund helfen, den Garten umzugraben. Bauunternehmer ist der. Den Namen weiß ich nicht. Kann sein, dass er danach noch zu seiner Schwester ist. – Und vorgestern Nacht, da hat er ja Dienst gehabt. Da war er erst so gegen vier Uhr wieder da.«

»Gegen vier Uhr«, sagt Fuhrmann. Das passt nicht zu den Angaben aus seinem Dienstplan. Irgendetwas stimmt da nicht. »Können wir Ihre Schwester erreichen?«

»Also, Telefon hat sie nicht, wenn Sie das meinen. Aber hinfahren können Sie natürlich. Sie heißt Gräfe und wohnt in der Venloer Straße. Nummer 72. Aber lange wird er da sicher nicht sein, denn er hat ja heute Abend Spätdienst.« Sie sieht auf den Kalender, der neben der Tür hängt. »Da steht es ja. 17.33 beginnt sein Dienst heute.«

Unschlüssig sieht der Landjäger den Kriminalpolizisten an. »Hinfahren?«

»Nein«, entscheidet Fuhrmann. »Erst die Durchsuchung.«

Aber es gibt nicht viel zu durchsuchen. Heinrich Wulff bewohnt im Häuschen seiner Schwester zwei Zimmer, die ärmlich eingerichtet sind. Belastende Korrespondenz findet sich nicht. Die Polizisten finden überhaupt keine Briefe. Und mögliche Tatwaffen?

»Sind das alle Messer, die Sie haben?«, fragt der Landjäger aus der Küche.

»Ja, das sind alle. Was haben Sie denn erwartet? Silber vielleicht?«

Der Polizist antwortet nicht. Fuhrmann durchsucht inzwischen Kleiderschrank und Garderobe. Er findet zwei abgetragene Anzüge. Aber so sehr er sie auch ans Licht hält und dreht und wendet, Blutflecken lassen sich nicht entdecken. Der Kleiderschrank riecht nach Mottenkugeln.

»Wo sind eigentlich die Kinder?«, fragt der Landjäger.

»Im Waisenhaus natürlich«, sagt Anna Wulff. »Glauben Sie denn, dass wir für die Bälger der Schlampe auch noch aufkommen können?«

Fuhrmann wirft ihr einen missbilligenden Blick zu. »Es sind doch auch seine Kinder.«

»Jedenfalls geht es nicht. Sie sehen doch, dass wir hier keine Möglichkeiten haben. Nein, die beiden Kinder, die sind im Waisenhaus.«

Der Landjäger kommt aus der Küche. »Ich bin dann hier durch«, sagt er. »Nichts.«

»Hier auch nicht«, sagt Fuhrmann. »Das wär's dann auch schon, Fräulein Wulff. Tut uns Leid, dass wir Sie belästigen mussten.«

9.

»Ich muss jetzt eigentlich im Dienst sein.« Heinrich Wulff ist erregt.

»Ja, Herr Wulff, das ist uns bewusst«, sagt Gennat. »Aber wir müssen Sie unbedingt sprechen. Wir haben die Reichsbahn natürlich informiert.«

»Was für ein Skandal! Ich hab mir nichts zu Schulden kommen lassen!«

Gennat bleibt ruhig. »Setzen Sie sich doch erst einmal.«

Wulff bleibt stehen. »Also, das will ich gleich als Erstes mal sagen: Auf der Fahrt hierher ist mir zu Ohren gekommen, dass meine Ehefrau überfallen und verletzt worden sein soll. Durch Schläge oder Stiche, wie auch immer. Ich muss von vornherein jeden Verdacht, dass ich etwa irgendetwas damit zu tun haben könnte, auf das Entschiedenste zurückweisen. Auf das Allerentschiedenste. Ich bin nämlich in der Lage, nachzuweisen, dass ich als Täter gar nicht in Betracht kommen kann, weil ich zu der fraglichen Zeit – was sagten Sie noch, wann hat sich der Überfall ereignet?«

»Wir haben bisher noch gar nicht gesagt, wann sich der Überfall ereignet hat«, sagt Berger.

»Setzen Sie sich doch«, sagt Gennat noch einmal.

Wulff setzt sich. Er ist rot geworden.

»Lieber Herr Wulff, ich denke, es wäre am einfachsten, wenn Sie uns zunächst einmal erklären, wie das vorgestern genau ausgesehen hat mit Ihrem Dienst. Wann sind Sie wo gewesen?«

»Das ist ganz einfach. Ich habe meinen Dienst um 14.16 Uhr angetreten. Als Erstes musste ich mit dem Schnellzug 227 nach Hohenbudberg. Der Zug trifft dort um 15.15 Uhr ein. Um 15.21 Uhr bin ich dann als Rangierschaffner mit dem Güterzug 9734 nach Neuss zurückgefahren. Der Zug traf planmäßig um 17.55 Uhr in Neuss ein. Und dann bin ich um 19.48 Uhr von Neuss …«

»Entschuldigen Sie bitte«, unterbricht ihn Berger. »Dann hatten Sie in Neuss ja eine Pause von fast zwei Stunden. Was haben Sie denn die ganze Zeit gemacht?« Ein harmloser Punkt eigentlich, aber Wulff weiß ja noch nicht, wann sich die Tat ereignet hat.

Wulff bleibt ruhig. »In der Zeit mussten wir ja erst einmal den Güterzug 9234 zusammenstellen. Und als dann noch etwas Zeit übrig war, da hab ich mir meinen Wochenlohn abgeholt. Siebenunddreißig Reichsmark. Sie können ja im Lohnbüro der Stationskasse nachfragen.«

»Gut. Und dann sind Sie also mit diesem Güterzug …«, Gennat sieht auf seine Notizen, »… mit diesem Güterzug 9234 nach Viersen gefahren?«

»Jawohl. Wir sind pünktlich losgefahren. Der Zug soll eigentlich um zweiundzwanzig Uhr in Viersen eintreffen, aber vorgestern hatten wir Verspätung. Da war ja der Güterzug 7308 inzwischen in Nersen entgleist. Das hat mehrere Stunden gedauert, bis die Strecke wieder frei war. Die ist ja nur eingleisig. Wir sind dann erst ungefähr um vierundzwanzig Uhr in Viersen eingetroffen.«

Aus, denkt Berger. Wulff ist auf jeden Fall aus dem Schneider.

Gennat gibt noch nicht auf. »Sagen Sie, Herr Wulff, wie viele Personen fahren normalerweise auf so einem Güterzug mit?«

»Vier Personen. Da ist zunächst einmal der Zugführer. In diesem Fall war das der Herr Ippers. Der wohnt in Glähn, glaub ich. Und dann sind da noch drei Schaffner. Das waren der Josef Päsch, der Peter Vogt und ich.«

Reichlich Zeugen also. »Und was geschah dann in Viersen?«

»Dadurch, dass wir so spät dran waren, hatte natürlich auch der Güterzug 9235 erhebliche Verspätung. Eigentlich hätte er um 22.35 Uhr in Viersen abfahren sollen, aber so sind wir erst gegen ein Uhr früh losgekommen. Der Zug war dann um 3.21 Uhr in Neuss. Damit war mein Dienst beendet; ich bin dann zusammen mit dem Peter Vogt nach Büttgen zurückgefahren, wo ich etwa um 3.55 Uhr eingetroffen bin.«

Damit ist die Diskrepanz zu den Angaben seiner Schwester auch geklärt. »Schön. – Herr Wulff, ich möchte Sie nun bitten, dass Sie uns eine kurze Darstellung Ihrer ehelichen Verhältnisse geben.«

Abtastende Vernehmung, denkt Berger. Wie im Lehrbuch. Erst lang und breit die allgemeinen Lebensumstände herausfragen, Personalien, Lebenslauf, nebensächliche Details, nach Widersprüchen suchen, und am Ende zuschlagen.

Wulff lacht böse: »Eine kurze Darstellung? – Da kann ich mich allerdings sehr kurz fassen. Heirat 1919, drei Kinder – Hubert (1920), Johann (1921) und Heinrich (1923). Heinrich ist dann 1925 gestorben …«

Gennat schreibt auf seinen Zettel: *Auf welche Weise gestorben? Nachprüfen!*

»… und am 13.6.1928 hat mich meine Frau verlassen.«

»Warum?«

Wulff zuckt mit den Achseln. »Bosheit«, sagt er schließlich.

»Herr Wulff, könnte es sein, dass Sie Ihrer Frau vielleicht unzureichendes Wirtschaftsgeld gegeben haben?«

»Ich habe ihr stets den ganzen Lohn gegeben. Aber – ich bin doch nur Hilfsschaffner. Ich kann ihr doch nicht mehr geben, als ich verdiene. – Aber das hat ihr ja nicht gereicht.«

»Und deshalb ist sie ausgezogen?«

»Nein, Herr Kommissar, deshalb nicht. Nicht nur. Wir haben uns auch gestritten.«

»Warum?«

»Tja, in erster Linie ging es darum, dass sie hinter meinem Rücken etwa 840 Mark Schulden gemacht hatte. Darüber hab ich mich aufgeregt. Wir sind beide laut geworden. Schließlich hat sie dann gesagt, ich soll mich doch zum Teufel scheren. Das hat mich sehr gekränkt. Da hab ich ihr 'ne Ohrfeige verpasst.«

»Nur eine Ohrfeige?«, fragt Gennat.

»Ja.«

Gennat sieht den kleinen, drahtigen Eisenbahner prüfend an. Er wird kräftig zugelangt haben, denkt er. Und nicht nur einmal. »Und was geschah dann?«

»Da ist sie ausgezogen.«

»Nachdem Sie sie verprügelt haben, ist Ihre Frau mit den Kindern zu ihren Eltern gezogen. – Stimmt das?«

»Ja.«

»Und dann haben Sie, wie wir gehört haben, Ihre Schwiegereltern bedrängt?«

»Ich habe meine Schwiegereltern nicht bedrängt. Ich habe sie aufgesucht und ihnen Vorhaltungen gemacht.«

»Weshalb?«

»Das ist meine Sache.«

»Weshalb, Herr Wulff?«

»Weil – weil sie zugelassen haben, dass meine Frau auf den Strich geht«, platzt der Eisenbahner schließlich heraus.

»Woraus haben Sie das geschlossen?«

»Ich hab sie doch gesehen. Ich bin doch nicht blöd, oder? Ich hab sie doch gesehen, wie sie nachts mit der Straßenbahn von Düsseldorf gekommen ist. Die Schlampe.«

»Sie haben Ihre Frau in der Straßenbahn gesehen und daraus geschlossen, dass sie auf den Strich geht?«

»Ja. Nein. Natürlich nicht. Sie war eine Schlampe, schon damals, als wir noch verheiratet gewesen sind. Da hat sie was gehabt mit diesem Kerl, Lobach hieß der. Dem bin ich dann mal auf die Bude gerückt. Mit ein paar Kollegen zusammen, damit ich dann auch Zeugen habe. Dem hab ich ganz schön eingeheizt, und er hat alles zugegeben. Dass er sie gevögelt hat. Alles. – Aber dann hat er gesagt, ich soll mir ja nicht einbilden, dass er der einzige wäre. Da gäbe es noch ganz andere, um die sollte ich mich mal lieber kümmern …«

»Ihre Frau stellt das anders dar«, sagt Gennat. »Sie hat außerdem gesagt, Sie wären mit dem Messer auf sie losgegangen und hätten gedroht, ihr den Hals abzuschneiden!«

»Das ist eine glatte Lüge!«

»Sie hätten ihr Drohbriefe geschickt.«

»Nein.«

»Sie hätten gesagt, Sie würden Ihre Frau umbringen, wenn Sie schuldig geschieden würden.«

»Nein.«

»Ihre Frau sagt, wenn sie irgendwo eine Stellung angenommen habe, hätten Sie sie dort in einer Weise verfolgt, dass sie die Stellung wieder aufgeben musste.«

»Auch gelogen.«

»Sie sind also nicht im Krankenhaus in Ratingen gewesen?«

»Doch. Als meine Frau bei den Schwiegereltern ausgezogen ist ...«

»Nachdem Sie Ihren Schwiegereltern die Hölle heiß gemacht hatten!«

»... da wusste ich ja nicht, wo sie abgeblieben ist. Ich hab dann schließlich gehört, dass sie seit dem 11. März in Ratingen im Krankenhaus als Dienstmädchen arbeitet. Da bin ich hingegangen, um mich zu erkundigen, ob das stimmt.«

»Warum?«

»Ich wollte, dass sie zu mir zurückkommt. – Sie hat das sehr bestimmt abgelehnt.«

»Haben Sie sich mit dieser Antwort zufrieden gegeben?«

»Nein, natürlich nicht.«

»Sie haben eine Riesenszene gemacht, sodass das Krankenhauspersonal hinzukommen und Sie und Ihre Frau trennen musste.«

»Ich hatte mich sehr aufgeregt.«

»Ihre Frau hat kündigen müssen. Und Sie – sind Sie anschließend nach Hause gefahren?«

»Nein. Ich bin ihr dann nachgegangen. Sie ging zu einer Wohnung in der Jahnstraße 23. Ich habe dann Erkundigungen eingezogen und festgestellt, dass sie dort seit drei Tagen gemeldet war.«

»Warum haben Sie das gemacht?«

»Ich wollte doch, dass sie zu mir zurückkommt. Deshalb hatte ich ja auch beim Amtsgericht in Neuss auf Wiederherstellung des ehelichen Lebens geklagt. Aus diesem Anlass sollte am 3. Oktober ein Sühnetermin stattfinden. Beim Amtsgericht hatte man mich gebeten, nach Möglichkeit die Adresse meiner Frau herauszufinden. Das habe ich gemacht.«

»Herr Wulff, den Antrag beim Amtsgericht haben Sie wann gestellt?«

»Vor längerer Zeit. Das genaue Datum weiß ich nicht mehr.«

»Dann will ich Ihrem Gedächtnis etwas nachhelfen. Es war am 21. September. Die Wohnung Ihrer Frau haben Sie im März aufgespürt.«

»Das kann sein, das weiß ich nicht mehr. Jedenfalls ...«

»Jedenfalls, Herr Wulff, haben Sie durch Nachfragen bei den Nachbarn in der Jahnstraße 23 und in den Nachbarhäusern den Ruf Ihrer Frau erheblich geschädigt.«

Wulff spielt den Empörten: »Herr Kommissar! Nichts hätte mir ferner gelegen ...«

»Herr Wulff, wann haben Sie Ihre Frau zum letzten Mal gesehen?«

»Am 11. Oktober. Vor zwei Wochen also. Ich war an dem Tag zufällig in Düsseldorf.«

Berger und Gennat sehen sich an. 11. Oktober – das war der Tag, an dem die Dörries überfallen worden ist. »Was geschah damals?«

»Ich habe sie gefragt, ob sie ihre Haltung noch einmal überdacht hätte. Das hatte sie nicht. Da bin ich wieder nach Hause gegangen.«

»Haben Sie Freunde in Düsseldorf, Herr Wulff?«

Wulff schüttelt den Kopf.

»Verwandte, Bekannte?«

»Nein. – Wenn Sie etwa glauben, ich hätte irgendjemand anders dazu überredet, meiner Frau einen Denkzettel zu verpassen, dann muss ich diese Anschuldigung auf das Entschiedenste zurückweisen.«

»Haben Sie eine Ahnung, wer Ihre Frau überfallen haben könnte?«

»Nein. – Aber bei ihrem … Nein, mehr sag ich nicht.«

Als er gegangen ist, sehen die beiden Polizisten sich an. »Was meinen Sie, Herr Berger?«, fragt Gennat.

»Ich glaube nicht, dass er es gemacht hat. Zutrauen würde ich es ihm schon, aber sein Alibi ist absolut sicher. Und dass er Dritte beauftragt haben könnte, das glaube ich nicht. Für einen solchen Mordanschlag, da muss man schon eine hübsche Summe bezahlen. Und bei siebenunddreißig Mark in der Woche sehe ich nicht, wo das Geld herkommen sollte.«

»Und die Wulff? Sie haben mit ihr gesprochen. – Was haben Sie für einen Eindruck von der Frau.«

Berger überlegt. »Sie ist nicht offen«, sagt er. »Sie hat nur das Nötigste gesagt und mir dabei nie ins Gesicht gesehen.«

»Sie lügt«, sagt Gennat. »Die Stelle in der Speisewirtschaft hat sie erst seit zwei Tagen. Durch Fleiß ist sie nicht aufgefallen. Sie hat auch vorher schon als Prostituierte gearbeitet. Und in der Tatnacht hat sie sich von einem Mann ansprechen lassen, das ist ganz sicher. Die Stelle, die sie beschrieben hat, ist nämlich nicht der Tatort. Wir haben den Park genau abgesucht. Sehen Sie hier die Kartenskizze, die der von Eck angefertigt hat. Das da ist die Stelle, an der sie den Täter kennen gelernt hat. Sie sind sich handelseinig geworden, er ist mit ihr ein Stück weitergegangen, und dann, auf dem Seitenweg, hat er sie niedergeschlagen. Dort ist der Blutfleck, dort lag der Hammerkopf.«

»Dann hat Clara Wulff die ganze Zeit gewusst, dass es nicht ihr Mann gewesen ist?« Berger kann es kaum glauben.

»Ja, vermutlich. – Ein reizendes Paar.«

»Ich frage mich, ob jemand, der mit einem Kerl wie dem Wulff verheiratet ist, nicht einfach zwangsläufig so wird wie die Clara.«

Gennat schüttelt den Kopf. »Ihre Kinder hat sie ins Waisenhaus gegeben. Hubert, neun Jahre, Johann, acht Jahre. Und sie hat sie kein einziges Mal dort besucht. Das sagt auch einiges über sie aus, finden Sie nicht?«

10.

Berger hat immer noch keinen neuen Anzug. In dem Premierepublikum im Residenz-Filmtheater kommt er sich vor wie ein Aussätziger. Es gibt Fritz Langs *Frau im Mond*.

»Es gibt für den menschlichen Geist kein ›niemals‹, höchstens ein ›noch nicht‹!« Während Berger darüber nachsinnt, ob sich dieser Eröffnungssatz des Films auf die Mordermittlungen übertragen lässt, entfaltet sich auf der Leinwand das Drama des bevorstehenden Mondfluges. Berger hat Mühe, wach zu bleiben. Er registriert, dass Jutta in atemloser Spannung dem Ablauf des Geschehens folgt. Ihre Hand krampft sich um die Seitenlehne, als Willy Fritsch erfährt, dass seine angebetete Gerda Maurus sich mit einem anderen verlobt. Einmal merkt Berger kurz auf, als ›der Mann, der sich zurzeit Herr Turner nennt‹ seine sagenhafte Verwandlung vorführt. Kann es sein, dass der Mörder sein Aussehen von Fall zu Fall ähnlich radikal verändert? Das würde die widersprüchlichen Zeugenaussagen erklären. Aber – nein, es bedarf vermutlich eines Berufsschauspielers und der Hilfe eines Schminkstudios, um diesen Trick zu bewerkstelligen.

Schließlich nähert sich das Geschehen auf der Leinwand seinem Höhepunkt. Der Mondflug soll beginnen. Jubelnde

Menschenmassen, ein begeisterter Rundfunkreporter: »Soeben hat das Weltraumschiff die Abschussstelle erreicht«. Da schläft Berger ein. Er verpasst, wie die kühnen Weltraumfahrer nur knapp Sieger im Kampf mit dem tödlichen Andruck bleiben, er verpasst, wie die Rakete auf der Rückseite des Mondes landet, und er verpasst, wie die Raumfahrer dort Sauerstoff, Wasser und Gold antreffen.

Als er wieder wach wird, glaubt er einen Augenblick lang er träumt. Erst als der nächste Zwischentitel im Bild erscheint, wird ihm bewusst, dass er im Kino sitzt und nicht auf dem Mond. Hat Jutta bemerkt, dass er eingeschlafen war? Vielleicht nicht. Sie verfolgt gebannt das Geschehen auf der Leinwand.

Nach der Vorführung unterhalten sich die Schauspieler im Foyer des Kinos mit dem Publikum. Prominenz zum Anfassen. Berger sieht Jutta im Gespräch mit Gerda Maurus inmitten einer Traube von Menschen. Er selbst steht mit einem Glas Sekt in der Hand im Hintergrund und beobachtet die Szene. Seine Verlobte bewegt sich mit der gleichen Sicherheit wie die fünf Jahre ältere Schauspielerin. Er bewundert sie; gleichzeitig macht es ihn traurig. Das ist ihre Welt, denkt er, nicht meine.

Auf dem Weg nach Hause gehen sie nebeneinander her. Berger hat viel mehr getrunken, als er wollte. Er ist tief in Gedanken versunken.

»Na, was hat dir am besten gefallen?« Jutta ist aufgekratzt.

Die Schlussszene natürlich. Die Rakete ist abgeflogen. Willy Fritsch hat sich für die anderen geopfert. Er bleibt allein auf dem Mond zurück. Glaubt er. Er dreht sich um – und da steht Gerda Maurus vor ihm; sie fallen sich in die Arme. – Ob Jutta wohl auch bereit wäre, aus Liebe mit ihm zusammen zu sterben? Er bezweifelt es.

»Natürlich«, sagt sie. Sie lacht. »Natürlich würde ich mit dir zusammen zurückbleiben!«

Er gibt ihr einen Kuss.

Als sie zu Hause ankommen, sagt Jutta: »Weißt du eigentlich, dass die Ufa fast pleite war vor zwei Jahren? Hugenberg hat sie aufgekauft! Die Gesellschaft heißt weiterhin Universum Film AG, aber sie gehört Hugenberg.«

Hugenberg! Ehemaliger Krupp-Direktor, Chef eines Presse-Imperiums und Vorsitzender der Deutschnationalen Volkspartei. Einer der Organisatoren des Volksentscheids gegen den Young-Plan. Zusammen mit Hitler, Seldte und Claß. Berger kann nur hoffen, dass das Vorhaben scheitert.

»Mach nicht solch ein Gesicht! Ich mag ihn ja auch nicht, aber ohne ihn hätte es diesen Film nie gegeben!« Jutta lacht.

Berger ist todmüde. Als er endlich im Bett liegt und Jutta das Licht löscht, murmelt er: »Der Mond gehört Hugenberg ...« Dann schläft er ein.

Gennats Sonntage

8.11. - 18.11.1929

1.

»Er mordet am Wochenende«, sagt Gennat.

»Meistens, aber nicht immer!«, widerspricht Kosinski.

Gennat breitet einen Kalender auf dem Tisch aus. Er hat die Tage, an denen Überfälle stattgefunden haben, mit Rot unterlegt.

»Gennats Sonntage!«, ruft jemand. Gelächter.

Der Dicke lässt sich nicht aus der Ruhe bringen. »Bitte, meine Herrschaften, sehen Sie selbst. Es fängt an im Februar. Der Überfall auf die Frau Krohn – ein Sonntag. Der Mord an der kleinen Olbricht – Samstag. Spee – der passt nicht ins Bild. Dienstag.«

»Aber nicht irgendein Dienstag. Karneval. Das ist fast so gut wie ein Sonntag hier bei uns am Rhein«, gibt Berger zu bedenken.

»Ja, vielleicht ist das der Grund. Weiter. Der Überfall auf der Kirmes, das war ein Mittwoch. Aber eben Kirmes, wieder ein besonderer Tag. Dann der Mord an den beiden Kindern – wieder Samstag. Der Überfall auf Fräulein Schultze – Sonntag. Der Mord an Ida Richter – Sonntag. Der Mord an der Dörries – Freitag. Der Überfall auf die beiden Frauen – Freitag.«

»Aber die meisten von uns müssen am Samstag arbeiten. Für die ist der Freitag ein ganz normaler Wochentag«, wirft Mombach ein.

»Das ist sicher richtig. – Was ich sagen will, ist ja auch nur, dass hier so etwas wie ein Muster zu erkennen ist. Nicht besonders scharf ausgeprägt, das gebe ich zu, aber doch immerhin eine Art von Muster.«

»Ja, vielleicht. – Wir suchen also jemand, der am Samstag nicht arbeitet?«

»Das weiß ich nicht. Es kann auch sein, dass er bevorzugt an diesen Tagen mordet, weil er da am ehesten die Chance hat, ein potenzielles Opfer zu treffen. – Nein, was ich sagen will, das ist etwas ganz anderes. Ich weiß nicht, ob es Ihnen auch aufgefallen ist, aber in der letzten Zeit, als sich die Überfälle so gehäuft haben – da lagen immer ungefähr zwei Wochen zwischen den einzelnen Taten.«

»Ja, das stimmt«, sagt Berger.

»Die Serie ist viel zu klein, als dass man das so sagen könnte«, widerspricht Kosinski.

»Jedenfalls – der letzte Überfall war am vorletzten Wochenende. Und heute ist wieder Freitag. – Ich weiß, die Chancen sind nicht besonders groß, aber wir müssen versuchen, den Mann auf frischer Tat zu erwischen. Er ist abends unterwegs. Wir werden heute Abend draußen sein. Alle!«

»Sie auch?« Hoffentlich nicht. Der Dicke wäre ein leichtes Opfer.

»Ich nicht.«

»Düsseldorf ist groß«, sagt Kosinski. »Selbst wenn wir die gesamte Kriminalpolizei einbeziehen, hätten wir nur ein paar Dutzend Leute.«

»Wir müssen ja nicht die ganze Stadt abdecken. Die Innenstadt scheidet aus. Da hat er noch nie gemordet. Und was nun die möglichen Tatorte angeht – ich habe noch etwas anderes gemacht.« Gennat breitet ein Messtischblatt auf dem Tisch auf. »Ich habe hier einmal die Lage aller bisher verübten Überfälle eingetragen ...«

»Flehe ist da nicht mit drauf«, sagt Mombach, »wo er die beiden Kinder ermordet hat. Das liegt außerhalb der Karte.«

»Ich weiß. Das habe ich berücksichtigt.«

Alle starren auf die Karte. »Die Punkte liegen beinahe rings um Düsseldorf verteilt. Mit einem gewissen Schwerpunkt im Südosten – vielleicht«, stellt Mombach schließlich fest.

»Ja. Aber das meine ich jetzt nicht. Worauf ich hinaus will, das ist etwas ganz anderes. Meine Herren, der Mörder muss doch irgendwo wohnen. Was liegt näher, als anzunehmen, dass er die Taten in einem gewissen Umkreis von seiner Wohnung verübt. In einiger Entfernung vermutlich, zur Sicherheit, aber nicht so weit weg, dass er nicht schnell dahin zurückflüchten kann. Ich habe die Lage aller Tatorte hier eingetragen und dann die Gauss-Krüger-Koordinaten ausgemessen. Anschließend habe ich die Zahlenwerte zusammengezählt und durch zwölf geteilt.«

»Dreizehn«, sagt Kosinski. »Es müssten dreizehn sein.«

»Ich habe mich für zwölf entschieden. Die beiden Kinder – das war ja derselbe Tatort.«

»Das gilt aber auch für die Überfälle auf der Kirmes in Lierenfeld.«

»Nein, das sehe ich nicht so. Das sind drei verschiedene Überfälle an drei etwas verschiedenen Orten.«

»An drei fast identischen Orten!«

Gennat hebt die Hände. »Meinetwegen. Aber es spielt doch keine große Rolle, ob Sie das so oder anders machen. Wenn Sie die Koordinaten zusammenzählen und durch zwölf teilen, dann bekommen Sie eine Art Schwerpunkt für die gesamten Straftaten, von denen wir annehmen, dass derselbe Täter sie verursacht hat.«

»Und wo liegt dieser so genannte Schwerpunkt?«

»Hier, an dieser Stelle.«

Die Männer beugen sich über die Karte. Gennats dicker Zeigefinger weist auf einen Punkt knapp nordöstlich des Hauptbahnhofs.

»Flingern«, sagt Mombach.

»Ja. Ich schlage vor, dass mindestens einer von uns heute Abend die Straßen von Flingern abläuft und nach verdächtigen Personen Ausschau hält.«

»Und – wer ist verdächtig?«

»Jeder. Sprechen Sie jeden an, den Sie treffen. Fragen Sie ihn nach der Zeit, nach dem Weg, irgendetwas. Bitten Sie ihn um Feuer. Achten Sie darauf, wie er reagiert. Achten Sie darauf, ob jemand mit verschmutzter oder gar zerrissener Kleidung herumläuft. Achten Sie auf Blutflecke. Wer so mordet wie unser Mann, der kann gar nicht ohne Blutflecke sein. Er mag versucht haben, die abzuwischen oder abzuwaschen, aber Blut ist zäh, das lässt sich nicht so leicht entfernen.«

»Ich mache das«, sagt Berger.

»Gut. Und die anderen nehmen sich den weiteren Umkreis vor.«

»Beginn neunzehn Uhr?«

»Lieber eine halbe Stunde früher. Wir sollen kein Risiko eingehen.«

2.

Am Nachmittag holt Gennat sie alle wieder zusammen. Er sieht noch blasser aus als sonst. »Sie haben es wahrscheinlich inzwischen schon mitbekommen«, sagt er. »Kann sein, dass unsere Aktion zu spät kommt. Ein Kind wird vermisst. Gertrud Schäfer, ein fünfjähriges Mädchen. Die Kleine war bei ihrer Tante gewesen, die hat in der Ackerstraße ein Ladengeschäft. Ackerstraße 196. Das liegt hier, ganz in der Nähe der Flingerner Kirche.« Gennat weist auf die Karte. »Die Kleine hat gestern Abend vor dem Haus der Tante auf der Straße gespielt. Ja und dann, so gegen 18.30 Uhr, da war sie plötzlich weg.«

»Das klingt nicht gut«, sagt Fuhrmann.

»Es kommt noch schlimmer. Ein paar Häuser weiter, Ackerstraße 200, da stand eine Frau Stützfeld am Fenster, zusammen mit ihren Kindern. Die Stützfelds kennen die Schäfers, und deshalb hat sich die Frau schon gewundert, dass die kleine Gertrud da mit einem fremden Mann vorbeimarschiert. Aber so viel hat sie sich dann auch wieder nicht dabei gedacht, denn alles sah ruhig und friedlich aus, und das Mädchen hat fröhlich zu den Stützfelds hinauf gewinkt.«

»Beschreibung?«, fragt Kosinski.

»Keine brauchbare Beschreibung. Der Mann ist dann mit dem Kind an der Hand gemächlich weitergegangen und in die Hoffeldstraße eingebogen. Und damit war er dann weg.«

»Nach Norden oder Süden?«, fragt Fuhrmann.

»Nach Norden, Richtung Grafenberger.«

»Und dann?«

»Mehr wissen wir nicht. Unsere Leute sind draußen und suchen, aber bisher ohne Erfolg. Das ist natürlich ein ziemlich großes Gebiet, das da in Frage kommt.«

»Die ist tot«, sagt Kosinski. »Kein Zweifel, die ist tot.«

»Solange wir keine Leiche gefunden haben, besteht noch Hoffnung. Aber selbst wenn das Kind tot sein sollte, gibt es für uns keinen Anlass, den Plan zu ändern. Sie alle wissen, dass unser Täter an manchen Wochenenden mehrfach zugeschlagen hat. Es kann gut sein, dass er es heute Nacht wieder versucht.«

»Wenn ich den Saukerl erwische, dem dreh' ich den Hals um!«, ruft Kosinski.

Gennat sieht ihn an und sagt ganz ruhig: »Wenn wir den Kerl erwischen, dann nehmen wir ihn fest. – Übrigens müssen Sie die nächsten zwei Tage ohne mich auskommen. Ich muss nach Berlin ins Ministerium. Herr Mombach wird mich vertreten.«

3.

Berger hat bereits zwei Leute nach dem Weg gefragt; einem ist er anschließend unauffällig nachgegangen, bis er in einem der Häuser verschwunden ist. Die Straßen sind leer. Es ist jetzt nach einundzwanzig Uhr; es ist kalt und dunkel. Der Wetterbericht in der Zeitung hat Regen angekündigt. Berger kommt aus der Langerstraße und biegt in den Höher Weg ein. Auch hier keine Menschenseele. Doch, dort!

Ein Pärchen kommt ihm entgegen. Das Mädchen kichert. Betrunken, vermutet Berger. Als die beiden heran sind, fragt er: »Entschuldigung, hat jemand von Ihnen vielleicht Feuer?«

»Ja, Moment ...« Der junge Mann sucht in der Manteltasche. Vergeblich. Als Berger schon aufgeben will, zieht er schließlich eine Schachtel Streichhölzer aus der Innentasche: »Ach, hier sind sie ja!«

»Danke!« Berger streift den Mann mit einem raschen, prüfenden Blick. »Was haben Sie denn mit dem Knie gemacht?«

»Wie?« Der Mann sieht an sich herunter. Die Hose weist am rechten Knie einen dunklen Fleck auf. »Ach das ... Ich bin gestürzt. Ausgerutscht. Es ist ja so dunkel ....«

Das Mädchen kichert.

»Lach doch nicht immer!«

Beide sind betrunken, denkt Berger. »Schönen Abend noch«, sagt er. Nach ein paar Schritten bleibt er stehen und sieht den beiden nach. Der ist es nicht. Nein, der kann es nicht sein. Der ist zu jung.

Kosinski streift weiter nördlich durch die Vorstadt. Auf der einen Seite die Schrebergärten, auf der anderen Seite das Haniel-Gelände. Schlecht beleuchtete Straßen. Nachts hat hier keiner was zu suchen. Da kommt ihm einer entgegen. »Guten Abend«, sagt Kosinski.

»Ist was?« Der andere bleibt stehen. Er ist größer als der Polizist und jünger.

»Ich habe ›Guten Abend‹ gesagt«, wiederholt Kosinski.

»Willst du was?«

Das gibt Ärger. »Polizei. Ihren Ausweis bitte!«

Da schlägt der andere zu. Kosinski hat den Angriff erwartet, aber dennoch gerät er ins Taumeln. Bevor er sich wieder gefangen hat, trifft ihn der nächste Schlag. Kosinski geht zu Boden.

Fuhrmann hat gerade die Nordostecke seines Bereichs erreicht. Die dritte Runde. Er hat überhaupt noch niemand getroffen. Alles ruhig, denkt er. Zeit, um einen Augenblick lang zu verschnaufen. Seit über drei Stunden ist er jetzt unterwegs. Er ist schließlich nicht mehr der Jüngste. Er lehnt sich gegen einen Baumstamm.

Hier draußen gibt es noch keine Straßenbeleuchtung. Den Weg kann er nur ahnen. Er lauscht in die Dunkelheit. Irgendwo in der Ferne, vielleicht auf dem Hellweg, fährt ein Auto. Da sitzt jetzt der Mörder drin, denkt er. Der fährt nach getaner Arbeit nach Hause, und wir müssen hier noch fünf Stunden lang ausharren. Bis drei Uhr, hat Gennat gesagt. Dabei tun ihm jetzt schon die Füße weh.

Schleicht da nicht einer? Fuhrmann richtet sich auf. Zu sehen ist absolut nichts, aber er hat das Gefühl, dass dort drüben, auf der anderen Seite der Kreuzung, einer gegangen kommt. Leise, aber nicht unhörbar. Fuhrmann tastet nach seiner Waffe. Gleich, gleich muss er ihn sehen können, wenn er aus dem Dunkel des Weges hinaus auf die Kreuzung tritt. Aber die Schritte verstummen. Der andere muss stehen geblieben sein.

Plötzlich ein kleines Aufleuchten, dann ein winziger roter Punkt, der mehrere Male aufglimmt. Der andere hat sich eine

Zigarette angezündet. Im nächsten Moment beginnt er, heftig zu husten.

»Von Eck, bist du das?«, fragt Fuhrmann.

»Mein Gott, hast du mich erschreckt!« Der Kollege tritt aus dem Dunkeln in den hellen Bereich der Kreuzung. Fuhrmann hat rasch die Pistole wieder eingesteckt. Das hätte ja noch gefehlt, dass sie im Dunkeln aufeinander geschossen hätten!

»Bei mir ist alles ruhig«, sagt Fuhrmann.

»Bei mir auch. Fünf oder sechs Leute in den ersten Stunden, alle unauffällig. Die habe ich gar nicht erst angesprochen.«

»Bei mir war überhaupt keiner«, sagt Fuhrmann. »Man könnte fast meinen …«

»Da kommt jemand!«

In der Tat, da kommt einer gelaufen, mit keuchendem Atem. Direkt auf sie zu.

»Na, wo wollen Sie denn hin so eilig?«, ruft Fuhrmann.

»Polizei – ich muss sofort zur Polizei!«

»Wir sind die Polizei. Wo brennt's denn?«

»Da hinten – da liegt einer auf dem Weg und rührt sich nicht!«

Mein Gott, denkt Fuhrmann, hat dieses Monster doch tatsächlich noch einmal zugeschlagen. Hat der Gennat doch Recht gehabt. Und ich beklage mich darüber, hier ein paar Runden in der Kälte zu gehen! Er rennt los. Die anderen folgen.

»Das ist nicht in meinem Bezirk«, keucht von Eck. »Da hinten, das gehört nicht mehr zu meinem Bezirk!«

Du hast Sorgen, denkt Fuhrmann.

Als sie am Tatort eintreffen, hat das Opfer sich inzwischen wieder erhoben. »Ihr kommt zu spät!« Kosinski reibt sich das Kinn.

»Was ist passiert?«, fragt Fuhrmann.

Kosinski beschreibt seine Begegnung mit dem Unbekannten. »Er hat mich einfach niedergeschlagen.«

»Wie sah er aus?«, will von Eck wissen.

»1,87 m groß, vielleicht auch 1,88, etwa dreiundsiebzig Kilo, dunkelblond, das rechte Ohr etwas größer als das linke, kleine Narbe auf der Stirn, grüngraue Augen …«

»Was?« Von Eck kriegt vor Staunen den Mund nicht mehr zu.

»Es war dunkel, du Idiot, ich hab überhaupt nichts gesehen«, schimpft Kosinski. »Und alles ging ziemlich schnell.«

»Dann werde ich jetzt wohl nicht mehr gebraucht?«, fragt der Mann, der die Polizisten geholt hat.

»Nein. – Oder doch, warten Sie mal! Was haben Sie denn eigentlich um diese Zeit hier draußen gemacht?«

»Ich bin sozusagen dienstlich unterwegs.«

»Dienstlich?« Das fehlte ja noch, dass irgendeine andere Dienststelle ihre Leute ebenfalls hatte ausschwärmen lassen!

»Gestatten Sie, dass ich mich vorstelle: Schuhmacher, vom *Tageblatt*. Wir wollen versuchen …«

Weiter kommt er nicht. Mit einem Satz ist Kosinski bei ihm. Er packt Schuhmacher am Kragen und schreit ihn an: »Was fällt euch ein? Was glaubt ihr denn, wer ihr seid? – Das ist kein Spiel hier! Hier läuft ein Mörder herum, und die meisten, die ihm bisher begegnet sind, die haben keine Gelegenheit mehr gehabt, davon zu erzählen, weil sie nämlich tot sind! So sieht das aus!«

Fuhrmann fasst Kosinski am Ärmel. »Lass ihn los, Paul! Er hat es doch nur gut gemeint!«

Kosinski schüttelt ihn ab. »Die Arbeit ist schon schwierig genug, auch ohne euch! Sie wird dadurch nicht leichter, dass ihr auch noch mit allen möglichen Verdächtigungen und klugen Ratschlägen daherkommt. Aber wenn ihr jetzt auch noch anfangt, hier draußen rumzulaufen und uns in die Quere zu kommen, dann könnt ihr was erleben!«

Schuhmacher bleibt ruhig. »Wir wollen nur helfen«, sagt er. »Und ich hatte durchaus das Gefühl, dass Sie Hilfe gebrauchen konnten.«

Kosinski lässt ihn los. »Schon gut.«

Fuhrmann sagt: »Vergessen Sie doch bitte, was mein Kollege gesagt hat. Wir sind alle etwas nervös im Augenblick, das können Sie sich doch denken.«

»Sie versuchen, dem Kerl eine Falle zu stellen?«

»Kein Kommentar«, sagt Fuhrmann. »Aber ich möchte Sie bitten, nichts von dem zu berichten, was Sie hier gesehen haben. Der Verbrecher soll nicht gewarnt werden.«

»Wir wollen nur helfen!« Das klingt vieldeutig aus dem Munde eines Journalisten.

»Ach, schreiben Sie doch, was Sie wollen«, faucht Kosinski.

»Und?«, fragt Fuhrmann, als Schuhmacher endlich gegangen ist.

»Was und?«, fragt Kosinski zurück.

»War der das? – Der dich überfallen hat, meine ich.«

Kosinski zuckt mit den Schultern. »Kann sein, kann nicht sein. Eher nicht, denke ich. Zu jung, zu kräftig. Er hat mich von vorn angegriffen. Unser Mörder hat bis jetzt immer von hinten zugeschlagen. Und meistens auch zugestochen. Er hätte mich bequem abstechen können, als ich da am Boden lag. Hat er aber nicht gemacht. Ich weiß nicht, ob er überhaupt ein Messer dabei hatte.«

»Aber wer war das dann?«

»Ein Einbrecher vielleicht, was weiß ich. Er hatte einen Rucksack.«

»Voller Diebesgut?«

»Eher leer, denke ich. Es ist ja auch noch früh. Wahrscheinlich versucht er es heute nicht noch einmal. Aber wenn er morgen wieder kommt, dann schnappe ich ihn mir.«

»Das ist nicht, weswegen wir hier sind«, stellt Fuhrmann lakonisch fest. »Wir sollten uns wieder auf den Weg machen.«

4.

»Alles umsonst«, murmelt von Eck, »alles umsonst!« Es ist ein kalter Novembermorgen. Er stampft mit den Füßen auf, um warm zu bleiben.

»An dieser verdammten Mauer muss doch der Kosinski letzte Nacht zehnmal vorbeigegangen sein!« Berger kann es nicht fassen.

»Die Kleine lag mit dem Gesicht nach unten in den Brennnesseln. Das konnte man vom Weg aus nicht sehen. Schon gar nicht im Dunkeln.«

»Wie ist sie überhaupt gefunden worden?«

»Wir haben heute früh das Schrebergartengelände im Zooviertel noch einmal gründlich absuchen lassen. Dabei haben wir sie dann entdeckt.« Von Ecks Hand mit der Zigarette zittert.

»Und was ist mit den Zeugen? Mombach hat vorhin erwähnt, dass der Mann mit dem Mädchen gesehen worden ist.«

»Da hätten sie ihn um ein Haar gehabt. Dieser Satan hat ein irrsinniges Glück!«

»Sie? Wer? Was ist passiert?«

»Als er mit der Kleinen die Hans-Sachs-Straße hinunter geht, das ist ja schon fast da, wo er sie schließlich umgebracht hat, da kommen ihnen plötzlich zwei Monteure entgegen. Beides kräftige Burschen; die hätten mit dem Kerl kurzen Prozess gemacht. Und der eine von den beiden, der schöpft tatsächlich Verdacht, als da dieser Mann mit dem kleinen

Kind im Dunkeln allein diese einsame Straße hinuntergeht. Und er sagt zu seinem Kollegen: ›Der Düsseldorfer Mörder. Das könnte er sein!‹. Und die beiden bleiben stehen.«

»Und dann?«

»Und in dem Augenblick lacht das kleine Mädchen laut auf, und der andere Monteur sagt: ›Du bist ja verrückt, das ist der Vater!‹ Und dann gehen sie weiter …«

5.

»Das ist die Lage.« Gennat hat den Stand der Ermittlungen ungeschminkt dargestellt.

»Sie müssen zugeben, dass das alles in höchstem Maße unbefriedigend ist«, sagt Graeser. Ministerialdirigent Graeser – Gennat hätte lieber mit dem Innenminister persönlich gesprochen. Aber Grzesinski ist verhindert, heißt es. Vielleicht will er sich auch nur absichern, die Verantwortung auf mehrere Schultern verteilen. Gennat ist klar, dass die Politiker unter Druck stehen. Die Presse berichtet ständig über die Düsseldorfer Morde – selbst in Berlin. Und der Opposition von Rechts- und Linksaußen kommt jedes Versagen der Staatsmacht sehr gelegen.

»Es ist unbefriedigend. Ja, Herr Ministerialdirigent, das ist wohl wahr. Aber in einem Fall wie diesem gibt es wenig Ansatzpunkte für die Ermittler. Soweit wir bisher wissen, besteht keinerlei Beziehung zwischen Täter und Opfer …«

»Ja, ja, das haben Sie mir ja in aller Ausführlichkeit geschildert. Aber ich frage mich, ob nicht doch eine personelle Verstärkung der Mordkommission angebracht wäre.«

Er hat nicht zugehört, denkt Gennat. »Wir sind personell sehr gut ausgestattet«, sagt er. »Die Düsseldorfer Polizei unterstützt uns mit allen Kräften. Ich leite die Ermittlungen gemeinsam mit Herrn Kriminalpolizeirat Mombach. Die Mordkommission A hat zwanzig Beamte im Einsatz, die Mordkommission B elf Beamte. Hinzu kommen dreizehn Kriminalpolizisten, die Streifendienst tun. Das sind zusammen sechsundvierzig Polizisten. Hinzu kommen zehn Beamte aus dem 5. Kriminalkommissariat und sieben Beamte aus dem 9. Kriminalkommissariat – das ist die Sitte. Wenn wir weitere Kräfte aus Berlin hinzuziehen wollten, so müssten die erst eingearbeitet werden und würden –zumindest für den Augenblick – eher eine Belastung als eine Verstärkung darstellen. Und wir befinden uns in einer äußerst kritischen Phase der Ermittlungen.«

Graeser zögert. »Sie haben mich nicht überzeugt!«, sagt er schließlich. »Aber natürlich sind Sie der Leiter der Ermittlungen. Ich beuge mich Ihrem Urteil.«

Gennat atmet auf. Er erhebt sich, um sich zu verabschieden. In dem Augenblick klopft es an der Tür.

»Was ist denn? – Ich hatte doch ausdrücklich gebeten ...«

»Ein Telegramm aus Düsseldorf!«

Der Bote übergibt Graeser das Telegramm. Der überfliegt die Nachricht und reicht das Blatt dann an Gennat weiter. Leiche Schäfer gefunden. Erstochen und vergewaltigt. Mombach. – Zu einem ungünstigeren Zeitpunkt hätte die Nachricht nicht kommen können.

»Ich muss zurück nach Düsseldorf«, sagt Gennat.

»Einen Moment! – Herr Gennat, so geht das nicht. Bitte warten Sie einen Moment hier, ich muss mich eben mit dem Innenminister besprechen.«

Er ist also doch da. – Gennat setzt sich wieder. Er kann nur hoffen, dass die Politiker Vernunft walten lassen und sich nicht in seine Arbeit einmischen. Aber – ist das nicht zu viel gehofft? Es dauert eine knappe Viertelstunde, dann ist Glaeser zurück.

»Wir haben die neue Lage besprochen. Die Belohnung wird sofort auf fünfzehntausend Reichsmark erhöht. Und der Herr

Innenminister ordnet an, dass der Herr Kriminalkommissar Busdorf zur Verstärkung mit hinzugezogen wird.«

»Busdorf!« Damit hat er am wenigsten gerechnet. Busdorf leitet das Dezernat für Wilddieberei. Und er ist zwei Jahre älter als Gennat. »Heißt das …«

»Die Leitung der Ermittlungen bleibt selbstverständlich in Ihrer Hand, Herr Gennat.«

Wenigstens etwas, denkt Gennat. Busdorf! – Natürlich, Otto Busdorf hat nicht nur Diebstahlsdelikte bearbeitet, sondern auch Morde an Förstern. Aber das sind alles ziemlich alte Fälle, und dass er sich mit dem Mörder Kleinschmidt in der Tucheler Heide herumgeschossen hat, das ist auch schon mehr als zehn Jahre her. Im Krieg war das gewesen. Und zur Strecke gebracht hatte den Kleinschmidt schließlich ein anderer.

»Der Kollege Busdorf ist ja eine landesweit anerkannte Kapazität; wir versprechen uns davon eine wesentliche Verstärkung Ihrer Kommission.«

»Ja«, sagt Gennat. Was soll er sonst auch sagen? – Das ist nur das Buch, denkt er. Dieses verdammte Buch. Vor gut einem Jahr erschienen und schon in der fünften Auflage. *Wilddieberei und Förstermorde* – jeder Jäger hat das. Und jeder Politiker wohl auch. Er hat sich gut verkauft, der Herr Kollege.

6.

»Fünf Jahre«, sagt Mombach. »Fünf Jahre!«

Professor Stolley nickt. »Ich weiß. Das hatten wir ja schon öfter, dass er kleine Kinder umbringt. Die Hartmann war auch fünf und die Olbricht neun.«

Berger reibt sich die Augen. Knappe vier Stunden Schlaf, das reicht einfach nicht. Und die nächste Nacht wird auch nicht besser, das weiß er jetzt schon.

Mombach sagt: »Der einzige Trost ist, dass wir ihn jetzt bald haben. Wenn er so weiter macht, dann haben wir ihn in den nächsten Tagen!«

»Ich drücke Ihnen die Daumen. Was nun das kleine Mädchen angeht …«

»Sie waren ja mit draußen, Sie haben den Tatort selbst in Augenschein genommen.«

»Ja. Er hat das kleine Mädchen gewürgt und anschließend erstochen. Am Hals des Kindes gibt es einen ganz klaren Daumenabdruck und eine Reihe weiterer Fingerspuren. Der Täter ist Rechtshänder, aber das wissen wir ja schon. Nun zu den Stichwunden. Ich habe sechsunddreißig Einstiche gezählt. Wieder, wie schon bei den früheren Fällen, sind zwei Stiche gegen den Kopf geführt worden. Neun der anderen Stiche haben das kleine Herz durchbohrt. Der Tod muss sofort eingetreten sein. Darüber hinaus gibt es noch weitere schwere Verletzungen. After und Scheideneingang sind erheblich verletzt. Es ist ganz eindeutig, dass der Täter sich auf brutalste Weise an dem Kind vergangen hat.«

»Mein Gott«, sagt Berger. »An dem sterbenden Kind?«

»An dem sterbenden oder toten Kind, ja.«

»Und dann hat er die Leiche in die Brennnesseln geworfen!«

»Ja, anschließend hat er die Leiche des Kindes direkt an der Mauer der Firma Haniel-Lueg in einem Brennnesselgebüsch versteckt. Dann hat er wohl seine Hände, die Kleidung und auch die Schuhe mit Gras von Blutspuren gereinigt. Das mit den Schuhen wissen wir insofern mit Sicherheit, als auch Spuren von Schuhcreme festgestellt worden sind. Spuren von schwarzer Schuhcreme.«

»Wir müssen ihn kriegen«, stöhnt Mombach. »Wir müssen ihn endlich kriegen!«

7.

Die zweite Nacht. Kosinski geht die Hans-Sachs-Straße hinunter. Fünfhundert Schritte. Dann noch einmal fünfhundert Schritte und er steht mitten in den Kleingärten. Hier irgendwo ist es gewesen. Er hat den Tatort nicht gesehen; die Polizei ist jetzt wieder abgezogen, alle Sperren sind aufgehoben. Kosinski sieht sich um. Niemand zu sehen. Die Lichter von Düsseltal leuchten im Hintergrund. Der Polizist sucht sich eine Position, wo er selbst im Schatten steht, und wo der Weg zwischen ihm und der Stadt liegt. Wenn der Kerl heute wieder kommt, wird er ihm nicht entwischen. Aber noch ist es zu früh, viel zu früh.

Von Eck bleibt stehen. Sein Rücken tut weh. Das halte ich nicht durch, denkt er. Für solche Spielchen bin ich einfach zu alt. Alt und verbraucht. Zehn bis zwölf Stunden am Tag, jahraus, jahrein. Das geht auf die Knochen. Und jetzt – noch eine ganze Nacht auf den Beinen? Das halte ich nicht durch. Er sieht sich um. Da hinten leuchten die Lichter der Kneipe, an der er gerade vorbeigekommen ist. Von Eck reibt sich den Rücken.

Ein kleines Bier, denkt er. Das kann doch nichts schaden. Nur ein winziges, kleines Bier. Es ist doch noch so früh. Viel zu früh für den Mörder. Und wenn ich mich jetzt ein halbes Stündchen ausruhe, dann bin ich nachher umso frischer. Nur ein halbes Stündchen. Oder ein Stündchen, höchstens.

Noch einmal reibt sich von Eck den Rücken. Dann macht er sich auf den Weg zu der Gaststätte.

Da kommt jemand. Erst hört Kosinski nur das leise Geräusch der Schritte, dann sieht er den Mann, der zügig in Richtung Stadt marschiert. Kosinski steht im Schatten der Mauer; der

Mann kann ihn nicht sehen. Aber Kosinski sieht jetzt den Mann. Ein großer Kerl; kein Zweifel, es ist derselbe wie gestern. Na, der hat Humor!

Als er direkt neben ihm ist, tritt Kosinski vor. »Halt! Polizei!«

Der andere schlägt sofort zu, aber diesmal ist Kosinski vorbereitet. Er wehrt den Schlag ab und bringt seinerseits zwei schöne Treffer an. Der andere taumelt zurück und zieht ein Messer. Doch schon hat ihn Kosinski am Handgelenk gepackt; das Messer fällt zu Boden. Der Bursche tritt nach Kosinski, doch er streift nur das Bein des Polizisten. Der wirft den Gegner mit einem Judogriff zu Boden. Bevor der andere wieder auf den Beinen ist, hat Kosinski seine Waffe gezogen.

»Keine falsche Bewegung! – Sie sind festgenommen.«

Der Bursche schimpft wie ein Rohrspatz: »Was soll der Unsinn? Ich gehe hier ganz friedlich spazieren – und da überfallen Sie mich und schlagen mich zu Boden. Wenn Sie wirklich Polizist sind, dann sollten Sie mich schützen, statt mich anzugreifen!«

Kosinski legt ihm Handschellen an.

Der Bursche zetert weiter: »Ich bin auf dem Weg zu meiner Freundin in Flingern, und da überfallen Sie mich hier …«

Kosinski öffnet den Rucksack, leuchtet mit der Taschenlampe hinein. Der Rucksack ist leer – bis auf ein paar Einbruchswerkzeuge. Kosinski nimmt einen Kuhfuß heraus, hält ihn dem Burschen hin: »Das nächste Mal sollten Sie sich von Ihrer Freundin lieber einen Schlüssel geben lassen!«

Kosinski bringt seinen Fang zum Präsidium. Er kann nicht ahnen, dass ihm dadurch der größere Fang entgeht. Kurz vor Mitternacht schleicht jemand von der Stadt her kommend in das Kleingartengelände. Mit der Taschenlampe leuchtet er den Wegrand an der Haniel-Lueg-Mauer ab. Hier muss es gewesen sein! Die Leiche ist fort, aber wenn er sich konzentriert, glaubt er, den Geruch des Kindes noch zu spüren. Er öffnet die Hose und beginnt zu onanieren.

8.

Mombach thront hinter dem Schreibtisch an der Stelle, an der sonst Gennat zu sitzen pflegt. Das Zimmer wirkt leer. »Die gestrige Aktion war also wieder ein Reinfall«, sagt er.

»Ein Einbrecher wurde festgenommen«, sagt Kosinski.

»Ja, schon, aber das war natürlich nicht das eigentliche Ziel. Auf der Suche nach unserem Mörder sind wir keinen Schritt weitergekommen. So sah es jedenfalls aus. Bis eben. Aber jetzt – jetzt habe ich Neuigkeiten für Sie!«

»Uns kann nichts mehr erschüttern«, sagt Fuhrmann.

»Diesmal ist es etwas Gutes. Unser Mörder hat wieder einmal geschrieben. Diesmal an die *Freiheit*. Die kommunistische Zeitung. Die Roten haben freundlicherweise den Brief nicht veröffentlicht, sondern sind damit gleich zu uns gekommen. Hier, das ist das Schreiben.«

Der Brief ähnelt dem vom 14. Oktober. Ein großes, mehrfach gefaltetes Blatt Papier, das auf den ersten Blick aussieht wie dünnes Packpapier. Darauf eine grobe Kartenskizze; eingetragen ist Wald, Feld, Wiese, ein Weg und der Ort Papendelle. In einer Bucht des Waldes ein kleines Kreuz. Dazu der Text: *Mord bei Pappendelle! An der angekreuzten Stelle liegt die Leiche begraben.* Und dann noch: *Die Leiche der vermissten Gertrud Schäfer an der Mauer Haniel.*

»Gertrud!«, sagt Fuhrmann.

»Alles nur Mache«, sagt Kosinski. »Wir sollen glauben, dass der Täter ziemlich dumm ist. Ist er aber wahrscheinlich nicht. Die Zeugenaussagen sprechen dagegen.«

»Wenn dieser Brief vom Täter stammt.«

Mombach schüttelt den Kopf. »Meine Herren, der Brief wurde am Freitag hier in Düsseldorf abgestempelt. Gestern Vormittag. Da haben wir noch nicht gewusst, wo die Leiche des kleinen Mädchens liegt. Der Brief ist auf jeden Fall echt.«

»Und – was ist mit Papendelle?«, fragt Berger.

Mombach zuckt mit den Achseln. »Die Nachforschungen sind seinerzeit ergebnislos verlaufen. Und da niemand vermisst wurde, haben wir den Fall auf sich beruhen lassen.«

»Und es gibt noch immer keine Vermisstenmeldung?«

»Nein, soweit ich weiß, nicht. Es lässt sich natürlich nicht mit Sicherheit sagen, da wir ja nicht wissen, wann der angebliche Mord passiert sein soll. Aber wenn wir annehmen, dass er zu der jetzigen Serie gehört, das heißt, dass er zwischen – sagen wir Juli und jetzt passiert sein soll – nein, da gibt es nach Auskunft der Kollegen keine Meldung.«

»Wir müssen nachforschen«, konstatiert Mombach. »Die Geschichte hat jetzt ein völlig neues Gewicht bekommen. Das können wir nicht der Schutzpolizei überlassen. Berger, Sie übernehmen das!«

9.

»Nein, hier rechts«, kommandiert Berger.

Der Fahrer bremst scharf. Berger stößt sich den Kopf. Der Wagen schwankt bedenklich, als der Fahrer zügig zurücksetzt und dann das Steuer nach rechts einschlägt.

»Richtung Erkrath. Unter der Bahn durch.«

»Das ist das Haus Morp, da vorn«, sagt der Fahrer. »Das mit dem Turm da.«

Niemand interessiert sich für das Haus Morp. »Wir biegen vorher links ab. – Hier!«

Der Wagen biegt in einen ausgefahrenen Feldweg ein. Sie passieren die Bahnlinie. In der Unterführung steht das

Wasser. Der Weg führt um einen Hügelzug herum, und dann tauchen links die Gebäude des Guts Papendelle auf. Landarbeiter sind dabei, den stark lehmigen Boden zu pflügen.

»Lößlehm«, registriert Berger. »Guter Boden.«

Niemand beachtet ihn. Alle sind nervös. Der Wagen fährt in das Gut hinein. Dort wartet der Landjäger, zusammen mit einigen Landarbeitern. Sie begrüßen sich.

»Da drüben.« Der Landjäger weist auf einen Erdhaufen der anderen Seite des Feldes unmittelbar am Waldrand.

»Da soll es sein?«

Der Landjäger zuckt mit den Achseln. »Das habt ihr gesagt. Wir sind seit heute früh am graben, aber gefunden haben wir noch nichts.«

»Habt ihr den Stein gefunden?«

»Da war kein Stein.«

»Vielleicht ist es die falsche Stelle?«

»Vielleicht liegt hier überhaupt keine Leiche.« Die Männer sehen sich an.

»Der Brief ist echt«, sagt Berger. »Ihr grabt weiter, bis die Leiche gefunden ist. Morgen kommt Verstärkung. Ihr grabt an allen Stellen, die auch nur im Entferntesten in Frage kommen könnten. Und sucht nach dem Stein.«

»Ihr müsst es ja wissen.«

Einer der Landarbeiter räuspert sich. »Der Acker da drüben, den haben wir im April gepflügt. Im Juni haben wir dann geeggt. Seitdem hat keiner mehr das Stück betreten. Das hätten wir doch gesehen, wenn da einer gewesen wäre. Da ist nichts.«

»Trotzdem weitergraben«, sagt Berger. Er spürt, wie er rot wird.

Die Landarbeiter lachen.

10.

»Herr Mombach?«

»Ja?«, Mombach kennt den Mann nicht, der ihn da aufhält. Er ist auf dem Weg nach Hause.

»Mintley vom *Daily Telegraph*. Könnte ich Sie wohl einen Augenblick sprechen?«

»Ich kann Ihnen nichts sagen, was nicht auch schon auf der Pressekonferenz bekannt gegeben worden ist.«

»Nur einen kleinen Augenblick, ja?«

Mombach seufzt innerlich. »Gern«, sagt er. »Ich fürchte nur, dass es Ihnen nicht viel weiterhelfen wird.«

»Was vorhin nicht zur Sprache gekommen ist, aber was ich gerne wissen würde: Welche Bedeutung hat für Sie eigentlich der Schutz der Bevölkerung? Spielt der überhaupt eine Rolle, oder konzentrieren Sie sich ganz auf die Jagd nach dem Mörder?«

»Beides. Wir schützen die Bevölkerung so gut wir können, und gleichzeitig jagen wir den Mörder.«

»Sind das nicht – widersprüchliche Interessen?«

»Nein.«

»Ist es nicht eigentlich so, dass Sie nur hoffen können, dem Täter auf die Spur zu kommen, wenn er irgendwann einen Fehler macht? Dass er aber nur Fehler machen kann, wenn er weitere Straftaten begeht? Dass Sie demzufolge geradezu auf weitere Straftaten warten?«

»Nein«, sagt Mombach. Jedenfalls würde er das nie zugeben.

»Das heißt, Sie sind im Gegenteil stark daran interessiert, weitere Straftaten zu verhindern?«

»Ja, natürlich.«

»Dann verstehe ich nicht, warum Sie nicht zum Beispiel das Militär zum Schutz der Bevölkerung mit heranziehen.«

Das Militär! »Dafür gibt es eine ganze Reihe von Gründen. Zum einen ist die Rolle der Reichswehr in der Verfassung klar umschrieben. Sie schützt das Reich gegen Angriffe von außen. Die innere Sicherheit obliegt vollständig der Polizei. Deshalb haben wir ja auch eine sehr starke Schutzpolizei. Und zum anderen befinden wir uns hier in der entmilitarisierten Zone. Das heißt, es gibt hier gar keine Reichswehr, und nach den Bestimmungen des Versailler Vertrages dürfte sie hier auch nicht eingesetzt werden.«

»Und – wenn man nun auf andere Gruppen zurückgreifen würde, die den Schutz der Bevölkerung verstärken würden?«

»Andere Gruppen?«, fragt Mombach erstaunt.

»Zum Beispiel den *Stahlhelm*?«

»Den *Stahlhelm*? – Ich bitte Sie! Das ist eine Vereinigung ehemaliger Frontsoldaten, ein Verein also. Wir können doch nicht einen Verein mit dem Schutz der Bevölkerung beauftragen. Das ist völlig unmöglich.«

»Haben nicht die Übungen der letzten Zeit die Wehrfähigkeit dieser Gruppierung unter Beweis gestellt?«

»Diese so genannten Manöver, meinen Sie? Der Sturm auf den Sender Langenberg jetzt im September? Das kann ich nicht beurteilen. Ich bin kein Soldat. Polizeiliche Fähigkeiten sind dabei jedenfalls nicht zu Tage gekommen. Unser Mörder lässt sich nicht im Sturmangriff festnehmen!«

»Ich hatte dabei auch nicht an einen Sturmangriff gedacht.«

Mombach schüttelt den Kopf. »Was Sie sich da vorstellen, das geht nicht.« Einfälle haben die Leute!

11.

»Du siehst erledigt aus!«, sagt Jutta.

Berger nickt. »Ich bin erledigt.« Er lässt sich in den Sessel fallen.

»Die Ermittlungen?«

Berger schüttelt den Kopf. »Die Presse. Du glaubst ja gar nicht, was bei uns los ist. Nirgendwo kann man mehr hintreten, ohne dass einem die Journalisten auf den Fersen sind. Und dann hat noch irgend so ein Trottel einem dieser Pressemenschen Einblick in den Mörderbrief gegeben. Streng vertraulich natürlich. Klar, dass der Text daraufhin durch alle Zeitungen gegangen ist.«

»Er stand auch im *Tageblatt*«, sagt Jutta.

»Das Ergebnis ist, dass inzwischen Dutzende von Witzbolden alle möglichen angeblichen Mörderbriefe an die Polizei und an die verschiedenen Zeitungen verschickt haben. Alle falsch wahrscheinlich, aber das muss man erst einmal nachweisen. Und die Zeitungen schreiben sofort, es gäbe noch weitere Leichen in Düsseldorf und Köln und sonst wo. Und natürlich sollen endlich wieder Todesurteile vollstreckt werden.«

»Die Zeitung schreibt, dass die Grabung in Papendelle bisher nichts gebracht hat«, sagt Jutta. »Und du sagst, es wird überhaupt niemand vermisst?«

Berger nickt. »Aber wir graben weiter. – Heute ist ein Bauer zu uns gekommen, der bei Erntearbeiten ein paar interessante Dinge gefunden hat: eine Damenhandtasche und einen Schlüsselbund mit vier Schlüsseln.«

Jutta runzelt die Stirn. »Das ist ein schlechtes Zeichen. Keine Frau wirft ihre Handtasche weg. Oder einen Schlüsselbund.«

»Wir haben die Gegenstände fotografieren lassen und die Lichtbilder an die Presse verteilt. Sie müssten eigentlich schon in den Abendzeitungen erschienen sein. Ich fürchte, wir werden morgen oder übermorgen Erfolg haben. Und was dann an Mörderbriefen über uns hereinbricht, das wage ich mir gar nicht vorzustellen.«

12.

»Ich weiß nicht, ob Sie es alle gelesen haben?«

Berger schüttelt den Kopf.

Gennat hält die Zeitung hoch: »Die Herkunft der Schlüssel ist geklärt. Gestern hat sich ein Herr aus dem Zooviertel gemeldet und erklärt, dass die abgebildeten Schlüssel zu seinem Haus gehörten. Der kleine Sicherheitsschlüssel mit der Aufschrift ›Wilka‹ ist der Hausschlüssel. Der große Schlüssel mit der Aufschrift ›Feto‹ ist der neue Wohnungsschlüssel, der dritte Schlüssel der Mansardenschlüssel und der vierte Schlüssel der alte Hausschlüssel, der nicht mehr benutzt wurde. Das Schlüsselbund gehörte einer zwanzigährigen Hausangestellten, Maria Harms, die seit dem 15. Mai bei ihm in Arbeit war. Die Familie war mit der Leistung der Harms nicht zufrieden. Sie hatte ihr am 11. August gekündigt. Am 13. August ist die Harms dann einfach verschwunden; ihre Sachen hat sie in der Wohnung zurückgelassen.«

»Wie kommt es, dass das Verschwinden dieses Mädchens nicht gemeldet worden ist?«, fragt Berger.

»Es ist gemeldet worden. Aber die Meldung ist dann einfach untergegangen. Ein ganz dummer Zufall. Die Harms stammt nicht aus Düsseldorf, sondern aus Bremen. Im Polizeirevier 18, wo ihr Verschwinden gemeldet worden ist, da hat man wohl angenommen, dass sie nach der Kündigung ins Ausland gegangen sei und deshalb die Vermisstenmeldung nicht weiter verfolgt. Und ihr Arbeitgeber hat dann schließlich ihre Sachen an die Eltern nach Bremen geschickt. Die sind natürlich aus allen Wolken gefallen und haben in Bremen ebenfalls Vermisstenanzeige erstattet. Ohne Ergebnis. – Sie wissen ja alle, wie das so geht mit Vermisstenanzeigen.«

»Und jetzt?«, fragt Mombach. Jedem im Raum ist klar, dass das Mädchen tot ist.

»Wir graben weiter«, sagt Gennat, »bis wir sie gefunden haben. Heute Nachmittag wird der Kollege Busdorf aus Berlin eintreffen. Er wird die Leitung der Grabung in Papendelle übernehmen.«

Busdorf. Ein weiteres Schwergewicht aus Berlin. Der Mann, der die Förstermorde aufgeklärt hat. Und den macht Gennat zum Grabungsleiter in Papendelle? – Sie mögen sich nicht, denkt Berger.

13.

»Scheiße!« Der Polizist starrt auf seinen Spaten.

Sein Kollege hält inne. »Igitt!« Gestank dringt aus der Grube. Kein Zweifel, was da freigelegt worden ist, gehört nicht in den Ackerboden.

»Pass bloß auf, dass die Geier nicht rankommen!«, sagt der andere und wirft einen bösen Blick in Richtung der Reporter, die hinter der Absperrung warten. Dann bückt er sich und greift mit den Händen in das Erdreich.

Busdorf, der am Waldrand unruhig auf und ab gegangen ist, kommt heran.

»Sie können in der Mühlenstraße anrufen«, sagt der Landjäger. »Wir haben sie. – Und die sollen Verstärkung schicken, dass wir die Zuschauer im Zaum halten können.«

Der andere Polizist schüttelt nur den Kopf. »Und das war nun ein Mädchen von zwanzig Jahren«, sagt er. »So wie unsere Älteste wahrscheinlich, lebenslustig und voller Flausen im Kopp. – Und jetzt ist das nur noch ein lehmverschmiertes, stinkendes Stück Aas.«

Busdorf schüttelt nur den Kopf. »In fast anderthalb Meter Tiefe. Wer hätte das gedacht? Das Untier muss sich sehr viel Zeit genommen haben.«

14.

»So«, sagt Gennat. »Der Bericht liegt vor. Professor Stolley hat wieder rasch und gründlich gearbeitet. Es ist erst ein vorläufiges Ergebnis, aber es hilft uns schon weiter. Es ist die übliche Handschrift. Drei Stichwunden im Bereich der linken Schläfe, sieben Stiche in den Hals und zehn Stiche in die Brust, von denen einer das Herz durchbohrt hat.«

»Scheußlich«, schüttelt sich Mombach.

»Dieser Fall bringt uns bei aller Traurigkeit des persönlichen Schicksals des Fräulein Harms allerdings auch ein ganzes Stück weiter. Durch den Mörderbrief ist völlig zweifelsfrei geklärt, dass wir es mit einer zusammenhängenden Serie von Überfällen zu tun haben, die alle auf das Konto eines einzigen Täters gehen, auch wenn sich die Tatwaffen zum Teil unterscheiden. Und ich zweifle jetzt nicht mehr daran, dass auch die drei Mordüberfälle aus dem Februar auf das Konto desselben Täters gehen.«

»Und was ist mit Stausberg?«, fragt von Eck.

»Ich habe in der letzten Woche noch einmal mit der Frau Krohn gesprochen, der einzigen Überlebenden aus der ersten Serie von Überfällen. Sie sagt, der Täter sei mit Sicherheit älter als fünfundzwanzig Jahre gewesen und es sei mit Sicherheit nicht Stausberg gewesen. Ich habe ihr die Fotos vorgelegt.«

»Warum ist das nicht eher festgestellt worden?« So dumm kann nur Fuhrmann fragen.

»Keiner hat sie gefragt. Stausberg hatte die Tat gestanden; damit war der Fall erledigt. – Ich mache niemand einen Vorwurf deswegen. Fehler kommen immer vor; damit müssen wir leben. Und, wo wir gerade dabei sind: Wir haben damals noch einen weiteren Fehler gemacht. Die Frau Krohn ist völlig wieder hergestellt, und sie hat mir die Spuren ihrer Kopfverletzungen gezeigt. Dabei hat sie auch auf eine kräftige Beule hingewiesen, die noch immer vorhanden war. Ich habe ihr vorgeschlagen, sich einmal von Professor Stolley untersuchen zu lassen. Natürlich hatte sie Sorgen wegen der Kosten. Ich habe ihr dann gesagt, das geht alles auf die Staatskasse. Sie ist also hingegangen; Professor Stolley hat sich die Geschichte angesehen, geröntgt und die Frau operiert. Ergebnis: Die Beule ist weg, Frau Krohn hat jetzt ein kleines Pflaster am Kopf – und wir haben dieses hier!« Gennat hält einen kleinen Gegenstand hoch.

Alle sind aufgesprungen. »Die Spitze eines Messers!«, ruft Berger.

Gennat schüttelt den Kopf. »Es ist die Spitze einer Schere. Ein fünfeinhalb Zentimeter langes Stück von der Spitze einer Schere! – Das erklärt auch die merkwürdigen dreieckigen Stichwunden bei einigen der Opfer, zuletzt bei der kleinen Schäfer. Es sind Stiche mit einer Schere.«

»Eklig«, meint Fuhrmann.

»Es wird noch ekliger«, sagt Gennat. »Bei der Untersuchung des Fundorts der kleinen Schäfer und der Umgebung sind einige Proben sichergestellt worden, die erst jetzt genauer untersucht werden konnten. Es handelt sich dabei um Erbrochenes, das in den Brennnesseln in der Nähe der Stelle gefunden worden ist, wo wir auf Grund der Blutspuren den Tatort vermuten. Wir haben die Proben nur zur Sicherheit genommen; es hat sich jetzt aber gezeigt, dass ein klarer Zusammenhang zur Tat besteht. In dem Erbrochenen fanden sich erhebliche Mengen von Blut. Menschenblut. Der Mörder hat das Blut des kleinen Mädchens getrunken.«

»Jedenfalls ist es ihm nicht bekommen!«, schnaubt Kosinski.

»Das erklärt vermutlich, warum bei einigen der Tatorte, zum Beispiel bei der Rosa Olbricht, so wenig Blut gefunden worden ist«, sagt Gennat.

»Und wir haben gedacht, die Tat müsse woanders ausgeführt worden sein«, sagt Berger.

»Ja, das erklärt manches. Aber, meine Herrschaften, diese Details gehen, bitte, nicht an die Presse!«

»Gibt es neue angebliche Mörderbriefe?«, fragt Mombach.

»Wenn's nur das wäre! Jede Menge Selbstanzeigen und Denunziationen. Es ist einfach unglaublich. Nur ein paar Beispiele: Erstens: Ein Paul Devers hat sich gemeldet und gesagt, er sei für die Morde der letzten Wochen verantwortlich. Devers ist siebenundzwanzig Jahre alt, arbeitslos. Er hat ein relativ detailliertes Geständnis abgelegt. Aber er schielt, und das hat bisher keiner der Zeugen festgestellt. Außerdem konnte Devers sich nicht erinnern, wo genau er die Schultze und die Richter überfallen haben will. Er konnte die Tatorte auch im Gelände nicht zeigen. – Zweitens: Ein ehemaliger Häftling sagt aus, sein Zellengenosse in Derendorf, ein gewisser Peter Kürten, sei pervers veranlagt und käme nach seiner Meinung als Mörder in Frage. Nähere Einzelheiten konnte er nicht nennen. Wir haben nachgeforscht; der Kürten ist nach Aussage der Nachbarn ein völlig harmloser Mensch, der keinem etwas zuleide tut. – Drittens: Eine Barbara Müller, fünfunddreißig, erscheint auf der Polizeiwache und gibt an, dass ihr Ehemann Dieter Müller, fünfundvierzig, Schlosser, arbeitslos, ihr gegenüber angedeutet habe, er habe ein paar Leute umgebracht. Jetzt sei er untergetaucht. Wir haben den Müller wenige Stunden später in einer Kneipe in der Innenstadt gefunden. Müller ist vor zwei Wochen aus der Haft entlassen, hat seine Frau verprügelt und sich dann auf eine mehrtägige Sauftour begeben. Bei ihm wurde Diebesgut gefunden, aber für die Mordüberfälle kommt Müller nicht in Frage. – Derartige Fälle haben wir in großer Zahl.«

»Und dazu noch Briefe?«

»Dutzende. Nach einer ersten Sichtung sieht es so aus, als ob alle falsch sind. Bis auf diesen!« Gennat hält ein Schreiben hoch. »Dieser Brief ist an eine Zeitung in Duisburg gegangen. Der Mörder schreibt, dass noch weitere Leichen vergraben seien.«

»Mein Gott«, stöhnt Mombach.

»Keine Angst. Ich denke, dass das nicht stimmt. Es ist eine bloße Behauptung. Kein Hinweis auf irgendeinen bestimmten Ort oder eine bestimme Person. Ich nehme an, der Mörder freut sich an der Panik, die er erzeugt hat, und tut, was er kann, um die allgemeine Hysterie noch weiter zu schüren. Wir werden auf diesen Brief nicht reagieren. Und die Untersuchungen in Bezug auf die anderen Briefe wird der Kollege Busdorf übernehmen.«

Busdorf erhebt sich, sieht freundlich in die Runde, nickt Gennat zu, setzt sich wieder.

Mombach sieht Gennat zweifelnd an. »Und was tun wir jetzt? Heute ist Freitag. Das Wochenende beginnt …«

»Wir tun gar nichts«, sagt Gennat. »Die Schutzpolizei wird ihre Streifentätigkeit verstärken. Die Streifen werden außerdem in unregelmäßigen Abständen und auf ständig wechselnden Routen durchgeführt. Nachdem die Presse sich ja in den letzten Tagen geradezu über die wenig phantasievolle Streifentätigkeit unserer Kollegen lustig gemacht hat, brennt die Schutzpolizei darauf, diese Scharte auszuwetzen. Sie werden also alles tun, um die Stadt und die Vororte sicher zu machen. Mit anderen Worten: Sie werden den Täter vertreiben.«

»Wenn er denn überhaupt zuschlagen will«, sagt Berger.

»Genau. Wenn er denn überhaupt zuschlagen will. Sagen wir es einmal so: Dieses Wochenende ist das Wochenende der Schutzpolizei. Unser Mörder schlägt aber, wie wir wissen, nur jede zweite Woche zu. Das nächste Wochenende ist das Wochenende unseres Mörders. Und es ist unser Wochenende, meine Herren. Am nächsten Wochenende werden wir ihn fassen.«

15.

Berger legt ein Blatt Papier auf den Tisch. »Das ist die Liste.«

»Das ist nicht gerade viel«, sagt Gennat.

»Es reicht«, seufzt Berger. »Es reicht wirklich. Wir hatten doch angefragt, vor ziemlich genau einem Monat schon, ob jemand vermisst wird. Und da haben die gesagt: Nein. Und jetzt stellt sich heraus, es werden in Wirklichkeit fünf Personen vermisst. Nur die Kollegen glauben nicht, dass eine der jungen Frauen vielleicht tot sein könne. – Es ist wirklich ärgerlich.«

»Na, dann lassen Sie uns mal sehen, was wir hier haben.«

»Nummer eins: Christine Haak, einundzwanzig Jahre alt. Hat früher als Hausangestellte gearbeitet, wohnt bei ihren Eltern, Derfflingerstraße 20. Vermisst seit dem 15. Juli. Vermisst gemeldet aber erst seit dem 25. September.«

»Da haben sich die Eltern aber Zeit gelassen«, sagt Gennat.

»Ja. Das liegt offenbar daran, dass die Haak sich schon öfter längere Zeit von zu Hause entfernt hat. Sie soll sich viel in den Kneipen der Altstadt herumtreiben.«

»Gut. Da besteht also Hoffnung, dass sie irgendwann wohlbehalten wieder auftaucht.«

»Nummer zwei: Brunislava Ludwig, zwanzig Jahre alt, bisher wohnhaft bei ihren Eltern in der Flurstraße 74. Vermisst seit dem 26. August. Die Ludwig war Fürsorgezögling, und nach ihr wird auch gefahndet, weil sie ins Erziehungsheim eingewiesen werden soll. Die Eltern nehmen an, dass sie deshalb weggelaufen und irgendwo untergetaucht ist.«

»Gut möglich.«

»Nummer drei: Auguste Kaufmann, ohne Beruf, zwanzig Jahre alt. Wohnhaft bei ihren Eltern in der Sonnenstraße 62. Sie wird vermisst seit dem 29. September. Sie ist arbeitsscheu, heißt es, und sie hat sich viel mit Männern herumgetrieben. Und sie soll geschlechtskrank sein.«

»Das liest sich alles wie die übliche Vermisstenliste aus irgendeiner beliebigen Großstadt.«

»So geht es auch weiter. Nummer vier: Helene Winter, sechsundzwanzig, verheiratet. Wohnhaft bei ihrem Ehemann, Friedrichstraße 17. Vermisst seit dem 12. Oktober. Der Ehemann sagt, sie sei mit ihrer Freundin, einem Fräulein Edi Kowalke, im Auto fortgefahren. Wahrscheinlich ist sie dem Mann weggelaufen. Angeblich sollen die Frauen nach Holland gewollt haben.«

»Und die letzte?«

»Nummer fünf: Antonie Künne, Kontoristin, einundzwanzig Jahre alt, wohnhaft bei den Eltern in der Mansfeldstraße 36. Verschwunden am 13. August, vermisst gemeldet am 7. Oktober ...«

Gennat schüttelt den Kopf. »Das fällt mir immer schwer, das zu begreifen. Da ist die Tochter zwei Monate lang weg, und die Eltern machen sich nicht einmal die Mühe, eine Vermisstenanzeige aufzugeben.«

»Das sind zum Teil natürlich ganz schlimme Verhältnisse in diesen Familien. Arbeitslosigkeit, Alkoholismus, Gewalt ...«

»Was hilft's. Lassen Sie uns auf die positive Seite blicken. Bisher gibt es keine Hinweise darauf, dass hier irgendein bisher unentdecktes Verbrechen vorliegt. Und unsere Kollegen von der Schutzpolizei haben bis jetzt auch noch keine neuen Katastrophen gemeldet. Na, gut, gehen wir nach Hause. – Und vergessen Sie nicht, zu wählen! Morgen ist ja Wahlsonntag.«

Berger nickt, macht aber keine Anstalten zu gehen.

»Ja, was gibt's?«, fragt Gennat.

»Ich habe eine Frage. Sie mag Ihnen unverschämt vorkommen, aber ich würde doch gerne wissen …«

»Nur heraus damit!«

»Der Kollege Busdorf – Sie scheinen ihn nicht übermäßig zu schätzen …«

»Otto Busdorf? – Ein ausgezeichneter Polizist, keine Frage!«

»Und doch setzen Sie ihn nur für Dinge ein, die man vielleicht am ehesten als Hilfstätigkeiten bezeichnen könnte …«

»Mein lieber Berger, dazu muss ich etwas weiter ausholen. Der Busdorf, der hat sicher seine ganz erheblichen Verdienste. Davon steht ja auch einiges in seinem Buch … – Haben Sie sein Buch gelesen?«

»Reingeschaut habe ich, ja.«

»Nun gut. In diesem Buch steht unter anderem auch der fabelhafte Satz: *Wer am schnellsten schießt, lebt am längsten!* – Und das ist nun ein Punkt, wo ich eine ganz andere Auffassung vertrete. Ich bin der Ansicht, es soll nach Möglichkeit überhaupt nicht geschossen werden. Und deshalb – deshalb kann ich den Kollegen Busdorf nur da hinstellen, wo mit Sicherheit nicht geschossen wird. Bei der Grabung in Papendelle zum Beispiel oder bei den Nachforschungen über das Papier der ›Mörderbriefe‹, mit denen ich ihn beauftragen werde.«

16.

Jutta studiert die Zeitung mit den Wahlergebnissen. »Das ist doch alles gar nicht so schlecht«, sagt sie. »In Düsseldorf ist das Zentrum wieder stärkste Partei, sogar noch zwei Sitze dazu gewonnen. Und die Kommunisten haben Sitze abgegeben – und die Rechtsextremen, die kriegen überhaupt nur einen einzigen Sitz.«

»Ja, es hätte schlimmer kommen können.«

»Es ist ganz ausgezeichnet. Papa ist in Hochstimmung. Wenn die Entwicklung so weitergeht, läuft alles auf eine baldige Regierung des Zentrums hinaus. Im Reich, meine ich.«

»Dies sind doch nur Kommunalwahlen.«

»Ja, aber sie zeigen doch die allgemeine Stimmung. Man glaubt nicht mehr so recht, dass die alte Regierung noch einen Weg aus der Krise findet. Jetzt, wo Stresemann tot ist …«

»Wenn man dich so hört, sollte man meinen, du bist schon beinahe auf dem Sprung nach Berlin …«

»Warum eigentlich nicht?«

»Du spinnst!«

Jutta lacht. Berger weiß nicht so recht, ob das nun alles nur Gerede ist, oder ob mehr dahinter steckt. Juttas Vater scheint durchaus daran zu denken, sich beruflich zu verändern. Und die Mutter – der hat das gesellschaftliche Leben in Düsseldorf eigentlich nie ganz ausgereicht.

»Jedenfalls haben wir jetzt erst einmal ein paar Nächte für uns …«

»Lassen dich deine Mörder mal frei, ja? – Aber jetzt ist es bei mir schwierig. Die nächsten Tage ist zu Hause eine ganze Menge zu tun. Ich könnte erst wieder ab Freitag …«

Berger seufzt. »Spätestens ab Freitag werden mich meine Mörder wohl wieder mit Beschlag belegen. Oder der Herr Kriminalrat Gennat, wenn gerade kein Mörder zur Verfügung steht.«

Jagd im Dunkeln

22.11. - 24.11.1929

1.

»Meine Herren, ich habe Sie hier zusammengerufen, um mit Ihnen unser Vorgehen an diesem Wochenende zu besprechen. Ich hoffe, Sie sind alle gut ausgeschlafen.«

Kosinski reibt sich die Augen, Berger hat Mühe, ein Gähnen zu unterdrücken. Fuhrmann sagt: »Fällt die Aktion nicht aus? – Ich denke, der Mörder ist festgenommen worden …«

»Witzbold!«, brummt Kosinski.

Gennat nickt. »Richtig ist, dass unsere Kollegen heute in Mettmann einen gewissen Waldemar Stelzer festgenommen haben, dem verschiedene Sittlichkeitsdelikte in der Umgebung von Mettmann zur Last gelegt werden. Richtig ist auch, dass Stelzer bei seiner Verhaftung ausgerufen hat: ›Ihr kommt wohl, um den Düsseldorfer Mörder festzunehmen!‹. – Nicht richtig ist es dagegen, dass dieser Stelzer im Verdacht steht, die Serie von Straftaten begangen zu haben, mit der wir uns zur Zeit befassen. Wir machen also weiter wie geplant. – Wie wir wissen, schlägt unser Täter in der Regel am Wochenende zu, und zwar in Abständen von etwa zwei Wochen. Die letzten Male hat er immer den Beginn des Wochenendes ausgewählt, also den Freitag. Ich möchte Sie daher alle noch einmal um verstärkte Aufmerksamkeit bitten.«

Das letzte Mal hat der Täter am Donnerstag zugeschlagen, denkt Berger. Gennat hat Nerven, mit der Aktion bis zum Freitag zu warten. Aber offenbar ist alles gut gegangen; bisher sind keine neuen Verbrechen gemeldet.

»Herr Mombach und ich haben jetzt einen Einsatzplan ausgearbeitet, von dem wir hoffen, dass er zur Festnahme des Täters führt. Wir werden an diesem Wochenende die

Aktivitäten der Schutzpolizei auf den inneren Stadtbereich begrenzen. Dort hat der Täter noch nie zugeschlagen; wahrscheinlich wird er es auch jetzt nicht tun.«

»Emma Groß?«, fragt von Eck.

»Der Fall Emma Groß gehört wahrscheinlich nicht in unsere Serie. – Alle anderen Morde und Überfälle sind draußen verübt worden, und zwar in relativ einsamen Gegenden, wo der Täter sich einigermaßen sicher sein konnte, ungestört zu sein. Natürlich reichen unsere Kräfte nicht aus, alle einsamen Plätze der Stadt lückenlos zu überwachen. Aber hier kommt uns die Arbeitsweise des Täters entgegen: Der Mann hat bisher nie zweimal an derselben Stelle zugeschlagen. Wir werden uns daher mit der Überwachung auf Gebiete konzentrieren, die sich als Tatort anbieten und an denen bisher noch nichts passiert ist.«

»Wenn wir den Kreis der möglichen Tatorte so weit ziehen, dass er Papendelle mit einschließt, dann können wir das unmöglich leisten«, sagt Berger.

»Wir ziehen den Kreis wesentlich enger. Papendelle ist ein Sonderfall. Ich nehme an, dass der Täter – ähnlich wie im Fall Schultze – das Mädchen in Düsseldorf angesprochen hat und die Harms dann zu einer Landpartie eingeladen hat. Und in deren Verlauf hat er sie dann umgebracht.«

Das sind alles nur Vermutungen, denkt Berger. Wir riskieren viel. Wenn die Aktion misslingt und die Presse bekommt Wind davon, dann geht es uns an den Kragen.

Mombach hat inzwischen die Karte von Düsseldorf und Umgebung auf dem Tisch ausgebreitet. Die Tatorte sind durch rote Kreise und Kreuze markiert. »Auf den ersten Blick sieht es so aus, als habe unser Täter die nähere Umgebung von Düsseldorf geradezu planmäßig abgegrast. Es gibt jedoch einige auffällige Lücken und auf die werden wir uns an diesem

Wochenende konzentrieren. Ich denke da vor allem an vier Gebiete: Erstens: Die Rheinwiesen südlich von Oberkassel. Zweitens: Das Kleingarten- und Parkgelände südlich von Oberbilk – hier! Drittens: Das offene Gelände um Mörsenbroich – hier! Und viertens: Der Grafenberger Wald. Alle vier Gebiete sind gut zugänglich, mit der Straßenbahn erreichbar und liegen im unmittelbaren Aktionsbereich des Täters.«

»Und was ist mit so Gebieten wie Stockum, Golzheim oder Büderich?«, fragt Fuhrmann.

»Möglich, aber nicht ganz so wahrscheinlich.«

»Aber das können wir doch nicht wissen«, sagt Berger. »Vor dem Überfall auf Gertrud Schultze hätten wir die Rheinwiesen nördlich von Oberkassel auch als unwahrscheinlich angesehen.«

»Herr Berger«, sagt Gennat. »Wir können es nur versuchen, das ist alles. Wenn wir nicht herumsitzen wollen und warten, bis der Täter erneut zugeschlagen hat, können wir nur versuchen, ihn auf frischer Tat zu schnappen.«

»Und wie hoch schätzen Sie die Chance ein, ihn auf diese Weise zu erwischen?«, fragt Fuhrmann.

»Fünfzig Prozent«, behauptet Gennat. »Die Idee ist, dass wir in diesen Gebieten nicht Streife gehen, sondern uns versteckt halten und warten, was geschieht. Wir wollen den Täter ja nicht vertreiben. Kommt jemand, der ein potenzielles Opfer dabei hat, so wird er unauffällig beschattet. Und kommt es dann zum Überfall, schlagen wir zu. – Aber, bedenken Sie bitte eines: Der Täter ist äußerst schnell und äußerst brutal. Seien Sie also vorsichtig.«

Das wird eine kalte Nacht, denkt Berger. Eine Serie von kalten Nächten.

»Für drei von Ihnen gibt es eine Sonderaufgabe. Herr Kosinski, Sie gehen nach Stoffeln und halten den Wohnwagen der Königs im Blick. Wenn König den Wagen verlässt, folgen Sie ihm unauffällig. Herr Berger, Sie haben denselben Auftrag in Bezug auf den Bäckermeister Olbricht. Und der Herr Schröder, den Sie hier in unserer Runde vermissen, der ist bereits unterwegs nach Neuss, um den Herrn Wulff abzupassen; dessen Dienst endet heute um siebzehn Uhr. Damit haben wir dann die drei Personen im Blick, für die nach den bisherigen Ermittlungen eine Täterschaft zumindest nicht völlig ausgeschlossen ist.

»Olbricht kennt mich«, gibt Berger zu bedenken. »Wir hatten zweimal miteinander zu tun.«

»Olbricht ist kurzsichtig«, sagt Gennat. »Wenn Sie sich unauffällig verhalten und ihm nicht zu nahe kommen, sollte es gehen.«

2.

Berger hat sich auf seine Aufgabe gut vorbereitet. Anstelle des Jacketts trägt er einen handgestrickten Pullover. Gegen die Kälte schützen ihn dicke Stiefel, warme Socken, Wintermantel, Handschuhe. Doch es stellt sich heraus, dass seine Aufgabe die einfachste von allen ist. Der Bäcker Olbricht kommt kurz nach neunzehn Uhr aus der Bäckerei, schließt ab, sieht sich um, ohne Berger zu bemerken, geht schräg über die Straße zur nächsten Kneipe, bestellt sich ein großes Bier und zieht sich damit an einen der freien Tische im Hintergrund zurück.

Das Lokal ist gut besucht; Berger kann es riskieren, ebenfalls hineinzugehen. Auch er bestellt sich ein Bier, sucht sich einen geeigneten Tisch in möglichst großer Entfernung von Olbricht und wartet ab, was geschieht. Aber es geschieht nichts. Zwei Stunden und vier Bier später erhebt sich Olbricht, zahlt und wankt nach Hause. Eine halbe Stunde später verlöscht in der Wohnung in der Langerstraße das Licht. Eine Weile wartet Berger noch. Als nichts weiter geschieht, geht er zurück in die Mühlenstraße.

3.

Kurz nach siebzehn Uhr verlässt Wulff das Betriebsgelände der Reichsbahn. Er sieht sich suchend um, und bemerkt Schröder, der so tut, als ob er auf jemanden wartet.

»Entschuldigung, haben Sie vielleicht Feuer?«

»Feuer? – Ja, natürlich!« Schröder greift in seine Tasche.

»Ich muss meine Streichhölzer im Zug liegengelassen haben. So ein Mist.« Wulff saugt an seiner Pfeife. Billiger Tabakqualm breitet sich aus. »Schönen Dank auch.«

»Gern geschehn!«

Wulff geht eiligen Schrittes davon. Was jetzt? Trotzdem hinterhergehen? Nein, das würde auffallen. Aller Wahrscheinlichkeit nach geht Wulff nicht direkt nach Büttgen, nach Hause, sondern trinkt erst noch irgendwo ein Bier. Man könnte also ein Taxi nehmen, dann wäre man mit Sicherheit vor ihm da. Andererseits – Schröder sieht sich um – andererseits steht hier kein Taxi. Und wegen der Abrechnung gibt es nachher sowieso wieder Ärger. Büttgen ist ja nicht so weit. Und Schröder ist gut zu Fuß. Also macht er sich auf den Weg.

4.

Kosinski lässt sich die Zukunft lesen. Die alte Frau, die vorgibt, Zigeunerin zu sein, betrachtet konzentriert die Linien seiner Hand.

»Sie haben viel Schweres erlebt«, behauptet sie.

»Ja«, sagt Kosinski. Aus seinem Alter ist nicht schwer zu raten, dass er im Weltkrieg gewesen sein muss. Von seinem

Platz am Fenster hat er den Wohnwagen der Königs gut im Blick. Drüben tut sich nichts.

»Und eine Frau …« Es ist mehr eine Frage als eine Aussage. Die ›Zigeunerin‹ achtet genau auf Kosinskis Reaktionen. »Eine Frau ist bisher nicht entscheidend in Ihr Leben getreten …«

»Das weiß ich«, sagt Kosinski.

Die ›Zigeunerin‹ lächelt überlegen. »Ich sage Ihnen dies nur, damit Sie wissen, dass ich es auch weiß!«

Nicht schlecht gekontert, denkt Kosinski. Sie weiß gar nichts. Aber die Frau versteht ihr Geschäft. »Mich interessiert mehr: Wie sieht es mit der Zukunft aus?«

»Die Zukunft?« Wieder blickt die Frau auf die Handlinien.

Nun muss es sich entscheiden. Kosinski weiß, dass die Handlinie, die als Lebenslinie gilt, bei ihm sehr kurz ist. Was wird sie daraus machen?

»Nehmen Sie sich in Acht«, sagt die ›Zigeunerin‹. »Hüten Sie sich vor Schmeichlern, vor falschen Freunden. Hüten Sie sich vor Dingen, die vor dem Gesetz verboten sind …«

Weiß sie doch etwas?

»… und vor allem: Hüten Sie sich vor der Polizei!«

Nein, sie weiß gar nichts. Drüben bei Königs ist jetzt Bewegung zu erkennen. Jemand geht im Wohnwagen hin und her. Kosinski sieht auf die Uhr. »Zehn Uhr schon. Ich muss jetzt gehen!«

Er legt der ›Zigeunerin‹ eine Handvoll Münzen auf den Tisch.

»Gott segne Sie«, sagt die Frau.

Schön wär's ja, denkt Kosinski.

5.

Schröder friert. Es war doch keine gute Idee, den Weg zu Fuß zurückzulegen. Dabei ist er mächtig ins Schwitzen gekommen, und jetzt steht er hier in der Kälte herum und kann sich kaum bewegen, um nicht aufzufallen. Gleich vorhin, als er angekommen ist, hat schon ein Hund angefangen mörderisch zu kläffen. Es hat eine Ewigkeit gedauert, bis der sich wieder beruhigt hat. Zum Glück ist niemand gekommen, um nachzusehen, was los ist.

Der Platz, den er jetzt gefunden hat, ist ideal, um das Haus der Geschwister Wulff im Blick zu halten. Ein enger Durchgang, zwischen zwei Schuppen auf einem der Nachbargrundstücke. Nach den Spinnenweben zu urteilen, ist hier lange keiner mehr gegangen. Der große Nachteil dieses Verstecks ist seine Enge. Schröder kann sich kaum rühren. Die Kälte kriecht ihm in alle Glieder. Das gibt einen tüchtigen Schnupfen, denkt er. Mindestens.

Was ihm mehr Sorgen macht ist, dass der Wulff noch nicht da ist. Hier im Dunkeln kann er zwar seine Uhr nicht sehen, aber er schätzt, dass der Eisenbahner jetzt schon etwa zwei Stunden ohne Aufsicht herumstreicht. Zeit genug, um gleich mehrere Morde zu begehen. Er kann nur hoffen, dass er das nicht tut. In dem Augenblick ihrer Begegnung hatte er nicht das Gefühl, einem Mörder gegenüberzustehen.

Gerade, als Schröder überlegt, ob er nicht doch, um wieder warm zu werden, einen kurzen Spaziergang durch Büttgen unternehmen solle, sieht er, dass jemand den Weg entlang kommt. Im Dunkeln ist freilich nicht zu erkennen, ob es der Eisenbahner ist oder nicht. Zu ärgerlich! Jedenfalls geht derjenige, ohne zu zögern, zum richtigen Haus Büttgen-Heide 30 D, öffnet die Tür und geht hinein. Das muss er gewesen sein.

Was mag er den ganzen Abend gemacht haben? Mit Freunden Skat gespielt, vielleicht? Getrunken hat er offenbar nicht, wenigstens nicht viel. Sein Gang war völlig normal. Das war's dann, denkt Schröder. Als das Licht im Häuschen erlischt, knipst er die Taschenlampe an und sieht auf die Uhr. Fast Mitternacht. Zeit, dass er nach Hause kommt.

6.

Die Königs inspizieren den Wartesaal. Kosinski beobachtet sie. Er ist kurz nach ihnen hereingekommen, aber für ihn interessieren sie sich nicht. Sie suchen nach jungen Mädchen.

Sie arbeiten zusammen, denkt Kosinski. Nur so macht das Ganze einen Sinn. Zu zweit sind sie stark genug, um als Zuhälter zumindest nicht völlig plattgemacht zu werden. Sie sind niederträchtig, das weiß er aus den Unterlagen. Zu zweit können sie sicher jedes Mädchen gefügig machen, das ihnen in die Hände fällt. Aber morden sie auch zusammen? Ist das möglich?

In einigen Fällen wäre es sicher möglich. Eine geradezu geniale Kombination. Bei den Kindern zum Beispiel. Niemand warnt die Kinder vor Frauen. Wenn die König die kleinen Mädchen angesprochen hat, sind sie wahrscheinlich ohne Furcht mitgegangen. Bei dem Doppelmord in Flehe, zum Beispiel. Kosinski hat sich immer gefragt, wie das möglich war, zwei Kinder gleichzeitig zu ermorden. Ganz gleich, wen der Täter sich zuerst gegriffen hat, das andere Kind hätte doch wegrennen können. Im Gewirr der Stangenbohnen hätte er es nie gekriegt. Aber zu zweit – wenn nun die Frau das kleine Mädchen festhält, während der Mann die Große niedermetzelt?

Nein, das kann wohl doch nicht sein. Abgesehen von Flehe – König käme nur für wenige der Überfälle in Frage.

Niemand hat je einen Krüppel in der Nähe des Tatortes beobachtet. – Oder ist es vielleicht so, dass man einen Krüppel nicht beachtet, dass man ihn einfach gar nicht wahrnimmt?

7.

»Schön, dass Sie gekommen sind.« Berger ist völlig übermüdet. Zwar war seine eigene Überwachung früh beendet, doch hat er im Präsidium abgewartet, bis alle zurück waren. Kein Ergebnis. Niemand hat irgendetwas Verdächtiges beobachtet.

Gertrud Schultze lächelt. »Ich bin vor allem froh, dass ich nicht mehr im Krankenhaus liegen muss.«

»Zunächst einmal möchte ich Ihnen den Kollegen Fuhrmann vorstellen.«

Fuhrmann erhebt sich, reicht der Schultze die Hand.

Er wirkt seriös, denkt Berger. Vertrauen erweckend. Das ist sein größtes Plus. »Der Herr Fuhrmann wird in den nächsten Tagen mit Ihnen zusammen durch die Stadt gehen. Lassen Sie sich Zeit. Gucken Sie sich in Ruhe um. Wenn Sie glauben, jemand zu sehen, der der Täter gewesen sein könnte, sagen Sie es bitte.«

»Und wenn ich mir nicht sicher bin? Es ist ja schon eine ganze Weile her ...«

»Sagen Sie es bitte auf jeden Fall. Der Herr Fuhrmann wird dann denjenigen ansprechen, so dass Sie ihn sich genau ansehen können. Und wenn Sie auch nur im Entferntesten glauben, dass das vielleicht der Mann gewesen sein könnte, dann werden wir die Personalien feststellen und nähere Erkundigungen einziehen.«

»Ich habe ein kleines bisschen Angst«, gibt Gertrud Schultze zu.

Sie hat große Angst, denkt Berger. »Der Herr Fuhrmann ist bewaffnet«, sagt er. »Und er ist ein sehr guter Schütze. Ihnen kann nichts passieren.«

Fuhrmann nimmt die Pistole aus dem Holster und legt sie auf den Tisch. Sie sieht groß und gefährlich aus.

»Ich möchte Sie bitten, nicht nur die Passanten genau anzusehen, sondern auch die Auslagen von Fotogeschäften. Es besteht immer die Möglichkeit, dass der Täter bei irgendeinem Ereignis fotografiert worden ist, und dass wir ihn auf diese Weise fassen können.«

»Ja, der Herr Gennat hat mir ja schon zahlreiche Fotos von der Kirmes in Neuss gezeigt«, sagt das Mädchen. »Aber der Baumgart ist nicht dabei gewesen.«

»Er heißt wahrscheinlich nicht Baumgart«, sagt Fuhrmann.

»Wir werden uns bei den gemeinsamen Spaziergängen auf drei Bereiche konzentrieren«, sagt Berger. »Zum einen werden Sie die Gegenden abgehen, in denen bisher Überfälle passiert sind. Zum anderen werden Sie sich einige wenig belebte Orte ansehen, zum Beispiel den Grafenberger Wald. Keine Angst, Herr Fuhrmann ist immer bei Ihnen! Und das dritte Gebiet ist der Bereich der Innenstadt, wo sich den ganzen Tag über viele Leute aufhalten, und wo wir eine gute Chance haben, dass uns irgendwann auch der Täter über den Weg läuft.«

»Wenn Ihnen das alles zu anstrengend wird, brechen wir den Spaziergang sofort ab und machen am nächsten Tag weiter«, wirft Fuhrmann ein.

Berger hat einen Augenblick lang den Verdacht, sein Kollege wolle sich vor der Arbeit drücken. Vielleicht hätte er doch Schröder nehmen sollen. – Doch Gertrud Schultze ist zuversichtlich: »Ein paar Stunden werde ich schon aushalten.« Sie lächelt zaghaft.

»Das ist schön«, sagt Fuhrmann. »Dadurch, dass wir jetzt diese Streifen durchführen, tritt unsere Ermittlung in eine völlig neue Phase. Zum ersten Mal müssen wir nicht mehr reagieren auf das, was der Täter tut, sondern können selbst aktiv nach ihm fahnden.«

»Ja.« Berger glaubt nicht, dass die Schultze Fuhrmanns Ausführungen verstanden hat, aber das spielt keine große Rolle.

»Mit etwas Glück müssten wir den Täter eigentlich fassen«, sagt er. In Wirklichkeit denkt er: Wahrscheinlich ist es zu spät. Diese Suche hätte einen Monat früher stattfinden müssen. Aber er weiß, dass er froh sein muss, dass das Mädchen sich überhaupt so rasch erholt hat.

8.

Auf dem Weg nach Hause kommt Berger durch den Hofgarten. Plötzlich hört er vertraute Stimmen. Dagmar sitzt auf einer der Bänke; tief in ihren Mantel gehüllt. Susanne läuft aufgeregt hin und her, hat eine Tüte mit Brot in der Hand und füttert die Enten und Schwäne.

»Hallo, Susanne, hallo Dagmar«, ruft Berger.

»Hallo, das ist aber eine Überraschung!« Über Dagmars ernstes Gesicht huscht ein Lächeln.

»Seid ihr öfter hier?«

»Ja, ganz oft«, bestätigt Susanne. »Schau mal, der Schwan, wie zahm er ist! Er frisst mir fast aus der Hand!«

»Sei vorsichtig«, warnt Berger. »Schwäne können kräftig zubeißen.«

»Der doch nicht! Das ist ein ganz junger. Der kennt uns ganz genau. Wir kommen fast jeden Tag her!«

»Ihr seht verfroren aus«, stellt Berger fest. »Was meint ihr, sollen wir in ein Café gehen?«

»Au ja! – Das Brot ist sowieso gleich alle!«

»Ich habe kein Geld dabei«, sagt Dagmar.

»Ich lade euch ein. Kommt! Es ist früh genug; jetzt werden wir sicher noch einen guten Platz finden.

Sie sitzen am Fenster. Das kleine Mädchen hat seinen Kuchen zuerst aufgegessen. »Darf ich noch ein Stück Apfelkuchen?«, fragt Susanne.

»Nein, das geht doch nicht ...«

»Aber warum denn nicht? Klar doch. – Und du, Dagmar?«

»Nein, auf keinen Fall ...«

»Wie du willst«, sagt Berger. Und zu Susanne: »Ich nehme auch noch eins. Polizisten müssen nämlich dick sein, weißt du? – Der Gennat aus Berlin, mein jetziger Chef, der isst jeden Tag zum Frühstück drei Stücke Torte ...«

»Du übertreibst!«, lacht Dagmar.

»Nur unwesentlich.«

Berger bestellt den Kuchen. Dagmar sieht ihn forschend an. »Ich habe immer Angst, dass wir euch zur Last fallen. Susanne ist so oft bei euch ...«

»Viel zu selten«, widerspricht Berger. »Weißt du, Jutta und ich, wir wollen selbst gern Kinder haben. Und wir freuen uns jedes Mal, wenn Susanne uns besucht. Nicht irgend so ein kleines, schreiendes Etwas, sondern schon ein richtig großes Kind zum Spielen und Herumtoben ...«

»Das ist sehr nett von dir, dass du das sagst.«

»Das meine ich auch so. Wenn du jemals die Schnauze voll hast von deiner Tochter – wir würden sie jederzeit übernehmen!«

Dagmar strahlt. Jede Mutter hört es gern, wenn man ihr Kind lobt, denkt Berger.

9.

»Schön, dass du wieder da bist!«

»Ach, Mama!« Gertrud Schultze fällt ihrer Mutter um den Hals. Weinen möchte sie, nichts als weinen!

»Na, Kind, wie ist es gegangen?«, fragt Frau Schultze. »War es nicht zu anstrengend?«

»Nein, anstrengend ist es nicht gewesen. Immer wenn ich nicht mehr konnte, haben wir uns in ein Café gesetzt oder in irgendein Lokal.«

»Du wirst fett werden, wenn ihr das ein paar Wochen lang macht.«

»Nein, nein, keine Angst. Ich muss nichts essen. Der Herr Fuhrmann, der braucht nur seinen Dienstausweis zu zeigen, und dann können wir tun und lassen, was wir wollen. Das ist kein Problem …«

»Aber?«, hakt die Mutter nach.

»Ach, Mama – ich weiß nicht, wie ich das erklären soll! Er ist nett, der Herr Fuhrmann. Ganz, ganz nett!«

»Ist er verheiratet?«

»Ja. – Ich glaube ja, aber das ist nicht das Problem. Du verstehst mich nicht …«

»Erklär es mir.«

»Es ist ja gerade, weil er so nett ist. Jedes Mal, wenn er irgendetwas Nettes sagt oder tut, dann denke ich, der Fritz Baumgart, der war auch so nett. Genau wie der Herr Fuhrmann. Und dann frage ich mich, ob am Ende alle Männer so sind. Nach außen nett und lieb – und im Inneren reißende Tiere und Mörder.«

»Papa war kein reißendes Tier«, sagt Frau Schultze.

»Nein. Ich weiß …«

Nein, das weiß sie nicht mehr. Daran kann sie sich kaum noch erinnern. Papa ist 1914 gefallen, da war sie erst elf Jahre alt. Mama wischt sich mit der Hand über die Augen.

»Es wird alles gut werden«, sagt sie. »Trudchen, es wird alles gut!«

10.

»Na, Herr Kommissar, sind Sie jetzt Stammgast bei uns geworden?« Die junge Frau stellt Berger das Bier auf den Tisch.

»Woher wissen Sie …?«

Die Frau lacht. »Ich werd doch Polizei erkennen, wenn ich sie sehe! Dafür hab ich zuviel mit euch zu tun gehabt. Früher jedenfalls. Jetzt ist das vorbei.«

Der Wirt sieht zu ihnen herüber. »Quatsch nicht, Else!«, sagt er.

Sie macht eine wegwerfende Handbewegung in seine Richtung, setzt sich an Bergers Tisch. »Ich darf doch, oder?«

»Natürlich, gern.«

»Sie sind wegen dem Olbricht hier, stimmt's?«

»Ja.« Zu leugnen hätte sowieso keinen Sinn.

»Das ist ein ganz armes Schwein, wissen Sie das eigentlich? Jeden Abend sitzt der jetzt hier, jeden Abend. Der kommt da einfach nicht drüber weg. Er säuft und säuft und heult und heult. Für den ist das Leben zu Ende.«

Berger kommt sich schlecht vor. Er hat schon seit vorgestern gewusst, dass der Olbricht nie und nimmer ihr Mörder sein kann.

»Und ihr – euch fällt nichts Besseres ein, als zu gucken, ob man ihm nicht den Mord anhängen kann? Oder die anderen Morde auch noch gleich mit? – Das ist es doch, weswegen Sie hier sind, oder? – Er war's nicht, kann ich nur sagen. Weder bei der Rosa noch bei einem der anderen. Der ist hier gewesen, fast alle Abende. Und wenn er von hier weggeht, dann kann er kaum noch auf den Beinen stehen. Aber das wissen Sie ja selber.«

»Ich kann Ihnen nur versichern, dass wir alle unser Äußerstes tun, um den Mörder endlich zu fangen.«

»Euer Äußerstes. So. Das ist also euer Äußerstes. Na schön. Viel Glück dabei. Aber eines kann ich euch versichern: Hier in diesem Lokal, hier ist er nicht!«

11.

König ist heute allein unterwegs. Weder gestern noch vorgestern haben die beiden ein Mädchen auftreiben können; einmal hätte es fast eine Schlägerei gegeben, als der Alte ein junges Mädchen abschleppen wollte und der Freund oder Zuhälter drüber zukam. »Sie werden sich doch nicht an einem Krüppel vergreifen!«, hatte die Alte gekeift, und da war er noch einmal davongekommen.

Heute geht es nicht zum Hauptbahnhof. König macht einen Zug durch die Kneipen. Im vierten Lokal nippt Kosinski nur noch an seinem Bier, was ihm verwunderte Blicke einträgt. König ist offensichtlich bekannt in den Lokalen; er spricht mit verschiedenen Leuten. Worum es geht, kann Kosinski nicht herausfinden. Fest steht nur, dass es geschäftliche Dinge sind. Krumme Dinge zweifellos, nach dem Aussehen der Gesprächspartner zu urteilen.

Kosinski muss Acht geben, dass er nicht auffällt. Als König die Kneipe verlässt, gibt er ihm einen deutlichen Vorsprung. Als er schließlich hinterherkommt, ist der andere weg. Nein, doch nicht. Da hinten geht er raschen Schrittes in Richtung Worringer Platz. Kosinski folgt ihm mit großem Abstand. Als König schließlich stehen bleibt und sich umsieht, ist er weit genug entfernt, um nicht aufzufallen. Doch König hat sich nicht nach möglichen Verfolgern umgesehen.

»Na, hast du heute Abend schon etwas vor?«

Kosinski fährt zusammen. Er hat die beiden Mädchen nicht kommen sehen. Sie sehen nicht schlecht aus, denkt er, und sie sind sicher noch keine Zwanzig. »Ja, leider«, sagt er.

»Tatsächlich?«

Was für eine rauchige Stimme die Kleine hat. Sie ist flachbusig und schmalhüftig. Interessant. Schade, dass er im Dienst ist.

»Mensch, Jenny, komm weiter! Du siehst doch, dass der nicht will!«

Sie machen sich davon. Aber König, der ist inzwischen mit einem Mädchen handelseinig geworden. Sie ziehen ab. Kosinski folgt ihnen, bis sie im Eingang eines der Absteigequartiere verschwinden. Kosinski bezieht auf der Straße Posten.

»Hier wird nicht herumgelungert!« Ein breitschultriger Kerl baut sich vor Kosinski auf.

»Polizei«, sagt Kosinski. »Verpiss dich!«

Der andere verschwindet. In dem Augenblick schreit ein Mädchen. In dem Haus, in dem König verschwunden ist. Jetzt murkst er sie ab, denkt Kosinski. Er rennt über die Straße, schiebt einen jungen Burschen zur Seite, der den Eingang blockiert und rast die Treppe nach oben. »He, hallo, wo willst du denn hin?«, brüllt jemand hinter ihm her.

Das Mädchen schreit noch immer. Die Tür ist abgeschlossen. Er kann sie nicht eindrücken; sie öffnet nach außen. Bevor Kosinski mit dem Dietrich den Schlüssel herausgestoßen hat und aufschließen kann, ist es drinnen still geworden. Die Tür fliegt auf; Kosinski stürzt ins Zimmer. Das Mädchen liegt nackt auf dem Bett; König hat die Kleine gefesselt und steht mit heruntergelassener Hose über ihr. »Immer nach der Reihe geht's hier«, sagt er ganz ruhig.

»Ja«, sagt Kosinski, »und jetzt bist du dran!«

Ist er weg?

25.11. - 23.12.1929

1.

»Leider hat unsere Aktion am Wochenende nicht den gewünschten Erfolg gebracht.« Gennat wirkt bedrückt. »Zwei Einbrecher auf frischer Tat ertappt – das ist so ziemlich alles, was wir erreicht haben. Ach ja, und König – also der Herr König, der ist von irgendjemandem zusammengeschlagen worden …«

»Tut mir Leid, da war ich nicht dabei; er hat mich abgehängt«, behauptet Kosinski.

»Da kann man nichts machen. Jedenfalls hat ihm jemand den Arm gebrochen. Den gesunden natürlich. Er hat Anzeige erstattet, gegen Unbekannt.«

Berger fragt sich, ob Gennat nicht genau aus diesem Grunde Kosinski auf den König angesetzt hat. Wenn schon die Sitte nichts gegen den Kerl unternimmt. Aber der große Gennat verzieht keine Miene. Es gibt ja auch keinen Grund zum Triumphieren, im Gegenteil. Er sieht eher aus wie ein geschlagener Feldherr, denkt Berger. Und er ist geschlagen. Zum ersten Mal hat auch Berger einen Moment lang die Befürchtung, dass sie den Mörder vielleicht nie fassen werden.

»Es ist das erste Mal seit Anfang August, dass der Täter mehr als zwei Wochen lang nicht zugeschlagen hat. Es gibt auch keine neuen Mörderbriefe – jedenfalls keine, bei denen wir annehmen können, dass sie vielleicht echt sind.«

»Ist es denn denkbar, dass ein Täter vom Schlage unseres Düsseldorfer Mörders – dass der einfach plötzlich mit Morden aufhört?«, fragt Fuhrmann.

»Nein. Meines Erachtens gibt es nur folgende Möglichkeiten: Entweder er ist verhaftet worden und sitzt jetzt wegen irgendeines anderen Vergehens im Gefängnis – das werden wir rasch überprüfen können. Oder aber er ist aus Düsseldorf weggezogen – dann wird er die Mordserie woanders fortsetzen. Auch das werden wir sehr schnell herausfinden. Vielleicht ist er aber auch krank oder sogar tot – auch Mörder sind sterblich, genau wie wir.«

»Das ist ein gewisser Trost«, sagt Mombach.

»Vielleicht ist er auf Weltreise gegangen«, schlägt Kosinski vor.

»Eine weitere Möglichkeit wäre sicherlich, dass er sich in eine Nervenklinik zur Behandlung begeben hat. Wir werden entsprechende Anfragen an die in Frage kommenden Institutionen richten. Dabei müssen wir unbedingt auch im Auge behalten, ob sich der Mann vielleicht früher schon einmal in Behandlung befunden hat.«

»Sehen Sie noch irgendwelche konkreten Schritte, die wir unternehmen könnten, um den Täter jetzt noch zu fassen?«, fragt Mombach.

»Ja, eine Möglichkeit gibt es noch.« Gennat richtet sich auf. »Wir vermuten, dass die Morde im Februar nicht die ersten Verbrechen unseres Mörders sind. Er wird auch vorher schon als Straftäter in Erscheinung getreten sein. Und wir können vermutlich davon ausgehen, dass der Mord an der kleinen Schäfer nicht seine letzte Tat sein wird. Wir können durch eine umfassende Veröffentlichung unserer bisherigen Erkenntnisse die Ermittlung auf das ganze Reich ausdehnen. Ich denke dabei an eine Sondernummer des Kriminalpolizeiblattes in hoher Auflage, mit allen wichtigen Fotos, für alle Polizeidienststellen.«

»Das wäre ja ein ungeheurer Aufwand! – Wer soll das machen?«, fragt Mombach.

»Ich«, sagt Gennat.

»Hochachtung«, sagt Mombach.

Berger denkt: Dazu braucht er uns nicht. Das macht er von Berlin aus. Er will zurück.

»Und was können wir jetzt noch dazu beitragen, um den Täter zu fassen? – Mir fällt nichts mehr ein«, sagt Fuhrmann.

»Zunächst einmal – weiter völlig offen an die Geschichte herangehen. Sie sprechen von *dem* Täter. Nach wie vor können es mehrere Täter sein ...«

»Aber die Briefe«, wirft Mombach ein. »Durch die Briefe ist doch eine klare Verbindung zwischen den Fällen hergestellt!«

»Die Briefe – das heißt eigentlich nur der eine Brief, der zweite nämlich – verbinden lediglich den Mord an der kleinen Gertrud Schäfer mit dem Mord an der Harms. Wir können es nach wie vor mit mehreren verschiedenen Tätern zu tun haben. Es können leicht zwei oder drei sein – die erste Serie, also Krohn, Olbricht, Spee, dann der Mord an der Prostituierten Emma Groß und schließlich die Serie von Überfällen im Herbst. Aber auch das muss nicht stimmen. Gehen Sie bitte davon aus, dass im ungünstigsten Fall jeder dieser Überfälle für sich allein stehen könnte.«

»Gehen Sie da jetzt nicht ein bisschen zu weit? Das würde ja bedeuten, dass wir es am Ende vielleicht mit wie viel? – zehn? – elf? – Mördern zu tun hätten!«, erregt sich Mombach.

Auch Berger schüttelt den Kopf. »Das kann ich nicht glauben«, sagt er. »So viele potenzielle Mörder laufen nicht herum in Düsseldorf!«

»Ach, Herr Berger, glauben Sie mir, es gibt so viele Gründe, warum jemand meint, einen anderen Menschen töten zu müssen. Jeder von uns kann in eine Lage kommen, in der er glaubt, überhaupt nicht anders handeln zu können.«

»Nicht jeder«, widerspricht Berger. »Ich nicht.«

Gennat sieht ihn an. »Das sagen Sie? – Haben Sie nicht vor knapp zwölf Jahren am Kemmel-Berg auf Ihnen völlig unbekannte Engländer geschossen?«

2.

»Kann ich Sie einen Augenblick sprechen?«

»Natürlich!« Gennat schiebt die Schublade seines Schreibtischs zu. Berger ist sicher, dass darin ein Stück Kuchen verschwunden ist. »Nehmen Sie doch Platz.«

»Ich weiß nicht recht, wie ich es sagen soll ...«

»Fangen Sie einfach beim Anfang an!«

»Also gut. – Ich bin mir ziemlich sicher, dass ich Ihnen gegenüber nie über meine Erlebnisse aus dem Weltkrieg gesprochen habe. Und auch von meinen Kollegen dürfte kaum jemand wissen, dass ich am Kemmel gewesen bin ...«

Gennat lehnt sich zurück. »Sie sind doch Kriminalist, Herr Berger. Was schließen Sie daraus?«

»Dass Sie sich erkundigt haben.«

»Das ist richtig.«

»Warum – warum ausgerechnet über mich?«

»Über alle. – Ist Ihnen nie der Gedanke gekommen, der Täter könnte am Ende einer von uns sein?«

»Doch, schon, aber ...«

»Herr Berger, dieses Blatt lag vor einiger Zeit morgens auf meinem Schreibtisch. Kein Absender und der Text ist in Druckbuchstaben, sodass man die Schrift nicht so leicht identifizieren kann.« Gennat hält den Zettel hoch. *Wenn es nun einer von uns ist?* steht da.

Also haben auch andere schon diesen Verdacht gehabt, denkt Berger. »Der Täter hat so unverschämt viel Glück, dass man durchaus denken könnte, dass da etwas mehr als nur der reine Zufall im Spiel sein könnte. Wissen darüber, wie die Polizeikräfte eingesetzt sind, zum Beispiel.«

»Und – hatten Sie einen bestimmten Verdacht?«, fragt Gennat. »Kommen Sie, sagen Sie es schon.«

»Kosinski«, gibt Berger schließlich zu. »Es war nur so ein Gefühl, mehr nicht. Weil er so extrem engagiert ist. Und zumindest in einigen Fällen hätte er, was den Dienstplan angeht, sicher die Gelegenheit gehabt. Aber ich habe keinerlei Anhaltspunkte gefunden ...« Berger wird rot. Warum erzähle ich dies alles?, denkt er.

»Kosinski scheidet aus«, sagt Gennat.

»Und doch ist er jemand, den Sie in Berlin nicht haben wollten«, sagt Berger, »weil er Gewalt angewendet hat ...«

Gennat schüttelt den Kopf. »Nein, das ist es nicht. Es ist zwar richtig, dass ich Gewalt nicht mag und dass ich in meiner Mordinspektion lieber Leute sehe, die sich beherrschen können. Aber das ist nicht der Punkt, weshalb Kosinski gehen musste. Ich habe ihn weggeschickt, weil er homosexuell veranlagt ist. Das ist aufgefallen. Leider nicht nur bei der Polizei. Und damit ist er erpressbar. In Berlin kann ich ihn deshalb nicht gebrauchen.«

»Davon habe ich nichts gewusst«, gibt Berger zu.

»Dann vergessen Sie es am besten wieder. Aber jedenfalls ist das der Grund, weshalb er als Täter nicht in Frage kommt. Niemals würde er sich an einer Frau vergehen.«

3.

»Noch drei Jahre«, sagt Mombach. »Ich wünschte, es wäre vorbei.«

Klara sieht ihren Mann besorgt an. So deprimiert hat sie ihn noch nie gesehen. Sie sagt: »Jetzt haben wir doch schon Dezember. Seit einem Monat ist nichts mehr passiert. Der

Mörder ist weg. Alles beruhigt sich. Es kommen wieder bessere Zeiten ...«

Mombach schüttelt den Kopf. »Der Mörder! Wenn es nur der wäre! – Aber da ist all der Streit und die Missgunst bei uns. Ich kann nicht mehr!«

Seine Frau setzt sich zu ihm auf das Sofa. »Du hast deine Sache gut gemacht.« Sie nimmt seine Hand und streichelt sie ganz sanft. »Niemand hätte es besser gekonnt.«

»Ach, Klara, du glaubst ja nicht, wie mich das alles belastet. Dieser dauernde Konflikt mit der Schutzpolizei. Dieses beharrliche Gegeneinanderarbeiten! Es macht mich krank. Das neueste Beispiel, das hast du wahrscheinlich in der Zeitung gelesen. Wir haben da diesen Spitzel, Georg Karstens heißt er, der ist ein kleines bisschen verrückt, aber gerade deshalb erfährt er ja so viel. Er redet mit allen Leuten und keiner nimmt ihn wirklich ernst. Also diesen Mann, den hat die Schutzpolizei jetzt zum dritten Mal als den ›Mörder von Düsseldorf‹ verhaftet. Zum dritten Mal! Und wir müssen ihn dann jedes Mal wieder freilassen.«

»Dafür kannst du doch nichts.«

»Nein, aber ich muss vermitteln. Die Zeitungen machen sich über uns lustig: *Der Berliner Kriminalrat Gennat ist heute Vormittag damit beschäftigt, zwischen den beiden feindlichen Polizeistellen ausgleichend zu wirken.* Feindliche Polizeistellen! Es klingt absurd, aber so ist es tatsächlich inzwischen. Dauernd muss vermittelt werden, damit wir überhaupt noch arbeiten können. Aber Gennat macht das nicht. Das muss ich tun.«

»Bei deiner Ruhe bist du auch der richtige Mann dafür.«

»Ich bin nicht so ruhig, wie ich aussehe. – Streitereien in der eigenen Truppe. Eifersüchteleien auf die Berliner Kollegen. Anonyme Anschuldigungen. Briefe an die Zeitung. Und ich weiß noch nicht einmal, wer hier gegen wen kämpft und warum.«

»Mein Gott, Erich, du bist schließlich der Chef. Das ist immer eine Außenseiterposition!«

»Ach, ich verlange ja gar nicht, dass sie mich anhimmeln. Aber Frieden halten sollen sie. Wenigstens untereinander. – Und die Presse, die giert ja geradezu nach solchen Sachen. Die Sensationsblätter schreiben wirklich üble Dinge. Selbst unsere *Düsseldorfer Nachrichten*, die ich sonst sehr schätze, üben sich nicht eben in Zurückhaltung. Hier zum Beispiel, hast du dies gelesen? *Bescheiden und anständig gekleidete Mädchen laufen wenig Gefahr, dagegen sind ausgelassene und leichtsinnig gekleidete sehr gefährdet.* – Lesen die eigentlich ihre eigenen Berichte nicht? Gertrud Schäfer war dick eingemummelt wie ein kleiner Eskimo. Und die Rosa Olbricht auch. Im Februar und im November ermordet. Was wohl die Eltern der armen Kinder denken, wenn sie so etwas lesen? Man muss ja vor Scham im Boden versinken über so viel Dummheit!«

»Nimm's nicht so schwer. Das hast du doch nicht geschrieben. – Wenn das Ganze vorbei ist, machen wir einen Urlaub zusammen. Das musst du mir versprechen.«

»Mal sehen. Daran kann ich jetzt noch gar nicht denken.«

»Weißt du, was ich jetzt mache? Jetzt hole ich eine Flasche Wein aus dem Keller, und dann werden wir uns an den Ofen setzen und ein Gläschen Rotwein trinken und all die Sorgen vergessen ...«

Mombach lächelt. »Ach, Klara, wenn ich dich nicht hätte, ich würde es nicht mehr die drei Jahre bis zur Pensionierung aushalten.«

4.

Der Hofgarten liegt im Morgennebel. Die Vertreter der Mordkommission stehen unweit des Kriegerdenkmals. Fuhrmann kratzt sich den Kopf. Kosinski feixt ganz offen.

»Es ist ein ganz junges Tier gewesen.« Der Stimme des Schwanenwärters zittert.

»Es war richtig, dass Sie uns geholt haben«, sagt Berger. »Wir sind zwar normalerweise für die Aufklärung von Verbrechen an Menschen zuständig, nicht an Tieren, aber dies ist ein Sonderfall.«

Zu seinen Füßen liegt ein toter Schwan.

»Das ist mir noch nie vorgekommen. Noch nie in meinem Leben. Dreißig Jahre tue ich hier schon Dienst, aber so etwas … Ja, sicher, es sind schon Enten gestohlen worden, zum Teil direkt vom Nest weg und an Ort und Stelle gerupft. Aber dies hier …«

»Sie haben die Tat heute früh entdeckt?«

»Heute früh um acht Uhr, ja. Gleich bei meinem ersten Rundgang.«

»Und Sie haben gleich gesehen, dass das Tier tot war.«

»Ja natürlich.«

»Trotz der großen Entfernung vom Weg?«

»Ich werd doch sehen können, ob ein Schwan tot ist oder nicht! – Ja, und dann bin ich rangegangen und hab die ganze Sauerei gesehen. Hier! Den Hals der Länge nach aufgeschnitten! – Das ist gar nicht so leicht; die Schwäne haben sehr harte Federn, da muss einer schon kräftig zustechen, um da durchzukommen.«

»Schwäne gelten eigentlich ja als recht wehrhaft«, sagt Berger.

»Dieser doch nicht. Der ist ja noch kein Jahr alt. Und außerdem geradezu handzahm. Er war das dritte Küken aus einem

Gelege. Ein weibliches Tier. Das schwächste. Ist dann von den Eltern weggebissen worden. Hat sich kaum getraut, jemals ins Wasser zu gehen. Ist da immer wieder vertrieben worden. Aber die Kinder, die haben den kleinen Schwan natürlich geliebt und ordentlich gefüttert. So ist er durchgekommen.«

Ja, die Kinder, denkt Berger. Susanne fällt ihm ein.

»Er war so zahm, er hat sich von den Kindern anfassen lassen. Ich denke, der Täter hat das Tier einfach zwischen die Beine genommen, dann den Kopf hochgezogen und ihm mit einem Rasiermesser oder einem anderen scharfen Messer den Hals aufgetrennt. Der junge Schwan hat sich wohl kaum wehren können.«

»Eklig«, sagt von Eck.

»Ja. – Und da ist noch etwas, das mir aufgefallen ist: Der Schwan ist durch Verbluten gestorben, das ist ganz klar. Aber hier ist nirgendwo Blut. Ich habe alles abgesucht; es müssten sich doch irgendwelche Blutspuren finden. Und – wenn Sie sich die Wunde ansehen, die sieht so sauber aus, als wenn sie ausgewaschen wäre. Ich habe dafür nur eine Erklärung: Der Kerl hat das Blut getrunken.«

Kosinski zieht die Augenbrauen hoch.

»Kommen Sie«, schlägt Berger vor. »Wir gehen das Gelände noch einmal ab. Vielleicht finden wir doch noch irgendwelche Spuren.«

»Das gefällt mir«, sagt Kosinski, als sie außer Hörweite sind. »Ein Schwanenmord!«

Von Eck sieht ihn missbilligend an. »Ich finde es nichts als abstoßend!«

»Nicht abstoßender als andere Morde. Nein, ganz im Gegenteil! Haben Sie schon einmal überlegt, wie praktisch so ein Schwanenmord ist? Keine endlosen Verhöre mit den

Angehörigen und Bekannten, kein großes Rätselraten um das Motiv – war es nun Eifersucht? Oder Geldgier? Kein Rätselraten über den Lebenswandel des Verblichenen! War der Schwan vielleicht ein Dieb oder Erpresser oder ist er am Ende gar auf den Strich gegangen? – Nein, alles ist von vornherein sonnenklar. Das wird die kürzeste Mordermittlungsakte meines Lebens!«

Berger kommt zurück. »Seien Sie still«, befielt er. Ihm ist klar, um welchen Schwan es sich handelt, um den Schwan, den Susanne vor zwei Wochen gefüttert hat.

5.

»Das ist wirklich der Gipfel. Diese Große Anfrage im Preußischen Landtag – das ist wirklich der Gipfel.«

Mombach wirkt von Tag zu Tag griesgrämiger. Berger sagt: »Nichts weiter als eine neue Front im ständig wachsenden Papierkrieg. Damit werden wir auch noch fertig.«

Mombach schüttelt den Kopf: »Was mich am meisten erbittert, ist, dass diese Abgeordneten obendrein auch noch Recht haben. Im Detail mögen sie sich irren, und Langels und Stolley haben das ja in ihren Stellungnahmen sehr deutlich herausgekehrt. Sie haben ja den Entwurf gesehen. Aber das ist kein Trost. In der Sache haben die Politiker Recht.«

»Da übertreiben Sie jetzt aber, Herr Mombach.«

»Nein, das ist schon so. Ich habe mir den Bericht ausgeschnitten.« Er faltet das Blatt auseinander, sucht das entsprechende Zitat. »Hier, hier steht es. Sie haben gesagt: *In einer Reihe von Fällen ist dem Verschwinden der Opfer nur in sehr lässiger Weise nachgegangen worden.* – Das stimmt. Nicht in dem Fall, auf den die Herren Abgeordneten anspielen, aber in mindestens zwei anderen Fällen: Olbricht und Harms. Und die Meldung über das Verschwinden der Gertrud Schäfer ist sogar erst mit eintägiger Verspätung weitergeleitet worden. Unfassbar nach allem, was vorher schon passiert war. Da hat es ja dann auch personelle Konsequenzen gegeben. – Und bei den gerichtsmedizinischen Untersuchungen ist natürlich auch gepfuscht worden, da haben die Abgeordneten ebenfalls Recht. Professor Stolley hat erst erkannt, dass die Tatwaffe eine Schere war, als wir die abgebrochene Scherenspitze aus dem Kopf der Frau Krohn gezogen hatten.«

»Eine Schere ist eine ungewöhnliche Waffe«, gibt Berger zu bedenken.

»Ja, schon, aber das hilft doch nichts. Für die Bevölkerung heißt das doch alles nur: Die Behörden haben versagt.«

»Keiner von uns ist unfehlbar.«

»Wissen Sie, was für mich das Schlimmste ist? Hier, sehen Sie, dies hier: *Der im Frühjahr von Polizei und Justiz als Täter bezeichnete und festgenommene Stausberg wird unter dem Vorwand gemeingefährlicher Geisteskrankheit der richterlichen Aburteilung entzogen und in einer Irrenanstalt belassen, während die Mordtaten seit Monaten in erschreckendem Maße ihren Fortgang nehmen.* Mein Fehler. Das quält mich Tag und Nacht. Ich hätte nie zulassen dürfen, dass dieser Irrtum nicht öffentlich korrigiert worden ist.«

Ich war dagegen, denkt Berger. Er sagt: »Stausberg ist geisteskrank, und er ist ein gefährlicher Gewalttäter. Daran besteht überhaupt kein Zweifel. Mörder oder nicht – der Mann gehört auf jeden Fall hinter Gitter. Was wohl die Verfasser dieser Großen Anfrage gesagt hätten, wenn er eine ihrer Frauen oder Töchter überfallen hätte …«

»Vielleicht haben Sie Recht.« – Mombach schweigt. Es ist sinnlos, darüber zu diskutieren. Wie heißt der Schlusssatz der Großen Anfrage? *Wir fragen das Staatsministerium: Ist es bereit, eine Untersuchung dieser Vorgänge einzuleiten und gegen die schuldigen Beamten mit dem Ziele der Amtsenthebung einzuschreiten?* – Natürlich wird die Regierung das nicht tun, weil es zum Glück eine Anfrage der Kommunisten ist. Aber wenn das Zentrum diese Fragen gestellt hätte oder gar die SPD? Wenn sie wirklich einen Schuldigen gesucht hätten, wer wäre das dann wohl gewesen? Langels vielleicht? Der ist in der SPD, der kommt nicht in Frage. Gennat etwa? Absurde Idee. Aber mich, Mombach, den könnte man wohl opfern …

6.

»Kein Ergebnis?«, fragt Berger.

Fuhrmann schüttelt den Kopf. »Wir haben alles versucht. Und was ist dabei herausgekommen? – Nichts. Wir sind draußen gewesen, in den gefährdeten Gebieten. Zooviertel, Grafenberg, Gerresheim, Ostpark, Flingern, Flingerbroich, Eller, Heerdt, Lörick, Oberkassel, auf den Rheinwiesen, in Volmerswerth-Flehe und in Wersten. Dann haben wir uns die Innenstadt vorgenommen. Alle stärker belebten Straßen und Plätze. Wir haben den Hauptbahnhof besucht, immer wieder und zu den verschiedensten Zeiten; selbst im Hafenviertel sind wir gewesen. Nichts. Wir sind mit der Straßenbahn nach Oberkassel gefahren und zurück, wieder und wieder. Nichts. Wir haben in Oberkassel an der Haltestelle gewartet. Auch nichts.«

»Manchmal frage ich mich«, sagt Berger, »ob das Mädchen den Täter überhaupt erkennen will. Ob die Schultze nicht Angst hat, dass er ihr etwas tun könnte, und deshalb nichts sagt.«

»So sieht es eigentlich nicht aus. Wir haben eine ganze Reihe von Personen überprüft. Da waren immer wieder welche, bei denen sie zuerst gedacht hat, das könne er sein. Wenn wir sie von der Seite oder von hinten gesehen haben.

Aber wenn wir diese Leute dann angesprochen haben, hat sich meist rasch gezeigt, dass es die Falschen sind.«

»Meist?«, fragt Berger.

»Immer. In einigen Fällen habe ich dann selbst noch weiter nachgeforscht, aber die Leute kommen alle nicht in Frage.«

»Schade.«

»Wir sind auch in den großen Warenhäusern gewesen, und wir sind in allen möglichen Gaststätten und Cafés gewesen. Selbst in den verrufensten Kneipen. Alles ohne Erfolg.«

»Jedenfalls haben wir es versucht«, sagt Berger. Es klingt resigniert.

»Und jetzt?«, fragt Fuhrmann.

»Jetzt ist Weihnachten«, sagt Berger. Über die Festtage ist sowieso nur eine stark reduzierte Bereitschaft im Einsatz. Die Berliner Kollegen sind in die Hauptstadt zurückgekehrt; Berger rechnet nicht damit, dass sie im neuen Jahr noch einmal zurückkommen werden.

»Wir könnten uns die Post noch einmal vornehmen«, schlägt Fuhrmann vor. »Ich könnte mit der Schultze alle Postämter und sonstigen Dienststellen der Reichspost aufsuchen ...«

»Ja«, sagt Berger. »Das können wir versuchen. Das muss aber vorher mit den Verantwortlichen abgestimmt werden.« Er glaubt nicht an den Erfolg. Der Täter ist wahrscheinlich kein Postbeamter. Und außerdem ist er inzwischen sowieso weg.

Nichts

5.1. - 6.4.1930

1.

Über Weihnachten geschieht nichts. Jutta ist über die Feiertage bei Berger. Berger bekommt ein rechteckiges Päckchen, in buntes Papier eingeschlagen. Ein Buch, denkt er. »Es passt zu deinem Fall«, sagt Jutta. Sie lächelt spitzbübisch. Berger wickelt das Geschenk aus. Es ist *Im Westen nichts Neues*. Berger bedankt sich artig, aber weder die Idee noch den Inhalt kann er besonders lustig finden.

Die Ermittlungen ruhen weitgehend und es gibt keine neuen Überfälle. Auch das neue Jahr beginnt geruhsam. Der Täter rührt sich nicht. Aber auch, dass er nichts tut, hat irgendeine Bedeutung. Wie war das bei Sherlock Holmes? *Did you notice the curious incident of the dog in the nighttime? – The dog did nothing. – That was the curious incident.*

Der letzte Mord, der Mord an der kleinen Gertrud Schäfer, das war offenbar ein Wendepunkt. Aber warum? Berger hat sich die Akten mit nach Hause genommen, die Busdorf über den Fall angelegt hat. Busdorf ist nach Berlin zurückgekehrt; vielleicht bringt es etwas, wenn man die Ergebnisse noch einmal mit anderen Augen betrachtet. Aber so sehr Berger auch sucht, er kann nichts Besonderes finden.

Das sind die Fakten: Am 7. November abends, gegen 18.40 Uhr, beobachtet eine Nachbarin, dass Gertrud Schäfer, die auf der Ackerstraße gespielt hat, mit einem Mann weggeht. Wenig später begegnen Mann und Kind in der Hans-Sachs-Straße den beiden Heizungsmonteuren, die zunächst Verdacht schöpfen. Aber dann lacht das Kind, und sie gehen beruhigt nach Hause. Und der Täter führt das kleine Mädchen ein paar hundert Meter weiter in das dunkle Schrebergartengelände und bringt es um. Das ist alles.

Ist irgendetwas anders gewesen als bei den anderen Überfällen? – Wenn ja, dann sieht er es nicht. Glaubt der Täter, dass ihn jemand erkannt hat? Nein, dem ist Busdorf nachgegangen. Keiner der Zeugen hat den Mann gekannt. Die Monteure sagen zwar, sie würden ihn auf jeden Fall wiedererkennen, aber die Beschreibungen, die die beiden gegeben haben, weichen so stark voneinander ab, dass es geradezu lachhaft ist. War der Mann nun klein, mit Brille und Schnurrbart und über vierzig Jahre alt oder mittelgroß, ohne Brille, glatt rasiert und etwa fünfundzwanzig Jahre alt? Die Beschreibung des Mädchens dagegen, die ist übereinstimmend und nicht schlecht, aber die brauchen sie nicht.

Busdorf hat sich bei seinen Ermittlungen auf zwei auffällige Spuren konzentriert. Zum einen gibt es da die Angabe eines Kaufmannes, eines gewissen Anton Dräger, der den Täter zusammen mit dem Kind noch am 8. November abends gegen neunzehn Uhr im Café ›Bier‹ in der Morsestraße gesehen haben will. Wenn das wahr wäre, hätte der Täter das Mädchen entführt, irgendwo gefangen gehalten und erst einen Tag später ermordet. Aber diese Spur führt ins Leere; das Kind ist nach dem Obduktionsbefund ohne jeden Zweifel am 7. November abends umgebracht worden.

Der zweite Schwerpunkt der Ermittlungen konzentriert sich darauf, dass eine Frau gesehen wurde, die zwei kleinen Kindern Geld für Bonbons gegeben haben soll. Wirklich eine Frau? Oder war es vielleicht ein Mann, der sich als Frau verkleidet hatte? Nein, dieser Verdacht ist ausgeräumt. Die Frau ist identifiziert, der Vorfall völlig harmlos, und keines der beteiligten Kinder war die kleine Gertrud Schäfer.

Und der Mord selbst? Der Ablauf der Tat lässt sich klar rekonstruieren. Der Mann hat das Kind zuerst gewürgt, bis es bewusstlos war, dann mit einer großen Schere auf das am Boden liegende Mädchen eingestochen, erst auf den Kopf, dann auf die Brust, siebenunddreißig Stiche insgesamt. Dann hat er seinem tödlich verletzten Opfer den Mantel aufgeknöpft, ihm in wilder Hast das Höschen heruntergezerrt, so dass es zerrissen ist, hat das Mädchen umgedreht, dass es auf dem Bauch zu liegen kam, und sich anschließend an dem sterbenden Kind vergangen. Er hat sein Blut getrunken und es anschließend wieder ausgekotzt. Eklig – aber nicht wesentlich anders als bei den vorausgegangenen Taten auch.

Nein, wenn es eine Besonderheit beim Fall Schäfer geben sollte, die den Täter in Panik versetzt hat, dann ist sie aus den Akten nicht erkennbar.

2.

»Na, mein lieber Berger, was macht denn Ihr Fall?« Professor Stolley hat die Einladung zu einem Glas Wein gern angenommen. Natürlich hat er gewusst, dass es Berger dabei nicht in erster Linie um die Geselligkeit geht. Jetzt sitzt der Professor behaglich im Sessel, lässt sich von Jutta bedienen und macht den Eindruck eines rundum zufriedenen Menschen.

Berger dagegen ist nicht zufrieden. »Wir kommen nicht weiter. Wir haben keine konkrete Spur; es sieht so aus, als habe sich der Täter geradezu in Luft aufgelöst.«

Stolley lacht. »Das wäre nun freilich eine praktische Lösung. – Wenn auch zugegebenermaßen eine etwas unwahrscheinliche Lösung.«

Berger lacht nicht mit. »Haben Sie eine Vorstellung, was da passiert sein kann?«

»Da sind Sie bei mir an der falschen Adresse. Ich bin kein Kriminalist. – Der Wein ist gut, übrigens.«

»Danke.« Den Wein hat Jutta ausgesucht. »Sie sind kein Kriminalist, das ist richtig, aber Sie sind Arzt. Wenn einer sich mit dem Täter auskennt, dann Sie!«

»Ich bin Chirurg, Herr Berger, kein Seelendoktor!«

»Nun habe ich allerdings gehört, dass die Psychologie der Gewalttäter so eine Art Steckenpferd von Ihnen ist …«

Stolley lacht. »Das haben Sie ihm bestimmt erzählt, Fräulein Jutta! – Ja, das ist richtig. Ich interessiere mich schon dafür, was einer denkt, der solche Verbrechen verübt. Aber ich bin auf diesem Gebiet nur ein Amateur. Und selbst wenn ich ein Fachmann wäre – was wirklich in einem solchen Menschen vorgeht, das weiß nur er selbst.«

»Sie sind zu bescheiden!« Eitel ist er, denkt Berger. Er will, dass ich jede Information aus ihm herauslobe.

»Nun gut, wenn Sie mich so sehr drängen, dann will ich Ihnen sagen, was ich denke: – Unser Täter ist eitel …«

Berger wird rot.

»Er will, dass man von ihm Notiz nimmt.«

»Die Briefe an die Zeitung!«

»Nicht nur die. Denken Sie daran, was er mit der kleinen Rosa Olbricht angestellt hat. Es hat ihm nicht ausgereicht, sie zu ermorden und ihr Blut zu trinken …«

»Er hat das Blut getrunken?«

»Davon gehe ich inzwischen aus. Nach dem, was wir jetzt vom Mord an Gertrud Schäfer wissen. Deshalb das fehlende Blut am Boden! – Na ja, hinterher ist man immer schlauer. – Was ich aber sagen wollte, ist: das hat ihm alles noch nicht ausgereicht, nein, er ist am nächsten Morgen zum Tatort zurückgekommen, hat die Leiche mit Petroleum übergossen und angezündet, damit wir sie auch ja schnell finden.«

»Herr Professor, können Sie sich vorstellen, dass ein Täter wie dieser plötzlich aufhört? Dass er seine Überfälle einstellt und ein ganz normales bürgerliches Leben führt?«

»Ich denke, dass das so gut wie unmöglich ist.«

»Und dennoch gibt es seit zwei Monaten keine neuen Überfälle! Weder hier in Düsseldorf noch anderswo.«

»Ja, ich weiß. – Es muss ein Ereignis eingetreten sein, das den Täter so stark erschüttert hat, dass er sich momentan nicht traut, die Serie fortzusetzen.«

»Der letzte Überfall war der Mord an der kleinen Gertrud Schäfer. Seine bisher dreisteste Tat. Kann es sein, dass er dabei plötzlich gemerkt hat, dass das Risiko für ihn allmählich zu groß wird? Auf dem Weg zum Tatort ist er ja immerhin von einer ganzen Reihe von Personen gesehen worden …«

»Und doch hat er die Tat ausgeführt. – Nein, Berger, das kann es nicht sein. Dass er von irgendwem gesehen worden ist, das dürfte ihn nicht so stark erschüttert haben. Zumal es ja ganz offensichtlich ohne Folgen geblieben ist. Er ist nach wie vor auf freiem Fuß. – Nein, wenn es hier irgendein Schlüsselereignis gegeben hat, dann steht dies in ganz anderem Zusammenhang. Aber was das gewesen ist, das vermag ich nicht zu sagen. Das Ereignis muss natürlich gar nichts mit dieser Tat zu tun haben. Es kann ganz wo anders liegen. Im privaten Umfeld des Täters. Veränderungen am Arbeitsplatz, in der Familie – wer weiß?«

»Glauben Sie denn, dass er eine Familie hat?«

»Ausschließen würde ich es nicht. Das Einzige was ich weiß, und das wissen Sie natürlich auch, ist, dass er kein Monster ist. Kein Ungeheuer. Er ist zumindest äußerlich ein Mensch wie Sie und ich. Wenn er uns jetzt auf der Straße begegnete, würden wir ihn nicht erkennen. Und wenn er Sie bitten würde, Fräulein Jutta, ihn ein kleines Stück in den

Wald zu begleiten – wie auch immer er diese Bitte vortragen würde – ich bin davon überzeugt, dass Sie mitgehen würden.«

»Auf keinen Fall!«

Stolley lächelt. »Da wäre ich mir nicht so sicher! – Übrigens, Berger, was das Aufhören der Mordüberfälle angeht – Sie dürfen natürlich nicht vergessen, dass dies nicht die erste Pause ist, die der Täter einlegt. Schon einmal, von Februar bis August vorigen Jahres hat er nicht gemordet. Auch dafür haben wir keine Erklärung.«

»Wenn es wirklich derselbe Täter gewesen ist.«

»Sie zweifeln daran? – Soll ich Ihnen die Fotos zeigen, das Muster der Verletzungen bei der kleinen Olbricht und bei der kleinen Schäfer? Absolut identisch in beiden Fällen. Da gibt es überhaupt keinen Zweifel. Es ist derselbe Mann.«

Die Flasche Wein ist geleert, Stolley nach Hause gegangen. Jutta schläft schon; Berger sitzt noch an seinem Schreibtisch, macht sich Notizen, grübelt. Abgesehen von der Beschreibung des Aussehens – was wissen sie sonst noch über den Täter? Berger starrt auf die Liste, die er eben aufgestellt hat.

Er mordet abends.

Er mordet fast ausschließlich am Wochenende.

Er mordet in einem zweiwöchigen Rhythmus.

Er hat die Serie zweimal unterbrochen: Es gibt keine Überfälle zwischen dem 12. Februar und dem 11. August 1929. Und es gibt keine Überfälle zwischen dem 7. November und heute – wenn man den Mord an dem Schwan außer Acht lässt. Der war am 8. Dezember.

Berger überlegt. Zweimal? Nein, eigentlich hat der Täter die Serie dreimal unterbrochen. Dreimal mindestens. Wenn Gennat Recht hat und es wirklich eine Vorgeschichte gibt, dann gibt es auch eine dritte Lücke, nämlich vor dem Überfall auf die Frau Krohn am 3. Februar. Für all diese Besonderheiten muss es handfeste Gründe geben. Aber welche? Und – was ist die Vorgeschichte? Eine bisher unbekannte Serie von Gewalttaten, die sich irgendwann vor dem 3. Februar 1929 abgespielt haben muss. Doch die Nachforschungen in dieser Richtung ergaben ja keine Anhaltspunkte.

3.

Ein weiterer Monat geht ins Land. Fuhrmann hat die Ausflüge mit Gertrud Schultze wieder aufgenommen, doch die Hoffnung, auf diese Weise den Täter zu finden, wird immer geringer. Die noch offenen Arbeiten sind fast vollständig erledigt. Die Mappe mit den unerledigten Spuren leert sich. Auch die letzte vermisste junge Frau von der Fünferliste ist Anfang Januar wohlbehalten wieder aufgetaucht.

Allmählich sind fast alle offenen Fragen beantwortet. So ist zum Beispiel der Otto, dessen Namen der Lauscher unter dem Wohnwagen der Königs aufgeschnappt hatte, inzwischen ermittelt. Er heißt Otto Piepenstock und hat mit den Überfällen nichts zu tun.

Das dritte Kind von Heinrich und Clara Wulff ist 1925 im Alter von knapp zwei Jahren ohne Fremdverschulden an Keuchhusten gestorben.

Die Frage nach der möglichen Geschlechtskrankheit des Herrn König ist dagegen noch unbeantwortet und wird es wohl auch immer bleiben. Fest steht nur, für die Ermordung der Gertrud Schäfer hat König ein Alibi. Der gesuchte Täter kann auch nicht einarmig sein; die Nachprüfung hat gezeigt, dass drei der toten Kinder mit beiden Händen gewürgt wurden; Rosa Olbricht bleibt die Ausnahme.

Die Spuren in Richtung Kirmes, die besonders nach dem Mord an der Dörries im Zentrum des Interesses gestanden hatten, haben auch nichts erbracht. Gefahndet wurde zeitweilig nach einem gewissen Friedrich Seelig, Künstlername Fred, spezialisiert darauf, sich lebendig begraben zu lassen. Dieser Fred, der die Dörries angeblich einmal gewürgt haben soll, ist inzwischen gefunden. Er gehört zur Albus-Schaustellertruppe aus Köln. Fred ist ein etwas zwielichtiger Bursche. Wahrscheinlich war die Dörries einmal mit ihm befreundet gewesen, und nach Zeugenaussagen hatte sie später Angst vor ihm gehabt. Aber als Mörder kommt Fred nicht in Frage. Er wäre zu sehr aufgefallen. Er stammt aus Kamerun. Es gibt nicht viele Neger in Deutschland.

Elisabeth Dörries und der Fred waren zuletzt bei der Schaustellertruppe einer Frau Burkett angestellt gewesen. Sie sind als ›Indische Schau‹ bzw. ›Mulattengruppe‹ von Kirmes zu Kirmes gezogen. Und die Dörries ist in dem Zusammenhang offenbar als ›Das goldene Weib – plastische Darstellung‹ aufgetreten. Berger nickt. Diese Rolle wäre ihr auf den Leib geschrieben gewesen. Er fragt sich, ob sie wohl nackt aufgetreten ist. Wahrscheinlich nicht. Schließlich sind sie ja in Preußen.

Berger brütet noch über den Vernehmungsprotokollen der Kirmesmorde, als Mombach hereinplatzt, Fuhrmann und Kosinski im Schlepptau. Es ist offensichtlich, dass der Chef schlechte Laune hat. Wieder einmal, denkt Berger.

»Hier! – Wieder eine von diesen Berliner Großtaten!« Mombach hält ein mehrseitiges Schreiben hoch. »Der Bericht der Staatlichen Nahrungsmittel-Untersuchungsanstalt. Drei Monate haben sie dafür gebraucht, diese Experten, die Mörderbriefe zu vergleichen. Und das Ergebnis? Einfach lachhaft! – Ich zitiere: *Die blaue Schrift rührt von einem dicken Blaustift her …*«

»Da wären wir nie drauf gekommen!«, wirft Kosinski ein.

»*… von einem dicken Blaustift, denn sie ist stellenweise bis ein cm breit.*«

»Scharfsinnig«, muss auch Berger zugeben.

»*Der Stift enthielt harte Teile, die zu einer starken Rillenbildung in den Schriftzügen Veranlassung gegeben haben. Der Farbstoff des Stiftes ist Berliner Blau, was aus seinem chemischen Verhalten hervorging. In Alkohol waren daher die Schreibmasse und der Farbstoff unlöslich.*«

»Alkoholmissbrauch nennt man so etwas,« höhnt Fuhrmann.

»Oder hier: *Die Tinte ist eisenfrei und hat nicht den Charakter einer Kopiertinte, wie sie in kaufmännischen Betrieben üblich ist. Sie ähnelt eher einer sogenannten Salontinte, also einer echten Anilintinte von leuchtender Farbe.* – Was sollen wir damit? Wir sind doch nicht das Institut für Tintenforschung!«

»Das ist ja alles schön und gut«, sagt Berger. »Aber gibt es denn gar keine Aussagen in diesem Schrieb, die für uns verwertbar sind?«

»Doch: Die drei Briefe stammen vom selben Schreiber«, sagt Mombach.

»Das haben wir auch schon vorher gewusst.«

»Und wenn wir den Schreiber haben, können wir anhand der Tinte wahrscheinlich nachweisen, dass er die Briefe geschrieben hat.«

»Wie schön. – Dann schlage ich vor, dass wir jetzt einfach den Schreiber festnehmen.«

»Tun Sie sich keinen Zwang an«, sagt Mombach.

»Warum regen Sie sich eigentlich so auf?«, fragt Berger. »Es ist nicht das erste Mal, dass wir bei unserer Arbeit mit ausgesprochen dümmlichen Äußerungen konfrontiert werden, und es wird auch nicht das letzte Mal bleiben.«

»Ich rege mich nicht auf«, sagt Mombach erregt. »Ich stelle nur fest, unser Fall hat in der nächsten Woche Geburtstag, er wird ein Jahr alt, und wir sind kein Stück weiter gekommen. Das ärgert mich einfach.«

4.

Berger liest in seinem neuen Buch. Jutta gesellt sich zu ihm, ein Weinglas in der Hand. »Ich habe da neulich eine Geschichte gehört, dabei musste ich an deinen Fall denken.«

»Ja?« Berger merkt auf. Es ist lange her, dass sie zuletzt über seine Arbeit gesprochen haben.

»Eine Hausangestellte, ein junges Mädchen, die hat bei einem Karnevalsumzug hier in Düsseldorf einen jungen Mann kennen gelernt, einen Schmitz aus Flingern, und sie sind dann zusammen losgezogen, in verschiedenen Lokalen eingekehrt, haben Wein und Bier getrunken. Sie sind dann schließlich gegen ein Uhr nachts zu Fuß in den Grafenberger Wald gegangen. Und da ist der Mann dann über das Mädchen hergefallen und hat es auf einer Bank vergewaltigt.«

»Hat sie Anzeige erstattet?«

»Nein.«

»Schade. – Gegen ein Uhr nachts in den Grafenberger Wald gegangen – das ist natürlich auch ein bisschen leichtsinnig, findest du nicht? Ein wenig hat sie das Schicksal damit schon herausgefordert, oder?«

»Das sagt ihr Männer immer. Deshalb ist sie ja wahrscheinlich auch nicht zur Polizei gegangen.«

»Hm. – Aber wenn es sich in diesem Fall ›nur‹ um eine Vergewaltigung gehandelt hat, dann hat das wahrscheinlich sowieso nichts mit unserem Mörder zu tun. Der schlägt doch wesentlich brutaler zu.«

»Ja, vielleicht. – Sag mal, dieser ›Kopfjäger‹, wie die Zeitungen ihn inzwischen nennen – wie viele Leute hat der jetzt insgesamt überfallen?«

Berger überlegt. »Vierzehn, glaube ich. – Ja, es sind vierzehn.«

»Und wie viele haben das überlebt?«

»Sieben. Da ist die Apollónia Krohn im Februar, dann die drei Leute von der Kirmes in Lierenfeld, dann die Schultze, und schließlich im Oktober noch die Munkelt und die Wulff.«

»Mehr gibt es nicht?«

»Nein.«

Jutta sieht ihn an. »Ist dir eigentlich klar, dass all diese Überlebenden eine Gemeinsamkeit haben?«

»Welche?«

»Das weißt du nicht? Ist dir noch nie aufgefallen, dass keines der überlebenden Mädchen freiwillig zu euch gekommen ist? Dass sie eigentlich nur ausgesagt haben, weil sie gar nicht anders konnten? Weil sie so schwer verletzt waren, dass sie nicht mehr in der Lage waren, vor euch wegzulaufen? Dass sie sich eurer Befragung überhaupt nicht mehr entziehen konnten?«

Berger zögert. »Ja, das ist so, wie du sagst«, gibt er schließlich zu.

»Du weißt, was das heißt?«

Berger nickt. »Es gibt vielleicht mehr Fälle, von denen wir noch gar nichts wissen.«

»Viel mehr Fälle«, sagt Jutta.

»Wann war doch gleich der letzte Überfall?«

»Anfang November«, sagt Berger.

»Und er hat alle zwei Wochen zugeschlagen?«

»Damals ja. Aber …«

»Dann fehlen euch jetzt ja inzwischen cirka acht Überfälle!«

Berger schüttelt den Kopf. »Nein, das glaube ich nicht. Das kann nicht sein. Er hat aufgehört, irgendwie, er ist weg.«

Jutta erwidert nichts. Sie drückt ihre Zigarette im Aschenbecher aus und räumt die Gläser weg. Früher hat sie nicht geraucht, denkt Berger. Es ist die Sorge um ihren Vater. Er hätte nicht aufhören sollen beim Siegen-Solinger Gußstahl-Aktienverein. Es muss schwer sein für den alten Herren, untätig in der Wohnung herumzusitzen. Auch wenn an Geld wohl kein Mangel ist.

Jutta beginnt, sich auszukleiden. Berger bleibt auf dem Sofa sitzen, sieht ihr zu. Seine Gedanken schweifen ab. Er denkt an das Mädchen mit den blauen Augen. Ich bin ein Jäger, hat sie gesagt. Und am Ende war sie doch nur ein Opfer. Völlig wehrlos gegenüber diesem reißenden Tier ... Berger schrickt regelrecht hoch, als Jutta plötzlich nackt vor ihm steht und ihm sanft über das Haar streicht.

»Woran denkst du?«, fragt sie.

»Ich habe über das nachgedacht, was du gesagt hast. Vielleicht hast du Recht. Vielleicht ist das alles falsch, was wir bisher geglaubt haben. Vielleicht geht es ihm gar nicht um Mord. Vielleicht geht es ihm nur darum, Macht auszuüben – absolute Macht über andere Menschen. Und die Morde sind nur so eine Art Nebenprodukt, auf das es ihm in Wirklichkeit gar nicht ankommt. – Und wenn das so ist, dann passt die Geschichte von deinem Mädchen vielleicht doch ins Bild.«

»Ja?«

»Ja. – Jutta, es ist wichtig, dass wir mit ihr sprechen. Kannst du versuchen, Kontakt mit ihr aufzunehmen? Kannst du versuchen, ihr klarzumachen, wie wichtig das ist, dass sie aussagt?«

»Ich glaube nicht, dass sie mit euch sprechen will. Aber ich kann es versuchen. – Und du meinst also, es geht dem Kerl überhaupt nicht um Sex?«

»Irgendwie geht es auch um Sex«, sagt Berger. »Irgendwie geht es immer um Sex.« Er fasst Jutta an den Händen, zieht sie zu sich auf das Sofa.

5.

Und – wenn Lenore nun nicht zurückkommt? Kriminalassistent Schröder sitzt auf einer der Bänke vor dem Hauptbahnhof und hängt trüben Gedanken nach. Sicher, seine Frau ist bis jetzt immer wieder gekommen. Jedes Mal. Aber natürlich kann es irgendwann auch einmal schief gehen. Kann? Irgendwann wird es schief gehen, das ist ganz sicher!

Warum können wir nicht einfach zusammen leben wie andere Leute auch? Warum müssen wir uns dauernd streiten, dass die Fetzen fliegen? Hinterher hatte es ihm Leid getan, natürlich, aber da war es schon zu spät gewesen. Sie hatte geheult, leise, damit die Nachbarn nichts hörten. Er hatte sie fest in den Arm genommen und sie gestreichelt, unbeholfen mit seinen groben Händen, aber besser konnte er es nicht. Und die blauen Flecken waren davon nicht wieder weggegangen.

Heute früh beim Frühstück hatte er geglaubt, alles sei wieder gut. Er hatte sie geküsst, als er zur Arbeit gegangen war, und sie hatte sogar gelächelt, jedenfalls war es ihm so erschienen. Aber dann, als er nach Hause kam, da war sie weg. Zu ihrer Mutter natürlich. Nach Hagen. Sollte er da jetzt hinterherfahren? Nein. Sie würde wiederkommen. Ganz von allein, wenn sie sich wieder beruhigt hatte. Das machte man doch nicht, einfach weglaufen. Ihre Mutter würde ihr etwas von Treue und ehelichen Pflichten erzählen und dass sie doch wohl keinen Skandal machen wolle. Was würden die Nachbarn denken?

Aber jetzt ist sie nicht da. Er ist allein, elendig allein. Keiner der Kollegen, zu dem er gehen könnte. Sie schneiden ihn, halten ihn für einen Streber. Schröder sieht sich um. Auch andere Menschen sind einsam. Vor dem Bahnhof an einer der Laternen steht ein junges Mädchen. Schlank, dunkelhaarig, vielleicht gerade zwanzig. Wartet auf ihren Freund, wahrscheinlich. Oder auch nicht. Ob er sie ansprechen sollte? Sicher, er ist mehr als zwanzig Jahre älter, könnte ihr Vater sein – aber so schlecht sieht er gar nicht aus für sein Alter. Hat sich gut gehalten, wie man so sagt. Keinen Bierbauch. Keine Glatze. Warum eigentlich nicht? Mehr als ›Nein‹ kann sie ja schließlich kaum sagen, oder?

Schröder zögert. Wohin soll das führen?, denkt er. Wieder ist ein Zug angekommen. Menschen strömen aus der Eingangshalle. Einen Augenblick lang hofft er, Lenore könnte dabei sein. Nein, sie ist nicht dabei. Wenn sie nun gar nicht wiederkommt? Oder – vielleicht noch schlimmer – wenn sie nun wiederkommt? Sie werden sich wieder streiten, prügeln, und irgendwann wird es nicht bei blauen Flecken allein bleiben. Arzt. Krankenhaus. Meldung an die Dienststelle. Das Ende.

Das Mädchen – jetzt hat er zu lange gezögert. Ein anderer hat sie angesprochen, auch nicht viel jünger als er. Ob sie auf den gewartet hat? Wohl kaum. Der Mann sagt irgendetwas. Sie lachen.

6.

»Na, was machen Sie denn noch so spät hier am Bahnhof – und so allein?«

Maria Paganelli blickt überrascht auf. »Ich hab auf einen Freund gewartet«, sagt sie. »Aber der ist nicht gekommen.« Eigentlich hat sie auf gar nichts gewartet.

Der Mann, der sie angesprochen hat, ist sauber und ordentlich gekleidet. Keiner der kleinen Ganoven und Zuhälter, die sich oft in der Bahnhofsgegend herumtreiben. »Wenn Sie nichts Besonderes vorhaben, darf ich Sie dann vielleicht zu einem Glas Bier einladen?«

»Ich trinke kein Bier«, sagt Maria.

»Das ist sehr lobenswert.« Er zögert. »Aber – würden Sie mich vielleicht trotzdem begleiten wollen? Ich kenne da ein nettes kleines Lokal in der Oststraße ...«

Maria fühlt sich geschmeichelt, dass dieser wohlerzogene Herr sich für sie interessiert. Was ist schon dabei, wenn sie mitgeht? Solange sie sich nicht betrinkt? – »Ja«, sagt sie. »Ich komme mit.«

»Das ist nett. – Ach, ich hab mich Ihnen ja noch gar nicht vorgestellt: Schmitz. Peter Schmitz.« Er zieht den Hut.

»Angenehm«, sagt sie, und sie muss sich das Lachen verkneifen. So redet sonst nie jemand mit ihr. »Ich bin die Maria Paganelli.«

»Was für ein schöner Name!«

»Ja. Das ist ein italienischer Name. Wir stammen aus Italien.«

»Ach, Italien! – Das ist eines meiner Lieblingsländer. Florenz – Kennen Sie Florenz? Später, wenn ich mich zur Ruhe setze, dann will ich unbedingt nach Florenz ziehen, das habe ich mir ganz fest vorgenommen.«

»Ja«, sagt Maria. »Ich bin lange nicht mehr dort gewesen.« Sie wird ein kleines bisschen rot dabei. Sie ist noch nie in Italien gewesen. Maria Paganelli ist in Salzufflen geboren und in Düsseldorf aufgewachsen.

»Das letzte Mal, dass ich in Italien war, kurz vor dem Kriege ist das gewesen. 1912 – da waren Sie wahrscheinlich noch gar nicht geboren.«

Sie lacht. »Sie scherzen! Ich bin Zweiundzwanzig.«

»Ein schönes Alter!«

Wie alt mag er sein? Über dreißig, kein Zweifel. Er trägt keinen Ring.

Die beiden gehen zu ›Schumacher‹ in die Oststraße. Der Mann bestellt sich ein Bier. »Und was darf ich Ihnen bringen?«

»Danke, nein, gar nichts!«

»Einen Kaffee vielleicht? Oder etwa einen Cappuccino?«

Nein, auch keinen Kaffee oder Cappuccino. Aber es ist nett, mit dem Mann zu plaudern. Völlig unbeschwert, als würde man schweben. Maria ist Büglerin, und mit ihren Kolleginnen könnte sie nie so reden. Da wäre immer die Arbeit, die zu schwer ist, das Geld, das man nicht hat. Und hier – nichts von all dem.

»Ich bin Junggeselle«, sagt Schmitz.

Maria lächelt ihn an. »Ich bin auch ungebunden«, sagt sie. War das zu viel? Hätte sie das nicht sagen dürfen?

Schmitz sagt: »Wissen Sie was? – Kommen Sie einfach mit zu mir nach Hause. Ich wohne in einer großen Villa, da ist Platz genug, und meine Wirtin freut sich, wenn ich Besuch mitbringe. Bei ihr ist es sehr gemütlich; wir können dort zusammen essen, und wenn Sie wollen, können Sie auch bei mir übernachten.«

Was für ein Angebot! Er ist gebildet, er ist vermögend – ein Abenteuer, natürlich, aber wer nicht wagt, der nicht gewinnt!

»Ich komme mit«, sagt Maria.

»Das ist schön.«

Sie nehmen die Straßenbahn von der Oststraße bis zur Tonhalle; dort steigen sie in die Linie 12 um. Sie fahren bis zur Graf-Recke-Allee. Schmitz bezahlt.

Als sie aussteigen und die hell erleuchtete Straßenbahn langsam verschwindet, bekommt Maria plötzlich Bedenken.

»Haben Sie etwa Angst?«, fragt Schmitz.

»Nein«, behauptet Maria. Es klingt fast überzeugend.

Schmitz nimmt sie an der Hand, und gemeinsam wandern sie die Graf-Recke-Allee entlang, bis sie an den Grafenberger Wald kommen.

»Nein, hier gehe ich nicht hinein«, sagt Maria. Der Wald steht gar zu groß und dunkel vor ihr.

Schmitz lacht. »Ach, kommen Sie! – Es ist überhaupt nichts dabei. Was glauben Sie, wie viele Liebespärchen ich hier in diesem Wald schon habe stehen sehen. Hier sind wir doch schon beim Erholungsheim. Dort hinten wohne ich. Nur ein kleines Stück, vielleicht fünf Minuten – dann sind wir am Ziel!«

Und zögernd geht Maria mit ihm in den dunklen Wald hinein.

Doch hier gibt es keine Villa. Schmitz geht weiter und weiter und zieht Maria an der Hand geradezu hinter sich her. Bis das Mädchen auf einmal stehen bleibt.

»Was ist denn?«

»Nein, hier gehe ich nicht weiter!« Die Angst in ihrer Stimme ist nicht zu überhören.

»Wie Sie möchten. – Kommen Sie«, sagt Schmitz. »Ich bringe Sie zur Straßenbahn zurück.«

Und er ist doch ein Gentleman, denkt Maria. Doch in dem Augenblick packt Schmitz das kleine schwarzhaarige Mädchen im Nacken und wirft es auf den Boden. Er stürzt sich auf Maria. Die wehrt sich heftig. Schmitz bekommt sie nicht richtig zu fassen; sie kriegt noch Luft und schließlich gelingt es ihr, sich loszureißen.

Maria kommt wieder auf die Beine, und einen Augenblick lang starren sich die beiden schwer atmend an. »Lassen Sie doch diesen Unsinn«, sagt Maria schließlich. »Wenn Sie – wenn Sie etwas von mir wollen, dann – dann können Sie mir das doch in anständigem Ton sagen.«

Er antwortet nicht.

»Sie sind doch vorher auch anständig zu mir gewesen. Sie – können doch auch so alles von mir haben ...«

Da packt Schmitz zum zweiten Mal zu. »Ich will gar nichts von dir haben!«, zischt er. Blitzschnell reißt er das Mädchen zu Boden. Jetzt würgt er Maria mit beiden Händen; sie wehrt sich mit aller Kraft, doch Schmitz ist stärker als sie; sie spürt, wie ihr die Luft ausgeht. Er steht mit gespreizten Beinen über ihr. Da tritt sie mit letzter Kraft zu. Schmitz schreit auf und lässt los. Noch einmal tritt sie zu. Schmitz krümmt sich. Maria greift ihr Köfferchen, das zu Boden gefallen ist, und rennt davon.

»Bleib doch stehen!«

Sie bleibt nicht stehen. Um nichts in der Welt wird sie stehen bleiben. Quer durchs Gestrüpp rennt sie in die Dunkelheit, Zweige zerkratzen ihr das Gesicht, die Arme. Nur weg! Und dann, als sie schließlich doch anhalten muss, weil sie außer Atem ist, hört sie, dass er hinter ihr her kommt.

Maria kann nicht mehr weiter. Sie verkriecht sich tief im Gebüsch, kauert sich zusammen, so weit es nur geht und zieht den Mantel herunter, so dass er die hellen Strümpfe verdeckt.

»Wo bist du, Maria?«

Er ist ganz in der Nähe. Sie hört seine Schritte näher und näher kommen. Sie wagt kaum noch zu atmen. Nicht hinsehen! Wenn ich ihn nicht sehe, sieht er mich auch nicht. Die Schritte gehen vorbei, zögern, kommen zurück.

»Maria?«

Er sieht sie nicht. Eine Weile noch hört sie seine Schritte. Dann nichts mehr. Kein Ruf, kein Rascheln, kein knackender Ast. Doch Maria traut sich nicht, ihr Versteck zu verlassen. Vielleicht ist Schmitz nur stehen geblieben, wartet darauf, dass sie sich bewegt, dass sie sich durch ein Geräusch verrät.

Und wieder raschelt es, jetzt etwas weiter entfernt. Er ist immer noch da. Was soll sie nur tun? Ihre Beine fangen an einzuschlafen. Ganz vorsichtig versucht sie, ihre Stellung ein wenig zu verändern. Es gibt ein leises Geräusch; ein Zweig knackt. Erschrocken hält sie inne. Doch nichts geschieht. Ein Rascheln in der Ferne kommt nicht näher. Es kann Wild sein, denkt sie. Wahrscheinlich ist es nur Wild. Harmlose Rehe. Aber es kann auch ein Mensch sein.

Erst als der Morgen dämmert, wagt es Maria, ihr Versteck zu verlassen. Immer wieder sieht sie sich um. Niemand folgt ihr. Der Wald ist verlassen. Sie zittert. Nie wird sie jemandem diese Geschichte erzählen können. Nie würde ihr jemand diese Geschichte glauben.

7.

»Hier, hast du dies gelesen?« Jutta wedelt mit der Zeitung. »Du kannst aufhören mit der Arbeit. Der Fall ist gelöst. Hanussen hat sich eingeschaltet! Der große Seher! Er beschreibt den Mörder bis ins letzte Detail!«

»Zeig her!« Der Einsatz von Hellsehern ist bei der preußischen Polizei verboten, aber es kann ja nicht schaden, sich den Text zur Belustigung mal anzuschauen. Berger überfliegt den Artikel. Sechsundzwanzig Punkte hat Hanussen aufgelistet: einer unwahrscheinlicher als der andere.

»Na, überzeugt?« Jutta schaut ihm über die Schulter.

Berger schüttelt den Kopf. »Also – einige von diesen Behauptungen könnten vielleicht zutreffen. Dass der Täter den gebildeten Ständen angehört zum Beispiel. Oder, dass er eine feste Anstellung besitzt. Dafür spricht manches. Und wahrscheinlich liest er auch viel. Er versteht es zumindest, seine potenziellen Opfer zu unterhalten. – Das sind natürlich alles Punkte, die man aus den Presseberichten folgern kann. – Hier zum Beispiel, Punkt 23, da wird sehr deutlich, dass er das aus der Zeitung hat. *Der Täter hat mit dem Post- und Bahnwesen zu tun.* Aber so richtig glauben wir da inzwischen nicht mehr dran. Oder hier, Punkt 6: *Es handelt sich um einen ganz jungen Menschen.* – Auch das stand in der Zeitung, das hat die Schultze ursprünglich gesagt, aber das war falsch.«

»Seine Hellseherei besteht also aus dem Studium der Tagespresse?«

»Und einem Schuss psychologischer Grundkenntnisse. – Aber er hat gepfuscht, der Hanussen. Einige Punkte sind schlichtweg falsch. Der Täter trägt mit Sicherheit keine Brille. Er ist nicht überdurchschnittlich groß. Er trägt die Haare nicht nach hinten gekämmt. Das Papier mit der Kartenskizze ist nicht Teil eines Plakats, sondern ein Stück unbedrucktes Zeitungspapier. Und keiner der mir bekannten Überfälle ist mit einem ›dolchartigen Taschenmesser‹ verübt worden.«

»Ach, du glaubst nur nicht an die Macht des Übersinnlichen!«

»Ich glaube nur, dass man damit viel Geld machen kann! – Vieles in dieser Liste ist blanke Raterei. *Der Täter ist Radfahrer, der Täter gehört einem Wanderverein an, der Täter könnte aus Schlesien stammen* … Ich schätze, der gute Mann baut darauf, dass bei so vielen Angaben irgendetwas am Ende schon stimmen wird.«

»Also bringt es dich nicht weiter? – Schade!«

»Ja, wirklich schade.« Natürlich hat Jutta genau wie er nicht geglaubt, dass mit Hellseherei irgendein Blumentopf zu gewinnen sei. Aber zwei Punkte geben Berger doch zu denken. Da ist einmal Punkt 25: *Der Täter ist Nichtraucher.* Danach haben wir die Schultze nicht gefragt, denkt er. Das muss nachgeholt werden. Und dann der Punkt 1: *Der Täter ist in homosexuellen Kreisen zu suchen.* Wie kommt Hanussen darauf? Kosinski – War es am Ende doch Kosinski?

8.

Fuhrmann, Reinhardt und von Eck treffen sich regelmäßig einmal in der Woche zum Skatabend. Heute sind sie bei von Eck. Die ersten Biere sind geleert; von Eck holt Nachschub aus der Speisekammer. Fuhrmann mischt die Karten. »Jetzt sind wir dabei, die Postämter abzuklappern. Es könnte ja sein, dass dieser Baumgart doch in irgendeinem Punkte die Wahrheit gesagt hat.«

»Warum sollte er?« Reinhardt gießt sich ein Bier ein.

»Warum sollte er nicht? Warum lügen, wenn er das Mädchen sowieso umbringt? Dass sie das überlebt, konnte er ja nicht wissen. Also besuchen wir die Postämter.«

»Toller Job. – Nein, ehrlich! Den ganzen Tag mit 'm jungen Mädchen durch die Stadt ziehen! – Hat sich übrigens schon mal einer tot gemischt!« Reinhardt rülpst verhalten.

Fuhrmann legt den Packen auf den Tisch, von Eck hebt ab, Fuhrmann teilt aus. »Mit dem jungen Mädchen ist das solche Sache«, sagt er. »Sie ist ja ganz nett und sieht auch richtig gut aus …«

»Ich hab sie gesehen. Vorne nicht viel, aber ein knackiger Hintern«, sagt von Eck.

»Aber sie ist so völlig ernst. Lacht überhaupt nicht.«

»Lacht nicht? Vielleicht musst du sie mal ordentlich durchkitzeln, das hilft immer.«

Fuhrmann stellt sich vor, wie er die Schultze packt und sie durchkitzelt, bis sie juchzt. Sie wälzen sich am Boden, prustend vor Lachen, und dann … »Nee, das geht nicht«, sagt er. »Was glaubst du, was die gucken in der Post, wenn ich anfange, das Mädchen zu kitzeln.«

»Der würd das glatt machen«, amüsiert sich Reinhardt. »Mensch, Fuhrmann, du bist verheiratet! – Achtzehn übrigens.«

»Ach, die Olle ...«

»Du hast wenigstens eine, Mensch. Ich bin ledig, und die Ehe von unserem Freund von Eck hier, wie lange hat die gehalten? Kein Jahr, wenn ich mich recht entsinne.«

»Ja, Scheiße. – Achtzehn hab ich. – Ist eben nicht so einfach mit dem Dienst. Dauernd die Abende weg – und die Wochenenden ...«

»Zwanzig.«

»Spiel doch! – Der Schröder, der ist der Einzige von uns, bei dem das richtig klappt mit der Ehe ...«

»Der Schröder? – Herz übrigens. – Der Schröder, bei dem klappt das auch nur, weil er seine Alte jede Woche vertrimmt, sonst wär' die doch schon längst weggelaufen. Aber sie traut sich nicht.«

Reinhardt spielt das Pik-As aus. Von Eck sticht mit der Zehn, Fuhrmann schmeißt die Sieben ab.

»Und der Berger mit seiner Jutta ...«

»Das hält auch nicht.« Reinhardt spielt den Herzbuben, die anderen bleiben drunter.

»Wieder vollgesogen!« Von Eck nimmt einen Schluck Bier. »Kein Wunder, dass keiner höher geht. – Wieso hält das nicht mit dem Berger?«

»Ich hab sie gesehen, die beiden. Beim Einkaufen letzte Woche. Sie haben sich gestritten.« Reinhardt zieht den anderen die Trümpfe weg. Nur mit dem König macht Fuhrmann noch ein Stich.

»Na und?«

»Ist doch logisch, Mensch. Der Berger, der ist Kriminalkommissar. Für uns schon so was wie 'n großes Tier. Aber für die doch nicht. Der Vater ist irgendwas Hohes bei den Stahlwerken ...«

»Siegen-Solinger Gußstahl-Aktienverein«

»Ja, genau. Die Tochter studiert, macht demnächst ihren Doktor – und dann heiratet sie am Ende einen Kriminalkommissar? Das glaubst du doch selber nicht! – Und der Rest ist auch bei mir.«

»Schneider«, sagt Fuhrmann. Er hat mitgezählt, braucht gar nicht erst nachzusehen.

9.

Am 12. März wird die systematische Überprüfung der Postämter fortgesetzt. Der letzte Versuch, den Mörder noch durch aktives Vorgehen zu fassen. Gertrud Schultze und Fuhrmann werden dabei durch den Oberpostinspektor Kraushaupt von der Überwachungsstelle der Oberpostdirektion begleitet. An diesem Tage überprüfen sie:

Postamt Gerresheim (Briefträger, Geldbesteller und Bautrupps, ca. fünfzig Personen)
Postamt Grafenberg
Fernsprechamt Goethestraße (Telegraphenbautrupp, ca. dreißig Personen)
Postamt I (Telegraphenbautrupps, ca. fünfundvierzig Personen)
Postamt Rath (zehn Personen)
Postamt Königswerth (zehn Personen)
Postagentur Hamm (zwei Personen)
Postagentur Flehe (eine Person)
Bezirksreparaturwerkstätte der Oberpostdirektion Erkrather Straße (fünfundsiebzig Personen)
Postamt Bleichstraße (acht Personen)
Postamt Humboldtstraße (elf Personen)
Postamt Haroldstraße (siebzehn Personen)
Postamt Duisburger Straße (neun Personen)
Postamt Friedrichplatz (acht Personen)
Insgesamt etwa zweihundertachtig Personen. Der Täter ist nicht unter ihnen.

Bis zum 18. März sucht Fuhrmann mit der Schultze sechsunddreißig Postämter auf und überprüft gut tausendachthundert Personen. Der Täter kann dabei nicht ermittelt werden. Zusätzlich besuchen Fuhrmann und Schultze wiederholt unangemeldet Klöster und Herbergen, Orte also, an denen Erwerbslose freie Mahlzeiten angeboten bekommen. Auch diese Besuche bleiben ohne Ergebnis.

Im Auftrag der Oberstaatsanwaltschaft fährt Fuhrmann am 19. März mit Gertrud Schultze nach Eschweiler, um dort nach dem Mörder zu suchen. Es wird ein schöner Frühlingsausflug bei strahlendem Sonnenschein. Fuhrmann spendiert Eis mit Sahne – aus eigener Tasche. Seine Einladung zum Tanzen für das nächste Wochenende lehnt Gertrud Schultze ab. Den Mörder finden sie nicht.

Am 21. März gibt Mombach den Auftrag, für die ungeklärten Mordüberfälle des Vorjahres zunächst Abschlussberichte zu erstellen. Da keine Spuren mehr zu verfolgen sind, werden die Ermittlungen bis zum Auftreten neuer Hinweise vorerst eingestellt. Ich wünschte, dass sich endlich wieder etwas tut, denkt Berger.

Am 27. März tritt die Reichsregierung unter Hermann Müller (SPD) zurück. Herbert Brüning (Zentrum) wird von Reichspräsident Hindenburg mit der Bildung einer neuen Regierung beauftragt. Und jetzt tut sich etwas. Aber nicht das, was sich Berger erhofft hat.

10.

»Wir gehen nach Berlin!« Jutta strahlt.

»Wer geht nach Berlin?«, fragt Berger.

»Papa, ich, wir alle. – Du weißt doch, dass Papa Mitglied der Zentrums-Partei ist, das habe ich Dir doch erzählt? – Ja, natürlich. Schon lange. Seit vielen Jahren. Und natürlich kennt er alle wichtigen Leute. Diesen Bürgermeister von Köln zum Beispiel, der war schon mal bei uns zum Essen. Aber auch die wichtigen Leute in Berlin. Im Reichstag. Eben alle.«

»Ja, und?« Berger ist sprachlos.

»Und jetzt haben wir doch die neue Regierung. Brüning, das weißt du doch. Und der ist doch vom Zentrum. Er will sich verstärkt um die Wirtschaft kümmern. Genau das, was Deutschland jetzt braucht. Ja, und der hat jetzt heute bei Papa angerufen und ihn gefragt, ob er nicht nach Berlin kommen will. Als Berater in Wirtschaftsfragen. Irgendeinen Posten im Wirtschaftsministerium hat er ihm angeboten. Und Papa hat ja gesagt. – Ich bin ja so glücklich!«

»Ich freue mich auch, dass dein Vater eine neue Arbeit hat«, sagt Berger. Er denkt: eine Führungskraft aus einem in Schwierigkeiten geratenen Unternehmen als Wirtschaftsexperte – das ist kein gutes Omen für die neue Regierung.

»Aber das heißt natürlich, dass wir alle umziehen müssen.«

»Ja«, sagt Berger. »Das heißt es wohl.«

»Mach nicht so ein trauriges Gesicht. Natürlich werde ich dauernd kommen und dich besuchen. Oder du kommst zu uns nach Berlin. Jedes Wochenende, wenn du willst. Mit der Reichsbahn sind das doch nur ein paar Stunden. Und natürlich kannst du immer bei uns wohnen.«

»Danke.«

»Du freust dich nicht«, sagt Jutta, plötzlich ernüchtert.

»Doch, natürlich«, sagt Berger. Es klingt gelogen. »Und das Haus hier in Düsseldorf – das werdet ihr doch behalten?«

Jutta schüttelt den Kopf. »Das wird verkauft. Wir müssen uns ja in Berlin ein neues Quartier suchen. Das wird nicht gerade billig werden.«

»Habt ihr euch das auch gut überlegt?«, fragt Berger. »Die neue Regierung – wie lange wird die denn im Amt bleiben? Die Mehrheitsverhältnisse im Reichstag sind doch sehr ungünstig.«

»Das ist alles geklärt«, behauptet Jutta. »Eigentlich darf ich es ja nicht weitersagen, aber es gibt ganz klare Absprachen. Der Reichspräsident steht hinter der neuen Regierung. Der wird dafür sorgen, dass Brüning notfalls auch ohne das Parlament regieren kann.«

»Hindenburg? War der auch schon bei euch zum Essen?«

»Du klingst so bitter. Dabei sind das doch alles lauter gute Dinge.«

»Wahrscheinlich ist es für dich einfacher, wenn du in Berlin studierst«, gibt Berger zu. »Da ist es schon eher möglich, dass du als Frau deine Promotion bekommst.«

»Ja, das auch. – Ach, komm, sei nicht traurig! Ich habe Champagner für uns mitgebracht, heute Abend feiern wir. Und um das Morgen kümmern wir uns morgen.«

»Ja«, sagt Berger. Etwas anderes wird ihm wohl nicht übrig bleiben.

11.

»Na, wie weit sind Sie gekommen?« Mombach erscheint bei Berger, um sich nach dem Stand der Abschlussberichte zu erkundigen. Er selbst hat seine Berichte fertig; Kosinski und Fuhrmann haben ihre Zuarbeit ebenfalls abgeschlossen.

Das Telefon läutet.

»Moment bitte!« Berger weist mit einer einladenden Geste auf den Besucherstuhl. Mombach setzt sich.

»Kriminalpolizei Düssel... – Jutta! Das ist aber eine Überraschung!«

Die Verbindung ist klar und deutlich. Selbst Mombach, der auf der anderen Seite des Schreibtischs fast zwei Meter entfernt sitzt, kann nicht umhin, alles mitzuhören.

Jutta sagt: »Ja, ich weiß ja, ich sollte nicht bei dir in der Dienststelle anrufen. Ich hoffe, du bist nicht gerade in einer wichtigen Besprechung ...«

»Kriminalrat Mombach ist hier«

»Grüß ihn bitte von mir!«

Berger sieht zu Mombach hinüber. Der macht eine Geste mit der Hand, die andeuten soll: Machen Sie schon weiter, alles in Ordnung. So kleinlich ist Mombach nicht, dass er ein Privatgespräch unterbinden würde. Solange es im Rahmen bleibt ...

»Wie geht's in Berlin?«

»Es ist herrlich hier. Der Frühling hat jetzt wirklich begonnen. Ich bin schon in der Universität gewesen. Jetzt ist natürlich schon alles gelaufen, aber im nächsten Semester kann ich hier anfangen. Da verliere ich nur ein halbes Jahr. Und Papa – die Arbeit hier ist genau das, was er braucht. Er ist voll in seinem Element. Und Mama erst! Dauernd gibt es irgendwelche Empfänge und Veranstaltungen, wo wir uns sehen lassen müssen ... – Ja, das ist auch der Grund, weswegen ich anrufe. Ich kann nicht kommen am nächsten Wochenende ...«

»Schade«, sagt Berger. Er hat es gewusst, er wird sie verlieren.

»Aber vielleicht am übernächsten Wochenende? Wie wäre es bei dir am übernächsten Wochenende?«

»Ich hab nichts weiter vor. Wenn nicht gerade ein Mord dazwischen kommt ...«

»Ach, ja richtig, das hätte ich fast schon vergessen. Euer Untier mordet ja immer am Wochenende. Ihr habt den Kerl immer noch nicht?«

»Nein ...«

»Du, ich muss Schluss machen, Papa will telefonieren. Ich melde mich wieder!«

»Jutta ...« Aber sie hat schon aufgelegt. Jetzt hat er wieder nicht erfahren, wer das gewesen ist, der angeblich vergewaltigt worden sein soll. Berger seufzt. Beim nächsten Mal wird er sofort danach fragen.

Mombach summt eine Melodie vor sich hin. »Das ist nicht leicht für Sie«, sagt er schließlich.

Berger nickt. »Aber deswegen sind Sie nicht gekommen.« – Er will nicht über Jutta reden. Jetzt nicht.

»Nein, eigentlich bin ich wegen unseres Mörders gekommen«, sagt Mombach. »Wir haben Post aus Berlin. Gennat hat die Sondernummer jetzt fast fertig. Wir sollen die Korrekturfahnen noch einmal durchsehen. – Ich denke, das ist eine Aufgabe für Sie.«

Berger breitet die Bogen auf seinem Schreibtisch aus. »Ob das jetzt noch etwas nützt?«, fragt er.

Mombach seufzt. »Das wissen die Götter. Ich wollte, Gennat hätte diesen Text gar nicht gemacht. Das wird alles wieder aufrühren; wir bekommen erneut Hunderte von sinnlosen Briefen und anonymen Hinweisen, die unsere Arbeit auf Monate lahm legen, und am Ende kommt nichts dabei heraus. Wir sollten damit zufrieden sein, dass es aufgehört hat mit den Morden.«

»Wirklich?«, fragt Berger.

»Ach, vielleicht auch nicht. Ich weiß es nicht. Jedenfalls haben die sich Mühe gegeben in Berlin. Aufwändig gemacht das Ganze. Die Raumaufteilung. Dieses Messer hier quer durch den Text zum Beispiel!«

»Ja«, sagt Berger. »Das ist drucktechnisch sicher schwierig.« Was ihm auf den ersten Blick auffällt, ist allerdings etwas anderes. Gennat hat sich durchgesetzt. Die Überfälle auf Appolónia Krohn, Rosa Olbricht und den Invaliden Spee sind mit in die Liste der Gewalttaten aufgenommen. Das wird ein Fest für die Presse! Da werden Langels und Jansen einiges zu erklären haben!

»Das Heft ist natürlich nicht für die Öffentlichkeit«, sagt Mombach.

12.

Als Berger nach Hause kommt, liegt vor der Haustür ein kleines Päckchen. Aus Berlin? Er nimmt es auf. Nein, nicht von Jutta. Das Päckchen kommt aus Friedrichshafen. Berger geht nach drinnen.

Er setzt sich ins Wohnzimmer, nimmt sich eine Schere und schneidet die Verpackung auf. Ein Packen mit Fotos und ein Schreiben der Luftschiffbau Zeppelin GmbH. Ach, das hat Jutta bestellt! Wie hatten sie sich darauf gefreut, die Bilder zusammen anzusehen. Und sie der kleinen Susanne zu zeigen. Wie begeistert sie alle gewesen waren! – Alles vorbei. Susanne wird jetzt nicht mehr kommen, wo Jutta weg ist. Und Dagmar auch nicht.

Berger holt eine Flasche Wein aus der Küche. Er schaltet die Stehlampe an; auf dem Sessel liegt noch der Remarque, aufgeschlagen an der Stelle, an der er gestern Abend aufgehört hat. Er klappt das Buch zu; so etwas Deprimierendes sollte er jetzt wahrscheinlich sowieso nicht lesen. Berger gießt sich ein Glas Wein ein und macht es sich im Sessel gemütlich. *LZ 127 – Originalaufnahmen von der Weltfahrt des Luftschiffes LZ 127 ›Graf Zeppelin‹ vom 15. Aug. bis 4. Sept. 1929 – Große Ausgabe*. Große Ausgabe, natürlich. Jutta hatte bezahlt.

Berger sieht sich die Bilder der Reihe nach an. Die Karte mit der Flugroute, das Luftschiff von unten, kurz nach dem Start. Die vier Triebwerke, Höhen- und Seitenruder, alles klar zu erkennen.

Dann der Flug. Eine Stadt von oben – wie winzig die Häuser sind! Berger greift zur Lupe. Alles gestochen scharf! Man erkennt die Menschen auf den Straßen. Und dort auf dem langgestreckten Platz fährt eine Straßenbahn. Was mag das für eine Stadt sein? Der Fluss mit den Lagerhäusern, die große Kirche in der Bildmitte und das andere hohe Gebäude – vielleicht das Rathaus? Berger greift noch einmal zum Bild mit der Flugroute. Danzig – das muss Danzig sein!

Weiter geht es über die Wälder Russlands. Eigenartige, von einem Netzwerk von Linien durchzogene Moorflächen. Eine einsame weiße Kirche, dann wieder endlose Wälder, darüber der Schatten des Luftschiffes. Berger lehnt sich in seinem Sessel zurück. So fliegen zu können, über die ganze Welt hinweggleiten und träumen! Mit Jutta zusammen natürlich. Warum eigentlich nicht?

Doch Jutta ist weit weg und nur der Rotwein ist da. Berger betrinkt sich und wacht am nächsten Morgen mit einem fürchterlichen Kater auf.

13.

Berger ist deprimiert. Er schreibt heute den Abschlussbericht für die Fälle Olbricht, Schultze und Dörries. Den vorläufigen Abschlussbericht, wie er hofft. Er soll die gesamten Fälle weiter im Auge behalten. Aber wenn kein Wunder geschieht, wird sich nichts mehr tun. In der Post liegt ein Brief von Jutta. Fräulein Rath hat ihn nicht geöffnet, sondern direkt in sein Fach gelegt. Die Gute. Berger traut sich erst, den Brief zu lesen, als die Berichte abgegeben sind. Doch der Inhalt trägt nicht dazu bei, seine Stimmung zu bessern. Jutta schreibt, sie kommt weder an diesem noch am nächsten Wochenende. Hat in Berlin etwas vor. Berger beginnt zu ahnen, dass seine Verlobung nicht mehr viel wert ist. Momberg hat doch Recht, denkt er. Was hat er gesummt? *Schlösser, die im Monde liegen.*

Feierabend. Aber Berger zieht nichts nach Hause. Was soll er zu Hause? Er erwägt, sich in der Altstadt in eine Kneipe zu setzen und sich zu betrinken, doch der Kater von gestern ist ihm noch zu frisch in der Erinnerung. Ziellos wandert er umher. Am Ende entschließt er sich, aus der Stadt hinauszufahren. Erst jetzt fällt ihm auf, dass er die Dienstwaffe mit sich führt. Das wäre ein letzter Ausweg, denkt er. Nein, rasch verwirft er diesen Gedanken. Nicht für ihn. Niemals. – Aber vielleicht begegnet er ja dem Mörder?

Dem Mörder. Natürlich ist es Unsinn, sich allein auf die Jagd zu begeben. Düsseldorf ist riesengroß, und er kann nur an einer Stelle zugleich sein. Andererseits hat er sowieso nichts Besseres vor. Er ist zu aufgewühlt, um zu lesen oder gar zu schlafen. Warum also soll er es nicht wenigstens versuchen, den Kerl zu fassen? Ohne zu überlegen, fährt er mit der Straßenbahn zur Graf-Recke-Allee. Außer ihm sind nur noch wenige Fahrgäste unterwegs. Und er ist der einzige, der am Ende in Richtung Grafenberger Wald geht.

Es regnet leise. Berger schlägt den Kragen seines Mantels hoch und zieht den Hut tiefer ins Gesicht. Und jetzt steht er hier, vielleicht fünfzig Meter vom Weg entfernt, und er weiß, wenn er sich nicht bewegt, wird man ihn zwischen den Stämmen nicht erkennen können. Wenn denn jemand käme. Aber es kommt niemand. Das schlechte Wetter hat dafür gesorgt, dass die Liebespaare zu Hause bleiben. Und auch er sollte besser nach Hause gehen. Seine Füße sind kalt; wenn er nicht aufpasst, wird er einen Schnupfen bekommen.

Und wenn schon! Einen Augenblick lang malt er sich aus, wie es wäre, wenn er wirklich ernsthaft erkranken würde. Eine Erkältung, die sich zur Lungenentzündung ausweitet, die Medikamente schlagen nicht an, und er hat nur noch wenige Stunden zu leben. Und Jutta kommt aus Berlin ...

Berger reibt sich die Augen. Das kann doch nicht sein! Doch auch beim zweiten Hinsehen ist der Schatten noch da. Das ist kein Baumstumpf. Etwas nach rechts versetzt, zwischen seinem Standort und dem Weg, steht ein Mensch reglos im Wald. Berger braucht nur einen winzigen Moment, um sich zu fassen. Dann macht er sich vorsichtig auf, um näher an den Unbekannten heranzukommen. Gut, dass es regnet. Das nasse Laub raschelt nicht. In der Ferne hört er ganz schwach das Geräusch einer anfahrenden Straßenbahn.

Bis auf zehn Meter kommt er heran. Der andere blickt offenbar konzentriert in Richtung Weg und rührt sich nicht. Er lauert auf Beute, denkt Berger. Eine schwarze Gestalt, von der er nur den Umriss erkennen kann. Da knackt ein Ast; der Fremde fährt herum, und anstatt zu fliehen, stürzt er auf Berger los. Mit zwei, drei Sätzen ist er bei ihm. Zu spät, die Waffe zu ziehen! Berger schlägt zu. Der andere weicht geschickt aus und verpasst Berger einen Tritt gegen das Schienbein. Berger schreit auf, packt den anderen am Mantel und wirft ihn zu Boden. Sie wälzen sich im Laub. Keinem gelingt es, den anderen richtig zu packen, doch am Ende liegt Berger unten. Endlich schafft er es, die Pistole zu ziehen, bevor der andere zum tödlichen Würgegriff ansetzen kann.

Doch der andere keucht: »Halt auf, du Idiot!« Es ist Kosinski.

Berger rappelt sich auf; beide klopfen sich Laub und Dreck aus den Mänteln. Berger sucht seinen Hut.

»Willkommen im Klub der einsamen Jäger«, sagt Kosinski.

Scheiße, denkt Berger. »Wie kommen Sie dazu, hier allein im Wald herumzustreichen? Ohne Auftrag, ohne Absprache ...«

»Gleichfalls«, erwidert Kosinski. »Aus den gleichen Gründen wie Sie, vermutlich. Weil ich einsam bin und verzweifelt und meine Wut an irgendetwas auslassen will. Und da käme mir dieser Mörder gerade recht.«

»Ich bin nicht einsam und verzweifelt«, behauptet Berger.

»Wirklich nicht?«

Woher weiß er, dass Jutta weg ist? Berger hätte Lust, noch einmal zuzuschlagen. Stattdessen sagt er: »Vielleicht doch. Aber das ist allein meine Sache.«

Kosinski lacht.

»Was gibt es da zu lachen?«

»Nichts. So sind wir eben. Ziehen uns in unser Schneckenhaus zurück. Fressen die Dinge in uns hinein, bis sie uns zerfressen.«

»Und was haben Sie in sich hineingefressen?«, fragt Berger.

Kosinski sieht ihn an. »Wissen Sie das nicht? Sie sind doch in meiner Wohnung gewesen! Sie haben Nachforschungen angestellt! Sie kennen mein Leben doch fast so gut wie ich selbst.«

»Das haben Sie gemerkt?«

»Ich war betrunken, aber nicht tot! – Sie haben gedacht, ich bin der Mörder!«

»Nein, ich ...«

»Doch. Aber egal. Ich bin es nicht. – Und was ich in mich hineingefressen habe? Sie haben doch das Bild gesehen. Ich habe versucht, es zu malen. Den Feuerball. Das war L32.«

»L32?«, fragt Berger. Und plötzlich begreift er es: »Das Luftschiff.«

»Ja, das Luftschiff. Ich war bei den Marinefliegern in Ahlhorn, das wissen Sie doch. Elitetruppe. Am 23. September

1915 haben wir London angegriffen. Nicht zum ersten Mal, aber ich war zum ersten Mal mit dabei. Angriff mit drei Luftschiffen. Mathy hat uns geführt. Schneidig wie immer. Der ist damals noch heil weggekommen. Dann kamen die nächsten. L32, die waren vor uns. Zwanzig, dreißig Kilometer vielleicht. Ich habe es gesehen, wie die Scheinwerferarme danach gegriffen haben. Und wie es dann getroffen wurde. Und was dann passierte ...«

»Es ist explodiert«, vermutet Berger.

»Verbrannt. Ein riesiger Feuerball am Himmel, der langsam nach unten sinkt und verglüht. Alle tot natürlich. Und mein Freund mit dabei.«

»Furchtbar.« Berger hat die Angriffe auf London immer missbilligt: Aktionen hart am Rande eines Kriegsverbrechens, denkt er, aber er sieht auch Kosinskis persönliche Katastrophe.

»Dann wurden wir getroffen.«

»Nein!«

»Doch. Ich habe geschrien wie ein Tier. Die anderen – sie mussten mich niederschlagen. Wir waren getroffen, aber das Gas hat sich nicht entzündet. Aber wir konnten nicht mehr zurück. Wir mussten runter. In Essex sind wir notgelandet. Unser Kommandant hat das Luftschiff in Brand gesetzt und dann sind wir in Gefangenschaft marschiert. Alles Helden – bis auf einen: mich.«

»Mein Gott, Kosinski! Das ist doch nur normal, wenn einer Angst hat, wenn er um jeden Preis am Leben bleiben will!«

»Ich sehe das anders. Ich habe versagt. Seitdem habe ich immer wieder versucht, die Scharte auszuwetzen, aber es ist mir nicht gelungen. Die Reichswehr wollte mich nicht. Ich habe bei den Freikorps mitgemacht, beim *Stahlhelm*, bei der Schwarzen Reichswehr sogar ...«

Immer auf der falschen Seite, denkt Berger.

»Zum Schluss bin ich bei der Kripo gelandet. Mit Glück. Aber nach wie vor ohne jemals mich beweisen zu können. Daher renne ich hinter dem Mörder her, mit aller Kraft. Ich will ihn fassen, ich persönlich.«

14.

Mit Schwung stößt Berger die Haustür auf. Bevor sie wieder zufallen kann, hat er den Lichtschalter betätigt und das Flurlicht eingeschaltet. Es ist spät geworden; jetzt will er nur noch schlafen. Berger steigt die Stufen hinauf – und hält inne. Auf der oberen Treppenstufe sitzt jemand. Ein kleines Mädchen. Es ist Susanne. »Was machst du denn hier?«

»Endlich. Ich hab ja so lange auf dich gewartet.«

»Mein Gott, wie furchtbar. Ich war länger im Büro heute – ich hab ja nicht gewusst, dass du kommst.« Wie unvernünftig, das kleine Mädchen allein loszuschicken!

»Hier – Das soll ich dir geben, von Mama.« Die Kleine hält Berger einen Brief hin.

Hier stimmt etwas nicht. Berger fetzt mit fliegenden Fingern den Umschlag auf, faltet den Brief auseinander: *Lieber Wilhelm! Wenn du diese Zeilen in Händen hältst, lebe ich bereits nicht mehr ...*

Verdammt! »Wo wohnt ihr noch mal?«, fragt Berger.

»In der Gneisenaustraße.« Susanne spürt seine Erregung, sieht ihn angstvoll an.

»Ja, ja, das weiß ich. Aber die Hausnummer!«

Sie nennt sie ihm. »Warte!« Berger springt die Treppe hinunter, gerät fast ins Stolpern, läutet Sturm. Gunold, wenn der jetzt nicht zu Hause ist! Nach endlosen Minuten kommt Herr Gunold an die Tür. »Sie, Herr Berger? Wo brennt's denn?«

»Ein Notfall! Kann ich bitte mal telefonieren?«

Als Berger mit dem Mädchen eine Viertelstunde später per Taxi vor Dagmars Haus eintrifft, schaffen sie sie gerade in einen Krankenwagen. Berger hält den Sanitäter am Arm fest: »Wie geht's denn?«

»Das weiß ich nicht. Wir müssen weiter.«

»Aber sie lebt?«

»Ja, sie lebt. Wir bringen sie ins Luisen-Krankenhaus.«

In der Haustür steht eine Alte im Morgenmantel. »He, junger Mann!«

»Ja, was gibt's denn?«

»Sind Sie etwa ein Verwandter der Frau Roth?«

»Nein, kein Verwandter.«

»So. – Kein Verwandter also. Und jetzt? Was wird jetzt? Was wird aus meiner Miete?«

15.

Unruhig geht Berger im Zimmer auf und ab. Sie haben ihr den Magen ausgepumpt, angeblich noch gerade zur rechten Zeit, aber Dagmar ist noch nicht wieder aufgewacht. Susanne hockt bei ihrer Mama auf dem Bett und weint. Ich hätte es merken müssen, denkt Berger. Mein Gott, ich hätte es doch merken müssen! Er erinnert sich an den Samstag im November, wo er die beiden beim Schwänefüttern getroffen hatte. Wie ernst Dagmar gewesen war. Und wie sie vorgefühlt hatte, ob Susanne ihnen auch nicht zur Last falle. Und er hatte noch gesagt, sie würden die Susanne jederzeit übernehmen …

Endlich schlägt Dagmar die Augen auf.

»Mama!«, ruft Susanne. Überglücklich fällt das kleine Mädchen seiner Mutter um den Hals.

»Ich glaube, ich lass euch mal einen Augenblick allein«, sagt Berger. Er geht vor die Tür.

Und jetzt? Was macht er jetzt? Das darf sich nicht wiederholen, das ist sicher. Irgendjemand muss auf Dagmar aufpassen. Jutta käme in Frage, natürlich, aber die ist in Berlin. Und ob sie das wirklich leisten könnte, neben ihrem Studium ...

Nach einer Weile öffnet sich die Tür; das Mädchen winkt ihn herein. »Mama will mit dir sprechen.«

»Hallo«, sagt er.

»Schön, dass du da bist, Wilhelm. – Ich habe – ich wollte ...« Sie weiß nicht mehr weiter.

»Du hast dich vertan«, sagt er. »Diese Pillen – eine sieht ja schließlich aus wie die andere. Du hast die falschen erwischt. Das Schlafmittel.«

»Ja, so könnte es gewesen sein«, sagt sie. Sie lächelt schwach. »Ich hatte gehofft, dass Ihr Euch um die Kleine kümmern würdet. Jutta und du – sie ist doch immer so gern bei euch.«

»Jutta und ich«, sagt er. Es gibt ihm einen Stich.

»Ja. Ich habe einfach nicht mehr gewusst, wie es weitergehen soll.«

»Bei euch?«, fragt Berger. Dagmar hatte auf ihn nie den Eindruck gemacht, dass sie etwa arm sei.

»Ja, bei uns. Das ganze Geld – alles weg. Ich hatte doch alles in Aktien angelegt. Bankaktien natürlich. Amerikanische, wegen der riesigen Gewinne. Und dann, als dann die Kurse auf einmal ins Bodenlose gefallen sind – Jutta, die hat es ja wohl geahnt, die hat ihre Papiere noch verkaufen können – aber ich, ich habe doch nichts gewusst. Erst hatte ich ja noch gehofft, die Kurse würden sich wieder erholen, und die Nachrichten aus Amerika waren ja auch gar nicht so schlecht. Aber dann ging es weiter und weiter abwärts. Und am Ende hatte ich gar nichts mehr. Von einem Tag auf den anderen – alles weg.«

»Das tut mir sehr Leid«, murmelt Berger.

»Ich habe versucht, Arbeit zu finden. Ich hab doch früher als Sekretärin gearbeitet, bevor die Kleine geboren worden ist. Aber keiner hat mich haben wollen. Ich bin ihnen zu alt. Gestern war ich zur Vorstellung bei einer Firma in Neuss drüben. Ich hatte mir solche Hoffnung gemacht, aber es war wieder nichts. Und dann kam die Frau Plau noch wegen der Miete – mein Gott, das war einfach zu viel.«

»Wegen der Miete! – Das ist doch lächerlich. Da hättest du mich doch nur zu fragen brauchen, und ...«

»Es sind über dreihundert Reichsmark inzwischen«, sagt sie.

»Über dreihundert?« Die hätte er auch nicht ohne weiteres gehabt.

»Ja. Ich habe doch schon zwei Monate nicht gezahlt. Der Schmuck, die Mäntel, alles ist schon weg ...«

»Ihr kommt einfach zu mir«, beschließt Berger, ohne zu zögern.

»Das geht nicht. Nein, auf keinen Fall. Das können wir nicht. So groß ist deine Wohnung doch auch nicht, wir werden alles in Unordnung bringen, und Jutta – Jutta wird das nicht wollen.«

»Wir haben uns getrennt«, sagt Berger.

»Das tut mir Leid.«

Susanne ist ganz aus dem Häuschen: »Wir dürfen wirklich zu dir kommen? Dann kannst du mir jeden Abend eine Geschichte vorlesen, und wir können zusammen Eisenbahn spielen und jeden Sonntag in den Zoo gehen ...«

»Ja, das wird prima«, sagt Berger. Er nimmt Dagmars Hand und drückt sie ganz fest. Es wird eine Katastrophe, fürchtet er.

Blutflecke

3.5. - 5.5.1930

1.

»Berger, Kriminalpolizei.«

»Ja, hier ist Schreiner von der *Volkszeitung*, schönen guten Morgen!«

»Guten Morgen, Herr Schreiner. Was kann ich für Sie tun?« Vor fünf Tagen ist die Sondernummer des *Deutschen Kriminal-Polizeiblattes* endlich verteilt worden. Hat die Presse schon davon Wind bekommen?

Nein, es geht um etwas anderes: »Ich wollte mich erkundigen, ob etwas dran ist an dem Gerücht, dass in der letzten Woche wieder ein Mädchen überfallen worden ist.«

»In der letzten Woche? – Nein, davon ist mir nichts bekannt. Wann soll das gewesen sein?«

»Am 30. April, so gegen achtzehn Uhr. In Grafenberg draußen.«

»Bei uns liegt nichts vor. Ist denn Anzeige erstattet worden?«

»Das weiß ich nicht. Ich habe nur gehört, dass das Mädchen sich an die Feuerwehr gewandt hat und dass die dann Erste Hilfe geleistet haben soll.«

»Das Mädchen ist also verletzt worden?«

»Offenbar ja. Nähere Einzelheiten weiß ich auch nicht. Deshalb habe ich ja angerufen.«

»Hören Sie zu, Herr Schreiner, das ist sehr wichtig. Wer genau hat Ihnen von diesem Überfall erzählt? Die Feuerwehr?«

»Nein. Einer unserer Zeitungsverkäufer, der hat von der Sache erfahren, als er in einem Lokal in der Hunsrücker Straße gefrühstückt hat. Da wurde über den Überfall gesprochen.«

»Wie kann ich diesen Zeitungsverkäufer erreichen?«

»Ich schicke den Mann zu Ihnen, sobald er von seiner Tour zurück ist.«

»Ich danke Ihnen, Herr Schreiner.«

2.

Fuhrmann sitzt am Küchentisch. Vor ihm liegt ein leeres Blatt Papier. Soll er es wirklich tun? – Hertha, die hat es ihm ausgerechnet: Mombach wird in drei Jahren pensioniert. Dann rückt Berger auf, und Kosinski wird Kommissar. Und er, Fuhrmann, geht wieder leer aus. Wenn er nichts unternimmt. Aber – soll er wirklich? – Gut, dass Hertha beim Friseur ist. Die würde ihm ganz schön einheizen, dass er noch immer zögert. Aber – hat sie denn Recht? Verrat ist es. Verrat an einem Kollegen. Andererseits – er ist preußischer Beamter. Und als solcher hat er darauf zu achten, dass die Vorschriften eingehalten werden. Von allen. Sonst kann der Staat nicht funktionieren.

Außerdem ist Fuhrmann natürlich nicht nur Beamter, sondern auch Demokrat. Mitglied der Sozialdemokratischen Partei schon seit vor dem Kriege. Und der *Stahlhelm* – nach allem, was man so hört, ist das keine wirklich demokratische Einrichtung. Im Gegenteil, das ist eine Vereinigung, die sich eher gegen die Republik wendet. Die man also nicht unterstützen sollte.

Und was der Kosinski da als Entschuldigung anführt, das stimmt ja einfach nicht. Der Hindenburg, der kann ja ruhig Mitglied sein. Er ist ja der deutsche Präsident, der Präsident des ganzen Volkes und nicht etwa Beamter in der Rheinprovinz oder in Westfalen. Und nur für die ist die Mitgliedschaft verboten.

Sehr geehrter Herr Polizeipräsident! – Das ist schon mal ein guter Anfang. Weiter so! – *Sehr geehrter Herr Polizeipräsident!*

Ich fühle mich verpflichtet, Ihnen davon Kenntnis zu geben, dass mir zu Ohren gekommen ist, dass einer Ihrer Mitarbeiter, der Herr Kriminalassistent Kosinski, trotz des Verbotes noch immer Mitglied im Stahlhelm ist ...

3.

Drei Stunden später ist Berger schlauer. Der Überfall hat tatsächlich stattgefunden. Aber das Opfer ist nicht aufzutreiben. Weder der Zeitungsverkäufer noch das Personal in dem kleinen Lokal kennen den Namen des Mädchens. Keine Stammkundin. Sie ist seit dem 1. Mai nicht mehr da gewesen.

Berger berichtet Mombach von dem Fall. »Und was sollen wir jetzt machen?«, fragt er.

»Gar nichts.«

Berger zieht die Augenbrauen hoch.

»Mein lieber Berger«, sagt Mombach, »was haben wir denn schon in der Hand? Die Aussage dieses Zeitungsverkäufers, der gehört hat, dass jemand überfallen worden sein soll ...«

»Ein bisschen mehr ist es schon. Er hat das Mädchen ja selbst gesehen. Er sagt, dass die rechte Gesichtshälfte stark geschwollen war ...«

»Ja, ja, das Protokoll habe ich auch gelesen. Und dann hat er noch gesagt, dass das Mädchen Grete Becker heißt und in der Oststraße 24 wohnt.«

»Ja.«

»Aber in der Oststraße 24 gibt es keine Grete Becker. Da gibt es überhaupt niemanden, der Becker heißt, und auch nicht in Nummer 22 oder 26. Und von einem Überfall auf ein junges Mädchen hat da auch niemand etwas gehört. – Ob dieser Zeitungsmensch sich die Geschichte nicht einfach ausgedacht hat?«

»Ich habe in dem Lokal nachgefragt. Ein Milchausschank ist das, Hunsrücker Straße 40. Die erinnern sich an das Mädchen. Das heißt also, die Geschichte ist nicht erfunden.«

»Na schön, wir werden die Angelegenheit weiter im Auge behalten. Aber bis jetzt haben wir keinen Täter und kein Opfer – nur so eine Art Gerücht. Und außerdem scheint mir das eher ein Fall für die Sitte zu sein als für uns.«

Berger nickt. Er wendet sich zur Tür.

Mombach hält ihn zurück. »Berger, ich will Sie nicht entmutigen. Ich freue mich über Ihren Einsatz, wirklich, aber wir müssen hier sehr, sehr vorsichtig operieren. Eine Panik wie im letzten Herbst können wir wirklich nicht noch einmal gebrauchen.«

»Nein, natürlich nicht.«

»Halten Sie mich bitte auf dem Laufenden, ja?«

»Ja, natürlich.« – Ich mache es allein, beschließt Berger.

4.

»Ja. – Ja, das stimmt. Und ich hatte mich eigentlich auch schon bei Ihnen melden wollen!« Willi Lüthgen, der Förster, mag knapp fünfzig Jahre alt sein; er stopft sich bedächtig seine Pfeife.

»Sie haben also etwas beobachtet?« Warum kommen die Leute nicht von sich aus zur Polizei? Gut, bei einem jungen Mädchen, da gibt es vielleicht eine gewisse Scheu – aber hier, ein Förster, ein großer, kräftiger Kerl?

»Ja.« Er zündet die Pfeife an. Tabakduft verbreitet sich im Raum. »Als ich also morgens auf meinen Rundgang gegangen bin ...«

»Entschuldigen Sie, wann ist das gewesen?«

»Am 1. Mai. Ich bin so gegen sieben Uhr losgezogen. Ich gehe jeden Morgen meine Runde, müssen Sie wissen, schon bevor die ganzen Ausflügler unterwegs sind, um sicherzustellen, dass auch alles in Ordnung ist. Und den Hund, den nehme ich natürlich mit.«

»Ja«, sagt Berger. Er stellt sich innerlich auf eine längere Ausführung ein.

»Ich bin also am 1. Mai dann durch die Wolfsschlucht in den Grafenberger Wald hinein. Ich nehme an, Sie wissen, wo das ist?«

Berger nickt. Im Zweifelsfall kann er später immer noch nachfragen.

»Von der Wolfsschlucht aus bin ich dann auf den Weg abgebogen, der zur Schönen Aussicht führt. Und da war es dann. Etwa auf halbem Wege zwischen dem Lokal ›Schumacher‹ – das ist diese neue Gastwirtschaft – und der Schönen Aussicht, da war auf dem Weg eine Blutlache.«

Berger unterbricht seine Betrachtung der Geweihe, die hinter dem Förster an der Wand hängen. »Eine Blutlache? Sind Sie sicher?«

»Natürlich bin ich mir sicher. Lieber Herr Kommissar, ich habe schon manches gute Stück Wild geschossen, ich weiß, wie Blut auf dem Waldboden aussieht!«

»Ja. – Haben Sie sonst noch etwas bemerkt?«

»Ja, natürlich. In der näheren Umgebung der Blutlache, da gab es Fußabdrücke. Von einem Damenschuh. Und dann gab es noch weitere Spuren, nach denen es so aussah, als ob die betreffende Dame am Boden gelegen hat.«

Das kann nicht wahr sein, denkt Berger. Das erzählt dieser Mensch in aller Seelenruhe!

»Ja, und dann gab es da noch eine Schweißspur, die konnte ich so vielleicht zehn bis zwölf Meter weit verfolgen, in Richtung Wolfsschlucht hat die geführt.«

»Eine Schleifspur?«, fragt Berger, aufs Äußerste alarmiert.

»Nein, nur Schweiß?«

»Schweiß?«

»Blut. – Tropfen und Spritzer von Blut, so als ob ein angeschossenes Reh weggelaufen ist.«

Ein angeschossenes Reh! »Viel Blut?«

»Nein, nicht besonders viel. Ich hab dann noch die Umgebung abgesucht und dabei dann noch diese Zeitungen gefunden ...«

»Was denn für Zeitungen?«

»Nun warten Sie doch ab! Das erzähle ich ja gleich. Also, da lagen Zeitungen. Was für Zeitungen, weiß ich nicht. Es kann das *Tageblatt* gewesen sein. Aber da bin ich mir nicht sicher. Jedenfalls waren die voller Blut; wahrscheinlich hat die jemand benutzt, um sich zu reinigen, also um das Blut abzuwischen.«

»Was haben Sie gemacht mit den Zeitungen?«

»Ich hab sie dann etwas abseits im Laub vergraben. Man will ja schließlich nicht, dass die Ausflügler so etwas finden. Kinder womöglich! Nein, deswegen gehe ich ja auch immer morgens alles ab, damit solche Sachen nicht passieren ...«

Berger reißt sich zusammen. In aller Höflichkeit sagt er: »Herr Lüthgen, ich möchte Sie jetzt bitten, mit mir zusammen rauszugehen und mir genau die Stelle zu zeigen, an der Sie diese Dinge beobachtet haben.«

»Aber das Mittagessen ...«

»Jetzt sofort!«, verlangt Berger.

5.

Mombach zeigt sich wenig beeindruckt. »Fassen wir noch einmal zusammen«, sagt er. »Nach den Zeugenaussagen und nach dem Befund gibt es also starke Hinweise darauf, dass sich in der Nacht zum 1. Mai im Grafenberger Wald ein Gewaltverbrechen ereignet hat. Und Sie, Herr Berger, haben vor Ort noch stark aufgeweichte Zeitungsreste sicherstellen können, an denen Blutspuren festzustellen waren.«

»Die Zeitungen sind inzwischen untersucht; es steht fest, dass es sich bei den Blutspuren um menschliches Blut handelt, Blutgruppe A.«

»Schön. Aber es haben sich keine Hinweise darauf ergeben, dass ein Tötungsdelikt vorliegt.«

»Wir haben keine Hinweise gefunden«, muss Berger zugeben. »Dennoch ist nicht auszuschließen, dass es sich um eine Fortsetzung ...«

»Dieser angebliche Überfall, von dem wir bisher ja äußerst wenig wissen, ist der erste seit nunmehr fast einem halben Jahr. Und es handelt sich um einen vergleichsweise harmlosen Fall. Wenn die Überfallene zwei Tage später froh und munter in der Milchbar sitzt, kann es ja wohl nicht allzu schlimm gewesen sein. Und es ist ja auch bisher keine Anzeige erstattet worden.«

Es ist nicht der erste Überfall, denkt Berger. Wahrscheinlich nicht. »Wir könnten die Presse einschalten«, sagt er.

»Nein, auf keinen Fall! Keine Mitteilung an die Presse! Wir müssen froh sein, dass wir erst einmal aus den Schlagzeilen heraus sind.«

Meint Mombach das wirklich? »Und wenn ich diesen Vorschlag nun einfach ignoriere? Dann sind Sie aus dem Schneider, Sie haben sich abgesichert und ich trage das volle Risiko.«

Mombach reagiert scharf: »Berger, das ist kein Vorschlag, wie Sie sich ausdrücken, sondern eine dienstliche Anweisung! Und wenn Sie meine Anweisungen ignorieren, dann kriegen Sie ein Disziplinarverfahren an den Hals! – Ist das klar?«

Berger nickt. Er will es einfach nicht, denkt er. Er will seine Ruhe. Er will nicht, dass diese Geschichte wieder hochkommt. Das letzte Jahr hat ihn geschafft. Er ist einfach zu alt.

6.

Berger schließt die Wohnungstür auf.

Dagmar legt den Finger auf die Lippen. »Sie schläft. – Und – bitte erschrick nicht!«

Das ist inzwischen zu einer stehenden Redewendung geworden, die Berger fast jeden Abend zu hören bekommt. Mit Juttas Kusine und ihrer Tochter hat das Chaos Einzug gehalten in Bergers einst so wohlgeordneten Haushalt. Was wird es heute sein?

Die Bücher! Das kleine Mädchen hat im Wohnzimmer eine Bücherburg gebaut. Es sieht aus wie ein riesiges Kartenhaus. Und in der obersten Etage thront Hanna, Susannes kleine Puppe. Das Mädchen muss auf den Stuhl gestiegen sein, um bis in diese Höhe zu bauen.

Als Berger das besorgte Gesicht der Mutter sieht, lacht er laut los.

»Du schimpfst nicht? – Ich hätte ja alles weggeräumt, aber ich durfte es ja nicht abbauen!«

»Nein«, sagt Berger. »Ich schimpfe nicht. – Und jetzt erschrick du nicht!« Er nimmt die junge Frau in die Arme und gibt ihr einen kräftigen Kuss.

Aber Dagmar erschrickt doch und weicht einen Schritt zurück. Da stürzt die Bücherburg zusammen. »Oh, mein Gott, die teuren Bücher! Und die ganzen Fotos von dem Zeppelin! Ich wollte doch nicht ... – jetzt sind bestimmt die Ecken ...«

»Komm«, sagt Berger, »wir bauen alles wieder auf.«

Maria Mahlies

21.5. - 22.5.1930

1.

»Herr Berger? Da ist eben ein Brief gekommen.« Von Eck ist es, der damit ankommt. »Wegen dem Mörder.«

»Ja, in Ordnung. Legen Sie ihn zu den anderen. Einer von uns wird sich darum kümmern.«

»Aber – da ist doch die Frau Brückmann draußen, die ihn gebracht hat.«

Berger sieht auf. »Na gut, zeigen Sie mal her!« Ein eng beschriebener Bogen, in der Mitte gefaltet, billiges Papier: *Liebe, liebe Martha!* – Was ist das für ein Brief? Er wirft einen raschen Blick auf den Text: … *was ich danach erlebt habe, ganz was Fürchterliches … – … das war ein Mörder. Er führte mich in die Irre, und da hat er mich gewürgt …* Mein Gott, was ist das für ein Brief? Er nimmt den Umschlag. An Frau Martha Brügemann. Düsseldorfer Anschrift. »Und diese Frau Brügemann steht draußen?«

»Nein, eine Frau Brückmann.«

Berger seufzt. Nicht einmal einen Namen kann dieser Mensch sich merken.

Die Frau heißt Brückmann. Selbstbewusstes Auftreten, gute Kleidung. Eine Dame. Nein, der Brief sei gar nicht an sie gerichtet, und sie kenne auch die Maria Mahlies nicht, die den Brief geschrieben habe. Aber die Frau Brügemann, die wohne ja offenbar in ihrer Straße, nur ein paar Hausnummern weiter, da sei das wohl falsch zugestellt worden.

Berger sieht sie an. Sie sieht zwar aus wie eine Dame, aber dennoch hat sie den fremden Brief geöffnet und gelesen.

»Da bin ich gleich zu Ihnen gekommen. Das war doch richtig – oder?«

»Das war richtig. Wahrscheinlich ist die ganze Angelegenheit völlig harmlos, aber wir werden der Sache natürlich nachgehen.«

»Sie glauben nicht …?« Enttäuschung.

Berger lächelt. »Wir haben schon sehr viele Hinweise aus der Bevölkerung bekommen. Und ich kann Ihnen versichern, wir gehen jedem dieser Hinweise nach. Aber bis jetzt – leider alles Fehlanzeige.«

Frau Brückmann steht auf. »Das tut mir Leid. – Ich hoffe natürlich, dass Sie diese Bestie bald kriegen!«

»Das hoffen wir alle. Aber seit dem Ende der Mordserie ist jetzt fast ein halbes Jahr vergangen. Da sind die Chancen sehr, sehr klein. – Nun, wie dem auch sei – wir gehen Ihrem Hinweis natürlich nach. Und es kann sein, dass wir uns in den nächsten Tagen noch einmal mit Ihnen in Verbindung setzen.« Er sieht auf seine Hände. Sie zittern leicht.

»Danke.« Ein flüchtiges Lächeln, dann wendet sie sich um und schreitet zur Tür.

Berger starrt ihr nach. Hat er es übertrieben? Hoffentlich nicht. Er hat sie bewusst nicht zum Stillschweigen ermahnt; eine selbstbewusste Frau wie sie, die fremde Briefe liest, die wird sich sowieso nicht daran halten.

»Kosinski, kommen Sie mit. Wir brauchen einen Wagen.«

2.

»Können Sie nicht schneller fahren?« Nervös knetet Berger seine Finger.

Der Polizist am Lenker wirft ihm nur einen flüchtigen Blick zu: »Nein.« Warum fahren diese Arschlöcher nicht selber, wenn sie alles besser können und alles besser wissen?

Zeit ist jetzt alles. Der Mörder weiß, dass sein Opfer lebt. Er muss davon ausgehen, dass das Mädchen sofort zur Polizei läuft. Zumindest muss er mit dieser Möglichkeit rechnen. Das Mädchen weiß, wo er wohnt! Er wird sich aus dem Staub machen. Oder er dreht ihr den Hals um. Nein, er setzt sich ab. Wahrscheinlich hat er das längst getan, wenn er auch nur einen Funken Verstand hat. Er ist längst weg; wir werden wieder einmal zu spät kommen.

»Zum Bethanienheim!«, sagt Berger.

»Hä?«

»Ich weiß, wo das ist.« Gut, dass er Kosinski dabei hat. »Ulmenstraße. Fahren Sie da vorn rechts!«

Wahrscheinlich ist sie nicht da, denkt Berger. Sie ist auf der Arbeit, und keiner weiß, wo das ist. Oder sie hat sich inzwischen eine Wohnung gesucht. Oder sie ist wieder abgereist, zurück in den Westerwald, oder wo immer sie herkommen mag. – Aber diesmal haben sie Glück: Maria Mahlies ist in ihrem Zimmer. Ein trostloser Schlafsaal mit Stockwerkbetten. Berger lässt sich ein Besucherzimmer aufschließen und sorgt dafür, dass Kaffee gebracht wird.

3.

»Arbeit. – Ja, natürlich, Düsseldorf ist doch eine große Stadt. Da habe ich gedacht, dass ich da wohl Arbeit finden würde.« Unsicher sieht sie die beiden Männer an.

Berger nickt ihr zu. »Natürlich.« Wenn es überhaupt irgendwo Arbeit gibt, dann hier in der Großstadt.

»Ich war auf der Stellenvermittlung, und da bin ich dann mit einer Frau ins Gespräch gekommen, die kannte ich von früher. Die hat gesagt, ich kann bei ihr wohnen. Erst einmal, bis ich etwas anderes gefunden habe. Ich hab das Angebot gern angenommen. Ich hatte ja kein Geld, nur noch drei Mark, und irgendwo musste ich doch bleiben …«

Wieder nickt Berger. Sie sieht aus wie ein großes Kind, denkt er.

»Wir haben uns für den Abend verabredet, aber dann, dann müssen wir uns wohl verfehlt haben. Jedenfalls war sie nicht da. Und ich – ich wusste gar nicht, was ich machen sollte. Ich kannte doch niemanden. Ich hab ganz lange gewartet. Aber sie ist nicht gekommen. Dann – dann bin ich einfach herumgelaufen. Und schließlich, am Hauptbahnhof, da hat mich dann ein Mann angesprochen und gefragt, wo ich denn hin will …«

Berger wirft rasch einen mahnenden Blick auf Kosinski. Der unterdrückt sein Grinsen und rührt konzentriert in seiner Kaffeetasse.

»Wann war das?«, fragt Berger.

»Am Mittwochabend.«

Mittwoch. Jetzt haben sie wieder Mittwoch. Vor einer Woche also. »Weiter.«

»Er hat gesagt, er kann mir vielleicht helfen. Ich bin mit dem Mann losgegangen, Richtung Worringer Platz, und wir haben uns sehr nett unterhalten; dann sind wir schließlich zum Volksgarten, und da – da hat der Mann mich dann plötzlich in den Arm genommen und versucht, mich zu küssen.« Sie wird rot.

»Können Sie den Mann beschreiben?«, fragt Kosinski.

Berger winkt ab. Unwichtig! »Und was geschah dann?« Er weiß es aus dem Brief, aber er will es von ihr selbst hören.

»Auf einmal ist ein anderer Mann dazwischen getreten. Er hat gesagt, er sei Beamter und er wolle mich vor Zudringlichkeiten schützen.«

»Beamter? Polizeibeamter?«, fragt Kosinski.

Das Mädchen schüttelt den Kopf. »Das hat er nicht gesagt. Und ausgewiesen hat er sich auch nicht. – Aber jedenfalls hat der andere Herr einen ganz roten Kopf gekriegt und ist dann ziemlich verlegen abgezogen.«

»Ich fasse es nicht!«, murmelt Kosinski.

»Und dann?« – Ich hätte allein gehen sollen, denkt Berger. Dieser Kosinski verdirbt alles.

»Der Mann – er sah so seriös aus. Er hat mir einen regelrechten Vortrag gehalten darüber, wie gefährlich es sei, mit einem Fremden mitzugehen. Gerade hier in Düsseldorf, wo doch schon so viele junge Mädchen umgebracht worden sind. Ob ich das nicht gewusst hätte? – Ja, natürlich hatte ich davon gehört. Aber was sollte ich denn tun? Ich hatte doch keine Arbeit und keine Wohnung. Und ich hatte auch Hunger. Und da, da hat er mir angeboten, ich könne mit zu ihm in die Wohnung kommen. Er war so – so völlig liebenswürdig und freundlich – da bin ich einfach mitgegangen.«

Wir brauchen weibliche Beamte, denkt Berger. Gennat hat Recht: Für so etwas sind wir ungeeignet. Das Mädchen erzählt uns nur die Hälfte. »Und dann?«

»Dann hat er mir etwas zu Essen gemacht.«

»Weiter.«

»Und dann – dann hat er sich neben mich gesetzt und mich angefasst. Da bin ich aufgesprungen. Und als er versucht hat, mich zu umarmen, da hab ich gesagt, dass ich schreie, wenn er mich nicht sofort loslässt. Und da hat er mich auch sofort losgelassen und ist wieder so ruhig und höflich gewesen wie vorher. Da habe ich gesagt, dass ich jetzt in ein Mädchenheim gehen will.«

»Eine gute Idee«, sagt Kosinski. »Aber ich muss sagen, darauf hätten Sie natürlich auch schon vorher kommen können. Das wäre wesentlich sicherer gewesen als am Hauptbahnhof.«

»Lassen Sie Fräulein Mahlies erzählen!« Berger wird ärgerlich.

»Der Herr hat mir dann angeboten, mich in ein Mädchenheim zu bringen …«

Kosinski räuspert sich.

Berger sieht ihn scharf an. »Herr Kosinski, vielleicht könnten Sie so gut sein und uns noch etwas Kaffee besorgen?«

»Danke«, sagt Maria Mahlies, als der Polizist das Zimmer verlassen hat. »Es ist so schwer, das alles zu erklären. Dieses Mädchenheim – er nannte einen Namen, den ich nicht kannte. Ich bin schon früher einmal hier im Bethanienheim gewesen, aber ich wusste, dass ich hier für die Übernachtung bezahlen muss. In dem anderen Heim sollte alles umsonst sein. Ich hatte noch immer keine Angst vor dem Mann. Nicht wirklich. Er sah nicht aus wie jemand, vor dem man Angst haben musste. Auf dem Weg hat er sich ganz normal verhalten. Er – er hat mir alles mögliche erzählt über Düsseldorf, was für eine große Stadt das ist und wie leicht man sich da verlaufen kann. Und irgendwann hat er mich dann auch gefragt, ob ich wohl noch zu seiner Wohnung zurückfinden könnte …«

»Und?« Berger hält den Atem an.

Das Mädchen schüttelt den Kopf. »Nein, das hätte ich nicht gekonnt. Wir waren inzwischen so oft abgebogen; eine Zeit lang hatte ich gar das Gefühl, dass wir im Kreis gingen. – Er sagte mir, dass er mir nachher seine Adresse aufschreiben würde, damit ich ihn auch wiederfinden könnte, wenn ich Hilfe brauchte. Aber dazu ist es dann nicht gekommen.«

»Und Sie wissen nicht mehr, wo das gewesen ist? Den Namen der Straße vielleicht?«

»Nein. Irgendetwas mit Mett, glaube ich. Metter Straße oder so ähnlich.«

Berger überlegt. »Mettmanner Straße vielleicht?«

»Ja, das kann sein.«

»Hatten Sie denn gar keine Angst?«, will Berger nun doch wissen. »Es muss doch allmählich dunkel geworden sein.«

»Zuerst nicht. Aber dann, als wir in dem Wald angekommen waren, da wurde es mir sehr unheimlich. Kein Mensch war unterwegs außer uns. Es war ja tiefe Nacht. Ich hab ihn gefragt, wie weit es denn noch ist bis zu dem Heim. Da hat er gesagt, wir sind gleich da. – Aber vorher, vorher müsste ich ganz lieb zu ihm sein und alles tun, was er sagte. – Ich hab gesagt, er soll mich bitte in Ruhe lassen. Ich wollte weglaufen – aber er, er hat mich einfach festgehalten. Er war so stark, und ich hatte ganz, ganz schreckliche Angst. Ich hab noch einmal gesagt, dass er mich loslassen soll, und dann – hab ich angefangen zu beten. Da – da hat er mich zu Boden gerissen und ist – über mich hergefallen und hat mich gewürgt, dass ich keine – Luft mehr bekommen hab, und ich hab gedacht, er bringt mich um!« Sie hält inne.

»Und dann?«

»Er hat mich einen Moment losgelassen, aber dann ist er wieder über mich hergefallen, und ich hab mich gewehrt, so gut ich nur konnte, und als ich nicht mehr weiter konnte, hab ich laut gerufen: ›Lieber Heiland, steh mir bei!‹ – Da hat er endlich von mir abgelassen.«

»Ein frommer Katholik ohne Zweifel!« Kosinski ist eingetreten und hat die letzten Worte mitgehört. »Hier der Kaffee!«

»Danke. Den können wir jetzt gebrauchen!« Er schiebt der Mahlies eine Tasse hin. »Fräulein Mahlies, ich muss Sie das jetzt fragen: Als er Sie so bedrängt hat – hat der Mann Sie ausgezogen?«

Sie schüttelt den Kopf.

»Oder hat er Sie gezwungen, sich auszuziehen?«

»Nein, hat er nicht. Er hat mich nur festgehalten und gewürgt.«

»Es ist also zu keinem Geschlechtsverkehr gekommen.«

»Nein.« Sie wird rot.

Kosinski runzelt die Stirn. »War der Mann bewaffnet?«, fragt er.

»Bewaffnet?«

»Pistole, Messer, Schere, irgend so etwas. Oder – hatte er vielleicht einen Hammer dabei?«

Sie schüttelt den Kopf. Kosinski sieht Berger fragend an. Ist das wirklich unser Mann? Kann das unser Mann gewesen sein? Der Mörder?

Darüber will Berger jetzt nicht nachdenken. »Was geschah dann?«

Aber es gibt nicht mehr viel zu erzählen. Der Mann hat schließlich von ihr abgelassen, sich wortreich für seine Unbeherrschtheit entschuldigt und das Mädchen zur nächsten Haltestelle der Straßenbahn gebracht. Inzwischen war es Morgen geworden.

Berger kann es nicht fassen. »Er hat Sie tatsächlich bis zur Straßenbahn gebracht?« Da müssen doch Menschen an der Haltestelle gewesen sein, Zeugen.

Sie schüttelt den Kopf. »Nicht ganz hin. *Da hinten ist die Haltestelle,* hat er gesagt. Und da war sie dann auch. Keine zwei Minuten entfernt.«

Maria Mahlies ist dann in das Bethanienheim gegangen, und dort hat sie ein paar Tage später, als sie sich wieder beruhigt hat, den Brief an ihre Freundin geschrieben.

»Sie hätten zu uns kommen sollen. Sofort«, sagt Kosinski.

Sie schlägt die Augen nieder. »Ich hab mich so geschämt«, murmelt sie.

Jetzt kommt der entscheidende Punkt. Berger trinkt noch einen Schluck Kaffee. Dann fragt er: »Fräulein Mahlies, hat der Mann irgendwann einmal seinen Namen gesagt?«

»Er hat gesagt, dass er Wilhelm heißt.«

»Wilhelm. – Und einen Nachnamen hat er nicht genannt?«

Das Mädchen schüttelt den Kopf. »Aber Wilhelm – das stimmt wahrscheinlich auch nicht. Ich hatte mich nämlich gewundert, dass an der Wohnungstür, an dem Namensschild, dass da nichts mit W stand.«

Berger hält den Atem an. »Und was stand auf dem Namensschild?«, hakt Kosinski nach. Aber darauf weiß Maria Mahlies keine Antwort. Und auch auf die Frage, ob sie die Polizei zu dem Haus führen könne, in dem der Mann wohnt, antwortet sie mit einem Achselzucken. »Ich werde es versuchen!«

4.

Sie sind auf dem Weg zurück ins Präsidium. »Scheiße«, sagt Kosinski. »Warum ist die dumme Kuh nicht sofort zu uns gekommen? Der Kerl kann inzwischen schon wieder ein paar Morde und Vergewaltigungen begangen haben! Und sie ist mit schuld daran! – Sie und all die anderen, die sich nicht trauen, zur Polizei zu gehen.«

»Das sehe ich nicht so. Was erwarten Sie denn? – Nach dem, was sie uns erzählt hat, ist es allenfalls versuchte Notzucht gewesen. Und wenn er es abstreitet, steht sie ziemlich schlecht da. Sie ist freiwillig mit ihm nachts in den Wald gegangen. Was glauben Sie, was die Kollegen von der Sitte dazu gesagt hätten! Spott und Schande hätte sie geerntet.«

»Die ganze Geschichte stinkt«, sagt Kosinski. »Sie hat sich am Bahnhof aufgabeln lassen. Das sagt doch schon alles!«

Du elender Spießbürger, denkt Berger. »Sie hatte kein Geld«, sagt er.

Kosinski schnaubt.

»Und wir sind nicht hier, um irgendeine Moral aufrecht zu erhalten. Wir haben einen Mord aufzuklären. Eine ganze Reihe von Morden, genauer gesagt.«

»Manchmal würde es helfen, wenn die Leute einfach die Wahrheit sagten!«

»Glauben Sie, dass sie lügt?«

»Natürlich. Bei Einbruch der Dunkelheit – oder kurz danach, egal – sind sie in diesen verdammten Wald marschiert, einträchtig, Hand in Hand sozusagen, und morgens um fünf sind sie wieder herausgekommen. Das macht etwa sieben Stunden. Selbst wenn Sie annehmen, dass sie vielleicht zwei Stunden hin und her marschiert sind in diesem Wäldchen – lächerlich! Der ganze Wald ist ja keine zwei Kilometer lang – aber selbst wenn wir das einmal annehmen, dann bleiben noch etwa fünf Stunden. Glauben Sie vielleicht, der hat sie fünf Stunden lang gewürgt? Versuchen Sie das mal! Dem würden ja die Hände abfallen hinterher. Oder glauben Sie vielleicht, sie hat fünf Stunden gebetet und er hat dabei zugeguckt? Keinen Geschlechtsverkehr, sagt sie! Dass ich nicht lache! – Die haben es getrieben miteinander, ausführlich und in aller Ruhe!«

»Das spielt keine Rolle«, sagt Berger ruhig.

»Was?«

»Das spielt keine Rolle, sage ich. Er hat sie gewürgt, das ist der entscheidende Punkt.«

»Wirklich? Ich habe nichts davon gesehen. Das gibt doch Spuren, Würgemale, das müsste man doch sehen, oder?«

»Sie sind ein schlechter Beobachter. Sie ist eine Frau, Kosinski. Sie hat sie weggeschminkt.«

»Was? – Wirklich?«

»Ja.«

5.

Mombach hat gerade die letzten Akten zur Seite geräumt; der Schreibtisch ist leergearbeitet, als Langels eintritt: »Kann ich Sie wohl einen Augenblick sprechen?«

»Bitte, Herr Langels, nehmen Sie doch Platz.« Mombach weist auf seinen Besucherstuhl. Der Besuch kommt ihm ungelegen. Eigentlich hatte er schon weg sein wollen. Wenigstens ein paar Tage Urlaub nach diesen anstrengenden Monaten.

Langels setzt sich. »Es ist eine unangenehme Geschichte, wegen der ich komme.« Er knetet seine Hände.

»In letzter Zeit haben wir eine ganze Menge unangenehmer Geschichten gehabt«, sagt Mombach ruhig. »Da kommt es auf eine mehr oder weniger kaum noch an.«

Langels seufzt. »Leider doch. Es geht um einen Ihrer Mitarbeiter. Ich habe angeordnet, dass der Herr Kriminalassistent Kosinski mit sofortiger Wirkung vom Dienst suspendiert wird.«

Jetzt ist Mombach doch erschrocken. »Warum denn das?«

»Ich habe ein Schreiben bekommen, in dem darauf hingewiesen wird, dass Herr Kosinski nach wie vor Mitglied im *Stahlhelm* ist ...«

»Ach, die Geschichte! Das lässt sich doch alles regeln. Wenn wir dem Mann gemeinsam ins Gewissen reden, dann wird er doch ganz sicher ...«

Langels schüttelt den Kopf. »Damit ist es nicht getan. Ich habe diese Mitteilung zum Anlass genommen, mich in Berlin nach Herrn Kosinski zu erkundigen. Der Herr Kosinski ist ja seinerzeit auf eigenen Wunsch von Berlin zu uns versetzt worden.«

»Ja, das weiß ich.«

»Was Sie aber offenbar nicht wissen, mein lieber Mombach, ist, dass der gute Mann einen sehr triftigen Grund hatte, sich versetzen zu lassen. Es heißt, nur auf diese Weise konnte er einer Anzeige wegen Verstoßes gegen den § 175 aus dem Wege gehen ...«

»Tatsächlich?« Das hat er in der Tat nicht gewusst.

»Nun bin ich, wie Sie wissen, natürlich kein Spießbürger ...«

Du bist der größte Spießbürger aller Zeiten, denkt Mombach.

»... aber wenn dieser Fall ruchbar wird, wird das Ansehen unserer Polizei aufs Äußerste geschädigt. Abgesehen davon, dass das Ganze strafbar ist, ist ein solches Verhalten für einen preußischen Beamten völlig unakzeptabel. Er muss aus dem Dienst entfernt werden.«

»Der Verlust wird uns hart treffen«, sagt Mombach. Er fragt sich, ob er Langels nicht wenigstens überreden kann, dass Kosinski von sich aus um seine Entlassung nachsucht.

»Es lässt sich nicht ändern«, beharrt Langels. »Hier ist Entscheidung gefragt. Ich habe den Herrn Kosinski direkt von der Anschuldigung in Kenntnis gesetzt. Ich habe ihn zu mir gebeten und gefragt, ob der Vorwurf zutrifft. Er hat erwidert, dass er keine Aussage machen möchte. Daraufhin habe ich ihn suspendiert. – Das ist natürlich nur ein erster Schritt; er kann dagegen Widerspruch einlegen, und alles wird seinen ganz normalen, formalen Gang gehen. Aber jedenfalls ist er erst mal weg. – Das wollte ich vor Ihrem Urlaub noch erledigt wissen. Ich weiß, Sie sind ja schon fast auf dem Sprung, und ich muss auch weg. – Sie werden sicher zu schätzen wissen, dass ich Ihnen damit eine unangenehme Situation erspart habe.«

Mombach nickt. Arschloch, denkt er. Es wird schwer werden, die Geschichte wieder gerade zu biegen.

»Natürlich brauchen Sie schleunigst Ersatz für den Mann. Der Kriminalassistent Fuhrmann wartet doch schon lange auf seine Beförderung. Wir werden ihn bei der nächsten Gelegenheit zum Lehrgang schicken.«

»Fuhrmann?«

»Gucken Sie nicht so entgeistert, Mombach! Der Mann verfügt über eine reiche Erfahrung, er ist seit vielen Jahren in der Mordkommission mit dabei, und jetzt ist es an der Zeit, dass er seine Chance bekommt. Denken Sie daran, was unser Innenminister gesagt hat: Die Fähigkeit des Mitarbeiters ist entscheidend!«

»Eben«, knurrt Mombach. Und Fuhrmann ist und bleibt eine Pfeife. Aber das sagt er nicht.

6.

»Und du glaubst, ihr könnt es schaffen?«, fragt Dagmar. »Ihr habt eine echte Chance, den Mörder zu fassen?«

»Wenn das wirklich stimmt, was sie gesagt hat, dann haben wir sogar eine sehr gute Chance. Selbst wenn wir die ganze Mettmanner Straße absuchen müssen, Wohnung für Wohnung. Das sind vielleicht hundert Häuser, das dauert einen Tag oder zwei.«

»Glaubst du denn, dass es die Mettmanner ist?«

»Ich weiß es nicht.«

»Es gibt doch zum Beispiel auch noch die Mettlacher Straße. Das klingt auch so ähnlich.«

»Ja, natürlich. Das ist mir auch schon eingefallen. Die suchen wir auch ab. Das ist kein Problem ...«

»Aber?«

»Aber ich weiß überhaupt nicht, was ich von dem Mädchen halten soll. Sie wirkt so unglaublich naiv. Sie ist sechsundzwanzig, aber sie benimmt sich wie ein kleines Kind. Jemand, den ich selbst auf keinen Fall allein nach Düsseldorf schicken würde, wenn es meine Tochter wäre ...«

»Nicht alle haben eine Wahl«, sagt Dagmar.

»Ja, entschuldige, das ist natürlich wahr.« Berger wird rot.

Einen Augenblick lang fragt er sich, wie wohl Dagmar mehrere Monate lang ohne Geld überlebt hat. Er schiebt den Gedanken zur Seite. »Ich habe ihren Brief dabei. Willst du ihn sehen?«

Dagmar faltet das Blatt auseinander. »*Liebe, liebe Martha*«, liest sie laut vor. »*Herzliche Grüße sendet Dir Deine kleine Freundin Mia. Sag, liebe Martha, warum bist du am Mittwochabend um acht Uhr nicht da gewesen, wo ich dich erwartet hatte? Ich hab lange, sehr lange auf dich gewartet* ...« Dagmar lässt den Brief sinken. »Und sie kennt diese Martha Brügemann gar nicht näher?«

Berger schüttelt den Kopf. »Prückner heißt sie in Wirklichkeit. Nein, sie kennt sie fast gar nicht. Sie hat ja nicht einmal ihren Namen richtig gewusst.«

»Armes Kind«, sagt Dagmar. »Sie muss sehr, sehr einsam sein.«

7.

»Hier könnte es gewesen sein!«

Die beiden Polizisten sehen sich an. »Sind Sie sich sicher?«

»Fast«, sagt Maria Mahlies.

Sie sind in der Mettmanner Straße. Große Mietshäuser. Nicht die beste Wohngegend, aber auch keine schlechte. Aber die Häuser sehen sich ähnlich. »Es war eines der ersten Häuser von der Straßenbahnhaltestelle aus.«

»Dieses da?«

Maria Mahlies nickt. Nummer 71.

»Gehen Sie mit rauf, Schröder. Ich warte hier unten.« Von Eck ist erschöpft. Zu viele Straßen sind sie schon abgelaufen, zu viele Treppenhäuser hinauf- und hinuntergestiegen.

Schröder öffnet die Haustür. »Bitte!« Maria Mahlies tritt ein. Das Herz schlägt ihr bis zum Hals. Dies ist das Haus. Die Eichentäfelung bis zur halben Höhe der Wand, die helle, freundliche Tapete mit dem Blümchenmuster. Die gedrechselten Stäbe des Treppengeländers.

»Nun?«, fragt Schröder.

Maria Mahlies nickt.

»Im obersten Stockwerk? – Gehen wir doch hinauf!«

»Im dritten Stock. Die rechte Tür.«

Langsam steigen sie nach oben. Mein Gott, denkt das Mädchen, jeden Moment kann er mir entgegenkommen! Gut, dass ich nicht allein bin! Der Polizist – er wird mich schützen.

Schröder wappnet sich innerlich, jetzt gleich dem gesuchten Mörder entgegenzutreten. Auch er ist aufgeregt. Unauffällig tastet er nach seiner Waffe. Ja, er ist bereit.

Endlich sind sie oben, im dritten Stock. Niemand ist ihnen begegnet; das Haus wirkt wie ausgestorben. Und jetzt – hier muss es sein. Oder doch nicht? Plötzlich ist Maria sich unsicher. Alles wirkt so hell, so licht. Sie ist abends hier gewesen, im trüben Schein der elektrischen Treppenbeleuchtung. War der Handlauf nicht schwarz gewesen? Kein Zweifel, dieser hier ist braun. Dunkelbraun. Und die Tür? Das Namensschild? Es gibt kein Namensschild an der Tür.

»Nun?«, fragt Schröder.

Maria Mahlies schluckt. »Ich glaube, ich habe mich geirrt«, sagt sie ganz leise.

»Sehen wir es uns vorsichtshalber an«, sagt Schröder. Er läutet.

»Die Wohnung besteht aus zwei Zimmern«, sagt Maria Mahlies. »Ein großes und ein kleines. Das große Zimmer ist eine Art Büro, und das kleine Zimmer, das ist wohl zugleich Schlafzimmer und Küche.«

»Es macht niemand auf«, sagt Schröder.

»Ich glaube nicht, dass es hier war.«

»Machen Sie sich nichts draus. Kommen Sie – wir gehen wieder nach unten.«

Als sie aus der Tür treten, braucht von Eck nicht zu fragen, was passiert ist. Er drückt seine Zigarette vorsichtig an der Hauswand aus. Er wird sie später zu Ende rauchen.

»Könnte es eines der Nachbarhäuser gewesen sein?«, fragt Schröder. »Die sehen doch schließlich alle fast gleich aus. Dieses hier zum Beispiel: Nummer 73. Könnte es das gewesen sein?«

Das Mädchen schüttelt den Kopf.

»Wissen Sie was? Wir machen jetzt eine Pause«, schlägt Schröder vor. »Sie sind erschöpft, und wir sind auch ein bisschen müde inzwischen. Wir sollten uns alle drei ein wenig erholen. Dann kommen Sie am Nachmittag wieder zu uns aufs Präsidium, und dann machen wir weiter. Was halten Sie davon?«

»Ja, ich glaube, das ist das Beste.«

8.

Und jetzt? Maria Mahlies sieht den beiden Polizisten nach, die sich schnellen Schrittes entfernen. Was soll sie jetzt tun? Unschlüssig bleibt sie einen Moment stehen; dann wendet sie sich um und geht langsam in die entgegengesetzte Richtung davon.

Sie geht durch die Straßen ohne bestimmtes Ziel. In der Tasche hat sie noch den Rest einer Scheibe Brot vom Frühstück, die sie sich eingesteckt hat. Trockenes, hartes Brot. Das muss bis zum Abend reichen. Morgen wird sie das Geld anbrechen müssen, das sie auf keinen Fall ausgeben wollte. Das letzte Geld, das sie hat. Das Geld für die Rückfahrkarte nach Hause.

Aber sie will nicht nach Hause. Auf keinen Fall will sie nach Hause. Nicht aufgeben. Sie hat noch nie aufgegeben.

Sie ist nach links abgebogen, und nach weiteren zweihundert Metern biegt sie wieder nach links ab. Auch hier gibt es große Häuser. Aber keines davon sieht so aus wie das, in das sie mit dem Mann gegangen ist. Aber da vorn, die Straßenecke, die kommt ihr irgendwie bekannt vor. Sie geht schneller. War dies die Ecke, an der sie gefragt hat, wie weit es noch sei bis zu der Wohnung? Die Ecke, an der der Mann gezögert hat – vielleicht noch einmal überlegt hat, ob er es riskieren kann, sie mit in seine Wohnung zu nehmen?

Doch, das ist die Ecke. Sie wendet sich nach links. Und dies ist der Weg, den sie mit dem Mann gekommen ist. Dies muss der Weg sein. Dieses Eckhaus mit den kleinen Fensterscheiben. Oder kann es zwei solcher Häuser geben in Düsseldorf? Ist das wirklich möglich?

Und dann steht sie wieder vor dem Haus in der Mettmanner Straße. Nummer 71. Es ist das Haus. Doch, kein Zweifel, dies ist das Haus. Dies muss das Haus sein.

9.

Das Essen in der Kantine war noch nie besonders. Schröder schiebt den Teller zur Seite.

»Kohl ist nicht dein Ding, was?« Von Eck lacht. »Ihr jungen Leute! Wir wären froh gewesen, wenn wir das damals gehabt hätten, so ein Essen. Im Herbst 1917 in Galizien zum Beispiel, da sind wir so schnell vorgerückt, dass die mit der Verpflegung gar nicht mehr nachgekommen sind. Da hatten wir nur den Fraß, den wir von den Russen erbeutet hatten. Das war vielleicht ein Zeug!«

Schröder hört nicht zu. »Ich glaube, wir hätten die Kleine zum Essen einladen sollen«, sagt er.

»Davon hat keiner was gesagt!«

»Ich glaube, die hat Hunger.«

Von Eck grinst. »Du kannst ihr ja 'ne Stulle kaufen nachher. – Aber über eins musst du dir klar sein, wenn du jeden zum Essen einladen willst, der ein bisschen hungrig aussieht, Schröder, dann bist du bald am Ende mit deinen zweihundert Piepen im Monat.«

»Weiß ich.« Schröder ist rot geworden. Wenn er jetzt noch irgendetwas zu dem Thema sagt, wird sein Kollege ihn damit aufziehen, dass er in die Kleine verknallt sei. Was vielleicht sogar stimmt. Ein bisschen jedenfalls. Sie ist so viel jünger als er. So unschuldig. Noch einmal neu anfangen, denkt Schröder. Die Zeit zurückdrehen! Wenn nur der von Eck nichts mitkriegt, diese Klatschbase. Aber von Eck denkt im Augenblick an gar nichts außer an sein Essen.

»Was machen wir nachher, wenn sie wiederkommt?«, fragt Schröder.

Von Eck legt den Löffel zur Seite. »Weiß ich auch nicht. Im Prinzip sind wir durch. Einige von den Straßen sind wir jetzt schon zum dritten Mal abgelaufen. Wir könnten es noch mal weiter im Osten versuchen, oder in der Mettlacher, aber wenn das auch nur einigermaßen stimmt, was die Kleine gesagt hat, dann kann es da nicht gewesen sein.«

»Ob es am Ende doch das Haus vorhin gewesen ist?«

»Sie hat gesagt: ›Nein‹.« Damit ist für von Eck der Fall erledigt.

»Wo sie wohl bleibt?«

10.

Maria Mahlies steigt die Treppe hinauf. Im ganzen Haus ist es still. Maria bemüht sich, kein unnötiges Geräusch zu machen. Jedes Mal wenn die Treppe knarrt, hält sie einen Augenblick inne. Doch nichts geschieht. Und dann steht sie oben auf dem letzten Treppenabsatz. Zwei Wohnungstüren gibt es hier oben. Wimmer steht auf dem Türschild der linken Tür. War es das, was sie in der letzten Woche gelesen hatte? Irgendetwas mit W?

Als sie sich bückt, um das Schild genauer zu betrachten, geht plötzlich die Tür auf. Maria Mahlies fährt hoch.

»Mein Gott, haben Sie mich erschreckt!« Das junge Mädchen ihr gegenüber hat die Einkaufstasche fallen lassen.

»Entschuldigen Sie, Frau Wimmer …« Maria Mahlies weiß nicht recht, was sie sagen soll.

Die andere starrt sie an. »Sie waren doch vorhin schon einmal hier! Mit einem Mann … – Ich hab Sie durch den Spion gesehen.«

Maria nickt. »Ja, ich war schon einmal hier. Mit der Polizei …«

»Wegen ihm?« Sie weist mit dem Daumen auf die andere Wohnungstür.

»Ja, wegen ihm. Das heißt – ich bin mir nicht sicher …«

»Was hat er denn gemacht?«

Maria erzählt ihr die ganze Geschichte.

In diesem Augenblick geht die andere Tür auf, und ein Mann tritt heraus, ohne Jackett, einen Wassereimer in der Hand.

»Guten Tag, Fräulein Wimmer!«, sagt er.

Die beiden Mädchen grüßen zurück. Der Mann beachtet sie nicht weiter, sondern geht gemächlich die Treppe hinunter. Das Bad ist auf der halben Treppe. Man hört, wie er Wasser in den Eimer lässt.

»Und? Ist er das?«

»Ich weiß nicht!« Mein Gott, wie anders er doch aussieht. Kann er das sein? Kann er das wirklich sein?

»Pass auf, wenn er zurückkommt!«

Und Maria Mahlies passt auf. Der Mann dreht den Wasserhahn zu, und gleich darauf kommt er ohne Hast pfeifend die Treppe herauf. Er geht an den tuschelnden Mädchen vorbei und verschwindet in seiner Wohnung.

»Kann er das sein?«

»Nein, das ist er nicht!«

»Bist du dir sicher?«

»Ich weiß nicht.«

»Wart einen Moment!« Die junge Frau verschwindet in der Wohnung, kommt mit einem Zettel und einem Bleistift zurück. Sie schreibt etwas auf den Zettel, gibt ihn Maria.

»Peter Kürten«, liest sie. »Ist er das?«

Die Wimmer legt warnend den Zeigefinger auf die Lippen. Die Wände haben Ohren. »Er wohnt seit zwei Jahren hier. Mit seiner Frau zusammen. Grüßt immer ganz freundlich, wenn man ihn trifft …«

»Er wohnt hier mit seiner Frau?« Er kann es nicht gewesen sein. Sie waren allein in der Wohnung, da war keine Frau.

»Ja. So 'ne kleine, stämmige. Die arbeitet in einer Gaststätte. Ist abends immer weg, und am Wochenende …«

Er kann es doch gewesen sein.

In diesem Augenblick öffnet sich die Wohnungstür wieder, und der Mann kommt heraus. Peter Kürten hat sich umgezogen. »Entschuldigung!« Er eilt an den Mädchen vorbei und die Treppe hinunter.

»Komm!« Fräulein Wimmer fasst Maria am Arm. Sie laufen zum Fenster, eine halbe Treppe tiefer. Als der Mann aus dem Haus tritt, sehen die beiden Mädchen ihm nach.

»Ist er das?«

Maria Mahlies schüttelt den Kopf. »Nein, ich glaube, das ist er nicht.«

11.

»Das ist er.« Berger kann es nicht fassen. »Mein Gott, Mädchen, haben Sie einen Mut!«

»Ach, nein …«

Maria Mahlies hat den beiden Polizisten von ihrem Erlebnis berichtet. Die waren erst skeptisch, aber schließlich ist Schröder mit ihr zu Berger gelaufen. Ein paar Anrufe und wenig später haben sie die Akten über Kürten vor sich liegen. Berger blättert in den Papieren. »Jede Menge Vorstrafen. Einbruch, Betrug, Bedrohung, alles, was man sich nur denken kann. Und hier – eine Anzeige wegen Notzucht, 1926. – Freispruch. Sonst hätten wir den Herrn wohl längst etwas genauer unter die Lupe genommen.« Er schiebt die Akte zur Seite. Warum ist ihnen dieser Kerl nicht früher aufgefallen?

»Und jetzt?«, fragt Schröder.

»Wir brauchen einen Haftbefehl. Und die Wohnung muss durchsucht werden. Sofort. Ich setze mich mit dem Staatsanwalt in Verbindung.« Er greift zum Telefon.

Schröder hält ihn zurück. »Ist das richtig?«

Berger überlegt. Schröder hat Recht. Noch ein Fehlschlag, und sie sind wirklich erledigt. Mombach hat ihm ganz unverhohlen gedroht. Und auch der kann nicht frei agieren, hinter dem stehen andere, mächtigere. Der Polizeipräsident. Der Innenminister. Wenn dies jetzt schief geht, dann werden Köpfe rollen, da gibt es kein Pardon mehr. Und sein Kopf wird der erste sein. Bisher haben sie nur immer daneben gegriffen. Und jetzt? Was haben sie denn schon groß in der Hand? Eine Zeugin, die sagt: Nein, das war er wohl doch nicht? Und das Haus? Nein, sicher bin ich mir nicht … Auf so etwas wartet die Verteidigung doch nur.

»Sie haben Recht, Schröder. Das Einzige, was wir wirklich in der Hand haben, das ist diese Akte. Und die haben wir schon immer gehabt. – Nehmen Sie die Fotos, Schröder, und sehen Sie zu, dass wir Vergrößerungen davon bekommen, die wir der Schultze vorlegen können. Vielleicht kann die den Kerl identifizieren.«

»Entschuldigung – kann ich jetzt gehen?«

Keiner hat sich mehr um Maria gekümmert. »Ja, ja, natürlich können Sie gehen.«

»Es tut mir Leid, dass ich Ihnen nicht besser weiterhelfen kann.«

»Unsinn! – Sie glauben ja gar nicht, wie sehr Sie uns geholfen haben.«

Als sie gegangen ist, sagt Berger: »Ich will ihr keine Angst machen, aber sie ist natürlich in Lebensgefahr. Schröder, sorgen Sie dafür, dass in dem Heim rund um die Uhr einer von uns Wache hält …«

12.

Als alle fort sind, nimmt Berger sich noch einmal die Akte vor. Peter Kürten, geboren am 26. Mai 1883 in Mülheim an der Ruhr. Fast siebenundvierzig Jahre alt! – Was hatten die Zeugen gesagt? Zwischen zweiundzwanzig und fünfunddreißig! Da haben sie sich aber gründlich getäuscht. Oder – ist es am Ende doch der falsche Mann?

Aber die Lebensgeschichte – was für eine Lebensgeschichte! Mit acht Jahren von zu Hause ausgerissen, nach drei Wochen von der Polizei aufgegriffen. Mit sechzehn erwischt bei der Unterschlagung von Lohngeldern, zwei Monate Haft in Düsseldorf. Ein Jahr später Hausfriedensbruch und Bedrohung, Zechprellerei, Einbruchsdiebstahl und dann noch einmal Diebstahl. Jedes Mal erwischt und verurteilt, acht Monate Haft insgesamt, alles in einem Jahr – nur vier Monate auf freiem Fuß. Und ein Mädchen gewürgt hat er auch.

Und dann? Diebstahl (zwei Jahre Haft), Gewalttätigkeit (ein Jahr und drei Wochen). Wehrdienst, Fahnenflucht, sieben Jahre Zuchthaus. Nach seiner Freilassung sechs Monate Gefängnis wegen Schießerei, dann sechs Jahre Zuchthaus wegen wiederholten Diebstahls, zwei weitere Jahre wegen Gefängnismeuterei.

Bis dahin ist dieser Kerl ja fast nur im Gefängnis gewesen! Dann kommt die Wende. Nach der Entlassung zieht er zu seiner Schwester nach Altenburg, findet Arbeit, heiratet zwei Jahre später Auguste Scharf. 1925 Umzug nach Düsseldorf. Fast fünf Jahre ohne eine Verurteilung.

Dann: 1926 erst zwei Monate Gefängnis, dann fünf Monate wegen Urkundenfälschung, 1927 zwei weitere Monate wegen Heiratsschwindel, 1928 noch einmal acht Monate Gefängnis.

Ein Rätsel ist damit gelöst. Vor 1929 konnte der Mann kaum durch Sexualdelikte in Erscheinung treten; er hat die meiste Zeit im Gefängnis gesessen. Alles passt zusammen. Und Köln? Selbst der Mordfall aus Köln passt jetzt ins Bild! Im Frühjahr 1913 war Kürten auf freiem Fuß. Und alt genug war er auch. Fünfundzwanzig Jahre. Das Bild von dem Buch, das sein Berliner Kollege gebraucht hat, kommt ihm wieder in den Sinn. Das Buch ist jetzt fast vollständig. Nur wenige Seiten fehlen noch. Und der Schluss.

Berger schiebt die Akte zur Seite und greift zum Telefon. Die Verbindung kommt sofort zustande.

»Gennat.«

Berger atmet auf. Er hat gehofft, dass der Kollege noch an seinem Schreibtisch sitzt. »Herr Gennat, ich glaube, wir haben unseren Mann gefunden.« Berger erläutert dem Kollegen, was sie bis jetzt über Peter Kürten in Erfahrung bringen konnten. Er spricht aber auch von seinen Bedenken wegen der fehlenden Beweise.

»Festnehmen«, sagt Gennat.

»Trotz allem?«

»Auf jeden Fall festnehmen. Nehmen Sie die Wohnung auseinander. Lassen Sie das nicht irgendjemanden machen, tun Sie es selbst. Ich bin mir fast sicher, dass Sie etwas finden werden. Tatwaffen, befleckte Kleidung, Beutestücke, irgendetwas. Sie wissen ja, wonach wir suchen. Und unterhalten Sie sich mit der Ehefrau. Sie muss wissen, ob er ein Alibi hat oder nicht. Dass er verheiratet ist, das hat ihn bis jetzt geschützt; nun wird es sich gegen ihn kehren. – Sie zögern?«

»Wir haben schon mehrfach den Falschen verhaftet ...«

»Diesmal ist es der Richtige. Berufen Sie sich ruhig auf mich, Berger. Wenn Sie das wollen. Aber ich denke, Sie sind selbst Manns genug, diese Entscheidung zu fällen. Ich beglückwünsche Sie zu Ihrem Erfolg.«

Als Gennat aufgelegt hat, lässt sich Berger mit der Staatsanwaltschaft verbinden.

13.

Als Berger schließlich nach Hause kommt, brennt noch Licht. Dagmar ist also noch wach. Als sie die Tür öffnet, nimmt Berger sie in den Arm und gibt ihr einen Kuss.

»Du bist ja so schwungvoll heute Abend! – War es ein guter Tag?«

»Ein sehr guter Tag.« Berger strahlt. »Ich denke, wir wissen jetzt, wer unser Mörder ist. Er heißt Peter Kürten.«

»Wirklich? Und du hast ihn gefunden?«

Berger schüttelt den Kopf. »Ein mutiges Mädchen«, sagt er. »Die Mahlies.« Er berichtet Dagmar, was vorgefallen ist.

»Schön, dass ihr ihn habt.«

»Ja. Morgen früh nehmen wir ihn fest. Und – weißt du, was das Verrückte ist, Dagmar?«

»Was denn?«

»Wir haben ihn schon vorher so gut wie gehabt. Im November, unmittelbar nach dem Mord an der kleinen Gertrud Schäfer. Da sind unsere Leute in der Mettmanner Straße gewesen und haben Peter Kürten unter die Lupe genommen. Die Nachbarn befragt, alles Mögliche gemacht, aber nicht überprüft, was für eine Reihe von Vorstrafen dieser Mann schon hat. Dabei war es ein Mithäftling gewesen, der den Hinweis gegeben hatte.«

»Im November? – Da haben doch die Morde aufgehört.«

»Ja, da haben sie aufgehört. Jetzt ist auch klar, warum: Die Polizei war schon im Haus gewesen, direkt an seiner Wohnungstür; da hat Kürten es mit der Angst gekriegt.«

»Und jetzt hat er wieder angefangen, glaubst du?«

»Ja. Er steigert sich langsam. Erst bringt er einen Schwan um, dann kommen ein paar Vergewaltigungen, und allmählich wird er immer brutaler, bis jetzt die Maria Mahlies nur noch mit Glück mit dem Leben davonkommt. – Aber jetzt kriegen wir ihn!«

Das Ende

23.5. - 24.5.1930

1.

Um sieben Uhr morgens stehen die Kriminalbeamten Reinhardt und Fuhrmann vor der Tür von Kürtens Wohnung. Aber auf ihr Läuten wird nicht geöffnet. Die beiden sehen sich an.

Fuhrmann spricht es aus: »Der Vogel ist ausgeflogen.«

Schließlich klingeln sie nebenan bei Fräulein Wimmer.

»Der Herr Kürten? Keine Ahnung, wo der steckt. Der ist gestern Nachmittag aus dem Haus gegangen. – Und seine Frau? Auf der Arbeit vermutlich.«

Die Beamten lassen sich die Adresse geben.

Schröder ist inzwischen mit den Fotos aus der Akte Kürten bei Gertrud Schultze. Er legt der jungen Frau die Bilder vor.

Sie wiegt den Kopf. »Das könnte er sein«, sagt sie schließlich. »Ja, der Mann auf dem Foto hat eine deutliche Ähnlichkeit mit dem Mann, der mich überfallen hat.«

Schröder seufzt leise. Dasselbe Foto hatten die Kollegen vom 5. K der Schultze schon einmal vorgelegt. Sonderspur 313. Aber weder auf diesem noch auf irgendeinem der anderen Fotos hatte Gertrud Schultze damals den Täter wiedererkannt.

Sofort ruft Schröder im Präsidium an: »Die Schultze hat Kürten identifiziert,« sagt er. Berger fällt ein Stein vom Herzen.

Inzwischen hat Fuhrmann Frau Kürten an ihrem Arbeitsplatz in der Graf-Adolf-Straße aufgesucht. Das Café ›Hemesath‹ hat am Samstag schon früh geöffnet.

»Frau Kürten, da ist ein Herr von der Kriminalpolizei!«

»Worum geht es denn?« Ihr Lächeln missglückt. Peter natürlich. Wieder hat Peter irgendetwas angestellt.

»Frau Kürten, ich möchten Sie bitten, mich zu begleiten. Es gibt da ein paar Fragen über Ihren Mann ...«

Auguste Kürten sieht ihre Chefin an. »Entschuldigen Sie, könnte ich mir wohl für ein paar Stunden frei nehmen?«

Polizei? »Gehen Sie nur!« Für immer am besten!

2.

Als Frau Kürten mit Fuhrmann in der Mettmanner Straße auftaucht, steht Reinhardt noch vor der Wohnungstür. »Niemand hier«, sagt er.

Frau Kürten schließt die Wohnung auf. Die beiden Polizisten drängen an ihr vorbei. Aber die Wohnung ist leer.

»So sagen Sie doch endlich: Was ist mit meinem Mann?« Es muss ernst sein, denkt Frau Kürten, sonst würden sie sich nicht so aufführen.

»Frau Kürten, wir müssen ganz dringend mit Ihrem Mann sprechen. Es liegt eine Anzeige vor.« Fuhrmann sieht sich um. Nur ein Zimmer, denkt er. Kein Büro. Aber eine Abseite, in der allerlei Möbel stehen. Ob die Mahlies das gemeint hat?

»Was denn für eine Anzeige? Etwa wieder eine Weibergeschichte?«

»So könnte man es nennen, ja.«

»Was heißt das?«

»Er hat ein junges Mädchen missbraucht.«

»Herrgott, nimmt das denn überhaupt kein Ende? – Nein, ich weiß nicht, wo er steckt. Woher soll ich das wissen? Auf Arbeitssuche, vermutlich. Er ist ja arbeitslos. Schon über einen Monat. Das heißt heute, heute muss er sich ja auf dem Arbeitsamt melden. Heute ist doch der 23. Mai, oder? Da soll seine Unterstützung ausbezahlt werden. Da können Sie ihn sicher am leichtesten erreichen.«

Auguste Kürten nennt den Polizisten die Adresse. Es ist inzwischen fast zehn Uhr. Wahrscheinlich ist er längst da gewesen, denkt sie. Dass er verschwinden muss, hat er ihr gestern Abend schon gebeichtet, auf dem Nachhauseweg von ihrer Arbeit. Er hat sie abgeholt wie jeden Abend. Ein treu sorgender Ehemann. In gewissen Dingen jedenfalls.

Die beiden Polizisten sehen sich an. Was jetzt? Zum Arbeitsamt? »Wir lassen Ihnen die Vorladung da«, entscheidet Fuhrmann. »Wenn Ihr Mann hier bei Ihnen auftaucht, sorgen Sie bitte dafür, dass er gleich zu uns ins Präsidium kommt.«

»Ja, natürlich.«

3.

»Sind sie weg?«

»Mein Gott, Peter, hast du mich erschreckt!«

Kürten ist in das Haus in der Mettmanner Straße zurückgekehrt. Als er Stimmen aus der Wohnung gehört hat, hält er sich in der Toilette verborgen, bis die Polizisten gegangen sind. »Das war Polizei, oder?«

»Ja, das war die Kriminalpolizei. – Peter, was hast du denn jetzt wieder angestellt? Sie sagen, du hast ein Mädchen überfallen!«

»Ich brauche den neuen Anzug. Und – hast du etwas Geld, das du mir geben kannst?«

»Ich habe kein Geld. Du weißt doch, dass ich kein Geld hab. Mensch, Peter, kannst du dich denn nicht zusammenreißen? Mir zuliebe?«

»Dazu ist es zu spät.« Er schiebt sie zur Seite, geht an ihr vorbei in die Wohnung. Die Schranktür quietscht. Da hängt das gute Stück. Frisch gereinigt, in tadellosem Zustand. Er legt den Anzug sorgfältig zusammen, holt einen kleinen Koffer aus der Abseite, packt Anzug und Wäsche hinein. Was braucht er noch? Ein paar Bücher? Die Krawatten! Fast hätte er die Krawatten vergessen. Er nimmt mit, was ihm in den Sinn kommt.

»Peter, du musst mir das sagen: Was ist es, was du angestellt hast? Haben die Polizisten Recht? Notzucht, heißt es hier in der Vorladung. Ist das wahr?« Sie legt ihm den Zettel hin.

»Ja, ja! – Behalt den Wisch.« Er nimmt den Koffer. Ein letzter Blick in die Wohnung. Nichts vergessen? Und wenn schon! Jetzt nichts wie weg. Schon ist er im Treppenhaus.

Seine Frau läuft ihm nach, bis auf die Straße, hält ihn am Ärmel. »Das mit dem Mädchen, ist das wirklich wahr?«

»Ja, ja, ich habe alles gemacht!«

»Ich muss mit dir reden!« Auguste ist verzweifelt.

»Jetzt nicht.« Gehetzt sieht er sich um. »Im Hofgarten, an der Seufzerallee. Du weißt, wo das ist! Um halb zwölf!« Er reißt sich los. Im nächsten Augenblick ist er verschwunden.

4.

»Was ist los? Wo ist Kürten?« Berger ist wütend.

Fuhrmann weicht seinem Blick aus. Er hat gewusst, dass das Ärger geben würde. »Er ist uns durch die Lappen gegangen. – Wir haben auf dem Arbeitsamt auf ihn gewartet, aber er ist nicht gekommen.« Er berichtet, was geschehen ist.

Berger schlägt mit der Faust auf den Tisch. »Das kann nicht wahr sein. Dieser Mann wird gesucht wegen neunfachen Mordes und mehrfachen Mordversuchs, das wisst ihr doch! Und ihr wisst auch, dass er es weiß. Und da glaubt ihr allen Ernstes, der Mann meldet sich ganz normal beim Arbeitsamt?«

»Seine Frau hat es so dargestellt.«

»Seine Frau! Mein Gott, Fuhrmann, wo leben Sie denn? – Ich nehme an, Reinhardt ist wenigstens bei ihr in der Wohnung geblieben?«

»Nein, Reinhardt ist unten. – Aber wir haben der Frau Kürten die Vorladung dagelassen.«

Berger fasst sich an den Kopf. »Sie hat euch an der Nase herumgeführt!«

»Das weiß ich nicht. Sie hat auf mich einen ganz offenen Eindruck gemacht. – Sie kann doch nicht wissen, dass ihr Mann der Massenmörder ist.«

»Davon habt ihr ihr nichts gesagt?«

»Nein.«

»Sie weiß es trotzdem. Sie muss es wissen. Hin. Ihr müsst sofort hin. Die Frau festhalten, die Wohnung bewachen. Erzählt ihr alles. Nein, wartet, ich komme mit. Das mache ich selbst. Sie soll alles wissen, alles. Jeden Überfall und jeden Mord, in allen Einzelheiten. Die Fotos von den toten Kindern lege ich ihr vor, die kriege ich klein, die Frau!«

Fuhrmann ist erschrocken über den Ausbruch seines Chefs. »Herr Berger«, sagt er. »Bitte, Herr Berger!«

»Was gibt's?«

»Sie haben die Frau Kürten ja nicht gesehen, Herr Berger, aber in meinen Augen ist das eine ganz rechtschaffene, ganz arme Frau.«

»Das soll sich erst herausstellen. – Wo steckt eigentlich Kosinski?«

»Der ist doch vom Dienst suspendiert. – Wussten Sie das nicht?«

»Was?« Berger ist wie vom Donner gerührt.

»Wegen § 175.«

»Scheiße. Wer hat denn das Gerücht verbreitet?«

»Weiß ich nicht.« Fuhrmann wird knallrot. Er kann nur hoffen, dass Berger das nicht sieht. »Aber es ist kein Gerücht«, setzt er hinzu. »Die haben sich in Berlin erkundigt. Es stimmt.«

5.

Auguste Kürten hat inzwischen die Wohnung verlassen. Sie geht zum Hofgarten. Schon wieder eine Sache mit einem Mädchen, denkt sie. Eine Katastrophe. Der Fall von vor vier Jahren wird wieder aufgewärmt werden. Diesmal wird Peter an einer Verurteilung nicht vorbeikommen. Und an einer erneuten Gefängnisstrafe. Nicht die erste, aber diesmal ist es schlimmer. Polizei war auf ihrer Arbeit und im Haus, in ihrer Wohnung. Sie wird umziehen müssen, und die Stellung ist sie sicher auch los. Es war eine gute Arbeit.

Peter Kürten wartet im Hofgarten. Er hat seine Frau zuerst gesehen, geht auf sie zu. »Alles in Ordnung?«, fragt er besorgt. Er sieht sich um.

»Bei mir ist alles in Ordnung. – Und bei dir?« – Wir müssen ruhig über alles sprechen, denkt sie. Alle Probleme lassen sich lösen, wenn man darüber spricht. Es wird nicht so schlimm sein, wie es aussieht. Vielleicht können wir dem Mädchen Geld geben, dass es von einer Anzeige absieht.

Peter Kürten sieht seine Frau an. »Komm, lass uns Essen gehen«, sagt er.

Die beiden gehen in eine Gaststätte an der Ecke Duisburger und Sternstraße. Das Lokal ist gut besucht; die beiden bekommen einen Tisch weit hinten. Niemand beachtet sie.

»Nun?«, fragt Auguste.

Peter studiert die Speisekarte. »Der Schweinebraten ist gut«, sagt er. »Den kann ich dir empfehlen. – Oder vielleicht Kassler? Hättest du lieber den Kassler?«

»Der Schweinebraten ist schon recht«, sagt sie. Sie hat keinen Hunger. Sie sieht ihren Mann an. Der schweigt.

Der Ober kommt; Kürten bestellt zweimal Schweinebraten.

»Etwas zu Trinken?«

»Wasser bitte!«

Das ist einer seiner guten Züge, denkt Auguste. Er trinkt nicht, er spielt nicht. Und, was er auch sonst alles angestellt haben mag, er wird nie laut, schimpft nie oder schlägt mich gar. Nein, eigentlich ist er ein guter Mann. Mit kleinen Fehlern natürlich, das schon. Aber im Grunde gut.

Das Essen kommt. Die Teller sind reichlich gefüllt, der Braten duftet köstlich. Kürten schenkt ihnen beiden das Wasser ein. Mit ruhiger Hand, wie immer. Nein, das stimmt nicht. Nicht ganz ruhig. Die Eisstücke auf dem Wasser klirren. Seine Hand zittert ganz leicht.

Sie nimmt ein paar Bissen von ihrem Teller. Das Fleisch ist zart; dennoch kaut sie lange darauf herum. Sie sieht ihren Mann an. Blass sieht er aus. »Iss!« sagt er. Er selbst langt kräftig zu. Am Ende, als sein Teller leer ist und sie von ihrer Mahlzeit nicht einmal die Hälfte gegessen hat, fragt er sie, ob er den Rest aufessen darf.

»Mein Gott, hast du einen Hunger!«, sagt sie. Einen Augenblick lang lächelt sie. Sie weiß nicht, dass ihr Mann seit dem Vortag nichts gegessen hat.

Er blickt von seinem Teller auf. »Du bist so schön, wenn du lächelst!«

Auguste ist gerührt. »Und was ist es nun, was du angestellt hast?«, fragt sie. »Ich hätte da ein Sparbuch, da sind über hundert Mark drauf, vielleicht könnte man …«

»Später«, sagt er. »Jetzt wollen wir erst einmal essen.«

Und Peter Kürten isst in aller Ruhe. Sein Hunger ist längst gestillt, aber er isst weiter, bis der Teller völlig geleert ist.

Dann fasst er nach Augustes Hand. Es ist der letzte Moment der Ruhe und Unschuld, den sie zusammen haben werden.

»Komm«, sagt er. »Lass uns gehen.«

6.

Kürten und seine Frau gehen in Richtung Oberkassel, über die Rheinbrücke. Die Sonne scheint; auf dem Fluss herrscht reges Treiben. Es ist Sonnabendnachmittag; das Wochenende hat begonnen. Kürten schlägt den Weg nach rechts ein, hinunter in die Rheinwiesen. Er weiß, dies ist ein Abschied. Ein Abschied für immer. Die Flucht ist vorbereitet.

Gestern Abend hat Kürten sich unter falschem Namen ein Zimmer in der Adlerstraße gemietet. Das Sparbuch seiner Frau hat er längst aufgelöst, alles Geld abgehoben. Hundertvierzig Reichsmark. Nicht viel, aber doch genug, um zunächst einmal unterzutauchen. Neue Papiere braucht er. Den Kontaktmann wird er heute Abend in einem kleinen Lokal in der Innenstadt treffen. Das Passfoto liegt schon bereit.

Und doch ist es ein zögerlicher, halbherziger Versuch. Er hätte längst fort sein müssen. Spätestens jetzt, wo seine Frau ihm bestätigt hat, dass die Polizei ihm hart auf den Fersen ist. Was macht er noch hier? Er könnte längst im Zug sitzen, nach Hamburg oder Bremen, irgendwohin, wo ihn keiner kennt. Noch einmal sieht er seine Frau an.

»Was guckst du mich so seltsam an? Was ist los, Peter?«

»Nichts«, sagt er.

Und plötzlich weiß sie es. Es ist alles viel schlimmer, als sie gedacht hat. Es ist so schlimm, dass es mit Geld nicht wieder gut zu machen ist. Mit keinem Geld der Welt, und schon gar nicht mit ihren hundert oder hundertfünfzig Mark.

»Was hast du gemeint vorhin?«

»Wann vorhin?«

»Als du gesagt hast: ›Ja, ja, ich habe alles gemacht!‹«

Es ist zu Ende. Peter Kürten fasst die Hand seiner Frau. »Versprichst du mir, dass du nichts von dem verrätst, was ich dir jetzt sage? Versprichst du mir das?«

»Ich bin deine Frau, Peter. In guten und in schlechten …«

»Ja, ja. Das weiß ich ja. – Versprichst du mir das?«

»Ich verspreche es dir.«

Da erzählt ihr Peter Kürten alles, was er getan hat.

7.

»Kann ich noch einmal Ihren Ausweis sehen?«

»Bitte!« Berger bebt vor Ungeduld. Erst hat es eine Ewigkeit gedauert, bis der Hausmeister gefunden ist, und nun sträubt er sich, die Wohnung aufzuschließen. »Sie haben doch den Zweitschlüssel, oder?«

»Ja, ja, natürlich. Ich bin doch schließlich verantwortlich.«

»Dann schließen Sie bitte auf!«

»Entschuldigung, meine Herren, aber ich muss doch ganz sicher gehen. Ich bin doch verantwortlich. Dies ist ein anständiges Haus. Es gibt so viel Schlechtigkeit in der Welt heutzutage, da muss man doch aufpassen. Wenn Sie die Zeitung von gestern …«

»Ja, wir haben die Zeitung gelesen!«

»Entschuldigung.« Endlich schließt er auf.

Die Polizisten dringen in die Wohnung. Niemand da. Also gut. »Wir warten«, sagt Berger.

»Das ist nicht richtig, was Sie da machen …«, murmelt der Hausmeister.

Fuhrmann stößt Berger an. »Sie haben ihn verärgert!«

»Und wenn schon.« Berger hat im Augenblick keinen Sinn für psychologische Feinheiten.

»Vielleicht brauchen wir ihn noch!«, murmelt Fuhrmann.

Der Mann hat Recht. »Kümmern Sie sich um ihn, bitte.«

»Kommen Sie!«, sagt Fuhrmann. »Mein Chef ist ein Grobian, da kann man nichts machen. Kommen Sie mit. Wir setzen uns zu Ihnen in die Wohnung, und dann erzählen Sie mir am besten alles, was Sie wissen über dieses Haus und seine Mieter.« Und, als sie schon fast auf der Treppe sind: »Sie glauben ja gar nicht, was wir alle unter dem da zu leiden haben!«

Berger kann sich ein Grinsen nicht verkneifen. Er schließt die Wohnungstür; dann macht er sich an die Arbeit. Viel gibt es nicht zu sehen in der Dachgeschosswohnung der Kürtens, die Möbel sind alt, aus zweiter oder dritter Hand billig gekauft. Das Einzige, das etwas aus dem Rahmen fällt, ist der Bücherschrank. Berger tritt näher heran. Gustav Freytag, Paul Keller, Rudolf Herzog, Lewis Wallace, Karl May ... Einige der Bücher sind in Packpapier eingeschlagen, wohl um den Einband zu schonen. Er nimmt einen der Bände in die Hand, schlägt ihn auf. Henryk Sienkiewicz, *Quo Vadis?* – Na, in diesem Fall dürfte sich die Frage erübrigen. Aber kein Zweifel, diese Bücher stehen hier nicht nur zur Dekoration, die sind auch gelesen worden.

Der Herd ist geputzt, Geschirr und Töpfe sind zwar alt, aber doch sauber und ordentlich aufgestapelt. Die Küche wird keine großen Geheimnisse verraten. Hier ist Frau Kürtens Reich.

Der Abstellraum – er ist voller Möbel. Auf einem Sekretär thront eine alte Schreibmaschine. Das ist also das ›Büro‹, von dem die Maria Mahlies gesprochen hat. Die Möbel sehen aus, als ob sie aus früheren Haushalten stammen. Gebraucht sind sie alle. Berger öffnet Türen und Schubladen. Das meiste ist leer.

Wie heißt es im Handbuch? *Gegenstände sind nicht selten ›frech‹ versteckt, wobei der Täter davon ausgeht, dass die Polizei ein so einfaches Versteck gar nicht erst untersucht. Wichtige Dokumente können ganz offen da liegen.* Aber hier geht es nicht um Dokumente. Einige der Messer in der Küche kämen schon als Mordwerkzeuge in Frage, aber keinem fehlt die Spitze.

Neben dem Küchenschrank führt eine kleine Tür in eine zweite, niedrigere Abseite. Berger bückt sich; er sieht die Dachsparren und Pfannen. Der Raum ist zu niedrig, als dass man darin stehen könnte. Berger macht sich nicht die Mühe, hineinzukriechen. Was er sehen will, kann er vom Eingang aus erkennen. Der Raum ist leer.

Fuhrmann kommt zurück. »Der Hausmeister weiß so gut wie gar nichts über die Kürtens. Nette Leute, sagt er ...«

Berger nickt. Er hat nichts anderes erwartet. »Warten Sie hier«, sagt er. »Ich gehe kurz ins Präsidium rüber und veranlasse das Nötige. Wenn die Frau zurückkommt, halten Sie sie fest. Wenn der Mann kommt, verhaften Sie ihn. Ich bin in spätestens einer Stunde zurück.«

8.

Fast zwei Stunden hat es gedauert, bis Kürten seiner Frau alles gestanden hatte. All die Namen, all die Orte und Plätze – er hat keinen vergessen. Auguste Kürten unterbricht ihn nicht. Wie betäubt geht sie neben ihm her durch die Rheinauen.

Schließlich bleibt Kürten stehen und fasst seine Frau bei den Händen. »Auguste, in meinem ganzen Leben habe ich noch nie geweint. Aber gestern, da hab ich weinen müssen. Als ich da in meinem Zimmer gesessen hab, ganz allein. Da hab ich weinen müssen, weil ich dich jetzt verlier.« Auch jetzt ist er den Tränen nahe.

Auguste reißt sich zusammen. »Es gibt jetzt nur noch einen Ausweg, Peter. Den musst du jetzt gehen. Mach ein Ende!

Geh und mach die Augen zu! Dann hört und sieht niemand etwas und keiner wird was gewahr. Es ist das Beste! – Auch ich würd am liebsten nicht mehr weiterleben.«

Doch ihr Mann hat sich wieder gefasst. Er schüttelt den Kopf. »Nein. Nein, das entspricht nicht meinen Vorstellungen.«

»Was willst du denn tun, Peter?«

»Ich geh hier weg. Morgen, spätestens übermorgen geh ich hier weg. Ganz weg aus Düsseldorf. Die kriegen mich nicht, ganz sicher nicht. Ich werde nirgendwo lange bleiben, die Arbeit immer wieder wechseln … Nein, die sollen mich nicht kriegen.«

Frau Kürten schweigt. Ein tiefer Abgrund trennt sie von Peter, ihrem Peter, und wenn sie nicht aufpasst, wird sie hineinstürzen und untergehen.

Peter Kürten sieht sie an.

Wie ein geprügelter Hund, denkt sie.

Er sagt: »Wenn du mich noch einmal sehen willst – morgen ist die letzte Gelegenheit. Morgen Nachmittag um drei an der Rochuskirche. Ich werde auf dich warten.«

Auguste nickt. Peter hält ihr zum Abschied die Hand hin. Sie zögert. Dann ergreift sie sie, drückt sie, so fest sie nur kann und sieht dabei ihren Mann beschwörend an: »Mach ein Ende, Peter!«

»Bis morgen!«, erwidert er. Sie sieht ihm nach, wie er in Richtung Rheinbrücke verschwindet.

9.

»Sie wollen zum Herrn Kriminalrat Mombach? – Der ist schon im Urlaub.«

»Jetzt schon?« Der Urlaub – daran hatte er gar nicht gedacht. Das wird Ärger geben! Er hätte den Chef schon gestern ins Bild setzen müssen. Aber als er endlich alles Material beisammen hatte, da war Mombach schon gegangen.

»Ja, Herr Kommissar Berger, das hat er sich doch nun wirklich verdient. Nach all den Anstrengungen des letzten Jahres. Keinen Tag hat er sich freinehmen können, nicht einen einzigen Tag. Heute früh sind sie losgefahren, seine Frau und er.« Fräulein Rath, die gute Seele. »Aber kann ich Ihnen vielleicht irgendwie weiterhelfen?«

»Nein – oder vielleicht doch. Schaffen Sie mir eine Verbindung nach Altenburg. Zur Kriminalpolizei. Die Frau von dem Kürten, die stammt doch aus Altenburg. Da muss es noch Verwandtschaft geben.«

»Kürten? Wer ist denn das?«

»Unser Mörder«, sagt Berger knapp.

»Allmächtiger!«

Während die Sekretärin telefoniert, alarmiert Berger die Kollegen der Mordkommission. Das Melderegister zeigt, Kürten hat zwei Brüder in Düsseldorf, in der Achenbachstraße und in der Ahnfeldstraße. Außerdem gibt es da noch zwei Schwestern. »Hinfahren, wenn er da ist: festnehmen, sonst in der Wohnung warten«, ordnet Berger an. »Niemand herauslassen.«

Inzwischen ist die Verbindung nach Altenburg hergestellt. Berger bittet die Kollegen in Sachsen, alle Verwandten und eventuellen Freunde Kürtens aufzusuchen und die Wohnungen zu überwachen. Außerdem bittet er darum, eventuelle Unterlagen über Kürten und seine Ehefrau per Kurier nach Düsseldorf zu schicken.

10.

Als Berger zur Wohnung der Kürtens zurückkommt, ist Fuhrmann noch immer allein.

»Wo ist die Frau nur hin?«

Fuhrmann zuckt mit den Achseln. »Sie könnte zur Arbeit sein.«

Berger schickt Fuhrmann zum Café ›Hemesath‹, er soll die Frau Kürten herbringen.

Nach einer knappen Stunde ist er zurück. Auguste Kürten ist nicht wieder zur Arbeit erschienen. Fuhrmann hat im Präsidium angerufen und dafür gesorgt, dass ein Kollege im Café Posten bezieht. Wenn Kürten oder seine Frau dort auftauchen, sind sie sofort festzunehmen.

»Gut so.« Manchmal klappt doch etwas, auch wenn man sich nicht selbst drum kümmert.

Und Fuhrmann hat noch etwas herausgefunden. Seit August letzten Jahres arbeitet Frau Kürten im Café ›Hemesath‹. Jede zweite Woche Spätschicht. Und seit August hat ihr Mann gemordet. Jede zweite Woche, wenn seine Frau zur Arbeit musste, hatte Peter Kürten freie Bahn. Ein weiteres Rätsel ist damit gelöst. – Wahrscheinlich doch kein schlechter Mann, dieser Fuhrmann, denkt Berger. Jemand, der mitdenkt.

Doch Fuhrmann denkt in Wahrheit an ganz etwas anderes: »Herr Berger, ich hab da noch eine Frage. Ich hab da die ganze Zeit schon drüber nachgedacht: Die Belohnung – die ist doch inzwischen auf fünfzehntausend Reichsmark. Wer kriegt denn die jetzt?«

»Weiß ich nicht«, sagt Berger. »Ist mir auch egal. Erst mal müssen wir den Kerl natürlich haben. Und dann – die Mahlies wahrscheinlich. Und vielleicht auch die Schultze. – Wir jedenfalls nicht.« Er gähnt.

»Ein schöner Haufen Geld ist das!«

Berger fährt hoch. »Fuhrmann, wenn diese Mädchen das kriegen – die haben auch teuer dafür bezahlt. Diese Überfälle, die Todesangst – das sind Alpträume, die werden sie doch ihr ganzes Leben nicht wieder los!«

»Ich mein ja nur.« Die Schultze, jung und hübsch und reich. Nicht so ein altes Nörgelweib wie die Hertha. Monatelang sind sie jetzt zusammen gewesen. Das bindet! Ob er sie nicht doch rumkriegen könnte?

Wieder gähnt Berger. Auch Fuhrmann ist todmüde. Er sieht Berger an: »Sie haben doch nichts dagegen, oder?« Er zieht sich die Stiefel aus und legt sich auf das Bett. Keine Minute später ist er eingeschlafen.

Und er ist doch eine Pfeife, denkt Berger. Er selbst findet keine Ruhe. Wieder und wieder sieht er auf die Uhr. Nichts geschieht. Fuhrmann schnarcht leise. Schließlich fängt Berger an, im Zimmer auf und ab zu gehen. Sie sind weg, denkt er. Sie sind beide gemeinsam abgehauen. Ich habe es verpfuscht. Wahrscheinlich mache ich nicht einmal jetzt das Richtige. Aber er kann sich nicht entschließen, den Posten in Kürtens Wohnung aufzugeben und ins Präsidium zurückzukehren. Dort ist ja Schröder, der wird schon dafür sorgen, dass alles gut geht.

Wieder sieht Berger auf die Uhr. Mehr als eine Stunde ist er jetzt auf und ab gegangen. Fuhrmann schläft noch immer. Auch Berger spürt allmählich die Anstrengung. Er setzt sich einen Augenblick hin. Alles ist ruhig, bis auf die regelmäßigen Atemzüge des Kollegen. Berger legt den Kopf auf den Tisch. Einen Moment nur, eine Sekunde, beschließt er. Im nächsten Moment ist er eingeschlafen.

Als er aufwacht, ist es stockdunkel. Er schrickt hoch. Es muss mitten in der Nacht sein. Jemand ist an der Tür! Auch Fuhrmann ist aufgewacht, er hört, wie das Bett knarrt. Berger greift nach der Pistole. In dem Augenblick wird die Tür aufgeschlossen, eine Hand tastet nach dem Lichtschalter, blendende Helle.

Vor ihnen steht Auguste Kürten, vor Schreck erstarrt.

Es ist nur die Frau, denkt Berger. »Wo ist Peter Kürten?«

»Ich weiß es nicht.« Berger registriert, dass die Frau geweint hat.

»Frau Kürten, Ihr Mann …«

»Hören Sie auf!«, schreit sie plötzlich. »Was wollen Sie von mir? Ich weiß gar nichts.«

Sie weiß alles, registriert Berger.

Auguste Kürten ist bis ins Innerste erschüttert, aber sie ist keineswegs geschlagen. Sie sitzt Berger gegenüber in ihrer kleinen Küche und schweigt. So sehr die beiden Polizisten sich auch bemühen, sie bekommen nichts aus ihr heraus. Hinter Berger an der Wand tickt die Küchenuhr. Halb elf ist es inzwischen.

Jetzt hat Peter drei Stunden Zeit gehabt, das zu tun, was ich ihm vorgeschlagen habe, denkt Auguste Kürten. Das muss reichen. Aber er wird sich nicht umgebracht haben, der nicht! Oder doch? Nein, er neigt nicht dazu, irgendetwas übereilt zu tun. Eine Nacht will ich ihm noch geben, die Sache zu überdenken. Das ist das Letzte, was ich noch für ihn tun kann. Sie räuspert sich. »Ich weiß nichts«, sagt sie noch einmal.

»Frau Kürten, Sie müssen mitkommen. Verdunkelungsgefahr«, sagt Berger. »Und Sie, Fuhrmann, Sie sorgen bitte dafür, dass alle Kleidungsstücke Peter Kürtens aus der Wohnung entfernt und sichergestellt werden. Die Wohnung wird anschließend versiegelt.«

11.

Auf dem Weg nach Hause geht Berger noch bei Kosinski vorbei. Aber auf sein Läuten öffnet niemand. Berger geht auf die andere Straßenseite und blickt hinauf zu den Fenstern. Alles ist dunkel. Der ist noch unterwegs! Mein Gott, ist er womöglich allein auf der Jagd nach Kürten? Wie war das auf der Beerdigung der beiden Kinder? – Den bringe ich um, das hatte er gesagt. Ist er dabei, das in die Tat umzusetzen? Seine Dienstpistole hat er sicher abgeben müssen. Aber er hat ja noch andere Waffen. Berger erinnert sich an die Pistole in Kosinskis Schlafzimmer. Wahnsinn! Wie soll das alles enden?

In Bergers Wohnung brennt noch Licht. Dagmar ist auf dem Sofa eingeschlafen. Er deckt sie mit einer Wolldecke zu. Sein eigenes Bett ist belegt. Susanne schläft in der Mitte mit ausgebreiteten Armen. Sie lächelt im Schlaf. Berger mag sie nicht stören; ihm bleibt nur der Fußboden.

Als Berger aufwacht, ist es noch dunkel. Leise macht er sich Frühstück. Er hat keinen Appetit, aber er zwingt sich zu essen. Er weiß, es wird ein harter Tag. Als er die Wohnungstür aufschließen will, steht Dagmar im Nachthemd da, reibt sich den Schlaf aus den Augen.

»Habt ihr ihn?«

Berger schüttelt den Kopf. »Aber weit kann er jetzt nicht mehr kommen.«

»Wenn ihr ihn festnehmt – musst du dann wirklich mit dabei sein?«

»Ja.«

»Pass auf dich auf, Wilhelm!«

»Ja.«

»Ich habe Angst um dich.«

12.

Berger ist gereizt. Seit sechs Uhr ist er wieder im Büro. Aber dort tut sich wenig. Die Überwachung von Kürtens Verwandten ist bisher ergebnislos. Alle Geschwister haben angegeben, keinerlei Kontakt zu Peter Kürten zu unterhalten. Ob das stimmt, wird sich herausstellen. Die Überwachung geht jedenfalls weiter; die Beamten sind am frühen Morgen abgelöst worden. Und die Unterlagen aus Altenburg sind angekündigt, aber noch nicht eingetroffen.

Berger lässt Auguste Kürten vorführen. Schröder soll versuchen, etwas aus ihr heraus zu bekommen. Auch sie hat schlecht geschlafen. Beide werden laut. Berger kommt wieder ins Zimmer, einen Haufen Akten im Arm. Er stutzt und gibt Schröder dann einen Wink. »Lass mich mal.«

Resigniert verlässt Schröder den Raum.

»Ich sage gar nichts.« Auguste Kürtens Stimme zittert.

»Liebe Frau Kürten«, sagt Berger. »Bitte beruhigen Sie sich. Es geht hier doch gar nicht um Sie. Wir brauchen nur Ihren Ehemann, das ist alles.«

Auguste Kürten schüttelt nur stumm den Kopf.

»Es geht wirklich nicht um Sie«, sagt Berger. »Ich weiß inzwischen alles über Sie. Berlin, die Verurteilung, alles. Sie sind auf den Strich gegangen und Sie haben ihren Zuhälter erschossen. In Notwehr. Das sind alte Sachen, die interessieren hier keinen. Uns interessiert jetzt nur Peter Kürten. Wir müssen Peter Kürten fassen.«

Die Frau zögert.

»Frau Kürten, bitte!«

Sie schüttelt den Kopf. »Ich würde Ihnen doch gern helfen, aber ich kann einfach nicht. Der Peter ist doch mein Mann. Ich kann doch nicht gegen ihn aussagen …«

Berger sieht, dass sie sich quält. »Wir machen das anders«, sagt er. »Ich sage Ihnen, was ich weiß, und Sie sagen nur, ob das stimmt oder nicht.« Ein krasser Verstoß gegen die Richtlinien, aber sie müssen weiterkommen, um jeden Preis.

»Es ist so schwer«, sagt sie.

»Das verstehe ich ja. – Frau Kürten, wir gehen davon aus, dass Ihr Mann für die Mordüberfälle des letzten Jahres verantwortlich ist …«

»Ja«, sagt sie ganz leise. Berger kann sie kaum hören. Er sieht, dass sie weint.

»Hat er das zugegeben?«, fragt Berger.

Sie nickt.

»Können Sie mir sagen, was er genau gesagt hat?«

Da berichtet sie ihm alles, was ihr Mann ihr gebeichtet hat. Die ganzen Morde. Den Mord in Köln vor siebzehn Jahren, den hat er auch zugegeben. Und die Überfälle, einige davon sind der Polizei bisher nicht bekannt. Eine Hildegard Eidam im Februar – offenbar das Mädchen, von dem Jutta gesprochen hatte, eine junge Büglerin im März, ein Mädchen namens Lotte am 30. April – das war im Grafenberger Wald, genau wie bei der Maria Mahlies. Die Blutflecke, denkt Berger. Dazu noch Brandstiftungen in Scheunen in Papendelle, in Rath und in der Münsterstraße. Und der Schwan, den hat er auch getötet.

Berger versucht, sich alles zu merken. Auch das ist natürlich gegen die Vorschrift. Aber wenn er jetzt anfängt, die Aussage zu protokollieren, zieht sie sich wieder in ihr Schneckenhaus zurück und alles ist umsonst.

»Und Sie haben nichts davon gemerkt?«

Auguste Kürten schüttelt den Kopf. »Erst gestern, als er mir alles erzählt hat, da ist mir alles klar geworden. Einmal, da ist er mit Blut an der Manschette nach Hause gekommen. Das hat mich schon gewundert, aber er hat gesagt, er hat Nasenbluten gehabt. Da hab ich das Blut ausgewaschen. – Ja, und einmal ist er spät nachts nach Hause gekommen, total verdreckt, aber sehr mit sich zufrieden. Da hab ich schon mal in der Zeitung geguckt, ob irgendetwas passiert ist. Aber es hat nichts drin gestanden ...«

Das war die Harms, denkt Berger. Da hat er die Harms ermordet und vergraben. Er fragt: »Und wo Ihr Mann sich jetzt aufhält, das wissen Sie nicht?«

»Er hat es mir nicht gesagt …«

Berger nickt. Das hätte ihn auch gewundert.

»… aber ich bin ihm nachgegangen. Er hat sich ein Zimmer in der Adlerstraße gemietet.«

Mein Gott! »Und die Hausnummer?«

»Weiß ich nicht. Aber – ich kann Sie hinführen!«

»Danke«, sagt Berger. »Wir wissen, wie schwer das alles ist für Sie. Wir wissen Ihre Hilfe zu schätzen. Und – so wie Sie uns jetzt helfen, werden wir Ihnen auch helfen, das verspreche ich Ihnen.« Die Fahndung nach Peter Kürten läuft. Jede Polizeidienststelle im Regierungsbezirk Düsseldorf hat inzwischen das Bild des Gesuchten; jede Polizeistreife hält nach ihm Ausschau. Und zur Vorsorge ist ein Telegramm an den Zoll abgegangen, falls Kürten versuchen sollte, sich ins Ausland abzusetzen.

13.

Lang ist sie nicht, die Adlerstraße. Zu dritt fahren die Polizisten mit Frau Kürten dorthin.

»Langsam!«, sagt Frau Kürten. »Da vorne. Das Haus da, das ist es!«

»Bleiben Sie hier im Wagen!«

Fuhrmann, Reinhardt und Berger steigen aus, Reinhardt postiert sich vor dem Eingang; die beiden anderen verschwinden in dem Gebäude. Frau Kürten sieht vom Wagen aus zu. Aber es geschieht nichts. Gar nichts. Es dauert fast eine Viertelstunde, bis die beiden Polizisten wieder nach draußen kommen.

Er ist tot, denkt Auguste Kürten.

Aber das stimmt nicht. Berger lässt die anderen beiden stehen, kommt zu ihr herüber: »Fehlanzeige. Hier wohnt niemand, auf den die Beschreibung des Peter Kürten passt. – Was sagen Sie jetzt?« Sie hat uns reingelegt, denkt er.

Auguste Kürten schüttelt den Kopf. Es muss hier sein. Sie hat es doch selbst gesehen. »Und – im Nebenhaus?«

Adlerstraße 53. Wieder verschwinden die beiden Polizisten im Eingang. Diesmal sind sie nach weniger als fünf Minuten wieder zurück, beraten sich. Es ist das Haus. Wahrscheinlich. Ein Mann hat hier vorgestern ein Mansardenzimmer gemietet. Ein Straßenbahner, sagt der Vermieter, ein gewisser Kirchhoff. Der Beschreibung nach könnte es Kürten sein. Aber – wer immer es auch sein mag – der Mann ist nicht da. Angeblich zum Baden gegangen.

Kriminalassistent Reinhardt bezieht im Haus gegenüber Posten. Von dort hat er den Eingang zu Nummer 53 genau im Blick. Die anderen warten im Wagen eine Straße weiter. Nichts regt sich. Es wird heiß im Auto. Fuhrmann kurbelt das Fenster herunter. Jetzt riecht es nach Abgas.

Es wird Mittag. Fuhrmann wird losgeschickt, etwas zu Essen zu holen. Als er schließlich mit belegten Broten und Wasser zurückkommt, betritt jemand das Haus Adlerstraße 53. Reinhardt wetzt los. Aber es ist nicht der Gesuchte. Alle nehmen ihre Posten wieder ein.

Allmählich wird Auguste Kürten unruhig. »Herr Berger«, sagt sie, »Es gibt da noch etwas, was ich sagen möchte.«

»Ja, bitte?«

»Mein Mann hat gestern gesagt, wenn ich ihn noch einmal sehen will, bevor er verschwindet, soll ich heute um fünfzehn Uhr an der Rochuskirche sein.«

»Haben Sie noch mehr solche Überraschungen für uns?«

Frau Kürten schüttelt den Kopf.

»Warten Sie bitte hier«, sagt Berger. »Ich bin gleich zurück.« Er läuft zum Präsidium.

Der Weg, das sind keine zehn Minuten. Berger ist völlig außer Atem. Er ordnet an, dass Gertrud Schultze geholt wird.

Jetzt sofort. Sie soll im Zimmer 237 warten. Er will sie direkt und überraschend mit Kürten konfrontieren. Hoffentlich geht das gut, denkt er. Bis jetzt haben wir nur zwei unsichere Zeugen und eine mündliche Aussage der Ehefrau ohne Protokoll. Mombach reißt mir den Kopf ab, wenn er das erfährt. Mombach! Frau Rath hat inzwischen Mombach erreicht. Er hat seinen Urlaub im Sauerland abgebrochen und ist auf dem Wege zurück nach Düsseldorf.

Berger lässt sich zur Adlerstraße zurückfahren. Dort ist nach wie vor alles ruhig. Als sich bis vierzehn Uhr nichts getan hat, bricht Berger die Aktion ab. Nur ein Beamter bleibt in der Adlerstraße; alle anderen machen sich auf den Weg zur Rochuskirche.

14.

»Ich weiß auch nicht, worum es geht«, sagt von Eck. »Sie werden gebeten sich im Polizeipräsidium einzufinden. – Eine Routinesache, nehme ich an.«

»Eine Routinesache – jetzt am Sonnabend?«, fragt die Mutter.

Von Eck zuckt mit den Achseln. »Mehr weiß ich auch nicht.«

»Dann ist es wohl am besten, wenn ich jetzt erst einmal mitkomme. Ich kann ja nachher weiteressen.« Gertrud Schultze lächelt unsicher.

»Wenn Sie Hunger haben, kann ich Ihnen auch etwas ins Präsidium kommen lassen«, sagt von Eck. Hauptsache, sie kommt jetzt endlich mit.

»Einen Augenblick mal!« Die Mutter natürlich. »So kannst du da nicht hingehen! Zieh dir wenigstens ein sauberes Kleid an, Gertrud! – Herr Kommissar, wenn Sie bitte einen kleinen Moment draußen warten würden? Es geht ganz schnell!«

Von Eck traut der Frau nicht über den Weg, aber was soll er machen? Er wartet im Treppenhaus.

Als er die Tür hinter sich geschlossen hat, sagt die Mutter: »Die glauben wahrscheinlich, dass sie den Täter haben, und du sollst ihn identifizieren. Dazu stellen sie fünf oder sechs Leute in einer Reihe auf, und du sollst auf den zeigen, der es gewesen ist. Aber das tust du nicht, versprichst du mir das? Du sagst einfach, du kannst dich nicht genau erinnern …«

Gertrud Schultze nickt. Rasch zieht sie sich um.

»Das gute Kleid – eigentlich ist das viel zu schade für die Polizei! – Aber hübsch siehst du aus damit. Und denk dran: Du weißt gar nichts …«

15.

»Also dann. Sie gehen jetzt rüber zum Eingang der Rochuskirche, Frau Kürten, und warten dort auf den Stufen vor dem Portal. Wir werden Sie im Auge behalten. Wenn Ihr Mann kommt, sind wir sofort bei Ihnen und nehmen ihn fest.«

Sie nickt. Dann marschiert sie los, die kleine, stämmige Frau, mit festem Schritt und ohne sich umzusehen.

Berger sieht ihr nach. »Wer sie jetzt sieht«, sagt er, »der weiß, dass das hier alles inszeniert ist. Wenn Kürten sie jetzt beobachtet, wie sie da rüber marschiert, dann können wir lange warten, dann kommt er nicht.«

Fuhrmann zeigt auf seine Uhr. »Halb drei. Keine Angst, er ist noch nicht hier.«

Frau Kürten ist jetzt auf dem Platz vor der Kirche eingetroffen. Wie suchend sieht sie sich um. Sie scheint nicht zu finden, wonach sie sucht; sie geht noch ein paar Schritte weiter und bleibt dann vor dem Portal der Kirche stehen, den Blick gesenkt, in Richtung auf die Kreuzung.

Berger sieht sich nervös um. Er hätte sich selbst um die Vorbereitungen kümmern sollen, statt Fuhrmann alles zu überlassen. Der Treffpunkt ist nicht besonders günstig. Diese sternförmige Kreuzung. Wenn Kürten Verdacht schöpft, wird es schwer sein, ihn zu fassen. Berger sieht den Kollegen an. Der scheint völlig ruhig. Sie stehen im Schatten eines Hauseinganges. Fuhrmann hat sich überzeugt: Von drüben, von der Kirche her, sind sie hier nicht zu sehen. »Wenn das nur gut geht«.

»Wir haben alles abgeriegelt«, entgegnet Fuhrmann. »Je zwei Mann gleich hier vorn an der Kreuzung und weiter hinten in der Prinz-Georg-Straße. Weitere Straßensperren im Umkreis. Alle wissen, wie Kürten aussieht. Wenn alles gut läuft, nehmen sie ihn fest, bevor er überhaupt hier ankommt.«

Frau Kürten hat inzwischen das Warten aufgegeben; sie geht langsamen Schrittes nach links.

»Sie ist zu weit weg«, sagt Berger. »Wenn er sieht, dass das eine Falle ist, dann bringt er die Frau um, bevor auch nur einer von uns eingreifen kann.«

»Reinhardt ist in der Kirche«, sagt Fuhrmann.

»Was?«

»Reinhardt, Kriminalassistent Reinhardt meine ich, der ist in der Kirche. Die Tür steht einen Spalt offen. Der ist sofort da, wenn Not am Mann ist.«

»Das dürfen wir doch nicht!«, entfährt es Berger.

Fuhrmann sieht ihn nur an.

»Schon gut, ja, meinetwegen, dies ist eine Ausnahme. – Aber, wenn nun Kürten auch in der Kirche ist? Wenn er sich da schon lange vorher versteckt hat?«

»Berger, beruhigen Sie sich, er ist nicht in der Kirche. Wir haben alles abgesucht.«

Das geht schief, denkt Berger. Der Bursche ist bewaffnet. Der schießt sofort. Und ich mit meinen lausigen Schießergebnissen! Wann habe ich zuletzt geübt? Das ist Monate her. Ein halbes Jahr mindestens. Und dann ist da noch Kosinski. Kosinski, der Rächer. Entlassen, erledigt, ohne alle Hemmungen. Jeden Moment kann er auftauchen. Und dann? Muss ich am Ende auf Kosinski schießen, um den Mörder zu schützen? Ein Irrsinn!

»Ist dies überhaupt die richtige Seite? Wenn der Kürten nun auf dem Rochusmarkt wartet, am anderen Ende?«

»Vor der Kirche«, sagt Fuhrmann. »Nicht dahinter.«

Berger beobachtet die Frau. »Sie geht zu weit weg! Sie ist zu weit weg von der Kirche und von uns! Das geht schief, Mensch!«

»Unsinn!« Fuhrmann zeigt Berger seine Dienstwaffe. »Die ist geladen und entsichert. Und ich bin ein guter Schütze. Auf diese Entfernung …«

Mein Gott, wenn es jetzt zu einer Schießerei kommt, wenn er selbst getroffen werden sollte – er hat für nichts vorgesorgt. Dagmar und die Kleine würden leer ausgehen. Nein, das darf nicht passieren! Berger atmet tief durch. Frau Kürten unterbricht ihre Wanderung. Es sieht aus, als sei irgendetwas nicht in Ordnung mit ihren Schuhen. Sie bückt sich, zieht den rechten Schuh aus, betrachtet ihn, dreht ihn nach allen Seiten; dann zieht sie ihn wieder an. Dann wendet sie sich um und geht langsamen Schrittes in die Gegenrichtung. Ihr Blick scheint ins Leere gerichtet.

Berger greift in seine Jackentasche. Da sind die Zigaretten. Und das Feuerzeug?

»Nicht rauchen!«, sagt Fuhrmann. »Das kann man sehen von drüben.«

Berger steckt die Zigaretten wieder ein. Er sieht auf die Uhr. Es ist schon zehn nach drei. Er kommt nicht.

»Da ist er.«

»Was?«

»Da!« Fuhrmann zeigt auf einen Mann, der sich gemächlich der Rochuskirche nähert. Kürten? Ja, das könnte er sein. Berger hält den Atem an. Noch hat die Frau ihn nicht gesehen; sie ist jetzt fast wieder vor der Kirchentür angelangt, und jetzt – offenbar hat Kürten sie gerufen; zu hören war nichts, aber jetzt dreht sie sich um und sieht ihm direkt ins Gesicht. Und er – er hält inne. Ein Blick in ihr Gesicht hat genügt. Jetzt weiß er, dass sie ihn verraten hat.

»Los!«, ruft Berger, aber da ist Fuhrmann schon unterwegs, mit gezogener Dienstwaffe. Berger kommt ins Stolpern, fängt sich, rennt hinterher. Doch lange bevor die beiden Polizisten auch nur in die Nähe des Paares kommen, ist Reinhardt aus der Kirche heraus und hat den Kerl überwältigt. Kürten liegt am Boden; Reinhardt kniet auf ihm, legt ihm Handschellen an. Das war's.

»Auguste!«, ruft Kürten.

Doch seine Frau hat sich längst abgewandt und verlässt den Platz, ohne sich noch einmal umzusehen.

Reinhardt zieht Kürten hoch, klopft ihm grob den Staub aus dem Anzug und durchsucht ihn nach Waffen. Aber Kürten ist unbewaffnet. Berger baut sich vor ihm auf. »Peter Kürten, ich verhafte Sie wegen Mordes …«

»Da habt ihr aber lange für gebraucht!« sagt Kürten.

16.

»Sie sind also das Fräulein Schultze!« Ursula Rath ist aufgestanden. Sie kommt sich klein und unscheinbar vor. Die Schultze trägt ihren besten Sonntagsstaat, und sie hat nur die Sachen an, die sie jeden Tag trägt.

»Ja, ich bin die Gertrud Schultze. Sie können gern Gertrud zu mir sagen!« Die junge Frau ist nervös. Ihre Hand ist nass von Schweiß.

»Ich bin die Ursula. Setzen Sie sich doch.«

»Ist der – ist der Mann verhaftet worden?«, fragt Gertrud Schultze.

»Ich weiß es nicht. Zurzeit sind alle draußen im Einsatz. Ich weiß nicht, was los ist.«

Sie tappen also wirklich noch im Dunkeln, denkt Gertrud.

»Und Sie sind viele Stunden mit dem Burschen zusammen gewesen? Dann werden Sie ihn ja auf jeden Fall wiedererkennen.«

»Ja, ich weiß nicht. Ich – ich bin nicht besonders gut darin, Leute wiederzuerkennen. Ich weiß nicht, ob ich wirklich auf einen zeigen und sagen könnte: Der da, das ist er! Ich hoffe nur …«

In dem Augenblick geht die Tür auf. Fuhrmann und Berger kommen herein. Erst als sie zur Seite treten, wird für die am Tisch sitzenden Frauen der Blick frei auf Peter Kürten.

»Das ist er!«, platzt Gertrud Schultze heraus. Sie springt auf. »Mein Gott, das ist er!«

Berger dreht sich um: »Was sagen Sie jetzt, Herr Kürten?«

Der ist leichenblass geworden. Schließlich murmelt er: »Was brauchen Sie da noch zu fragen …«

17.

Das Verhör läuft anders, als Berger es sich gedacht hat. Kleinlaut und zerknirscht hatte er sich den Mörder vorgestellt. Eine jämmerliche, irgendwie bedauernswerte Figur. Nichts davon ist Kürten. Er redet und redet, brüstet sich mit seinen Taten. In allen Einzelheiten schildert er, wie er die Morde begangen hat. Wie es ihn sexuell erregt hat, Ida Richter abzuschlachten. Und die Kinder. Gertrud Schäfer, fünf Jahre. Vergewaltigt und geschlachtet.

»Mach du das weiter«, sagt Berger zu Schröder. Dann eilt er auf die Toilette, um sich zu übergeben. Doch er muss ja zurück, er muss dabei sein, bei dem Verhör. Als er sich wieder besser fühlt, wäscht er sich das Gesicht, kämmt sich ausführlich und tritt schließlich hinaus auf den Flur.

»Berger, gut, dass ich Sie hier treffe!« Sein Chef. »Das habt ihr gut gemacht! Nein, das haben Sie gut gemacht – Sie persönlich!« Mombach klopft Berger auf die Schulter.

»Danke. Ja, das war nicht schlecht, glaube ich. Aber das hätte alles nicht ausgereicht. Zwei problematische Zeugen. Und die Aussage seiner Frau, so schön sie auch ist, die zählt nicht wirklich. Bis zur Gerichtsverhandlung ist eine lange Zeit. Ich fürchte, sie wird alles widerrufen. Er bringt sie dazu. Er hat doch bisher alle Frauen dazu gebracht, zu tun, was er wollte. Aber wir haben ihn erschüttert. Er fängt an, zu gestehen. Er prahlt mit seinen Morden.«

Mombach nickt. »Da kommt er nicht mehr raus, Berger, das reicht für die Verurteilung.«

Reicht es wirklich? Ein Beweisstück, das ihn zweifelsfrei mit den Morden verbindet, wäre besser als tausend Worte. Eine der Tatwaffen zum Beispiel. »Ich muss wieder rein«, sagt Berger.

»Eine Sekunde!« Mombach hält ihn zurück. »Es gibt eine schlechte Nachricht. Kosinski ist tot.«

»Nein!«

»Doch. Er hat sich gestern Abend in seiner Wohnung erschossen.«

Und ich war da, denkt Berger. Ich war da und bin wieder weggegangen. Ich hätte nicht weggehen dürfen. Ich hätte die Tür öffnen sollen und nachsehen. Ich bin schuld.

»Gehen Sie wieder rein, ich komme gleich nach!«

Als Berger die Tür zum Vernehmungszimmer öffnet, merkt er sofort, Kürten hat weitere Taten zugegeben. Direkt vor ihm, mit dem Rücken zu ihm, sitzt Schröder. Ihm gegenüber

Kürten, noch immer erregt agitierend. Doch er sieht jetzt angespannt aus. Schräg hinter ihm Fuhrmann mit breitem Grinsen.

»... noch längst nicht das Ende. Einen richtig schönen Schluss hätte es geben sollen, zwei Morde jeden Tag, eine ganze Woche lang! Das hätte geknallt, was? Da hättet ihr gar nicht mehr gewusst, was ihr machen sollt! – Und dann, dann hätte ich aufgehört. Und ihr hättet mich nie, nie gefunden. Niemals! Ihr seid ja nicht einmal in der Lage gewesen, die Leichen zu finden. Ganze Serien von Briefen habe ich euch schreiben müssen! Oder die Tatwaffen, die habt ihr auch nicht gefunden. Den Hammer, den ich bei dem Neubaugebiet versteckt habe. Oder die Scheren unter den Dachsparren!«

Diese ganze Rede ist an Schröder gerichtet gewesen, der jetzt zu einer bissigen Erwiderung ansetzt. So bekommt Kürten gar nicht mit, dass Berger rot geworden ist. Unter den Dachsparren! Und er hat in die Abseite geschaut und nichts gefunden. Trotz Gennats Ermahnung! Er wird die Beweismittel sicherstellen, jetzt sofort.

Als er leise die Tür öffnet, kommt ihm Mombach entgegen. Sein Chef hält einen Augenblick inne und starrt Kürten an, der wieder zu einem seiner Monologe ansetzt. Mombach schüttelt den Kopf. »Der spekuliert jetzt auf §51«, sagt er leise. »Aber das wird ihm nichts helfen. Damit kommt er nicht durch. Der ist so normal wie Sie und ich.«

Berger geht nicht darauf ein. »Wir haben ihn«, sagt er nur. »Jetzt haben wir ihn wirklich.«

KBV-KRIMI

Ralf Kramp

Tief unterm Laub

KBV-Krimi Nr. 11
Taschenbuch
256 Seiten

Ein alter Mann wird in Köln überfahren. Nur ein Unfall? Einige Zeit später kommt sein ehemaliger Zivi beim Sturz aus dem Fenster seiner Dachwohnung ums Leben. Selbstmord? Laurentius Bock, Besitzer eines kleinen Copy-Shops, wird unfreiwillig in den rätselhaften Fall hineingezogen. Zusammen mit Lindy, der Freundin des jungen Mannes, versucht er, die Hintergründe der seltsamen Geschehnisse aufzudecken. Die Spur führt in die Eifel, doch auch hier ist die Welt nicht mehr in Ordnung, und das schon seit vielen, vielen Jahren.

"... Wirklich gelungen... Brillant... Sehr gut!"
Jacques Berndorf

"Kramps brillanter Krimi fesselt bis zur letzten Seite."
Das neue Buch/Buchprofile

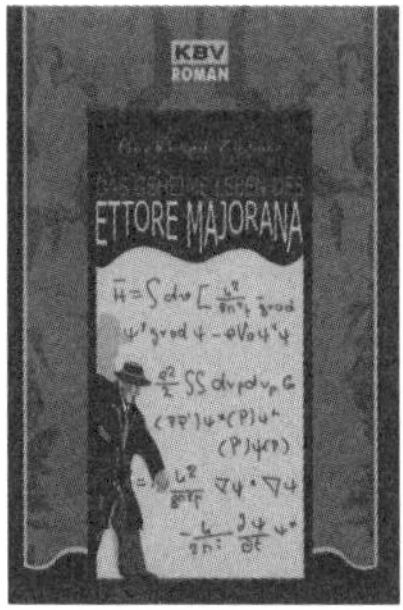

Burkhard Ziebolz

Das geheime Leben des Ettore Majorana

KBV-Krimi Nr. 53
Taschenbuch, 240 Seiten
ISBN 3-934638-53-8

Eim Frühjahr 1938 verschwindet der italienische Physiker Ettore Majorana spurlos, nachdem er alle schriftlichen Zeugnisse seiner Arbeit vernichtet hat. War es Mord, Selbstmord oder Entführung? Majorana, der von Zeitgenossen als eines der größten physikalischen Genies seiner Ära bezeichnet wird, taucht nie mehr auf, weder lebend noch tot. Sein Verschwinden bleibt ungeklärt.

Burkhard Ziebolz nimmt die tatsächlichen Ereignisse von damals auf und verwebt Fakten mit Fiktion. Gerüchte über eine revolutionäre Entdeckung ziehen die Aufmerksamkeit der Geheimdienste auf den Wissenschaftler. Dieser versucht verzweifelt, der Bedrohung zu entfliehen...

Frauke Schuster

Toskanisches Schattenspiel

KBV-Krimi Nr. 111
Taschenbuch, 221 Seiten
ISBN 3-937001-06-9

Thanner hat sich seinen Lebenstraum erfüllt: Auf dem toskanischen Landgut 'Il Paradiso' züchtet er rassige Pferde und genießt prickelnde Nächte mit einer temperamentvollen Erotiktänzerin. Doch als sein psychisch gestörter, mutistischer Neffe Ken bei ihm einzieht, droht sich das Idyll schlagartig in eine Hölle zu verwandeln. Im Morgengrauen findet er eine Leiche in seinem selbstgeschaffenen Paradies. Da die italienische Polizei bestenfalls halbherzig ermittelt, versucht Thanner nun selbst Licht in die dunklen Geschehnisse zu bringen und erkennt dabei fast schon zu spät, welche mörderischen Abgründe hinter den gediegenen Fassaden des toskanischen Gartens Eden lauern. Und mitten zwischen den Lebenden spielen die Schatten der alten Etrusker ihr eigenes Spiel ...

KBV-KRIMI

F. G. Klimmek

Wie die Fliegen

KBV-Krimi Nr. 112
Taschenbuch, 333 Seiten
ISBN 3-937001-07-7

Karl-Heinz Schmidt ist fett und fünfzig. Er mag keine Schwulen, keine Kinder, keinen Knoblauch und keine Hitze. Er liebt Heineken und Jenever. Also ist Holland für ihn das gelobte Land, in dem er als Frührentner im Alkoholdunst vor sich hindämmern kann. Jedenfalls so lange, bis aus unerklärlichen Gründen ein heimtückischer Mordanschlag auf ihn verübt wird, dem er nur mit sehr viel Glück entgehen kann. Schmidt muss bei seinen Nachforschungen feststellen, dass die Leute, denen er dabei begegnet, plötzlich sterben wie die Fliegen. Er braucht ziemlich lange, bis sein Herumstochern ihm mehr zufällig zum Drahtzieher der Verbrechen führt und er erkennen muss, dass ein antiker Schimmelpilz ein mörderischerer Antrieb sein kann als eine schöne Frau.

Jürgen Raap

Ein Koffer aus Bern

KBV-Krimi Nr. 107
Taschenbuch, 283 Seiten
ISBN 3-937001-02-6

Was befindet sich in dem Koffer, den der verkrachte Kölner Detektiv, Karl-Josef Bär aus der Schweiz abholen soll? Sein Auftraggeber, der Geheimdienstler Schröder, behauptet, es sei Geld - viel Geld. Möglicherweise sind es aber auch irgendwelche brisanten Papiere. Wie immer wird Detektiv Bär nicht schlau aus dem Mann vom MAD. Als er den Koffer bei einem gewissen Dr. Kaspereit in Köln abliefern will, stößt er dort auf dessen Leiche. Von nun an wird die Luft für Bär ziemlich dünn, denn nicht nur die Witwe des Toten, sondern auch sein Bruder beginnen, nach dem ominösen Geldkoffer zu suchen. Und schließlich heften sich auch zwei Männer des russischen Militärgeheimdienstes an seine Fersen.

"Witzig, kritisch, ironisch. Raap nimmt alle Krimi-Klischees aufs Korn." (Bild)

Andreas Schmidt

Das Schwebebahn-Komplott

KBV-Krimi Nr. 90
Taschenbuch, 248 Seiten
ISBN 3-934638-90-2

Durch einen Zufall kommt der kleine lokale Radiosender "Wupperwelle" in den Besitz eines höchst brisanten Papiers: Es handelt sich hierbei um ein Erpresserschreiben, das an die Adresse der Betreiber der Wuppertaler Schwebebahn gerichtet ist. Die Kriminalpolizei verhängt natürlich umgehend eine Nachrichtensperre und verurteilt den Sender zum Schweigen. Radioreporterin Heike Göbel will dennoch den Verzicht auf diese Sensation nicht so einfach hinnehmen. Anlässlich einer Reihe von mysteriösen Zwischenfällen im Umfeld des Bahnhofs von Wuppertal beginnt sie nun, auf eigene Faust in der Sache zu ermitteln. Doch sie hat nicht mit der Gafähr-lichkeit der Leute gerechnet, die im Geheimen operieren und gerät schon bald in tödliche Gefahr.